Nuova Narrativa Newton

1302

Della stessa autrice:

Un misterioso delitto a Helsinki

Titolo originale: *Kun jäljet katoavat*

Original edition published by Otava
Italian edition published by agreement with
Elina Backman and Elina Ahlback Literary Agency, Helsinki, Finland.

Traduzione dalla lingua finlandese di Paola Brigaglia
Traduzione pubblicata grazie al contributo del FILI – Finnish Literature Exchange

Seconda edizione: maggio 2023

ISBN 978-88-227-6854-4

www.newtoncompton.com

Realizzazione a cura di Librofficina
Stampato nel maggio 2023 presso Puntoweb s.r.l., Ariccia (Roma)

Elina Backman

Il serial killer di Helsinki

Newton Compton editori

Noi eravamo quei due
Che nessuno avrebbe indovinato
Tu Ragazzo Silenzioso
Io Ragazzo Fortunato.

Testo & Musica Olavi Uusivirta

Ciò che è passato, è nella bocca di un lupo;
ma venga, da adesso in poi, un'altra legge.

Aleksis Kivi

PROLOGO

È lì, al limitare del bosco, e in alto sente le cornacchie gracchiare. Alza lo sguardo, il cielo è curvo come una cupola. Gli alberi urtano l'uno contro l'altro, e il loro scricchiolio accompagna il suo respiro affannato. A parte questo, c'è silenzio. Abbassa lo sguardo sul terreno. Sembra una grande voragine nera. Se il cielo è un'immensa cupola convessa, cosa sarà stato inghiottito nelle profondità della terra?

Osserva la scena per l'ultima volta, poi sposta le braccia fredde avvicinandole l'una all'altra e infila dei fiori sotto le mani. Si assicura che tutto sia ben sistemato.

Se ne va. Mentre cammina si fa largo tra i rami di pino. Gli aghi che li ricoprono sono acuminati e taglienti, ma non se ne cura e va avanti, procede a passo deciso tra gli alberi e scompare.

Venerdì 23 agosto

Saana osserva i vicoli di Alfama, i tavolini dei bar e i ristoranti dall'aria accogliente, ognuno dei quali offre sardine alla brace. Jan ha già ricevuto diverse chiamate dall'ufficio. Nel bel mezzo della vacanza. Non hanno nemmeno fatto in tempo a pensare al viaggio di ritorno che il tran tran quotidiano già li insegue attraverso il telefono. Saana era lì lì per dirglielo: ti amo, sono innamorata di te. Ma poi è arrivata la prima telefonata e ha rovinato l'atmosfera. Dopo quella chiamata, nei giorni successivi, ha sorpreso più volte Jan a fissare il vuoto con uno sguardo assente. Non sembra proprio il momento adatto per dirgli parole così importanti. Inoltre, si conoscono da così poco tempo… È davvero possibile che già lo ami? Saana lo guarda mentre passa il dito sul cellulare anziché prestare attenzione alla luce che si riflette delicatamente sulle piastrelle della parete o sulle belle porte antiche un po' rovinate. I ciottoli consumati sono scivolosi sotto ai sandali.

«Ci prendiamo un gelato?», le propone Jan, alzando finalmente lo sguardo dallo schermo. Saana si toglie gli occhiali per vederlo senza il filtro scuro delle lenti. Strizza gli occhi, abbagliata dal sole, e, un po' esitante, sorride di nuovo. Non rifiuta mai un gelato.

«Va tutto bene?», chiede Saana preoccupata, toccandogli il braccio. Le questioni di lavoro di Jan sono spesso segrete, ma lei tenta lo stesso di carpire qualche piccolo indizio, per sapere se in Finlandia è successo qualcosa di particolare.

«Se ti riferisci a quella telefonata, era il nuovo capo che mi ha chiamato per presentarsi», risponde Jan porgendole la mano. Finge di essere più presente di quanto non lo sia davvero.

«Pur sapendo che questa settimana sei in ferie?». Saana si assicura di aver capito bene. Gli stringe la mano e lascia che lui la tiri a sé. Ben presto, il calore della giornata portoghese fa sudare loro i palmi. Mentre è tra le sue braccia, Saana alza il viso verso il sole incandescente.

Sente che il labbro superiore le si sta inumidendo di un fastidioso sudore. Osserva Jan riporre finalmente il cellulare nella tasca dei jeans. Chi l'avrebbe mai detto che si sarebbe ritrovata a vivere una vacanza romantica insieme a un investigatore della Polizia criminale centrale, un uomo che nemmeno con queste temperature indossa i pantaloni corti? Saana ridacchia tra sé e sé mentre sbircia i suoi jeans scuri e gli stivali da motociclista. Poi si avvicina e gli dà un bacio. La barba appena ricresciuta le fa il solletico.

Mano nella mano, arrivano davanti a una piccola gelateria e Jan lascia la presa. Osservano in silenzio le invitanti e colorate montagne di gelato. È una delle grandi sfide di quando si è in vacanza: la scelta dei gusti. Saana guarda un po' le vaschette e un po' Jan. Sa che è inutile fargli domande. La madre è morta da poco e parte del suo silenzio è sicuramente dovuto al dolore che prova. Inoltre, Jan ha probabilmente un carattere piuttosto riservato. Si conoscono da così poco tempo che Saana non sa ancora bene quale sia il suo abituale modo di essere, lo Jan normale. Dal punto di vista professionale si è dimostrato sempre molto corretto ed equilibrato. Per quanto riguarda il lavoro, Jan deve comunque tenersi tutto per sé per motivi di sicurezza. Anche nel caso in cui in Finlandia fosse accaduto qualcosa di grave, lo Jan investigatore della Polizia criminale centrale non le potrebbe raccontare niente. Le indagini su morti e omicidi non devono riguardare le persone comuni, e i poliziotti non parlano a casa di fatti inerenti al proprio lavoro. Jan le ha spiegato che questo lo sanno perfino i delinquenti, così i familiari degli agenti sono al sicuro.

Tuttavia, è evidente che dopo quella telefonata è diventato più taciturno e un po' più inquieto. A volte, sembra quasi che frema per tornare al lavoro.

Il gelato al pistacchio gli cola sulla mano, e Jan si mette a cercare un fazzoletto di carta. D'improvviso, Saana si sente di nuovo pervasa da una forte tenerezza. Jan prende tutti i giorni un cono gelato che, puntualmente, gli si squaglia in mano alla velocità della luce. Sbircia il pugno forte e abbronzato che stringe il cono. Prova ammirazione per quell'uomo, che la tiene avvinta a sé già da molti giorni. Nella sua vita, c'è un'era prima di Jan e una dopo. Un'era caotica, strana e meravigliosa che è cominciata con il loro primo incontro. Quando si sono conosciuti, lui stava indagando su dei complicati casi di omicidio. Saana rabbrividisce al pensiero di tutto quello che è successo durante l'estate. O magari è stato solo il gelato a causare quel brivido momentaneo. Saana lo vede sorridere con gratitudine mentre qualcuno gli porge dei fazzoletti di carta, molto più sottili di quelli finlandesi. Jan è molto attraente, ha una bellezza un po' insolita, proprio il tipo che le è sempre piaciuto. Una personalità determinata, ma allo stesso tempo un po' sfuggente. C'è qualcosa, in lui, che non si riesce ad afferrare subito e che catalizza l'attenzione. Quell'uomo misterioso la tiene sempre sulle spine. Certo, è possibile che in realtà tutto questo mistero sia un prodotto della sua immaginazione. Nel peggiore dei casi, potrebbe essere stata lei a crearsi una sua versione di Jan e a innamorarsi perdutamente di questa illusione.

"No, stavolta non farò questo errore", promette a sé stessa, e spinge il minuscolo cucchiaino nell'enorme massa morbida di gelato. Amarena. Il suo gusto preferito, un mix di yogurt e ciliegie dolci. "Non permetterò che mi si formi in testa un'immagine sbagliata, aspetterò di conoscerlo meglio con tutta calma. Mi concentrerò solo sugli aspetti che mi mostrerà lui stesso", giura Saana tra sé e sé. La vacanza sta comunque volgendo al termine. Mentre il gelato diminuisce nella coppetta, l'atmosfera romantica e spensierata comincia piano piano a svanire. All'inizio della settimana erano ancora come un'unica entità, ma oggi, d'improvviso, sono tornati a essere due persone distinte, che si stanno svegliando da un sogno dolce e meraviglioso.

PARTE I

Domenica 25 agosto

Noora sente solo il suo respiro. Sta correndo talmente forte che sa di aver raggiunto il limite, ma nonostante ciò continua ad andare avanti. Conosce bene il suo corpo e la sua capacità di resistenza. Ce la fa. Intuisce d'istinto la conformazione del terreno. A volte deve fare attenzione alle radici per non inciampare, ma la cosa più importante è guardare lontano, concentrarsi solo sulla respirazione e sul bosco. Più a lungo corre, più le si acuiscono i sensi e ha l'impressione di essere libera, di essere sé stessa. Riflette sulla sua dura quotidianità: è un periodo in cui sente l'impulso di prendere la macchina per raggiungere il bosco e poter finalmente respirare fino a restare senza fiato.

È molto presto, e fino a poco fa la foschia del mattino galleggiava ancora sull'acqua. A quest'ora è possibile avere tanto spazio tutto per sé. Non si vede nessuno, da nessuna parte. Noora è consapevole di inoltrarsi nel bosco più in profondità di quanto faccia la maggior parte delle persone che di solito lo frequentano. Le piace correre su sentieri scelti da lei. Non è mai stata attratta dai percorsi già tracciati.

Durante le sue lunghe corse, Noora non si sofferma molto sui dettagli, bensì gode dell'aria fresca e della vegetazione nel suo insieme, della foresta così com'è. Terra verde ricoperta di muschio e arbusti, qua e là vecchi alberi caduti, con il tronco ormai friabile. La luce del sole che filtra tra i rami conferisce all'ambiente un aspetto quasi magico. La foresta vive un ciclo naturale pacifico. Cresce e marcisce nello stesso tempo.

Dopo aver corso più di un'ora e mezza, si ferma alla torretta di osservazione degli uccelli e controlla la frequenza cardiaca. È rimasta regolare. Tutto il jogging praticato durante l'estate sta lentamente dando i suoi frutti. La giornata si sta facendo sempre più calda. Adesso che ha smesso di correre, Noora sente lo stimolo di fare pipì. Si guarda intorno: non ci sono persone in giro. Potrebbe accucciarsi un attimo dove la vegetazione è più fitta, così da stare subito meglio. Controlla dietro di sé, poi a destra e a sinistra. Non c'è nessuno. Cerca di rallentare il respiro e tende le orecchie. E se nelle vicinanze ci fosse qualcuno in movimento? Si sentono dei passi? Il vento sibila tra le foglie e i tronchi stridono sfregando l'uno contro l'altro. A parte ciò, è tutto silenzioso. D'improvviso, avverte un fruscio. Forse qualche animale? Spesso ha l'impressione che il bosco stesso sia vivo, come se seguisse ogni suo passo trattenendo il respiro. Mentre corre veloce lungo i sentieri, a volte immagina delle piccole creature del bosco che si nascondono quando lei si avvicina e rispuntano fuori non appena si allontana.

Da qualche parte, nelle vicinanze, sente delle cornacchie gracchiare. A Noora non sono mai piaciute le cornacchie, né i corvi, né le taccole. C'è qualcosa, nel loro modo di camminare, che le sembra arrogante e presuntuoso, e anche il loro verso è sgradevole. Il loro colore nero dai riflessi bluastri evoca qualcosa di minaccioso, qualcosa che non si vorrebbe pensare, soprattutto mentre si è da soli in un bosco. A giudicare dal rumore che fanno, devono essere numerose. Noora si avvicina a degli abeti. I grossi rami ostruiscono il passaggio; lei li scansa, facendo attenzione a non pungersi con gli aghi. Dopo essersi assicurata che nessuno possa vederla, si accuccia velocemente e si abbassa i pantaloni. È allora che se ne accorge. Dal basso, vede chiaramente ciò che la vegetazione lussureggiante e i rami degli alberi le avevano nascosto. Le cornacchie si sono raggruppate vicino alle radici di un albero caduto. Sono tante, e si affollano in un unico punto. Mentre la vescica si svuota, la mente inizia a riempirsi di pensieri terribili. Come mai gli uccelli svolazzano e strillano proprio lì? Sembra che stiano beccando qualcosa. "Non mi riguarda", è il suo primo pensiero, benché ormai il suo interesse si sia risvegliato. Leggermente riluttante ma incuriosita, si alza e si incammina verso le radici che spuntano imponenti dalla terra smossa. L'enorme abete, cadendo, ha creato nel terreno una grossa buca. "Deve aver fatto un gran baccano, anche se non l'avrà udito nessuno", presume Noora mentre si avvicina. Le cornacchie gracchiano e le fanno spazio saltellando qua e là. Tuttavia, non scappano. Gli uccelli curiosi restano a guardarla mentre, sudata, in vestiti da jogging, si avvicina e allunga timidamente il collo per sbirciare nella buca lasciata dalle radici. Volano via soltanto quando l'aria si riempie del grido isterico della donna.

HEIDI

Heidi tira fuori le chiavi della macchina dalla tasca dei jeans e preme il pulsante di apertura. L'auto nera è rimasta nel parcheggio ad arrostirsi sotto al sole mattutino. Si lascia cadere sul sedile e si accorge di essere già tutta sudata. Resta seduta in quella fornace bollente, ad aspettare. Aspetta che l'aria condizionata raffreddi un po' l'abitacolo e, soprattutto, aspetta di sfrecciare via. Il senso di pace svanisce alla stessa velocità con cui il suo corpo perde liquidi per il caldo. Ogni goccia di sudore che le cola sul viso sta lì a confermarle che la sua situazione è appena cambiata. Un'emergenza di domenica. Il repentino ritorno dalla vacanza al lavoro. Quando si tratta di omicidi, non c'è giorno sacro che tenga. E oggi, un giorno prima di quanto fosse previsto, dovrà indossare di nuovo la sua inevitabile e pesante divisa. La brigata dei morti. Una investigatrice, le cui riunioni cominciano sempre con un morto.

L'aria fredda si insinua nella macchina e, lentamente, la riempie. A poco a poco, anche la sensazione di libertà acquisita durante le vacanze, forse anche un po' frastornante, scomparirà e verrà sostituita da qualcos'altro. Dal desiderio impellente di risolvere il nuovo caso. Dal terrore che il nuovo caso la trascini completamente, la mangi viva dall'interno finché di lei rimarrà solo una carcassa vuota. Un involucro duro, un'armatura che le consentirà a malapena di restare in piedi.

Eppure, Heidi si rende conto che, nonostante l'insonnia che l'attende insieme a probabili scenari foschi, sta cominciando piano piano a sentirsi su di giri. Che cosa è successo? I postumi della sbornia da indagine lasciati dal caso dell'estate stanno iniziando a scomparire. Il cadavere di uno sconosciuto in mezzo al bosco? Mentre il suo cervello inizia a riflettere su questo nuovo evento, Heidi si sente più viva. Secondo quanto le hanno riferito, il corpo è stato rinvenuto sotto le radici di un albero caduto.

L'aria condizionata è al massimo e Heidi innesta la retromarcia, sentendosi addosso un meraviglioso vento gelido. Non passerà molto tempo prima che la circondi del tutto.

L'area metropolitana di Helsinki è più rurale di quanto si pensi, nota Heidi mentre passa davanti agli edifici dai mattoni rossi di Vanhankaupunginkoski e a un corso d'acqua scrosciante. Sui campi di Viikki si scorgono delle mucche.

A un certo punto frena, deve essere già andata troppo in là. Inserisce la freccia e si ferma un attimo lungo il ciglio della strada. Da dove sarebbe meglio proseguire a piedi? Fa un'inversione a U e si dirige di nuovo verso via Viikintie. Da un lato si vedono le nuove zone residenziali di Viikki e dall'altro i vasti campi. Il profilo del bosco si delinea in lontananza. Heidi supera la casa d'aste Helander e prosegue in direzione dei campi. L'autostrada termina in corrispondenza di via Säynäslahdentie. A destra c'è una zona industriale, a sinistra caserme blu e qualche bagno chimico. Di fronte si scorge un fossato piuttosto ampio, lungo il quale c'è un sentiero per escursioni. Rimane ancora un momento seduta in macchina e cerca su Google la mappa di Vanhankaupunginlahti, per capire meglio l'estensione della zona. La riserva naturale comprende i canneti di Säynäslahti e un tratto di mare aperto a sud, il boschetto di ontani di Pornaistenniemi, il bosco di Mölylä e, a ovest, un lembo del canneto vicino a Lammassaari. Il luogo del ritrovamento si trova all'interno della riserva naturale? Heidi non ne è sicura. Vanhankaupunginlahti e i suoi dintorni comprendono un'area molto vasta, che si estende al di là delle sole zone protette. La fascia di litorale dove si trova l'Istituto di studio e ricerca di Viikki è stata la prima area a essere oggetto di tutela, già nel 1959. Heidi osserva attraverso il finestrino della macchina il paesaggio idilliaco. Il lungomare di Viikki e, più distanti, gli uccelli acquatici che galleggiano sul mare della baia. Le cime degli alberi che ondeggiano nel vento e le taccole che roteano nel cielo. Il vecchio bosco dove vivono tante specie diverse. Riguarda un momento la mappa sul cellulare. Säynäslahti, dev'essere questo il punto preciso del ritrovamento. Heidi toglie il freno a mano e si dirige verso il sentiero sterrato a nord-est.

Ben presto incrocia alcuni sguardi sorpresi e infastiditi. "Una macchina sul sentiero?". Immagina, da certe occhiatacce, cosa la gente sta pensando. "Via dal nostro sentiero, idiota di un'automobilista!". Heidi decide di perdonare quella specie di controllori delle sue azioni. Sono persone che, se notano qualcuno infrangere una regola, lo guardano subito male. Apre il finestrino e sistema il lampeggiante della polizia sul tetto della sua macchina privata. «State lontani, subdoli prepotenti che non siete altro!», borbotta Heidi premendo leggermente sull'acceleratore. I bordi del fossato sono pieni di fiori, così si sofferma un po' a rimirare il vasto canneto giallastro che ondeggia al vento. È delimitato dal folto bosco, la cui oscurità fa impressione.

Lungo la strada è stato collocato un cartello di legno con l'indicazione UNIVERSITÀ DI HELSINKI, ARBORETUM. Il paesaggio ampio e aperto si trasforma bruscamente in una fitta foresta di abeti. Heidi rallenta.

La riserva naturale di Viikki-Vanhankaupunginlahti copre una superficie di oltre trecento ettari. È davvero incredibile che una riserva così vasta, magnificamente lussureggiante e multicolore sia tanto vicina al centro di Helsinki. All'incrocio, alcuni casotti verdi di legno mostrano informazioni illustrate su flora e fauna dell'area. L'ambulanza è ancora sul posto, e la strada è bloccata anche da due camionette. Il nastro della polizia chiude la zona ai passanti e li obbliga a fare il giro. Heidi scende dalla macchina gelata e si stupisce di quanto il sole sia caldo fuori. La sabbia crepita sotto le scarpe. Decide di lasciare la giacca sul sedile; le sue scarpe da trekking sono comode e le fanno venire nostalgia di quelle escursioni in cui hanno dato un buon rendimento: le isole Lofoten, la Lapponia e una gita fatta la primavera scorsa a Bad Gastein. Anche i paesaggi finlandesi sono belli, ma niente in confronto a quelli della Norvegia o delle Alpi. Si ferma a guardare un po' pensierosa il sentiero che parte dalla torretta di osservazione degli uccelli, poi comincia a addentrarsi con determinazione nella parte più scura del bosco.

Ha ricevuto delle istruzioni chiare: percorrere il sentiero che parte dal cartello principale, dopo meno di trenta metri avrebbe visto sulla destra un tendone bianco. Si dirige svelta verso quel punto. All'indesiderato incontro con il morto.

Heidi sente la bocca farsi sempre più secca. Il cadavere irrigidito di un giovane uomo giace in una buca, con il viso rivolto verso il cielo. Intorno, un viavai di persone che raccolgono dati. La macchina fotografica scatta, vengono prelevati dei campioni. Un drone riprende silenziosamente la zona dall'alto. Da qualche parte, in lontananza, si sente il brusio del traffico. Si ferma a fissare il cadavere in silenzio. È un giovane sconosciuto. Le mani sono intrecciate sul petto. Gli infermieri dell'ambulanza ne hanno confermato il decesso. Guardando il cadavere irrigidito e i suoi occhi velati, è chiaro che la conferma è stata solo una formalità. Heidi sposta lo sguardo sulle mani: le unghie sono pulite, la pelle dei palmi è integra. Il ragazzo indossa una felpa nera e dei pantaloni con le tasche grigi, ai piedi ha delle Vans nere; sul terreno, accanto alla testa c'è un cappello da pescatore. Deve essergli caduto. Heidi si china a guardare il cappello, è pulito. Esamina la testa, non ci sono segni di colpi, non c'è sangue. Sulla felpa, sotto alle mani, c'è una pianta appassita. Heidi si avvicina ancora di più, ma non la riconosce.

Non ci sono segni visibili che facciano pensare a un incidente, e la possibilità di un malore è già stata scartata. Che cosa rimane? Heidi lascia vagare lo sguardo tra i tronchi degli alberi, le folte conifere e la terra coperta di aghi. Le viene subito un brutto presentimento. La posizione in cui il corpo giace. Il punto in cui è stato ritrovato. L'atmosfera silenziosa che domina in quel luogo.

Non si tratta di una morte accidentale.

SAANA

Durante il volo di ritorno, Saana poggia la fronte contro il finestrino gelido dell'aereo. Fuori è già buio. Tornare in Finlandia di sera rende l'atmosfera più gradevole. Nell'oscurità, si può ancora per un attimo illudersi di essere in viaggio verso qualsiasi altro posto. L'aereo vira sul paesaggio scuro, qua e là si distinguono le luci di alcune isole e il cupo mare agitato. Immagina come sarebbe atterrare in un'altra città. Berlino, Nizza o New York? No, purtroppo non c'è nulla da fare: l'aspettano l'aeroporto di Helsinki-Vantaa, il taxi e Sturenkatu.

Saana pensa alla nuova settimana che sta per iniziare. Passerà anche a riprendersi le sue cose dalla zia Inkeri. Ha trascorso tutta l'estate con lei a Hartola, dove si è occupata di un misterioso omicidio accaduto vari decenni fa. Saana ricorda l'inizio dell'estate, quando si era recata dalla zia a Hartola per riposarsi un po' e riprendersi dal profondo esaurimento dovuto al troppo lavoro. Piano piano, è riuscita a recuperare le forze e si è messa a fare delle ricerche su un vecchio omicidio irrisolto, accaduto in zona molto tempo prima. Quel caso l'ha trascinata in un'indagine complessa e pericolosa che, adesso, passato del tempo, sembra quasi irreale. Il materiale raccolto durante l'estate e la toccante storia emersa grazie alle sue ricerche l'aspettano nel cassetto del comò, nella stanza degli ospiti della zia. Bigliettini di carta sparsi e vecchie foto, interviste a varie persone e ritagli di giornali. Brevi appunti di una storia suggestiva già scritti. Adesso, è ora di organizzare le esperienze dell'estate sotto forma di una bella sceneggiatura. Benché Lisbona l'abbia distratta e non abbia pensato ad alcun delitto, ogni tanto, durante il viaggio, le sono venute comunque delle buone idee riguardo al testo. Può venirne fuori un podcast interessante sui segreti del Regno di Hartola. Intanto, però, dovrebbe anche cercarsi un lavoro.

Saana accarezza la guancia di Jan, ruvida per la barba appena cresciuta. Si è addormentato subito dopo la partenza, appoggiando con aria soddisfatta la testa sulla spalla di Saana. L'atterraggio sta per cominciare, ma lei non vuole svegliarlo. Guarda fuori, sorridendo. Piano piano, nel crepuscolo blu, la Finlandia si comincia a delineare meglio. Acqua e isole sparse qua e là. Ampi boschi, fitti e scuri, in mezzo ai quali si distinguono le tenui luci della città, grandi come capocchie di spilli. Saana fa appena in tempo a individuare sulla costa qualcosa di familiare, quando l'aereo vira sopra Espoo, che conosce meno, e lei perde di nuovo il senso dell'orientamento. Jan si sveglia.

La Finlandia è un paese poco abitato. Lo si capisce soprattutto quando si torna dalla densamente popolata Europa centrale. Dal confronto con le luci delle altre città che, durante l'atterraggio, si stendono a perdita d'occhio. Quando si arriva a Helsinki-Vantaa, ci sono ben poche luci. L'aeroporto è tranquillo e silenzioso, circondato dalla foresta. Le autostrade, viste dall'alto, assomigliano a dei sottili fili luminosi. Intorno è tutto buio. Ci sono dei campi anche nell'area metropolitana di Helsinki. Oggi, Saana e Jan fanno ritorno in questo paese quieto, un posto con l'acqua del rubinetto pulita e tante regole, famoso per il *sisu* e il buon sistema scolastico. Patria amata, la cui bellezza si riesce ad apprezzare solo quando si è stati via per un po'. C'è spazio e aria fresca ovunque, ma anche persone imbronciate che comunicano tra loro sbuffando.

L'aereo abbassa le ruote sferraglianti e tutto l'aereo trattiene il respiro finché non sente sotto di sé la terra, quella terra chiamata anche Finlandia.

Lunedì 26 agosto

JAN

A Jan sembra di aver dormito, dopo il rientro, soltanto due ore. Lui e Saana si sono salutati in modo un po' distaccato, erano molto stanchi e sono andati ognuno a dormire a casa propria. Appena raggiunto il letto, ha temuto di non riuscire più a dormire neanche un attimo. E infatti, così è stato. Ha cominciato a sonnecchiare verso l'alba, ma non è stato molto utile, perché la sveglia era impostata alle 6:15.

Jan mescola dello zucchero di canna nell'espresso e si massaggia le tempie. Un nuovo giorno, da solo dopo tanto tempo, nella propria casa e, tra poco, al lavoro. Dopo aver trangugiato il caffè, gira per l'appartamento cercando di ricordare dove ha messo, prima di partire, i vestiti per andare in bicicletta. L'annebbiamento da mancanza di sonno si comincia a diradare solo dopo che ha pedalato per un paio di chilometri nell'aria fresca. Respira a pieni polmoni la tonificante brezza finlandese e percepisce negli odori un accenno di settembre. Già si avverte l'arrivo dell'autunno, benché non vi siano ancora segni visibili. Anche la temperatura è sorprendentemente calda.

In ufficio, si toglie la maglietta sportiva e indossa una camicia jeans senza farsi la doccia. Lancia distrattamente la maglietta su un vecchio divano all'angolo e si dirige subito verso la cucina. La differenza di fuso orario è di sole due ore, ma comunque lo costringerà a rimanere sveglio più a lungo del solito. Oggi si riparte su più fronti. Un nuovo capo, il ritorno alla routine dopo la vacanza. Jan ha appena fatto in tempo a sedersi e a posare la tazza di caffè sulla scrivania, quando nel suo campo visivo qualcosa si muove. Qualcuno cammina con decisione verso di lui, e già sa, senza bisogno di alzare gli occhi, che si tratta del nuovo capo.

Johanna Nieminen lo guarda facendo un cenno con la testa e si siede all'angolo della scrivania, senza dargli la mano.

«Johanna Nieminen», si presenta la donna.

«Jan Leino», replica a sua volta Jan.

«Ora che le formalità sono state espletate, ti dico che sono abituata a farmi chiamare Jone».

«Va bene. Io, invece, sono sempre Jan», sorride lui, e alza la mano in segno di saluto. Johanna Nieminen, Jone. Aveva già memorizzato quel soprannome quando, senza farsi troppi scrupoli, lei gli aveva telefonato nel bel mezzo della vacanza.

«Non possiamo stare qui a chiacchierare. Bisogna mettersi subito in moto. A Helsinki è successo qualcosa per cui serve il nostro intervento», lo informa Jone. «Il primo caso diretto da me. Già sento tutti trattenere il respiro aspettando di cogliermi in fallo», ride, e Jan non è sicuro se sta dicendo sul serio oppure no.

Guarda la sua nuova caposquadra, ma non gli viene in mente nessuna battuta brillante. Non è né d'accordo, né in disaccordo. Tuttavia, se la sua prima impressione è giusta, Jone è una che si diverte a provocare, ma se qualcuno poi abbocca all'esca e inizia ad assecondarla, lei rigira la frittata a scapito del malcapitato. Forse.

«Al giorno d'oggi, non cercano tutti di lavorare come una squadra?», risponde, e gli sembra di esprimersi come un politico. Jone sorride e sembra apprezzare la sua cautela.

«Ho sentito dire che sei uno dei nostri investigatori migliori. Per essere un supervisore forse stai troppo sul campo, ma i casi che hai seguito come direttore delle indagini sono arrivati al traguardo con successo. Da quel che ho letto nei rapporti, hai un'ottima percentuale di casi risolti», commenta Johanna Nieminen, agitando il piede destro. Indossa degli stivaletti di pelle. «Ti capisco, anch'io odio la burocrazia e, se posso dirlo, anche questo vostro caffè», continua lei, indicando la tazza che tiene in mano.

Jan sorride vedendo che ha scelto dalla credenza la tazza dei Simpson. Se ne resta seduto sulla sua sedia e percepisce che il nuovo capo lo sta studiando, anche se cerca di darsi un'aria tranquilla, addirittura rilassata.

«Cento», precisa Jan, e la guarda dritto negli occhi. Sa che la percentuale di successo delle indagini condotte da lui è del cento per cento.

«Signor Cento, adesso abbiamo forse un nuovo caso di omicidio», annuncia Jone alzandosi in piedi. Irrequieta, comincia a camminare avanti e indietro davanti alla scrivania di Jan. «Ieri è stato trovato un cadavere nella riserva naturale di Vanhankaupunginlahti, si tratta di un ragazzo», lo informa, e si ferma.

«La persona che l'ha trovato era lì a correre, e per ora si è impegnata a non divulgare o commentare la notizia pubblicamente. Solo le autorità ne sono a conoscenza. L'area è stata delimitata immediatamente, dopo il rinvenimento del cadavere».

Jan annuisce.

«Sul caso sta indagando la squadra omicidi di Helsinki. È stata avviata un'indagine preliminare, ma il responsabile delle indagini mi ha contattato proprio prima che tu arrivassi e mi ha chiesto se tu potessi andare a dare un'occhiata ed esprimere una tua opinione».

«Perché?», non può fare a meno di chiedere Jan. La polizia locale di Helsinki potrebbe risolvere benissimo il caso da sé.

«Non lo so. Lo sapremo presto. Ha telefonato una certa Nurmi».

«Heidi Nurmi?». Jan si assicura di aver capito bene. Heidi è l'investigatrice più capace che conosca. Cosa può esserci, nel bosco, in grado di spingere Heidi a chiedere volontariamente il supporto della Polizia criminale centrale? "Forse, semplicemente le manco", pensa Jan ridendo tra sé e sé.

«Proprio lei», conferma Jone. «Vorrei che tu andassi sul luogo del ritrovamento per dare un'occhiata. Un caso di morte poco chiaro e una vittima giovane... non promette nulla di buono. Certo, sarebbe bello sfatare tutte le spiacevoli voci che già parlano di omicidio, d'altronde siamo qui per questo. Però, nel caso di questo ragazzo morto, ci sono già degli impercettibili segnali che mi mettono in allarme».

Jan annuisce. Gli piace il modo di parlare di Jone, diretto ed equilibrato. Soltanto adesso guarda più attentamente il nuovo capo. È in forma. Ha i capelli castani e un bel viso. Trucco leggero e occhi intelligenti. All'anulare sinistro porta due anelli, su uno dei due c'è una fila di diamanti. Immagina che debba avere tra i quaranta e i cinquant'anni, ma non prova nemmeno a indovinare il numero esatto.

«Ho richiesto che ti vengano inviati tutti i dati raccolti finora, studiateli subito», ordina Jone, e Jan risveglia il computer addormentato muovendo il mouse adagiato sul tappetino.

«Dal momento del ritrovamento sono passate meno di ventiquattro ore. La salma è stata portata ieri sera all'obitorio, ma la scientifica sta ancora rastrellando l'area. Sappiamo solamente che il corpo, o forse la vittima, è di sesso maschile. Dico "vittima" solo sulla base di un presentimento. Me lo sento lungo la spina dorsale. Il corpo è rimasto nella foresta al massimo qualche giorno. Stiamo aspettando delle stime ancora più precise».

«È ragionevole presumere che, nel frattempo, qualcuno abbia cominciato a sentire la mancanza della vittima», commenta Jan.

«Stiamo confrontando i dati delle persone scomparse con il DNA della vittima», lo informa Jone prima di spostarsi in fondo alla stanza.

Jan è davanti al suo computer e valuta se sia il caso di alzarsi e seguirla, ma decide di rimanere seduto al suo posto.

«Bene», dice guardando l'ora. Se si tratta di una persona scomparsa di recente, potrebbero riuscire a determinare l'identità del morto in poche ore. Prende un sorso di caffè amaro. Anche il pensiero di un omicidio è amaro.

Questa è la cosa peggiore che ai finlandesi, così amanti della natura, possa succedere, riflette Jan. Un giovane trovato morto in una delle zone per scampagnate più amate del paese. Secondo le statistiche, quattro casi di morti giovanili su cinque sono dovuti a suicidio o a incidenti dovuti all'alcol.

«Se i sospetti di omicidio dovessero essere confermati o se noti qualcosa di particolare, proporrò che il caso passi del tutto alla Polizia criminale centrale. Non abbiamo l'abitudine di rimanere a guardare», sentenzia Jone fermandosi. «Da quel che ho capito, anche nel caso precedente c'è stata una fortunata collaborazione con la polizia locale di Helsinki. Puoi spiegarmi meglio?», chiede, e Jan la guarda stupito. Non solo il nuovo capo parla in modo diretto e chiaro senza giri di parole, in più sembra essere perfino a conoscenza delle sue precedenti indagini andate a buon fine.

«Collaborerei volentieri con Nurmi della squadra omicidi di Helsinki», risponde Jan. «Anche il nostro Saki è insostituibile, e io non ho paura di chiedere aiuto, se è possibile averne», continua, e rimane ad aspettare una critica. Ma non arriva.

«Va bene», dice il capo guardandolo. «Non ho nessun bisogno di scombinare cose che finora hanno funzionato bene. Non mi dà problemi che prendiate delle iniziative autonome. Tuttavia, se poi le cose non funzionano sono pronta a far saltare tutto in aria in un attimo», commenta Jone, e un sorriso rivela i suoi denti aguzzi.

«Capisco», dice Jan, immaginando in anticipo tutto il processo. Si informerà sul nuovo caso e, se la situazione lo richiederà, chiederà una collaborazione durante le indagini preliminari. Il dipartimento crimini violenti di Helsinki si è già messo in moto, e Jan si recherà sul posto quanto prima. Tuttavia, non gli piace affatto l'idea di entrare in azione, per un caso ancora dubbio, prima di ricevere l'incarico ufficiale di dirigere le indagini. Sarebbe necessaria almeno l'evidenza di un omicidio premeditato.

«Ah, per quanto riguarda il fatto che si tratti di omicidio», Jan torna sull'argomento, benché Jone abbia posto fine alla conversazione. «Su quali basi pensiamo che il ragazzo possa essere stato ucciso?»

Jone si ferma e si gira. «Ci sono alcune circostanze che destano sospetti. Il corpo era in mezzo al bosco, ma non è stato trovato nessun oggetto che gli appartenesse. Nessuno zaino, nessuna tenda, niente del genere. Nulla che potesse ricondurre alla sua identità. Non sono ancora state scartate del tutto le possibilità di malore o suicidio. Al momento del ritrovamento, il cadavere giaceva sul terreno in una posizione piuttosto composta, quindi l'incidente è da escludere. Non ha ferite da arma da fuoco o coltellate. Non ci sono tracce di impiccagione o di colluttazioni. Niente».

«Niente?». Jan si accerta di aver capito bene.

«Al momento, non abbiamo nulla. Ed è proprio questo a insospettirmi».

Seduta n. 1

Kaj controlla la sua agenda. Oggi è il giorno delle sedute private. Ha tre clienti e alla fine, in programma, c'è un'ora di supervisione. Kaj beve un bicchiere d'acqua e guarda fuori. Il rumore del traffico raggiunge la stanza con un brusio attutito. Dalla finestra del suo studio, in un appartamento del quartiere di Töölö, si vedono belle facciate di case e un acero. "Ho già fissato quell'acero per troppo tempo", pensa Kaj, e va a riportare il suo bicchiere in cucina.

Durante gli ultimi due anni si è diviso tra visite private e interventi di supporto occasionali. Le perizie come esperto di profilazione di cui lo incarica la Polizia criminale centrale sono interessanti ma, in fondo, sono molto lontane da ciò che gli piace di più, ovvero aiutare le singole persone. Per alcuni, parlare con lui significa continuare a vivere, per altri, è qualcosa che rende la loro vita più autentica e profonda. È soddisfatto quando vede dei segni concreti di progressi. Nella migliore delle ipotesi è possibile notare un cambiamento anche dopo una sola seduta, una sorta di alleggerimento. Quando a una persona viene data la possibilità di condividere i propri pensieri, va via con la mente più serena. Tuttavia, il raggiungimento di un equilibrio mentale può richiedere anni di lavoro.

Kaj guarda l'orologio. Mancano due minuti all'arrivo del prossimo cliente. Sono già anni che i pazienti si sono trasformati in clienti. Torna nella stanza a chiudere la finestra, e sente il parquet scricchiolare sotto dei passi.

La ragazza è entrata senza bussare.

«La porta era aperta», dice la giovane dall'aria timida, e Kaj sorride.

«Benvenuta», la accoglie, poi si predispone al colloquio. Vestita con una giacca di pelle, un maglione bianco e jeans neri, la ragazza dai capelli scuri non alza lo sguardo dal pavimento, si limita a camminare silenziosamente verso il centro della stanza e a sedersi. Invece che sulla poltrona, preferisce lasciarsi cadere sul comodo divano. Kaj dà un'occhiata al taccuino che tiene sulle ginocchia. Un nuovo incontro, una pagina del taccuino ancora vuota, la prima seduta.

«Cosa l'ha spinta a venire qui?», le domanda mentre accarezza la pagina bianca ancora immacolata.

«Non so nemmeno se questo sia il posto giusto», farfuglia la ragazza. «Ma non riesco a dormire». Chiude gli occhi cerchiati di nero e incrocia le braccia.

Kaj la osserva mentre se ne sta sdraiata, con le scarpe sul divano. Ultimamente, le sue sessioni si sono concentrate soprattutto su disturbi alimentari e depressione, ansia indefinita e sindrome da burnout. Guarda la nuova venuta con curiosità. La mente umana è come un iceberg di cui, sulla superficie dell'acqua, si vede molto poco. Sotto, può esserci di tutto. Ma riuscire a tuffarsi in profondità nel paesaggio mentale di un'altra persona richiede tempo e un forte rapporto di fiducia. Le persone sono più brave a difendersi, che ad aprirsi.

Kaj guarda il tavolo su cui ha preparato un pacchetto di fazzoletti e due bicchieri d'acqua. Durante la seduta, all'interno di queste quattro mura, non valgono le stesse regole di cortesia che vigono fuori. Qui incontra ogni cliente per ciò che è, senza maschere o status symbol. Se non altro, la sessione offre almeno uno spazio protetto per quarantacinque minuti, in cui esprimere e discutere i propri sentimenti senza essere giudicati. Qui, una persona può semplicemente essere sé stessa.

«È da tanto che soffre d'insonnia?», chiede Kaj, e appunta sul taccuino: "La cliente soffre d'insonnia". «Sarebbe utile se potesse descrivere un po' più concretamente che cosa intende con "insonnia"», specifica. «Dorme poche ore? Ha occasionali risvegli? Una notevole mancanza di sonno?»

«Ci sono notti in cui non dormo affatto e notti in cui dormo qualche ora, ma poi mi sveglio prima dell'alba e non riesco più a riprendere sonno», racconta la ragazza. «Mi sveglio di soprassalto».

«Da quanto dura questa situazione?»

La pelle della giovane è pallida, ma oltre a questo non ci sono segni esteriori di stanchezza. Raramente le battaglie interiori delle persone si notano da fuori. Sono brave a nascondere tutto quello che le divora o di cui si vergognano particolarmente. Nella stanza, tutto tace. Kaj immagina che la ragazza stia riflettendo, ma dopo un po' che non parla, intuisce che si è assopita.

«Da quanto dura l'insonnia?», ripete Kaj. La ragazza si sistema un cuscino del divano sotto la testa e si rannicchia in posizione fetale. Mentre è distesa, osserva la stanza.

«Diversi anni, almeno quattro», risponde a voce bassa.

Kaj percepisce una sensazione particolare. È un'interpretazione che ancora non si basa su nulla, ma ha l'impressione che il mondo che la circonda sia in qualche modo "troppo" per questa giovane, ed è come se fosse venuta da lui per sentirsi al sicuro e poter riposare almeno un po'. Kaj scuote la testa e cerca di allontanare quelle idee dalla mente. Come terapeuta, il suo unico dovere è rimanere in ascolto, senza giungere a conclusioni troppo affrettate.

«È successo qualcosa nella sua vita, negli ultimi tempi, che potrebbe essere legato a questo suo stato?». Kaj le lascia il tempo di rispondere in pace, ai suoi ritmi.

La ragazza si tira su a sedere, ha l'aria intontita.

«Secondo mia madre frequento un uomo troppo pericoloso», dice. Kaj quasi sussulta, nell'udire la bella e morbida voce rompere il silenzio. I grandi occhi da cerbiatta dominano il viso sottile della ragazza.

«E secondo lei?», chiede Kaj con fare tranquillo, guardandola con l'aria più amichevole possibile. Non vuole pressarla o spaventarla. Le darà modo di procedere senza fretta.

Lei alza le spalle e allunga, tirandole, le maniche del sottile maglione di lana da sotto quelle della giacca di pelle. Con le mani avvolte dalle maniche, la ragazza alza quella destra e si aggiusta dietro l'orecchio una ciocca di capelli neri che le è finita sull'occhio. Poi alza di nuovo le spalle.

«Preferirei prima raccontare di lui», dice, e Kaj la osserva pensieroso. Situazione di stallo. Lei tace di nuovo e lui sbircia l'orologio. Non ha ancora raccontato quasi niente, ma i quarantacinque minuti previsti per la seduta stanno per scadere.

«Questo tempo è suo», prova Kaj, ma gli sembra di impattare contro un muro di gomma. «Può parlare di quello che vuole, si ricordi che qui ci concentriamo su di lei».

La ragazza sembra non afferrare le sue parole, fissa pensierosa la decorazione del tappeto marocchino dello studio. Non dice più niente. Una seduta silenziosa, esplorativa, può comunque essere considerata un passo verso la costruzione di una reciproca fiducia.

«Il nostro tempo, purtroppo, sta finendo», le fa presente Kaj.

«Allora non faccio in tempo a iniziare il mio racconto», replica la ragazza, mentre si controlla le unghie dipinte di nero. Strizza gli occhi, sembrano due piccole strisce, anch'esse nere.

«Racconto?», ribatte Kaj in tono tranquillo mentre cerca di incrociare il suo sguardo timido. «Sono qui per lei. La prossima volta che ci rivediamo mi prometta una cosa: dica sempre la verità. Qui non c'è bisogno di raccontare storie o dimostrare alcunché. A me interessano le cose vere», continua con fare dolce.

Senza dire niente, la ragazza annuisce, si alza con movimenti leggeri e si avvia verso la porta. Sulla soglia, si ferma.

«Vorrei prenotare un'altra seduta», dice con la mano già sulla maniglia. «Ma… se davvero le raccontassi la verità, forse non mi crederebbe mai», conclude, poi esce a passo svelto.

JAN

Un buon inizio, pensa Jan mentre scende con disinvoltura le scale del commissariato. La prima impressione che ha avuto del nuovo capo è neutra, quasi positiva. E lui si è sempre fidato delle prime impressioni.

Quasi un'ora dopo, rivoli di sudore gli colano da sotto al casco. Si asciuga il viso con la manica. Non solo passa, secondo il capo, troppo tempo sul campo, ma in più sa che alcuni colleghi sono infastiditi dal fatto che usi la bicicletta nell'orario di lavoro. Ma la temperatura è calda, e pedalare è più piacevole adesso che non la mattina presto. Si ferma in uno spiazzo ghiaioso al bordo della strada. Controlla sul navigatore il resto del percorso e il punto esatto in cui deve arrivare. Delle nuvole soffici e candide coprono il luminoso cielo azzurro. Nel campo a fianco è già cominciata la trebbiatura. Il giallo caldo delle spighe brilla, ma qua e là ci sono ancora zone di un verde acceso. Jan procede sulla sua bici Santa Cruz con una pedalata tranquilla, e si chiede cosa lo aspetti alla meta.

Una volta arrivato a Viikki, stacca la borraccia dal telaio. La bevanda aromatizzata al miele ha un buon sapore e la finisce tutta. A causa della mancanza di sonno, il suo corpo si muove ancora lentamente. Nemmeno la bibita energetica sembra tirarlo su. Per fortuna smetterà di sudare tra poco, quando, dal sole, passerà all'aria fresca offerta dall'ombra del bosco. Jan assicura con due lucchetti la bici a un solido portabiciclette di legno e dà un'occhiata a un tronco, accanto ai cartelli di informazioni, su cui sono stati scolpiti dei gufi e degli uccellini. Chiude un attimo gli occhi e ascolta. Il vento sibila tra gli alberi, e non ci sono altri rumori. I concerti degli uccelli di inizio estate sono finiti. Tra poco comincerà il blues delle migrazioni e il cielo si riempirà di stormi in partenza. Si sofferma a osservare il terreno. Sulla strada sterrata si notano molte impronte di ruote. Il posto è stato sicuramente attraversato anche da veicoli più pesanti. Adesso, ci sono solo due macchine scure parcheggiate. Riconosce immediatamente una delle due: è di Heidi. Dopo aver camminato per una ventina di metri, Jan raggiunge il punto indicato dal navigatore. Ci sono alberi robusti che si spingono molto in alto, e il tendone bianco della scientifica che fa capolino dietro i tronchi. Cosa ha spinto questo ragazzo, per ora senza nome, nella foresta di Vanhankaupunginlahti? E cosa l'ha ucciso?

Più lontano, si intravede del movimento. Jan guarda verso il gazebo montato nel bosco. Due tecnici della scientifica in tuta rastrellano l'area intorno al punto di ritrovamento, alla ricerca di qualche traccia. Mentre cammina verso i ricercatori accovacciati a terra, ripensa al suo bisogno compulsivo di essere sul posto, sul campo. Non si tratta di una scelta, bensì di un richiamo irresistibile. Il solo modo con cui sente di avere il controllo della situazione. Sulle ragioni che stanno dietro ad atti brutali. Solo di rado le cose nella pratica sono così come sono riportate su carta. La mappa è una cosa diversa rispetto al terreno. Sa già che i dettagli del caso cominceranno presto a girare nel suo inconscio. All'inizio, potranno in parte finire anche nei suoi sogni. Intanto, si imprimeranno nella sua memoria, e ben presto anche i particolari più piccoli inizieranno a vivere di vita propria dentro la sua testa. A poco a poco, le informazioni tenderanno a organizzarsi in catene logiche e condurranno i suoi pensieri verso la soluzione. L'inspiegabile modo di procedere del suo cervello si attiva anche senza che lui faccia nulla consapevolmente. Deve solo ascoltare e affidarsi all'istinto. Ma l'istinto non si risveglia se si limita a leggere i rapporti in ufficio. È per questo che ha bisogno di sfruttare tutti gli stimoli a disposizione. Gli odori, i sapori, i profumi e i colori. L'atmosfera del luogo del delitto. Le piccole cose a cui, all'inizio, nemmeno si fa caso.

Indossa la tuta bianca protettiva e comincia a guardarsi intorno con interesse. Quando lo vedono, due altri tecnici, anch'essi in tuta bianca, interrompono le ricerche. Jan li saluta, poi loro si rimettono al lavoro. Solleva il nastro messo dalla polizia ed entra, curioso, nella zona delimitata. Adesso vede da vicino il luogo del ritrovamento. Una profonda fossa terrosa, lasciata dal blocco di radici sollevate. Intorno è pieno di conifere. Il terreno è ricoperto da milioni di aghi.

Jan sa che i colleghi gli attribuiscono una sorta di aura misteriosa. È come l'uccello del malaugurio della Polizia criminale centrale: quando entra in scena lui, vuol dire che c'è stato un omicidio o che sta per avere inizio una caccia all'uomo.

Per terra, a circa un metro dalla fossa, è stata individuata una traccia. Il punto è stato segnato. È un'impronta, si distingue la forma della suola di una scarpa. Jan la fotografa per averla anche lui. È ancora accovacciato a esaminare il terreno, quando sente che qualcuno gli mette una mano sulla spalla.

«*Howdy*», lo saluta una voce.

«Heidi», esclama Jan prima ancora di girarsi. «Come mai hai telefonato? Già ti mancavo?», ghigna.

Heidi è la migliore investigatrice che conosca. Ed è anche in ottima forma. Probabilmente, si allena il doppio di lui. Non lo dice ad alta voce, ma pensa che Heidi lo batterebbe anche nella corsa, se li mettessero sulla stessa linea di partenza. Ma non ce li mette nessuno. Il confronto non è necessario, in un lavoro di squadra.

Dopo aver esaminato il luogo del ritrovamento e l'area circostante per un po', escono dalla zona delimitata e si tolgono le tute protettive.

«Hai sbagliato sport», non può evitare di dirgli Heidi, indicando la maglietta da ciclista che spunta da sotto la tuta. «Non siamo al Tour de France. Al massimo dobbiamo correre dietro a un assassino, ma siamo molto indietro già alla prima tappa».

«Che battuta di merda», risponde Jan. Nella sua voce si sente tutto l'affetto accumulato negli anni verso Heidi.

Stanno lì, in piedi, al centro di una bella riserva naturale ma al cospetto di qualcosa di terribilmente innaturale. La vita spezzata di un giovane.

Da qualche parte, qui, vicino o lontano, può essersi aggirato uno spietato assassino. Qualcuno di cui nessuno sa ancora niente. Qualcuno che ha strappato la vita al ragazzo e poi è scomparso, ma che adesso avrà loro alle calcagna. A giudicare dall'espressione decisa di Heidi, Jan sa già che riposeranno solo una volta che il caso sarà risolto. Sono sulla stessa lunghezza d'onda, benché le indagini siano appena agli inizi. Chi è il morto trovato nella foresta? E cosa gli è successo esattamente?

Mentre si allontanano dalla scena, Heidi si ferma in mezzo alla strada sterrata circondata dalla natura lussureggiante.

«Lì c'è una torretta di osservazione degli uccelli, ci arrampichiamo?», propone, e a Jan piace l'idea. Sente il bisogno di spazi grandi, di avere una visuale la più ampia possibile. In silenzio, raggiungono la torre e si inerpicano sui ripidi gradini di legno.

«Come stai?», chiede Heidi mentre, una volta in cima, si appoggiano alla ringhiera e lasciano riposare lo sguardo sul bel paesaggio che si apre davanti a loro. «Dopo il lutto e il resto», aggiunge.

Jan pensa a sua madre, persa durante l'estate, e si sente immediatamente invaso dalla tristezza. Prova comunque un po' di sollievo nel notare che il peso del dolore non lo schiaccia più completamente. Una parte è svanita. Riesce, ogni tanto, a respirare.

«Abbastanza bene, credo, grazie», risponde con tono sorprendentemente dolce. «Meglio», precisa, immaginando che Heidi si stia riferendo al periodo della scorsa indagine. Alla piena estate, quando la tristezza era al suo apice. In lui c'è ancora una mestizia infinita, dalla morte della madre non è passato molto tempo. Ci sono giorni in cui Jan dimentica per un attimo la perdita, ma anche giorni in cui la mancanza gli provoca un dolore lancinante nel cuore e un peso paralizzante in tutto il corpo.

«Il dolore ha bisogno di tempo», gli sorride lei con aria incoraggiante.

Sono appoggiati alla ringhiera e guardano il vasto canneto di fronte a loro. Il sole brilla sulla superficie dell'acqua e in alto gli uccelli si avvolgono in volute.

«Eccoci di nuovo qui», commenta Heidi tamburellando nervosamente sulla ringhiera di legno con le dita.

«Eccoci qui», le fa eco lui.

«Questo caso è un po' diverso», riflette Heidi quasi tra sé e sé. «C'è qualcosa che ho difficoltà ad afferrare, come se ci fossero molte direzioni diverse ma niente a cui aggrapparsi. Non possiamo nemmeno essere sicuri che si tratti di un omicidio. Eppure, non potevo non chiamarti. C'è qualcosa che mi fa pensare a un'estrema freddezza. Ciò che è accaduto non è un incidente».

«Capisco cosa vuoi dire. È per questo che volevi che venissi qui? Sospetti che abbiamo appena trovato l'impronta di un assassino che ha agito premeditatamente?», le domanda raddrizzandosi. La guarda con interesse.

«Se il ragazzo è stato ammazzato, possiamo essere sicuri che sia la prima vittima?», medita Heidi. «Non lo so. Il tuo nuovo capo sembra una persona sveglia. Non vedo l'ora di avere i risultati dell'autopsia».

«Jone sembrava essere dell'idea che, se dovesse venir fuori che si tratta di un omicidio, il caso dovrebbe passare alla Polizia criminale centrale. Tra un paio di giorni ne sapremo di più», replica Jan.

«C'è qualcosa in questo bosco che mi lascia perplessa. La natura e la riserva naturale. Questa ambientazione avrà un qualche significato? Mentre camminavo lì in mezzo e guardavo quelli della scientifica lavorare, mi ha colpito una forte sensazione. In questo silenzio totale, qualcuno ha lasciato qui un cadavere. C'è anche un'altra cosa molto strana».

«Cosa?». Jan è impaziente, quasi non la fa finire di parlare.

«Gli animali hanno avuto tutto il tempo di raggiungere il posto, ma secondo i primi rilevamenti, il corpo non è stato toccato. Tutte le parti erano integre. Di solito, gli animali si precipitano intorno a una carcassa, anche vicino a zone abitate. Possono anche portare via brandelli di corpo come fossero prede. La persona che l'ha trovato ha detto che c'erano tante cornacchie, ma neanche loro l'hanno beccato. È come se...». Heidi si interrompe e si gira verso Jan.

«Come se cosa?», la incalza Jan.

«È come se la fauna del bosco avesse adottato il corpo e avesse voluto proteggerlo, anziché smembrarlo», conclude lei, e Jan sente che, nonostante il caldo, gli sta venendo la pelle d'oca.

SAANA

Saana si porta la forchetta alla bocca. Nella cucina della zia Inkeri c'è un celestiale profumo di melanzane. Ne prende un'altra forchettata, poi beve un sorso di vino rosso e sorride. Allo stesso tempo, si sente piena di tristezza. Dopo questa visita, non sa quando potrà ritornare.

«Mi fa piacere che tu sia venuta di nuovo», farfuglia Inkeri mentre mastica il cibo. Saana si è già abituata a questo suo modo di fare abbastanza sgradevole.

«Lo sai che questo comincia a essere il mio posto preferito in assoluto nel mondo», ride Saana.

«Hai già deciso cosa ci farai, con tutto il materiale che hai raccolto?», chiede Inkeri spingendo il piatto vuoto da un lato. Guarda la nipote dall'altra parte del tavolo con dolcezza.

«Durante il viaggio per venire qui ho preso una decisione», risponde Saana, e sente subito montare l'entusiasmo. «Realizzerò una sceneggiatura dettagliata sul caso per un podcast. Su questi omicidi del regno di Hartola sono stati già pubblicati tanti articoli sui giornali, e aggiungendoli alle mie esperienze posso trarne molto materiale supplementare per la mia sceneggiatura. Ho già trovato anche il nome per il podcast, si chiamerà *Quando il re muore*».

La zia annuisce sorridendo.

«Ti ricordi quando la scorsa estate ti ho detto che avresti trovato la tua dimensione? Ecco, questa sembra proprio assomigliarle».

Portano fuori i bicchieri di vino e si siedono sul dondolo del giardino. Saana osserva prima il cielo e poi sua zia. Nell'aria volano dei piccoli insetti. Dal prato si sta alzando la nebbia. Il sole pomeridiano fa capolino da dietro l'angolo della casa e dipinge tutto d'oro. Inkeri aumenta il ritmo del dondolio.

«Ho pensato di restare qui fino a sabato, scriverò le prime puntate della sceneggiatura. La prossima settimana andrò in uno studio a provare la registrazione», le confida Saana, poi prende un sorso del vino corposo. È fruttato e morbido, i tannini non risultano troppo astringenti sulle gengive e sul palato. «Mi metterò anche a cercare lavoro».

«Mi mancherai», le confessa Inkeri, e Saana prova la stessa sensazione. Durante l'estate si erano abituate l'una all'altra.

«Comunque, adesso hai anche altra compagnia, qui», la prende in giro Saana, indicando l'ascia e la sega che sono spuntati davanti al fienile rosso durante la sua assenza.

«Be', Harri è semplicemente Harri. A quest'età non do più a nessuno la possibilità di rompere la pace che mi sono creata», ribatte la zia con un atteggiamento da dura, ma Saana nota subito nel suo sguardo una nuova tenerezza. Harri è entrato in scena alla fine dell'estate e sembra aver già lasciato delle tracce nello spazio isolato e rigorosamente recintato della zia. Sulle scale di casa spiccano i guanti da lavoro appallottolati e un paio di stivali di gomma di misura gigante.

«Prendiamo il dessert?», propone Saana. Ha portato con sé dei *pasteis de nata*. In realtà non provengono dal Portogallo, ma dal Lidl di Kamppi.

«No, grazie, prendilo solo tu, con Harri abbiamo deciso di evitare per un po' i dolci», risponde la zia, prima di rendersi bene conto di cosa ha detto. Saana comincia a ridere maliziosamente. Sembra proprio che la Inkeri indipendente sia ormai roba passata.

Quando alla fine smette di ridere, vanno dentro a prendere altri due bicchieri di vino.

Martedì 27 agosto

JAN

«Causa della morte?», domanda Jan appoggiandosi al muro. La parete di cemento dipinta di bianco è fredda anche attraverso la maglietta. Super-Joki si china sulla salma irrigidita senza girarsi a guardare Jan. Heidi è in piedi in mezzo alla stanza e segue attentamente i gesti di Super-Joki.

«Ci sono molte cose che ancora non sappiamo», comincia Joki. La lampada fluorescente illumina la sua pelle pallida. Sembra una pellicola sottile, sotto la quale le vene si snodano come vermi bluastri. Ari Joki è il miglior medico legale che conoscano. Super-Joki, come viene chiamato già da anni nell'ambiente della Polizia criminale. Un uomo dal senso dell'umorismo tagliente, che non ha paura di scavare sotto la superficie.

«Non ci sono tracce di violenza», sentenzia Super-Joki. Jan annuisce e Heidi si avvicina con passi esitanti al tavolo autoptico, su cui giace il defunto.

«Sul cranio o sulle ossa non ci sono tracce di ferite da coltello o da altri oggetti affilati. Ci sono piccoli lividi nei tessuti molli, ma nessun segno di colpi o percosse, per esempio. Se la vittima fosse morta per un malore, suppongo che avrebbe avuto degli spasmi, e l'ultima posizione non sarebbe stata così distesa come è ora», spiega il medico legale. Heidi e Jan ascoltano, registrando ogni piccola sfumatura. «Adesso, l'impressione è quasi che il ragazzo sia andato a dormire con le mani in grembo. Oppure, che qualcuno l'abbia messo in questa posizione alla fine».

Jan ascolta Super-Joki e pensa a quanti casi hanno già analizzato insieme. Eppure, Super-Joki si comporta sempre come se fosse la prima volta. Fa un lavoro sistematico e accurato.

«Qual è, in questo momento, la tua ipotesi sul momento del decesso?», chiede Jan fissando il cadavere, che ormai non sembra più molto umano. Jan fa del suo meglio per cercare di vedere il corpo solo come un oggetto di scena di un film, e non come una persona vera, irrigidita e maleodorante.

«È impossibile fare una stima sull'ora, però direi che la vittima è morta venerdì 23 agosto di sera tardi, forse durante la notte. Tra il momento della morte e quello del ritrovamento sono passati a malapena due giorni. Temperatura esterna tiepida, poca pioggia e nessun insetto», risponde Super-Joki. Mentre parla, il pomo d'Adamo gli ballonzola su e giù. Jan, già dal loro primo incontro, vede Joki come un uccello. È chiaramente un avvoltoio: testa pelata, naso adunco, collo sottile e lungo e corpo da uccello.

«Un giovane in salute, età stimata intorno ai vent'anni», dichiara Super-Joki e, con le mani coperte dai guanti di lattice, porge a Jan una busta di plastica in cui è stato riposto quanto trovato nelle tasche e addosso alla vittima. Il detective osserva il contenuto: soltanto un piccolo ciondolo d'argento scurito attaccato a un cordino di pelle. Niente telefono, portafoglio o chiavi di casa.

«Sul corpo non ha segni di operazioni chirurgiche, protesi metalliche o altro. Niente da cui si possa cominciare a cercare un'identità tramite indagini di ordine medico. La mappa dentale e il DNA li abbiamo già, li stiamo confrontando proprio adesso con quelli di una persona di cui è stata denunciata la scomparsa domenica».

«Ok», commenta Jan laconicamente. Vuole che sia Super-Joki a guidare la conversazione.

«Una delle domande fondamentali è certamente cosa abbia portato il ragazzo a recarsi nel luogo dove poi sarebbe morto al riparo degli alberi. Dove è stato ritrovato non c'era nessuna traccia che indicasse che sia stato trascinato o trasportato. Il corpo è integro, senza lesioni. Sotto le unghie è pulito. Non sono presenti ematomi, escoriazioni o graffi rilevanti, né precedenti né successivi alla morte.

Perciò, sulla base dei rilievi, non c'è motivo di presumere che il defunto sia stato trascinato fin lì».

«Vero», commenta Jan. «Finora, la scientifica non ha trovato nient'altro nella foresta, ma l'area è ancora in fase di perlustrazione».

«La teoria secondo cui la vittima sarebbe morta da qualche altra parte e sarebbe poi stata trasferita nella foresta è davvero poco plausibile. È difficile trascinare un corpo in un bosco, e inoltre, se ne sarebbero potuti liberare in modo molto più semplice», continua Super-Joki.

«Posizionare un cadavere in mezzo a un'area protetta è interessante, come scelta», riflette Heidi. «Questo ragazzo è completamente vestito, non ci sono segni di violenza sessuale né di altri atti brutali. Qualcosa, in questo scenario, mi fa pensare che forse la vittima si è sistemata da sola nel suo ultimo luogo di riposo. Si è sdraiato a terra, con il viso rivolto verso il cielo, e poi è sopraggiunta la morte».

«Ma allora, dov'è il presunto omicidio a causa del quale siamo stati allertati?», chiede Jan.

Heidi cammina nervosamente avanti e indietro nella sala mortuaria, mentre ascolta le sue parole. Jan chiude gli occhi e lascia che il cervello registri le informazioni. Le luci fluorescenti, fredde e luminose della stanza sono visibili anche attraverso le palpebre abbassate. Non percepisce più il lieve fetore che emana il cadavere. Il naso ha fatto in tempo ad abituarsi.

«Non è chiaro se ci fosse l'intenzione di far ritrovare il corpo», osserva Heidi interrompendo il silenzio. «La mia impressione è che la vittima sia stata lasciata nel bosco senza pensare troppo alle conseguenze. Se si tratta di un omicidio, la fossa lasciata dalle radici può essere stata invitante».

«L'assassino avrebbe anche potuto pensare che non si sarebbero trovate tracce riconducibili a lui», continua Jan.

«Eppure, sul posto c'è l'impronta di una scarpa», borbotta lei.

«Tutto ciò che vediamo ora potrebbe far pensare a un delitto passionale. L'assassino non è interessato a creare uno spettacolo teatrale. Ha semplicemente ucciso una persona in modo impulsivo e ha lasciato il corpo nel bosco. Ma qual è la causa della morte ufficiale? Si è trovato qualcosa nel sangue?», domanda Jan.

«La saprete presto, appena mi arrivano i risultati del laboratorio. È verosimile che, al momento della morte, il ragazzo fosse molto ubriaco. Sono state trovate tracce di alcol nel sangue e nelle mucose. Ma è improbabile che l'alcol sia la causa del decesso. In altre parole, sospetto che la vittima sia stata avvelenata», rivela Super-Joki, gongolando nel vedere che gli altri due ammutoliscono.

«Possiamo quindi essere sicuri che non si sia trattato di un incidente?», si assicura Jan.

«La vittima non ha perso i sensi, né è soffocata nel vomito. Il congelamento è escluso, perché la notte era tiepida», commenta Super-Joki.

«E il suicidio?», chiede Heidi con cautela. «Ma perché qualcuno si avvelenerebbe in mezzo alla foresta? Ci sono modi più semplici, per uccidersi».

«Non penso sia stato un suicidio», risponde Super-Joki. «C'è un dettaglio che è bene che sappiate», continua, poi tende la mano verso il petto del cadavere.

«Qui, in questo modo, sul petto della vittima era poggiata una pianta. Lì sul tavolo ci sono alcuni piccoli resti, li ho raccolti e li ho esaminati meglio».

Jan e Heidi seguono Super-Joki al tavolo. Su un vassoio d'acciaio c'è un lungo stelo ricurvo con dei fiori viola appassiti.

«Ho fatto un po' di ricerche. Questa è una *Digitalis purpurea*».

Jan osserva la pianta, la fotografa con il cellulare e comincia a rimuginare. Il ragazzo è morto con i fiori in mano, oppure qualcuno li ha adagiati sul corpo dopo la morte?

«La digitale è un fiore da giardino molto comune. Se cercate una foto, la riconoscerete sicuramente. Di norma, non cresce spontaneamente nella foresta».

Il tubo fluorescente crepita sul soffitto. Nella sala seminterrata, tre figure molto serie si sporgono in avanti a fissare una pianta.

«Qualcuno era lì e ha messo i fiori sul petto della vittima?»

SAANA

Saana si porta in giardino una grande tazza decorata con delle rose, piena di caffè. Si gode la sensazione della fresca rugiada mattutina sotto le dita dei piedi. Poco dopo, la zia la segue con un ricco vassoio per la colazione.

«Vieni», la chiama Inkeri mentre la fa alzare, ancora assonnata, dal dondolo. «Un giro del giardino è obbligatorio!», esclama, e si dirigono verso le nuove piante della zia.

«Qui c'è la cicerchia a foglie larghe», comincia Inkeri, indicando dei bei fiori rosa che ricordano quelli del pisello odoroso. «E lì ci sono la coreopsis tinctoria, la ligularia dentata, la *Digitalis purpurea* e l'echinacea pallida».

Saana rimane a fissare l'echinacea. I petali rosa intorno al bottone rossiccio sono rivolti all'ingiù, come le orecchie abbassate di un coniglio.

«La cedronella ama particolarmente le echinacee, mentre sui fiori di menta svolazza spesso la pafia», spiega la zia mentre procedono.

Saana inspira l'aria umida, rinfrescata dalla vegetazione, e sente che si sta gradualmente svegliando.

«Agosto è il mese migliore per le farfalle. Adesso volano quelle che d'inverno andranno in diapausa e poi ritorneranno in primavera», precisa Inkeri, poi tende il braccio per invitare gli insetti a posarsi sulla sua mano. «La vulcano è una girovaga che arriva in Finlandia all'inizio dell'estate. Alcune di loro tornano indietro seguendo la direzione dei venti».

Saana annuisce e sorride. Inkeri si sta entusiasmando.

«La vanessa del cardo ha una particolarità. Viene dal sud del Mediterraneo e durante la migrazione si sviluppa già una nuova generazione. Quest'estate qui ho visto anche un macaone sul mio dianthus deltoides», va avanti la zia, e Saana pensa che purtroppo tra poco non ricorderà neppure la metà di tutti quei nomi di piante e farfalle.

«Meno cerchi di catturarle, più possibilità ci sono che ti si posino spontaneamente sulla mano», sorride Inkeri abbassando il braccio.

Mentre osserva il giardino, Saana si rende conto di quanto poco tempo abbia passato in mezzo a quei bei fiori. Possibile che l'intera estate sia già volata via?

«La tua strada e quella delle farfalle non si sono incrociate molto, durante l'estate», nota Inkeri, come se stesse leggendo i pensieri di Saana. «Le farfalle amano svolazzare al sole, ma tu hai passato quasi tutto il tempo nascosta nell'ombra».

«La divisione dei compiti tra noi è molto chiara», ride Saana. «Tu scavi la terra del giardino, e io scavo vecchi omicidi».

Quando Saana, finita la colazione, esce dal giardino e va a fare una passeggiata, i grilli friniscono tra i fili d'erba al lato della strada, e c'è un tale tepore nell'aria che le sembra di essere all'estero. La prima persona che incrocia, però, con i bastoni da nordic walking, le ricorda subito dove si trova: nel cuore della Finlandia, a Hartola, una piccola cittadina un po' presuntuosa, che si fa chiamare "regno".

Saana passa su un sentiero che conosce. Le foglie del camenerio hanno già le punte un po' rosse, e le infiorescenze lilla si sono trasformate in lunghi steli secchi con una delicata peluria bianca alle estremità. Le piante le ricordano sé stessa all'inizio dell'estate: uno stelo appassito, con la mente come un batuffolo secco. Soltanto adesso che si sente molto meglio percepisce la leggerezza dovuta alla fine dello stress e una certa pace. È possibile che la vita possa essere così lieve? A volte le sembra di essersi svegliata da un lungo letargo. Tutta la primavera è stata avvolta dalla nebbia di un'indefinita stanchezza.

Entra in un negozio per comprare un gelato confezionato e si siede a mangiarlo davanti alla grande chiesa di pietra. Tira fuori il cellulare e comincia a cercare posizioni di lavoro aperte. Con orrore, legge i requisiti richiesti: ogni azienda sembra volere come minimo dei supereroi. Apre Facebook e le compare subito un annuncio condiviso da un suo ex collega giornalista.

"Communication specialist. Stiamo cercando un consulente di comunicazione part-time, una persona con un'ottima capacità di scrittura ed esperienza nel campo giornalistico". Finisce di mangiare il gelato e decide di provare. Molti amici che hanno lavorato come giornalisti negli ultimi anni hanno trovato un buon posto presso agenzie di content marketing o di comunicazione. Forse, potrebbe provare anche lei. Inizia a sentirsi pronta per tornare a una vita lavorativa. Anche la sempre crescente carenza di denaro ha un peso significativo, nella questione.

HEIDI

Heidi ha bisogno di prendersi una piccola pausa. È bloccata davanti al computer da troppo tempo e comincia a sentire un fastidio alla nuca. Poggia il portatile accanto a sé sul divano e se la massaggia un po'. Si alza per fare dello stretching e dei movimenti di yoga, ma nel bel mezzo degli esercizi le viene comunque voglia di whisky. Anche ieri è andata nello stesso modo. Dopo il lavoro ha fatto ben quattro volte il saluto al sole, ma poi si è scolata lo stesso numero di bicchieri di whisky. Un equilibrio infernale. Il whisky le ha dato il coraggio di scrivere un messaggio a Julia e, visto che poi non l'aveva sentita per tutta la sera, si è innervosita e ha deciso di scaricare di nuovo Tinder. Mentre era ubriaca è tornata sul suo profilo, per di più come utente Gold. La versione Gold le dà l'illusione di essere lei a dominare l'app, e non il contrario. Rende possibile vedere riuniti in un collage tutti quelli che hanno mostrato interesse e ottenere quindi più informazioni con un'unica occhiata.

Heidi interrompe lo stretching a metà e controlla l'ora sul cellulare. Le 21:03. Ha cominciato a lavorare alle sette di mattina. Il corpo ha bisogno di un po' di riposo. Oltre alla voglia di whisky, le viene l'assillante tentazione di aprire Tinder. Sarà successo qualcosa, da ieri sera? Con chi potrebbe esserci un match, oggi? Si versa un bicchiere di single malt e comincia a scorrere le foto. Sono un'avida stronza curiosa, pensa. Allo stesso tempo, si ricorda com'era andata l'ultima volta. Dopo aver rimosso l'app dal suo telefono, aveva giurato di non usarla mai più. Le interminabili ore a scorrere foto l'avevano quasi fatta impazzire. Poi si è calmata per molto tempo e, a sorpresa, ha incontrato Julia durante l'estate.

Ma adesso il rapporto con Julia è troppo incerto. Viene di nuovo sopraffatta da un vortice di emozioni quando ricorda che Julia non le ha ancora risposto al messaggio di ieri. A Heidi non è mai piaciuto stare in una posizione di svantaggio, appesa a un'altra persona. È lei quella attiva. Heidi sa che a Bali si vive con un altro ritmo e che Julia ha sicuramente un buon motivo per non rispondere, ma nonostante questo il silenzio la fa stare male. Inoltre, Julia non le ha mai promesso niente. L'ha anche messo in chiaro da subito, ma invaghita com'era, Heidi non deve aver compreso bene le sue parole.

«Non posso prometterti niente», aveva detto Julia. Heidi si era messa a ridere, le si era messa dietro, le aveva infilato le mani sotto la maglietta e le aveva accarezzato i seni morbidi. Aveva dimenticato tutto il resto.

Heidi prende un sorso di whisky e comincia a scorrere le foto. No, no, assolutamente no, no. Non saprebbe dire cosa sta cercando esattamente. Un'emozione specifica? Oltre a una bella foto, qualcuno che si distingua dalla massa? È davvero possibile trovare la persona giusta solo grazie a una foto? In realtà, Heidi sa solo cos'è che non vuole: qualcuno che abbia una bio troppo lunga. D'altra parte, però, non incontra volentieri neanche chi non dice niente di sé o comunica solo tramite emoji. Il whisky le pizzica in gola. Nelle foto compaiono piante, gatti e paesaggi naturali. Alla fine, si ferma alla vista di una bella bionda, ma rimane delusa quando, nella quarta foto, la donna è in posa tra le braccia di un uomo. *Coppia in cerca di un unicorno.*

«Ehm, no grazie», borbotta tra sé e sé, e ripone il telefono, di nuovo frustrata. Nessuna di loro è come Julia. Ma Julia sarebbe tornata dalla scuola di yoga non prima di novembre.

Heidi si dirige verso il frigorifero. Si accovaccia e tira fuori dal congelatore in basso un cilindro di plastica. È l'ultimo. Dovrà presto farsi portare un altro po' di *snus* da un collega. Prende una delle scatolette rotonde che compongono il cilindro e rimette le altre nel freezer. "Mamma conserva nel congelatore funghi e bacche, io invece soltanto il tabacco da masticare", pensa mentre tiene in mano la scatoletta di plastica gelata.

Cosa rivela questo di me? Sorride divertita, apre la scatoletta e si infila una bustina sotto il labbro superiore. La sensazione di freddo la ricarica. A poco a poco, il piacere che le si diffonde nel corpo mette a tacere tutti i suoi dubbi, e sente di avere di nuovo le redini in pugno. Allora torna al computer e comincia a leggere le informazioni raccolte da Saki sulle recenti denunce di persone scomparse. Tra queste ci potrebbe essere il ragazzo trovato in mezzo al bosco? Mentre vuota il bicchiere di whisky, il cellulare comincia a vibrare fastidiosamente sulla superficie dura del tavolo di vetro. È Jan.

«La salma è stata riconosciuta», esordisce, e Heidi ascolta con attenzione. «Ti mando tutti i dati. Ci vediamo in ufficio domattina presto, diciamo alle sette?», propone lui, come se ci fosse scelta. In realtà, Heidi sa che è un ordine. La Polizia criminale centrale ha appena preso il comando.

Mercoledì 28 agosto

SAANA

Saana preme il pulsante di invio. La domanda di lavoro, il CV aggiornato e il portfolio con esempi di articoli partono a un orario record, sono solo le otto del mattino. Scende poi le scale per andare nell'accogliente cucina di zia Inkeri. Come d'abitudine, accende la macchina del caffè e prende in mano la tazza grande.

Inkeri sta probabilmente già facendo la sua passeggiata mattutina, godendosi il giardino fiorito. Dalla tazza da tè vuota poggiata sul lavello viene ancora un lieve profumo di ribes nero.

Saana appoggia la fronte alla credenza e fissa il liquido scuro che gocciola piano piano nella caraffa. Un delizioso profumo di caffè appena fatto si spande nella cucina. Oggi conta di leggere gli appunti scritti durante l'estate e di cominciare a mettere insieme una sceneggiatura. In mente ha anche un altro programma, che ha rimandato a lungo: gli oggetti di sua madre. In soffitta ci sono degli scatoloni in cui Inkeri conserva dei ricordi di lei. Vecchi libri, quaderni, dipinti, fotografie e vestiti, nonché i giocattoli di quando Saana era piccola. Rimembranze nostalgiche, nelle quali sarà allo stesso tempo bellissimo e doloroso entrare. È passato così tanto tempo che a pensarci non si sente più infinitamente sconsolata, soltanto malinconica. Sono già più di dieci anni che sua madre è morta, ed è finalmente pronta a portare con sé a Helsinki uno degli scatoloni. Lo aprirà quando sarà il momento giusto. Si versa il caffè nella tazza grande, aggiunge del latte di avena, indossa i suoi calzettoni di lana e torna al piano di sopra, nella stanza degli ospiti che è stata il suo rifugio per tutta l'estate.

Quando, nel tardo pomeriggio, riscende al piano terra, sente un chiacchiericcio in cucina. Inkeri e Harri sono seduti al tavolo e stanno cenando.

«Non volevo disturbarti, sembravi molto presa dalla scrittura», dice Inkeri. «Prendi un piatto dalla credenza e unisciti a noi».

Saana, contenta, riempie con il mestolo il suo piatto della squisita zuppa di pesce della zia e si imburra una fetta di pane alle rape. E lì, mentre mangia e nota la tenerezza con cui Inkeri e Harri si guardano, Saana si accorge che le manca molto Jan. Le viene un forte desiderio di averlo vicino. Improvvisamente le sembra assurdo essere lì, dormire da sola in un letto stretto, essere ospite a casa di un'altra persona, lontano da Jan. A Helsinki potrebbe stare tra le sue braccia. O, almeno in teoria, sarebbe possibile trascorrere qualche momento con lui. In pratica, sembra invece che Jan abbia passato, dopo il ritorno dalla vacanza, tutto il suo tempo lavorando. Probabilmente, la situazione sarebbe la stessa anche se lei fosse a casa.

Saana prende altra zuppa, ci aggiunge un po' di sale e dell'aneto fresco e ascolta Harri parlare di un'imminente ristrutturazione della casa di Inkeri, prima che arrivi l'inverno. Appena vuotato il piatto, prende una decisione. Tornerà a Helsinki prima di quanto aveva previsto.

Più tardi, Inkeri riscalda la sauna. Il profumo raggiunge il prato umido, dove Saana si stiracchia, aspettando che il termometro segni la temperatura giusta. Quando la sauna è pronta, indossa il solito vecchio accappatoio giallo ed entra nella casetta di legno in giardino. L'anticamera della sauna è piccola, e sulla parete c'è uno specchio anni Cinquanta dalla cornice di plastica blu ormai sbiadita. Quello specchio è sempre stato lì, da quanto ricorda, così come il tappetino liso e colorato. Vorrei che questo posto non cambiasse mai, pensa tra sé e sé. Poi apre la porta e si immerge nel meraviglioso e rilassante calore della sauna.

JAN

Jan scrive sul pannello appeso alla parete il punto di partenza delle indagini. JOHANNES TAPIO JÄRVINEN, NATO NEL 1994, MORTO NEL 2019.

«Cosa sappiamo di lui?», chiede Heidi a Saki, che ha raccolto per loro tutto il materiale disponibile riguardo la denuncia di scomparsa, la sparizione e le prime operazioni della polizia. Jan la osserva. Ha gli occhi arrossati. Sono seduti in tre sotto una luce brillante, che si concentra solo su poche postazioni di lavoro. Sono solo le sette. Il resto dell'ufficio è ancora silenzioso.

«Uno studente dell'accademia Metropolia, iscritto al corso di cinema e televisione. Età venticinque anni, risulta essere residente in via Ulvilantie, Helsinki, quartiere Munkkivuori. La scomparsa è stata denunciata domenica pomeriggio da sua madre, Maria Järvinen. Attualmente, l'ultimo avvistamento del ragazzo sembra risalire a venerdì scorso, quando è uscito di casa. Johannes possedeva una bicicletta che, secondo la madre, non si trova né nel cortile né in cantina, quindi si suppone che il ragazzo sia uscito con quella».

«Dov'è adesso la bicicletta?», si informa Jan, ma Saki scuote la testa. Non se ne sa nulla.

«Aveva un appuntamento, ha incontrato qualcuno per caso oppure si è diretto volontariamente nel folto della foresta e si è ucciso?». Heidi pone questi interrogativi mentre incolla sulla parete una mappa della zona.

«Il poliziotto che ha registrato la denuncia di scomparsa ha annotato che Johannes era uscito con lo zaino in spalla venerdì 23 agosto e aveva avvisato la madre che sarebbe tornato soltanto domenica. Aveva venticinque anni ed erano cominciate le vacanze estive. La madre non aveva motivo, naturalmente, di sospettare nulla. Quando il ragazzo non si è fatto sentire domenica 25 agosto, la madre gli ha telefonato molte volte, ma il suo cellulare era staccato. Non è mai riuscita a contattarlo».

«Non abbiamo nessun testimone oculare o altre informazioni sull'ultima sera di Johannes?», si assicura Jan.

«Ancora no», conferma Saki. «Stiamo giusto controllando i dati telefonici».

«E se fosse davvero una morte volontaria? Se avesse detto in anticipo che sarebbe stato via, in modo che nessuno cercasse di raggiungerlo e potesse ritirarsi in pace nel bosco a morire?», riflette Jan.

«Nel rapporto c'è scritto che, secondo la madre, Johannes era in buona salute, niente faceva pensare a comportamenti autodistruttivi o a depressione», osserva Heidi. «La polizia di Helsinki è andata ieri a casa del ragazzo scomparso e ha prelevato il DNA dallo spazzolino. Adesso andrà confrontato con quello del corpo del ragazzo ritrovato nel bosco».

«Adesso abbiamo il cadavere della persona scomparsa», afferma Jan.

«Già, adesso abbiamo il cadavere», borbotta Saki, e fissa sullo schermo la zona del ritrovamento.

Sono passati solo pochi giorni dalla denuncia di scomparsa del ragazzo, e ora è stato trovato. Jan pensa alla brutta notizia che si dovrà dare ai parenti. Abbiamo trovato il vostro ragazzo, mi dispiace. Di solito temono il peggio, ma almeno finché dura la scomparsa può esserci spazio per un po' di speranza. Quando la ricerca termina, la morte diventa reale. Non c'è più speranza.

«Ho per voi i dati telefonici», mugugna Saki, e scorre sullo schermo un elenco di numeri.

«Vi stampo la lista degli ultimi numeri a cui Järvinen ha telefonato o che lo hanno chiamato. Non ci sono molte chiamate. Anzi, piuttosto poche».

«Grazie», dice Jan. «E le localizzazioni?»

«Il telefono di Johannes Järvinen si è agganciato per l'ultima volta alla cella telefonica di via Hämeentie venerdì alle 18».

«Mettiamoci al lavoro», esorta Jan. «Dobbiamo cercare il maggior numero possibile di testimoni oculari che erano in zona venerdì sera. Farò anche setacciare il prima possibile i ristoranti, bar e negozi».

Nonostante il debito di sonno, Jan si sente stranamente energico. Ripensa a dove si trovava lui venerdì 23 agosto, e gli torna in mente il calore del Portogallo. Gli sembra che sia passata un'eternità. È angosciante che, nello stesso momento in cui lui era in vacanza, nella sua bolla romantica, la vita di un giovane si sia improvvisamente spezzata. Jan si gratta la barba. Le veneziane dell'ufficio sono chiuse e il senso del tempo è lentamente svanito. Nel buio della stanza grigia, vede lo schermo del computer di Saki. Il cursore del mouse si ferma su una breve lista di numeri di telefono. Sono pochi. Forse, tra di loro c'è qualcuno che sa qualcosa di più.

HEIDI

Heidi ferma la macchina davanti a un palazzo in via Ulvilantie. L'edificio marrone degli anni Cinquanta, dalla superficie granulosa, le ricorda la sua casa d'infanzia. Sale le scale fino al terzo piano e suona il campanello. La madre di Johannes Järvinen apre la porta in silenzio e indietreggia per lasciarla entrare. Heidi si toglie le scarpe all'ingresso e, in calzini, segue la donna nel soggiorno.

«Le mie più sentite condoglianze per la sua grave perdita», mormora, esprimendole partecipazione con lo sguardo.

Andare a casa dei parenti è sempre un compito ingrato. Heidi deve cercare di assumere un atteggiamento duro, in modo che la sofferenza della donna non si trasmetta anche a lei. C'è così tanto, di cui essere rattristati.

Osserva le piante del soggiorno. La luce inonda magnificamente l'ambiente, ma da alcune piccole cose si nota che in casa domina il dolore. La madre di Johannes Järvinen la guarda interrogativamente dalla cucina con una caffettiera in mano. Heidi scuote la testa.

«No, grazie».

L'appartamento è pulito, ma qua e là svolazzano dei moscerini. Sorride ricordando un suggerimento letto da qualche parte, secondo il quale conviene immaginare i moscerini come delle minuscole fatine. Così facendo, il rapporto con loro sarebbe notevolmente più amichevole. Non funziona, pensa poi. Lei odia i moscerini, e non le sono mai piaciute nemmeno le fate.

«Sospettate un delitto?», le si rivolge timidamente Maria Järvinen. «Qualcuno ha ammazzato mio figlio?». La voce le trema un po'. Heidi nota sul tavolo una pila di fazzoletti e gliene passa uno.

«Se ho capito bene, Johannes abitava ancora con lei?», va avanti Heidi, ignorando la sua domanda. Dall'ingresso parte un corridoio che sicuramente va verso la stanza del ragazzo morto. Dovrà esaminarla.

«Sì».

«Sono venuti degli amici a trovarlo, di recente?»

«Non vengono da anni. Johannes si è sempre trovato meglio da solo. Gli bastavano il computer e la scuola. Ero un po' preoccupata del fatto che stesse sempre per conto suo. Ma nessun tentativo di trovargli qualcosa da fare ha portato a dei risultati. E aveva già più di vent'anni. Alla fine, ho saputo solo essere una madre affettuosa, ho fatto del mio meglio», racconta la donna avvilita. «Risparmiava soldi abitando qui, e a me andava bene. A Helsinki gli affitti sono così alti. Può andare nella stanza di Johannes, se vuole. Non ho toccato niente, è identica a quando…».

Scoppia a piangere. Heidi si dirige verso la stanza di Johannes e lascia Maria Järvinen nel soggiorno. Dietro di sé, sente un lieve singhiozzare.

La stanza di Johannes è ascetica, quasi vuota. Nello spazio di quasi dieci metri quadri ci sono un letto, una grande scrivania, una sedia da gaming e un armadio. Johannes dava molta importanza al suo computer, pensa Heidi mentre osserva la scrivania, su cui ci sono due grossi schermi. Le viene in mente la parola *hikikomori*, l'isolamento sociale. Un ragazzo ritirato in casa, lontano dalla vita normale, attaccato al suo PC: un fenomeno a cui è stato dato quel nome in Giappone. Ripensa a tutti gli articoli letti sui giovani uomini solitari in Finlandia. Eppure, in finlandese non è stata ancora coniata una parola che descriva questa situazione. *Bamboccione* non è una definizione adatta per un giovane che si isola. Le pressioni e le aspettative sociali fanno sì che i giovani si nascondano dalla luce del sole, per non dover rispondere alle eccessive pretese altrui. Heidi posa lo sguardo sul computer. Tramite internet, tutto il mondo è comunque a portata di mano.

Dà un'occhiata anche dentro il cestino sotto alla scrivania. C'è soltanto una bottiglia vuota di Pepsi Max. Apre l'armadio e le arriva un buon profumo di sapone da bucato. Johannes ha avuto una madre premurosa. Alle stampelle sono appese delle felpe, sui ripiani ci sono jeans e t-shirt. Si infila dei guanti usa e getta e fruga nell'armadio dietro ai vestiti. Niente. Controlla le tasche dei jeans. Qualche scontrino stropicciato e accartocciato, un accendino. Legge gli scontrini: una banana e un Thai Cube al K-Market di Toukola, 20.8.2019. Controlla la posizione del negozio, a quanto pare si trova vicino all'istituto a cui era iscritto il ragazzo, Metropolia, Hämeentie 135. Poi, nelle tasche di una felpa appesa a una stampella, trova un elastico per capelli rosa. Lo guarda un attimo e lo ripone con attenzione in un sacchetto richiudibile. Controluce, si vede che all'elastico è attaccato un capello biondo. Sarà del ragazzo, o di qualcun altro?

Sul fondo dell'armadio c'è anche un paio di scarpe da ginnastica della Nike. Heidi si china per esaminarle e vi infila dentro una mano. Sono molto rovinate e poco invitanti, ma d'improvviso sente qualcosa con le dita. Con grande stupore, tira fuori da una scarpa uno spesso rotolo di banconote. Il mazzo di biglietti da cinquanta euro è arrotolato con cura e fissato con un laccio di gomma. Infila i soldi in un altro sacchetto. Potrebbero esserci qualcosa come duemila euro. "Ok, ok", pensa Heidi. "In qualche modo, ti sono arrivati molti soldi". Si accomoda sulla sedia della scrivania. C'è un computer portatile, lo porterà via con sé. Fruga ancora sotto il letto e controlla se ci siano nascondigli o cose che si siano volute tenere al riparo da sguardi indiscreti. Niente. Sulla parete sopra il letto c'è un manifesto su cui c'è scritto DJ JJ AKA JÄRVINEN. "Dj", medita Heidi. Un ragazzo timido che si esprimeva attraverso la musica? Poi si mette il Macbook sotto il braccio e ritorna nel soggiorno.

«Suo figlio come si guadagnava da vivere?», chiede Heidi cercando di mantenere un'espressione il più neutrale possibile.

«Aveva una borsa di studio e ogni tanto faceva il DJ. Giovedì scorso deve aver suonato, credo, visto che è stato fuori fino al mattino. Ma non ho fatto in tempo a parlarci molto. Quando sono uscita per andare al lavoro, lui era appena tornato», risponde Maria.

«Le viene in mente qualcos'altro che potrebbe avergli fatto guadagnare tanti soldi negli ultimi tempi?»

«No, di cosa sta parlando?», ribatte con aria sbalordita.

Heidi decide di non dirle niente delle banconote, per il momento. Le restituirà appena avranno preso le impronte digitali.

«Per noi sarebbe importante sapere qualcosa di tutte le persone che erano vicine a suo figlio. Per esempio, era fidanzato?». Le parole rimangono sospese nell'aria ferma della stanza. Prova pena per Maria. Il dolore comincia a esserle insostenibile.

«Johannes non mi raccontava più molto, e io lo lasciavo in pace. Durante l'estate ha passato ogni tanto la notte fuori, a casa di amici, così mi diceva. E poi andava nei locali. Poteva rimanerci fino al mattino, e dopo dormiva quasi tutto il giorno. Johannes passava molto tempo al computer. Forse nelle ultime settimane andava un po' di corsa ed era più sfuggente. Ma niente per cui mi sia venuto in mente di preoccuparmi. Non lo so, poteva anche essere fidanzato senza che io lo sapessi».

«Ma suo figlio non le ha mai parlato di qualche ragazza? O ragazzo. Qualcuno che avesse i capelli biondi? E adesso, nessuno ha tentato di contattarlo o ha chiesto di lui?».

Maria Järvinen scuote la testa. «Ora che me lo chiede, non saprei nominare nemmeno uno dei suoi amici. Non mi ha mai parlato di nessuno».

«Lei era a casa venerdì, quando Johannes è uscito?», chiede ancora Heidi.

«Sì, Johannes se n'è andato verso le quattro del pomeriggio, ha detto che avrebbe passato la notte fuori. "Ci vediamo, mamma", sono state le sue ultime parole», racconta Maria e deglutisce. Le mani tremanti stringono il fazzoletto di carta. È bagnato e stropicciato.

«Ha usato esattamente quelle parole, che avrebbe "passato la notte fuori"?»

«No, aspetti, ha detto "da un amico". Ha importanza?»

«Non lo sappiamo ancora», risponde Heidi, e si appunta "Amico?"

«Voglio dire che, anche se mio figlio stava molto per conto suo, disperato o triste non era. Non si sarebbe mai fatto del male, di questo sono sicura», aggiunge Maria, guardandola con occhi disperati.

Heidi valuta le informazioni ottenute finora. Johannes non dava segnali di tendenze autolesionistiche, non gli sono stati diagnosticati disturbi o malattie mentali. Un ragazzo solitario, una fonte di guadagno poco chiara. Una bicicletta. Sarà di estrema importanza riuscire a chiarire i movimenti di Johannes nell'ultima sera. La strada dal locale a casa può essere pericolosa per un ragazzo ubriaco, soprattutto passando vicino alla costa o a un corso d'acqua. Però è successo tutto in mezzo al bosco. C'è un proverbio che dice "il bosco ti risponde ciò che tu gli gridi", ma Johannes avrà gridato? Heidi saluta Maria, e quando si chiude la porta dietro di sé sente di poter di nuovo respirare.

Mette in moto la macchina. Nel frattempo, ha rinfrescato e non c'è bisogno di accendere l'aria condizionata. Per un impulso improvviso, non torna in ufficio ma si dirige verso Vanhankaupunginkoski. Stavolta lascia la macchina su via Säynäslahdentie e prosegue a piedi fino al punto del ritrovamento. I bordi della strada sprofondano sotto la vegetazione che cresce in grovigli disordinati, puntando in alto, verso la luce. Heidi riconosce solo il cardo spinoso color rosso anilina. Dei piccoli fiori gialli le sembrano familiari, ma non riesce a ricordarne il nome.

Il sentiero sterrato è deserto, nessuno cammina nella sua direzione. Forse la notizia di un cadavere rinvenuto in quel posto si è diffusa, dopo che alcune persone hanno visto la polizia delimitare una parte della foresta. I nastri indicano l'area in cui l'accesso è ancora vietato. Lo sconcertante evento deve aver diminuito l'entusiasmo per le escursioni in mezzo alla natura.

Cosa ha incontrato Johannes, nei suoi ultimi momenti tra gli alberi? Nel bosco è più probabile imbattersi in animali selvatici che in assassini, riflette Heidi, ma non riesce a non pensare alla sua paura del buio. Le robuste conifere proiettate verso l'alto, un posto isolato, lontano dagli sguardi. Anche lei è cresciuta vicino a una vasta foresta. Quando era bambina, le sembrava un luogo di libertà e di avventura, ma a poco a poco, più le davano regole, più quella diventava spaventosa. Non andare nel bosco col buio, ricordati di non fidarti degli sconosciuti. Attenta ai lupi e agli orsi, la ammonivano, anche se non se ne vedevano mai così a sud. Chissà se dicono le stesse cose anche ai maschi, si domanda tra sé e sé mentre percorre il tragitto a lei ormai già noto.

Avanza sul terreno lentamente e cerca di non controllare il cellulare. Questo sarà probabilmente l'unico momento della giornata in cui è circondata da una pace totale. La natura non pretende niente da lei.

Arbusti di mirtilli neri e rossi, steli d'erba, foglie secche, aghi di pino, morbido muschio verde e giovani alberelli di sorbo. Rami spezzati, secchi e lanuginosi, felci, giovani abeti bassi e robuste betulle slanciate verso l'alto. Mentre cammina verso il punto in cui è stato trovato il cadavere, le viene in mente d'improvviso l'inverno. Ricorda la sensazione di quando si entra nella foresta che è ancora giorno, per poi sorprendersi di come l'ora blu cominci rapidamente a farsi strada tra le radici degli alberi e ai margini del cielo e di come ci si senta improvvisamente più inquieti. Deve sbrigarsi, se vuole andare via prima che faccia buio. Durante il tragitto di ritorno, comincerà la corsa contro il tempo e il cuore le batterà forte. Non lo ammetterebbe mai apertamente, ma immagina che all'ombra degli alberi ci siano animali che mangiano le piante fino a farle sparire e che si spostano sulla neve senza lasciare tracce.

Le cornacchie gracchiano da qualche parte in alto. Heidi posa lo sguardo sul terreno e riflette sulla bicicletta di Johannes e su quella zona. Le strade sterrate e i sentieri sono pieni di impronte di ruote di bicicletta. Tra poco sarà arrivata presso lo scuro intrico di radici dell'albero caduto. "Cosa potrebbe spingermi a sdraiarmi in quella fossa?", si chiede mentre si guarda intorno. I raggi del sole penetrano tra gli alberi e colorano il bosco fremente. Potrebbe essersi trattato di una qualche scommessa o di un gioco? Fa un respiro profondo e si siede un attimo su una roccia coperta di muschio. Poi, decide di tornare indietro facendo un'altra strada rispetto a quella di andata.

Poco dopo si trova davanti a un enorme abete, i cui rami pendono verso il basso come delle pesanti tende. Ricordano dei tentacoli. Sembra quasi un albero stregato. Heidi alza lo sguardo verso la cima di quel grande abete misterioso. Con sorpresa, nota per terra un paletto con una targhetta. PICEA ABIES F. VIRGATA. ABETE SERPENTE, ORMGRAN. Abete serpente, un capriccio della natura, una rara mutazione genetica del classico abete.

Giovedì 29 agosto

SAANA

Una volta che Saana ha raccolto tutte le sue cose e le ha portate fuori, beve insieme a Inkeri il caffè d'addio. Poi la zia sposta da un lato la tazzina e le porge un piccolo pacchetto.

«Grazie per l'estate passata insieme, e buona fortuna per l'autunno».

Saana si commuove. Vorrebbe davvero portare con sé a Helsinki Inkeri e la sua meravigliosa casa con mansarda. Si asciuga gli occhi con la manica e afferra la busta da lettera imbottita. Dentro c'è qualcosa di pesante.

«D'ora in poi sentiamoci più spesso», si raccomanda Inkeri, e la stringe in un lungo abbraccio.

«Vuoi dire sentiamoci almeno ogni tanto», ride la nipote. Saana la conosce da sempre, ma non hanno mai avuto l'abitudine di telefonarsi. Dopo un'estate passata insieme, però, sente la zia più vicina di quanto non sia mai stata. «E avvisami se decidi di venire a Helsinki», le ordina.

Si spostano verso la macchina di Inkeri, che sbircia con spavento i bagagli che la nipote ci vuole stipare dentro: uno scatolone preso in soffitta, una grossa valigia, uno zaino e una borsa di stoffa. Dapprima Saana tenta di infilare la valigia nel bagagliaio, ma poi si ricorda divertita che lì c'è il motore, quindi sistema in fretta tutto il carico sul sedile posteriore. Torna un attimo in casa, per controllare di non aver dimenticato niente, e prende dall'attaccapanni dell'ingresso un maglione islandese che ha deciso di portarsi a Helsinki. Era di sua madre. Con il maglione indosso, Saana entra in cucina per bere un bicchiere d'acqua. Proprio in quel momento, squilla il cellulare. Guarda stupita il numero sconosciuto. Risponde con nome e cognome in modo educato ed eccessivamente energico e, con molta sorpresa, riceve una convocazione per un colloquio di lavoro il venerdì mattina seguente.

I ciottoli crepitano sotto il maggiolino, mentre Inkeri dà gas lungo una strada sterrata verso la modesta stazione dei pullman di Hartola. Saana osserva gli steli d'erba gialli ondeggiare nel pomeriggio d'agosto, ed è sopraffatta dalla nostalgia. L'estate a casa di sua zia è stata la migliore da molto tempo. Una volta salita sul pullman, apre la busta da lettera e tira fuori una pietra fredda e liscia e un bigliettino scritto con la grafia sinuosa di Inkeri:

Alla mia cara nipote.

La pietra di Luna ti mette in contatto con le proprietà magiche della Luna. È una pietra femminile che aiuta a rinforzare l'intuito. Ha un influsso tranquillizzante, aiuta a tirar fuori le forze inconsce e aumenta l'empatia. È la pietra del viandante spirituale, il talismano dei viaggi interiori. Apre l'energia dell'amore e sostiene i nuovi inizi.

La prossima luna nuova è il 30 agosto.

Ai nuovi inizi, si augura Saana stringendo la pietra nel pugno. A poco a poco, diventa calda come la mano. Durante il viaggio, invia a Jan un messaggio: "Sto arrivando a Helsinki!".

Sorride pensando a lui. Ogni tot chilometri controlla il cellulare e vede che Jan non ha ancora risposto. Evidentemente, è in corso una qualche indagine impegnativa. Qualcosa che viene prima di tutto. Guarda fuori dal finestrino. Hartola diventa lentamente Heinola, poi Lahti e alla fine Helsinki. Davanti al supermercato Prisma di Viikki, si sente allo stesso tempo entusiasta e nervosa. Il ritorno al noto, ma con qualche novità. La sceneggiatura del podcast, un nuovo posto di lavoro e un fidanzato. Be', ancora non ufficiale, però comunque un uomo fantastico. Jan. La persona che improvvisamente ha fatto irruzione nella sua vita. Si conoscono ancora da poco tempo, ma tra di loro c'è qualcosa di speciale. E Saana vuole assolutamente vedere dove porterà.

Seduta n. 2

"Seconda seduta". Kaj scrive su un foglio vuoto la data e la sottolinea. Il nuovo regolamento sulla privacy rende più complicato prendere appunti. Non annota mai i nomi dei clienti, ma solo dei soprannomi. Riflette su quale nomignolo potrebbe dare alla ragazza. "Cliente, signorina N.", scrive sul foglio.

«Su una scala da uno a dieci, com'è il suo stato d'animo adesso? Immaginiamo che il dieci indichi il benessere perfetto e l'uno uno stato angosciato ed esausto», esordisce Kaj accomodandosi meglio sulla sedia. Oggi farà di tutto affinché il silenzio opprimente non riempia l'intera seduta.

«Sei, *sex*», risponde la ragazza senza guardarlo.

Kaj ignora la possibile allusione a qualcos'altro oltre al numero. È abituato a tutto.

È molto comune, per esempio, che in qualche momento del rapporto terapeutico il cliente cerchi di affascinare il terapeuta o se ne innamori. Ma di solito l'innamoramento non ha basi reali, il cliente semplicemente proietta i suoi bisogni sul terapeuta. La tempesta emotiva può essere forte, quando inizia a emergere. Quando si ottiene il feedback che si è forse aspettato per tutta la vita. A volte, Kaj è un adulto che impone dei limiti, altre volte incoraggia gentilmente, più spesso ancora è un mero specchio.

Kaj osserva i lunghi capelli neri della ragazza, legati in due trecce. È sdraiata sul divano con le scarpe, ma sceglie di non farglielo notare. Forse stavolta non sarà silenziosa come nel primo incontro. Indossa un vestito rosso. I bordi di pizzo del reggiseno spuntano dalla scollatura, ma così poco che stimolano appena l'immaginazione. Kaj distoglie immediatamente lo sguardo e ripassa la lettera N, premendo con la punta della matita più forte di prima.

«Com'è un mondo in cui i malati terminali ma mentalmente sani vogliono vivere, mentre quelli fisicamente sani ma mentalmente malati vorrebbero morire?», chiede all'improvviso la ragazza, voltandosi a fissare Kaj con aria di sfida. Kaj fa un respiro profondo e poi risponde con calma.

«Secondo lei com'è?», le rimanda indietro la domanda.

«Strano», risponde. «Secondo me, questo mondo in cui viviamo è strano».

Kaj annuisce e la incoraggia a continuare.

«Quasi tutte le persone che conosco soffrono di ansia climatica, a causa della consapevolezza che stiamo andando piuttosto velocemente verso tempi drammatici. Tutti i segnali fanno intendere che la Terra sarà distrutta, a questo ritmo. Bisognerebbe confidare nella capacità della gente di cambiare il proprio comportamento e nel fatto che l'economia si trasformi in modo tale da salvaguardare il futuro e non spremere il presente».

Kaj si appunta l'espressione "ansia climatica", ma tralascia il resto. Se conoscesse le parole giuste per far passare l'ansia climatica, le avrebbe già usate. Ma invece che di parole, ci sarebbe bisogno di più azione.

«Secondo lei, come sono le persone?», chiede Kaj.

La ragazza fa spallucce.

«Per il momento non ho trovato molti esempi di un'intrinseca bontà umana».

«Sono qui per lei. Mi direbbe che esempi ha, invece?». Kaj le sorride con aria incoraggiante.

La ragazza lo fissa con i suoi occhi grandi e sembra stia riflettendo sulla questione, ma non dice niente. Non vuole rispondere, o non ne è capace.

«Mi può dire qualcosa sulla sua famiglia? Da chi è composta?». Kaj cerca di fare in modo che la conversazione continui.

La ragazza si muove sul divano, un po' agitata.

«Solo io e mia madre. Mio padre è scomparso quando avevo cinque anni. Mia madre si è occupata di me da sola. Sono sempre stata sola».

«Sua madre è la persona che le è più vicina?», domanda Kaj.

La ragazza si tira su, si mette seduta e si sistema il vestito.

«No. Era mia nonna. Era la persona per me più cara, dolce eccetera, *ma* i miei nonni sono morti già da un pezzo. Sa quale soprannome mi aveva dato? *La pauvre petite*, povera piccola». Con sorpresa di Kaj, la ragazza va avanti. «Sono sempre stata una di quelle bambine serie, a cui signore e signori sconosciuti vengono a dire di sorridere», spiega, e lui annuisce con aria comprensiva.

«Sicuramente sa quanto sia irritante».

Kaj sorride. Per una frazione di secondo, vorrebbe cedere e iniziare una conversazione normale con la ragazza. Una chiacchierata in cui anche lui condividerebbe aneddoti della sua vita, le racconterebbe che anche lui era un bambino terribilmente serio da piccolo, ma che questo non significa niente. Non tutti devono per forza sorridere. Però si trattiene. Il compito di un terapeuta non è raccontare i fatti propri. Bisogna dimenticare il proprio io.

«A volte da piccola speravo di ammalarmi», prosegue lei. «In modo da poter semplicemente stare sdraiata, soffiarmi il naso, essere curata e guardare la TV. Ma poi, quando stavo male davvero, mi pentivo di averlo sperato. Non avevo nessuno che si prendesse cura di me. Mi sono abituata a cavarmela da sola, mia madre non è, per così dire, un tipo molto premuroso».

Kaj annuisce e le lascia un po' di tempo per respirare.

La ragazza si massaggia la nuca e chiude gli occhi. Pensa.

«Mi ricordo di una volta che mi chiusi nell'armadio. Avrò avuto nove anni, e pensavo alla morte. Mi ricordo che ragionavo sul fatto che la morte è la fine di tutto. Della nostra vita quotidiana, in cui andiamo al bagno, giochiamo, facciamo i compiti, parliamo, ridiamo, ci laviamo i denti, la faccia e le mani, facciamo la spesa, mangiamo, guardiamo il telegiornale e altri programmi TV. La morte è la fine dell'immortalità, dei progetti e delle religioni. Anche l'universo e il tempo spariscono. Per l'uomo, la morte è la fine di tutto. Stop. La morte è la fine anche al contrario, a causa sua scompaiono anche le conoscenze e i ricordi. Ma cos'è tutto questo? Così pensavo, mentre ero seduta nell'armadio».

Poi si interrompe, e Kaj appunta "Rimuginatrice, lato profondo". È un bene che finalmente la ragazza parli.

«È riuscita a dormire?», le chiede.

Lei scuote la testa.

«C'è qualcosa in particolare che le viene in mente proprio quando va a dormire, in quei momenti d'insonnia?»

La ragazza si massaggia le tempie.

«La mia testa è un po' incasinata per la stanchezza».

«Fa dei sogni, o magari degli incubi?»

«Non mi ricordo i sogni. O non ne faccio per niente, oppure contengono qualcosa che è meglio dimenticare».

Quasi senza rendersene conto, Kaj sbircia l'orologio da polso. La seduta sta quasi per finire, il tempo è quasi scaduto. Percepisce che il tranquillo silenzio che domina nella stanza offre la possibilità di terminare la conversazione.

«Grazie», dice Kaj con decisione. «Il nostro tempo è finito. Abbia cura di sé».

Rimane quindi seduto, ad aspettare che la ragazza si alzi dal divano ed esca.

Una volta andata via, nell'aria rimane la scia del suo profumo floreale un po' troppo dolce. Kaj fissa dalla finestra del vecchio edificio di mattoni un acero, e d'improvviso gli sembra di non saper distinguere bene quali emozioni le parole della ragazza gli abbiano suscitato. Frustrazione? Come potrà mai riuscire a far sì che si fidi di lui, quando appena esce dalla stanza è di nuovo lì fuori, da sola?

Nel parlare, anche di argomenti dolorosi, sembrava in qualche modo calma. È possibile che non abbia avuto nessuno con cui esprimere le sue emozioni sentendosi al sicuro. È anche possibile che si sia creata un falso sé per farsi accettare, per piacere agli altri, con tratti come gentilezza, disponibilità e buonumore. A poco a poco, questo atteggiamento porta, comunque, a mostrarsi in un modo completamente diverso da come si è. Quindi da fuori si può sembrare tranquilli, mentre dentro si è devastati dall'angoscia. Da tutte quelle emozioni che non ci si dà mai il permesso di manifestare.

Ma c'è anche qualcos'altro. Kaj si massaggia le tempie e percepisce una strana sensazione penetrargli nella mente. Si sente inquieto. Mentre fissa le foglie dell'acero che ondeggiano al vento, si rende conto di aspettare con curiosità il prossimo incontro e di saperne di più di questa ragazza interessante e timida. Allo stesso tempo, è anche spaventato. Teme già il momento in cui la ragazza gli racconterà per la prima volta qualcosa di terribile. Qualcosa che non vorrebbe ascoltare.

JAN

«Prego», dice Jone chiudendo la chiamata.

Il caso si è ufficialmente trasferito sulla sua scrivania. Jan si chiede come mai Jone se ne sia interessata così rapidamente. D'altronde, si è scelta un lavoro impegnativo. Forse la proattività dimostrata in questa prima fase può essere un punto di forza di Jone. Pensa al suo capo precedente, che era praticamente l'opposto della proattività. Jan non accetterebbe di stare nella posizione di Johanna Nieminen a nessun prezzo. Sovraccarico di responsabilità, libertà inesistenti e fiato pesante sul collo.

Saki è in piedi davanti al pannello con gli appunti dell'indagine.

«Ho raccolto tutto ciò che sappiamo su questo Johannes Järvinen», annuncia. «Johannes era nato a Helsinki. Aveva appena cominciato il terzo anno di studio all'accademia Metropolia. Stiamo chiarendo in questo momento se qualcuno tra i suoi compagni sia stato insieme a lui nei giorni precedenti alla morte».

«Ho incontrato la madre, sembrava una persona normale, ovviamente distrutta dal dolore. Ho portato a Saki il computer del ragazzo», aggiunge Heidi. «Johannes abitava con la madre, ma lei non mi ha saputo nominare nemmeno un amico del figlio. Basandomi sulla sua descrizione, mi è parso uno di quei ragazzi timidi, isolati davanti al PC, a cui piace stare per conto loro. Tuttavia, si esibiva anche come DJ, col nome DJ JJ, aka Järvinen. Era scritto su un manifesto nella sua stanza. Johannes era uscito la sera prima, forse per suonare».

«Bene, scopriamo dove potrebbe essere stata questa serata», risponde Saki. «Nei giri della techno è piuttosto tipico che si prenda qualcosa, potrebbe avere a che fare con i soldi trovati nella stanza. Controllo il PC. Anche se Johannes non aveva amici reali, è possibile che ne abbia avuti tramite giochi o altro in rete».

Jan e Heidi si avvicinano alla parete con gli appunti e fissano lo spazio ancora quasi vuoto che si apre davanti a loro.

«E questo?». Heidi indica con la sua unghia corta senza smalto la foto di un ciondolo d'argento. Rappresenta un otto sdraiato.

«Era al collo del ragazzo. L'unica cosa che gli è stata trovata addosso. Un ciondolo infinity, simbolo dell'infinito», legge Saki. «Non c'erano impronte digitali».

«Neanche quelle del ragazzo?», chiede Jan.

«Il ciondolo avrà a che fare con una fidanzata o un fidanzato?», domanda Heidi sfogliando il rapporto. «Non se ne parla da nessuna parte, e neanche la madre lo sapeva. È un punto poco chiaro».

Saki scuote la testa. «Almeno per ora, non abbiamo nessuna informazione in merito. Dobbiamo ancora controllare il computer e gli account dei social».

«In una felpa di Johannes ho trovato un elastico per capelli su cui c'era un capello biondo. I capelli di Johannes sono più sul castano», aggiunge Heidi.

«E la *Digitalis purpurea*?», continua Jan. «C'è qualcosa che dovremmo sapere sul nome o sul significato della pianta?».

Come risposta, ottiene solo silenzio. Heidi e Saki si ritirano per un momento alle loro postazioni di lavoro per controllare le informazioni che hanno raccolto.

«Ok, questo in realtà non lo sapevo ancora», afferma Heidi poco dopo, e con un calcio allontana la sedia con rotelle dallo schermo del PC.

«Sapevate che la *Digitalis purpurea* è tremendamente velenosa?».

JEREMIAS

Jeremias sente il calore di agosto sul viso. Il sole serale è ancora caldo. La serata è tranquilla, contrariamente all'umore di Jeremias. La strana, tormentosa atmosfera degli ultimi giorni non gli dà tregua. In realtà non dovrebbe pensare a niente, c'è solo da agire. Un frusciante canneto lacustre incornicia un sentiero ricoperto da tavole di legno che conduce a un isolotto. "Dove sono andate a finire le pecore dell'isola?", si domanda, poi fissa il cielo. Come mai si chiama Lammassaari, isola delle pecore, se non ce n'è neanche una?

Jeremias osserva le nuvole, sono come sottili strisce di fumo che sfumano nei colori del rosa, arancione e viola nel cielo luminoso. La tristezza colpisce ancora. Diamine. Helsinki è davvero bella, se sai trovare i posti giusti e puoi fermarti per goderne. Tuttavia, adesso non è il momento. Non riesce a godere di niente. La paura rende le cose inafferrabili. È come se fosse tutto sotto una campana di vetro, al di fuori della sua portata.

Jeremias si ferma. Quando dà al corpo la possibilità di fermarsi e lo ascolta, si rende conto di essere davvero stanco. Sente la pressione battergli nelle tempie, le orecchie fischiano, le mani tremano. È su di giri già da molti giorni. È agitato, ma allo stesso tempo si sente uno straccio. Il cuore gli martella quasi fino in gola. Decide di sdraiarsi per un momento in posizione fetale. Gli viene voglia di mettersi a urlare.

Ma non servirebbe a niente.

Il cervello manda alle gambe l'ordine di riprendere il cammino, e le gambe obbediscono. Il sole splende basso e le ombre del canneto ondeggiano. Tutto il sentiero sembra irreale, quasi magico. Jeremias si ferma ancora un momento ad ascoltare il fruscio delle frasche. Ce ne sono a perdita d'occhio. Non si vede nessuno, né dietro né davanti. Guarda l'ora. Le 19:23. Continua ad andare avanti. Non capisce bene che sensazione stia provando. Paura? Tristezza? Sicuramente angoscia. Tutto sembra crollargli addosso nello stesso momento.

Improvvisamente, si sente un lieve scricchiolio. Come un paranoico, Jeremias si gira subito a guardarsi alle spalle e poi di lato. Non vede nessuno. Gli steli vuoti delle canne continuano a ondeggiare come se niente fosse. Si mette di nuovo in ascolto. E se ci fosse davvero qualcosa, tra le canne?

Tra poco raggiungerà una piattaforma di osservazione in legno. Percorre velocemente la salita per uscire dal canneto. Ha bisogno di spazio, di una visuale ampia intorno a sé, non vuole essere completamente circondato dalla vegetazione. Dalla piattaforma si vede lontano, oltre i canneti, fino ai campi. È allora che un suono strano raggiunge le sue orecchie.

Come un corno, o un oboe. Potrebbe essere quello di cui gli avevano parlato? Jeremias scandaglia con lo sguardo l'ampio spazio. Un tarabuso, qui da qualche parte? Eppure non si intravede nessuna sagoma così grande. Si nasconde tra le canne, e il suo verso sembra come se qualcuno soffiasse in una bottiglia. Confuso, ovattato, Jeremias cerca di trovare un termine che descriva correttamente il suono. Forse l'uccello è un segno.

Il rumore cessa. Jeremias prende il cellulare dalla tasca. Nessun nuovo messaggio. Fa un breve video del paesaggio, riprende le canne ondeggianti al vento e manda un messaggio di saluti dalla natura al fratello. Poi si rimette il Samsung in tasca. Alza lo sguardo al cielo. Si sente starnazzare. Un rumoroso stormo formato da centinaia di oche vola in alto in una magnifica formazione. Gli uccelli sembrano disporsi in ordine automaticamente. Soltanto uno vola a ritmo diverso, pare più imbranato e non riesce a stare al passo con gli altri. "Un po' come me", pensa Jeremias prima di tornare giù, verso il canneto.

A poco a poco, il paesaggio si allarga e compare un grande campo. Lammassaari è una zona verde proprio di fronte. Solo poche centinaia di metri e la passerella lo condurrà ai margini della foresta. Infastidito, nota che gli si è slacciata una scarpa. Si ferma di nuovo e si china per riallacciarla. Guarda di nuovo l'ora. Le 19:28. Sembra che il tempo vada al rallentatore. La stanchezza profonda rende in qualche modo tutto aggrovigliato e appiccicoso. Sente un parlottio attutito in lontananza. Trasalisce e controlla rapidamente chi arriva. Dall'isola stanno venendo a passo spedito due donne. Soltanto quando delle gambe fasciate in leggings da yoga e scarpe da ginnastica colorate passano oltre, parlando a voce alta, Jeremias si rialza e sbircia per vedere se c'è ancora qualcuno. Il percorso è libero. Non lo segue nessuno.

E lì, nel bel mezzo di un normalissimo giovedì sera, questa giovane figura continua il suo cammino verso Lammassaari, finché non scompare nella nera oscurità della foresta. La lama del sole ha già perso la sua forza abbagliante, e il cielo serale diventa rosso sopra Vanhankaupunginkoski e Arabianranta. La luce tinge delicatamente i campi di Viikki e le silhouette delle case, e nella sera pacifica ondeggiano soltanto le setose estremità delle canne lacustri.

Venerdì 30 agosto

JAN

Jan arriva in ufficio e trova Jone seduta al suo posto. Infastidito, si avvicina alla postazione e si toglie lo zaino, lanciandolo sul divano a un lato della stanza.

«A che punto siamo?», gli chiede Johanna Nieminen, spostandosi con la sedia verso il centro della stanza ma senza alzarsi. Heidi osserva Jone inclinando la testa da un lato. Saki si avvicina alla parete con gli appunti delle indagini e poi si gira verso gli altri. Ha i capelli spettinati, ma il giubbotto jeans è ben abbottonato e gli occhiali tondi gli incorniciano il viso come sempre. Jan non è certo che Saki sia tornato a casa a dormire, la scorsa notte.

«Ho esaminato il computer di Johannes e i suoi account social. Sono account con il suo nome da DJ, in cui non succedeva niente. Johannes era silenzioso, pochi follower, inattivo».

«Tutto qua?», si assicura Jone.

«Tutto qua», conferma Saki mettendosi a sedere alla sua scrivania.

«Per quanto riguarda la rete normale. Ma il computer è stato usato anche per altro. Tramite il browser Tor si è collegato a un negozio online di nome Sipulimarket. Non credo di esagerare nel dire che, negli ultimi mesi, Johannes potrebbe essere stato coinvolto in piccoli traffici illegali online di sostanze stupefacenti. Però non so dire con certezza di cosa si tratta, e temo che per trovare le password ci possa volere molto tempo».

«Va bene, grazie. Questo spiegherebbe i soldi trovati nella sua stanza», dice Jan, poi continua: «Ho studiato un po' la mappa di Vanhankaupunginlahti e mi sono fermato a riflettere su quale percorso abbia seguito Johannes per finire nel luogo del ritrovamento. O veniva dalla parte di Lammassaari, o da quella di Viikki o di Herttoniemi.

Presumibilmente, è arrivato lì in bicicletta. Forse possiamo ancora ritrovarla».

«Ho cercato gli eventi di venerdì nelle vicinanze, ho trovato questo». Heidi mostra sullo schermo del portatile un evento Facebook.

«Isle of Sheep», legge ad alta voce Jan.

«Un evento per ballare organizzato una volta all'anno a Lammassaari», spiega Heidi.

Venticinque minuti dopo, Heidi torna nella stanza con il telefono in mano.

«Ho contattato la persona giusta, uno degli organizzatori. La festa è cominciata alle quattro del pomeriggio ed è finita all'una di notte. In teoria l'evento è organizzato all'interno della sala riunioni di Lammassaari, ma in realtà poi tutto il cortile si trasforma in un festival spumeggiante», racconta. «All'evento non c'erano telecamere di sicurezza o altro tramite cui cercare direttamente Johannes, ma l'organizzatore mi ha promesso che chiederà al fotografo presente all'evento di farci vedere tutti gli scatti della serata. Ci consiglia anche di controllare se su Instagram ci siano foto fatte dai partecipanti, con l'hashtag #isleofsheep».

«Che tipo di festa è, esattamente?», chiede Jan. Ricorda di aver già sentito questo nome.

«Una dove si balla», sorride Heidi. «Per esempio, il tango. Perché non l'ho saputo prima?»

«Saresti andata a ballare?». Jan la guarda, perplesso.

«No, non ballo, però l'atmosfera della festa sembra attraente. Un isolotto vicino alla città, immerso nella pace. Musica live, la sera di agosto già più buia, lanterne, e il percorso per tornare indietro su una passerella in legno con la torcia tascabile».

«Contatterò il fotografo, così possiamo controllare se ci sono tracce di Johannes», promette Saki.

L'edificio di mattoni rossi della Metropolia sembra silenzioso, da fuori. L'ora di pranzo è già passata quando Jan e Heidi parcheggiano nel cortile.

Heidi chiude la macchina e si avviano a passo spedito verso la porta principale. Il docente del dipartimento di cinema e TV si trova nell'atrio. In silenzio, Jan e Heidi lo seguono in un'aula vuota. Il professore sposta indietro la sedia di un banco e si siede. Jan guarda oltre le spalle dell'uomo verso Vanhankaupunginkoski, dall'aula c'è una splendida vista verso le rapide.

«Mi dispiace, ma devo comunicarle che il vostro studente di nome Johannes Järvinen è stato trovato morto», comincia Heidi.

L'espressione del professore passa rapidamente da stupore a tristezza. La madre di Johannes non ha evidentemente ancora avuto le forze per avvisarli dell'accaduto.

«Come posso aiutarvi?», chiede il docente grattandosi la testa calva. Indossa una t-shirt della Patagonia e degli shorts. Gli occhi amichevoli sono al contempo curiosi e addolorati. Potrebbe quasi sembrare uno degli studenti, pensa Heidi mentre lo osserva andare avanti e indietro per la stanza una volta appresa la notizia. Studia i suoi gesti. La tristezza e la sorpresa sembrano autentiche. La morte di Johannes non è ancora comparsa sui giornali. Heidi immagina che la situazione cambierà presto.

«Quando ha visto Johannes per l'ultima volta?», gli chiede.

«Il semestre autunnale è cominciato solo la settimana scorsa. Gli studenti sono tornati dalle vacanze e i corsi stanno cominciando. Johannes Järvinen è venuto a scuola, per quanto io ricordi, all'inizio della settimana, martedì 20, quando gli studenti del terzo anno hanno seguito una lezione sul metodo di ricerca legata alla tesi finale. Dopo non l'ho più visto. Gli studenti del terzo anno non seguono le lezioni regolarmente. Qualcuno fa un tirocinio, qualcuno lavora al progetto finale».

«E i compagni di studio? Con chi trascorreva il suo tempo Johannes?», domanda Heidi.

«Forse non sono la persona più adatta a rispondere a questo, non posso dire che conoscessi bene Johannes. Era uno studente allo stesso tempo silenzioso e irrequieto, frequentava in modo saltuario. Però ha partecipato almeno in parte a un progetto per un documentario, insieme ad altri due studenti. Hanno preso in prestito per l'estate alcune attrezzature della scuola e avevamo concordato che le avrebbero riconsegnate proprio oggi. Ma non si è visto nessuno di loro».

«Perché? Come mai nessuno dei partecipanti al progetto è venuto all'accademia?».

Il docente ha l'aria confusa.

«Come ho detto, non li conosco molto bene. Ma conosco qualcuno a cui potreste chiedere».

SAANA

Saana controlla ancora una volta l'indirizzo sul cellulare. Konepajankuja. Di fronte a lei si erge un grande edificio con uffici. Nelle cuffie suona *Win* di Jay Rock, l'unico modo di entrare nel giusto stato emotivo per un colloquio di lavoro dopo tanto tempo. Saana entra nell'atrio asettico e quasi nuovo e cerca con lo sguardo gli ascensori. Mentre sale, si guarda allo specchio. I capelli sono un po' piatti, cerca di dar loro un po' di volume con le dita e si prepara a incontrare un gruppo di sconosciuti. L'ascensore arriva troppo presto, e Saana cammina emozionata verso il centro di un luminoso open space. Si toglie la giacca e cerca di individuare la persona che deve incontrare.

«Benvenuta!». Saana sente una voce energica alla sua sinistra e assume un'espressione un po' più solare.

«Salve», saluta e resta in attesa di istruzioni. Poco dopo le viene offerto un caffè e segue il capo, una signora in un vaporoso vestito viola, verso una piccola sala riunioni incorniciata da pareti di vetro.

Un'ora dopo, il colloquio è terminato e Saana si sente già un tantino più rilassata. Si alzano e si avviano verso il corridoio. Il capo si ferma e sorride.

«La conversazione è stata piacevole, è un bene che lei sia riuscita a venire anche con così poco preavviso. Abbiamo alcuni nuovi clienti e abbiamo bisogno di una persona che sappia scrivere bene. Ho già chiamato il suo ex datore di lavoro per avere le sue referenze», la informa. Saana sorride confusa e pensa al suo vecchio capo. Spera che non sia stato sincero e che l'abbia elogiata. Il colloquio è andato bene, e l'agenzia di comunicazione comincia ad apparirle attraente.

«Sarei felice se potesse unirsi a noi», continua il capo, cogliendo Saana di sorpresa. Il suo viso tradisce lo stupore.

«Ho capito bene…?»

«In altre parole, benvenuta tra noi», sorride allegramente la signora.

Saana pensa allo stress della primavera scorsa e al periodo da disoccupata. Quasi nessuno dei suoi ex colleghi si era reso conto della sua reale condizione, del burnout. Per timore di essere stigmatizzata, aveva scelto di non aprirsi con nessuno.

«Non sia così scioccata. I suoi articoli dimostrativi erano fantastici e si stratta solo di una sostituzione temporanea. Il lavoro si articola su tre volte a settimana. Se le va bene non posso che darle il benvenuto.

Per me può cominciare già da lunedì», annuncia la donna, e Saana si sente più leggera.

L'accompagnano all'interno dell'ufficio e le mostrano la sua futura postazione. Una scrivania vuota bianca, un computer portatile, uno schermo, una stazione di espansione e una sedia ergonomica.

«Potrebbe restare un momento? Farò in modo che tra poco possa incontrare almeno il nostro responsabile clienti», propone il capo, poi si allontana.

Confusa, Saana si siede sulla sedia e accarezza la superficie del tavolo bianco con la mano. Il tavolo è perfettamente pulito, perché non ha ancora avuto tempo di sporcarlo. Guarda intorno alla sua scrivania: ci sono tre postazioni di lavoro alle quali in questo momento non è seduto nessuno. Sul tavolo accanto vede uno zaino e la foto di una ragazzina sorridente dai capelli rossi.

Sorseggia del caffè e sente la tensione trasformarsi in confusione e la confusione in gioia. È stata assunta! Osserva l'ampio ufficio arredato con mobili chiari e pensa al suo nuovo titolo, allo stesso tempo con fierezza e terrore. Saana Havas, Communications Specialist. Molto lieta. Poi, in lontananza, nota un gruppo di persone riunite intorno a un uomo alto. Nuovi colleghi. Non sente di cosa stiano parlando, ma dalle espressioni è chiaro che è successo qualcosa di grave. L'uomo alto dice ancora qualcosa e una donna bionda e bassa si alza sulle punte per abbracciarlo. La conversazione va avanti. L'uomo tira fuori il cellulare e mostra qualcosa. Staranno parlando di qualche notizia? La curiosità di Saana si risveglia, ma non ha il coraggio di avvicinarsi. Da lontano, segue per un momento con lo sguardo i nuovi colleghi e poi si gira a guardare il suo futuro computer. Ci vorrà un po' prima che riprenda dimestichezza con un PC dopo aver usato il Mac.

Mezz'ora dopo, incontra il responsabile dei clienti e ottiene il primo incarico per lunedì: scrivere una newsletter per un cliente nel ramo alimentare. Non può fare a meno di dare subito un'occhiata alle informazioni.

Oggetto: *lancio di una novità*
Messaggio principale: un apprezzato formaggio fresco da oggi disponibile anche alle olive.

Saana legge ancora una volta l'incarico e dà un'occhiata alle informazioni sul prodotto. Non dispone di molto. Sente nel petto una lieve angoscia. Così, all'improvviso, dovrebbe essere capace di creare un testo solido e interessante su un formaggio fresco, su cui non ha davvero niente da dire. Decide di fare una breve pausa di riflessione e apre Facebook sul cellulare. Il feed delle notizie di oggi è pieno di aggiornamenti e annunci di gente semisconosciuta. I compleanni delle persone, i gruppi di riciclaggio e gli inviti a eventi sono gli unici motivi per rimanere ancora su quella piattaforma.

Saana va sul sito della nuova azienda e cerca la pagina dei contatti per sbirciare i nomi e le foto dei suoi colleghi. Poi, la sua mente inizia già a trovare alcune soluzioni. Forse potrebbe descrivere il formaggio con le parole "mediterraneo" e "fresca novità". *Il formaggio è come una brezza cremosa dal Mediterraneo alla tavola finlandese*, prova Saana. Dopo aver scritto "una brezza cremosa" tra le note del cellulare, le viene da ridere, ma dopo aver ridacchiato un po' alla sua scrivania, tace per non essere etichettata dagli altri come una pazza. La nuova impiegata ride da sola, e per il resto del tempo è muta.

Decide allora di prendere un altro caffè e poi andare a casa. L'open space è ampio e silenzioso. Lunedì sarà il suo primo giorno ufficiale. Sente il cuore batterle più forte del solito. Sarà per il troppo caffè, o è già riuscita a stressarsi prima ancora di cominciare? Fallire al suo primo incarico è la cosa peggiore che può immaginare. Prende una tazza nella credenza dello spazio ristoro e preme il pulsante della macchina. Quando la bevanda è pronta, Saana urta una persona apparsa all'improvviso dietro di lei.

«Scusa», sorride Saana ed è sollevata nel notare che è riuscita a evitare uno scontro totale.

«Niente», sorride a sua volta l'uomo alto dai capelli scuri. «Non potevi sapere che sono noto per il mio passo felpato. Sbuco all'improvviso senza far rumore».

«Ok», risponde Saana divertita, ma non è sicura che sia il caso di ridere.

Lo studia un attimo. Il suo atteggiamento impettito non collima bene con una persona dal passo felpato, quantomeno non in un'accezione inquietante. Occhi marroni, t-shirt e jeans. Ha i capelli scuri un po' lunghi, legati. "Mister Codino", lo soprannomina Saana tra sé e sé. Mister Codino sorride e le fossette gli danno un'aria simpatica e da ragazzino.

«Samuli, altrimenti detto "l'uomo in calzini"», si presenta.

«Saana, sono nuova qui, non ho ancora iniziato ufficialmente», risponde lei, e nota che Samuli non porta le scarpe. Solo calzettoni di lana.

«Benvenuta tra noi!», esclama l'uomo. «Probabilmente saremo vicini di scrivania. Io sono un grafico», aggiunge con fare cortese, nonostante i suoi pensieri sembrino essere altrove.

Saana torna con il caffè alla sua postazione e inserisce il pin nel cellulare. È arrivato un messaggio di Jan: "Da te o da me?". Saana sprofonda nella sedia e fissa il soffitto. Il suo appartamento è più confortevole, ma a casa di Jan c'è un letto più grande e comodo. Il solo pensiero di vederlo la stuzzica. Riflette su cosa potrebbero mangiare insieme, ma non le viene in mente nessuna ricetta. Ha già sperimentato con lui tutte quelle semplici e veloci che sa a memoria e che le riescono sicuramente bene. La prossima fase, in questa relazione appena cominciata, sarà conoscere l'altro per com'è realmente. La verità: Saana è una "donna da tre ricette". Sa mangiare bene, ma non cucinare. D'altronde, Jan non è molto interessato al cibo. È qualcosa di assolutamente secondario. Ciò a cui sono interessati di più è l'altro.

"Andiamo prima a mangiare da qualche parte? Magari una pizza? Possiamo festeggiare la mia assunzione!!!". Saana scrive e finisce il caffè. Prende la giacca dallo schienale della sedia e si dirige verso gli ascensori.

Lì davanti nota un piccolo gruppetto di persone riunite.

«Che strano. Non risponde né al telefono né ai messaggi?»

«Hai provato a chiamare gli amici?».

Saana riconosce Samuli, l'uomo dai calzini di lana. Le sembra un po' agitato e confuso. Vorrebbe domandare chi è che non risponde e cos'è successo, ma non conosce ancora abbastanza bene queste persone per immischiarsi nella faccenda.

Preme, invece, il pulsante dell'ascensore e rimane ad aspettare. Sorride compiaciuta. Un nuovo lavoro, così velocemente. Se ne inizia a rendere conto piano piano. Entra nell'ascensore e trasalisce, quando l'uomo dei calzini infila un braccio tra le porte all'ultimo momento.

«Adesso devo andare. Dite agli altri che sono dovuto andar via», urla Samuli alle persone rimaste dietro di lui, poi entra nell'ascensore con aria distratta.

«È successo qualcosa?», chiede timidamente Saana, e lo guarda negli occhi gentili ma un po' agitati. Sembra quasi che possa scoppiare a piangere da un momento all'altro.

«Mio fratello piccolo...», balbetta Samuli. «Nessuno sa dove sia».

Samuli sbircia in modo irrequieto il cellulare. Saana è dispiaciuta, ma non sa come esprimerlo.

«Spero che tutto si aggiusti», mormora alla fine. «Dimmi se posso aiutare in qualche modo», aggiunge, ma intanto l'ascensore si ferma e le porte si aprono. Samuli è già fuori per metà e si precipita correndo verso la porta esterna.

HEIDI

Heidi fissa una ragazza, che guarda a turno i poliziotti e il professore. La ragazza non dice niente, aspetta e basta.

«Ho pensato, Tuuli, che forse ci potresti aiutare», le dice l'insegnante prima di andare a chiudere la porta dell'aula. «Tra non molto comincia la lezione, ma abbiamo un po' di tempo».

«Stiamo cercando informazioni su una persona di nome Johannes Järvinen», spiega Heidi, guardando la studentessa di nome Tuuli. Indossa una felpa color vinaccia e ha un piercing al naso. Le sembra di guardare la sua stessa giovinezza negli occhi. La ragazza ha i capelli corti e non è truccata.

«So chi è Johannes, ma non lo conosco bene», risponde Tuuli.

«Hai frequentato un po' quei ragazzi, per il documentario», le ricorda il professore, indirizzandole uno sguardo di incoraggiamento. «Non si sono visti neanche oggi, all'accademia. Sai dove sono?».

Tuuli scuote la testa. Tira fuori dalla tasca una gomma da masticare e se la infila silenziosamente in bocca. Heidi la studia e riflette.

«Quando ha visto Johannes per l'ultima volta?», le chiede.

«Perché me lo domanda? Ha fatto qualcosa?», chiede a sua volta Tuuli, scrutando i poliziotti con aria sospettosa.

«Rispondi, su», la esorta il professore.

«Non mi ricordo», dice Tuuli. «A Johannes piace stare per i fatti suoi, ma forse è stato qui nella prima settimana di scuola», aggiunge. «Mi dispiace, ma non lo conosco molto bene», ripete, e si gira verso l'insegnante, come a chiedere aiuto.

«Va bene», continua Heidi. «Saprebbe dire a quale evento Johannes possa aver partecipato come DJ?».

Tuuli riflette un attimo e si volta a guardare fuori dalla finestra.

«Mi viene in mente il Pultti», risponde poi. «È un locale».

«Ha detto Pultti?». Heidi si assicura di aver sentito bene e intanto porge alla ragazza il suo biglietto da visita. «Grazie, può contattarci qualora le venisse in mente qualcosa di importante. Qualsiasi cosa», conclude. Subito dopo, si apre la porta e iniziano a entrare gli studenti.

Alle 15:45, Heidi si ferma davanti a un ristorante. "Pranzo molto tardi", pensa, e si accorge che neanche percepisce la fame. È come se avesse perso il contatto con il proprio organismo. È solo una mente che dà ordini e un corpo intorpidito che obbedisce. Davanti a lei si staglia l'ampio arco bianco del ponte Isoisänsilta e, al di là del ponte, l'isolotto di Mustikkamaa, circondato da scogli e alberi rigogliosi. Proseguendo un bel po' dopo il ponte si arriverebbe, alla fine, a Korkeasaari: un posto dove i pavoni gironzolano liberi e di cui Heidi ricorda, in particolare, dei grossi lecca-lecca a forma di orsacchiotto. Quando era bambina li vendevano di tutti i colori. Non avevano un gran sapore ed erano così appiccicosi che rimanevano sempre attaccati alla plastica in cui erano avvolti, eppure non c'era estate in cui non ne volesse almeno uno.

Lo zoo si trova innegabilmente in un'ottima posizione. Un'intera isola piena di bestie feroci in gabbia, tigri e leoni. A volte l'acqua trasporta il ruggito dei leoni fino alle case della zona a fianco all'isola. Pochi hanno il privilegio di vivere così a nord ed essere tanto vicini a bestie feroci ed esotiche.

Heidi sbatte la portiera della macchina e preme il pulsante sulla chiave. Le luci lampeggiano per indicare la chiusura. Proprio in quel momento, riceve un messaggio su Tinder: "Ciao". Heidi è divertita. Le donne raramente mandano messaggi, di solito aspettano che sia l'altra persona a prendere l'iniziativa. Nel peggiore dei casi, tutto si riduce a una spirale di conversazioni dolci e comprensive che non porta mai a un incontro.

Jan l'ha avvisata che sta arrivando, e Heidi decide di dare un'occhiata. Già adesso, a soli due giorni dall'apertura dell'account Gold su Tinder, si ricorda della stupida dipendenza causata dall'app e di come tutto il sistema sia piuttosto diabolico. Eppure, mentre è seduta a un tavolo presso il ristorante La Bella Trattoria, decide di curiosare. Heidi ormai è interessata solo agli annunci con un'esca pronta: "portami a fare una passeggiata nel bosco o al cinema". Niente messaggi criptici o che ci girano intorno.

"Che starà facendo Julia in questo momento?", si chiede. Avevano passato giorni incontrandosi in maniera irregolare, ma qualcosa in lei sembrava troppo problematico. Avevano cominciato a giocare, una volta l'una, una volta l'altra. Alla fine, Heidi non sapeva più chi stava andando dietro a chi, e si era sentita sollevata quando Julia le aveva detto che sarebbe partita per Bali. Il suo lavoro è già abbastanza complesso e non ha bisogno di situazioni impegnative anche nei rapporti umani e nel tempo libero. "Già, forse potrei cercare una brava persona, semplice. Terribilmente sincera, che mi obblighi a fare i conti con tutti i sentimenti". Heidi ride a questa idea. Un rapporto facile, una donna semplice. Sta ancora ridendo di sé, quando Jan entra nel ristorante.

«Che ti ridi, qui tutta sola?», le chiede lasciandosi cadere sulla sedia. «Sei pazza. Cosa c'è di così divertente?», continua, dando l'impressione che una bella risata non dispiacerebbe neanche a lui.

«Niente. Sono solo molto stupida, l'altro ieri ho scaricato Tinder».

«Be', hai trovato qualcuno?», le domanda, e intanto fa un cenno al cameriere.

«La solita serie», risponde Heidi, pensando che Jan capisca subito cosa vuole dire. Intanto dal suo cellulare si sente un *ping* di un match, e lei si vergogna. Tinder non è davvero adatto al contesto di lavoro.

I ghiaccioli tintinnano nella brocca mentre Heidi versa l'acqua nei bicchieri. Sono seduti al solito tavolo. Si intendono senza bisogno di parlare e ordinano entrambi la stessa pizza, "Amorosa con la rucola". La stessa di tante altre volte. Gli piace l'atmosfera informale del ristorante italiano di Kalasatama. Per qualche ragione, il posto è sempre stato molto popolare tra i poliziotti.

«Ho delle novità da Super-Joki», la informa Jan. «Nel corpo sono state trovate tracce di avvelenamento. La causa ufficiale della morte è infarto. Non ci sono segni di punture o altro che faccia pensare a veleno somministrato dall'esterno. Però nell'organismo sono state trovate tracce che inizialmente sembravano insignificanti. Qualche sostanza vegetale. Super-Joki ha mandato al laboratorio un campione del contenuto dello stomaco e i risultati dell'esame tossicologico parlano di corteccia e aghi di tasso. Secondo il rapporto di Super-Joki, la vittima ha subito un potente avvelenamento, che ha provocato aritmia cardiaca e alla fine la morte. Abbiamo la conferma che l'avvelenamento è stato causato dal tasso».

«Tasso? Davvero?». Heidi cerca immediatamente su Google la

pianta. Jan tace e guarda fuori dalla finestra. Sotto il ponte sta passando una piccola barca a motore. Arrivano le pizze, ma nessuno dei due comincia subito a mangiare.

«Paralizza il sistema nervoso centrale, nei casi peggiori può causare la morte in un'ora e mezza o due ore. Il veleno può uccidere un cavallo». Heidi legge ad alta voce le informazioni sul tasso e i suoi effetti.

Jan volge lo sguardo al piatto.

«Il veleno è stato assunto per via orale?», chiede Heidi.

«Secondo i risultati sì».

«Qui c'è scritto che nel corso della storia, il tasso è stato usato per omicidi e suicidi, per esempio nei sacrifici umani agli dèi. E se Johannes avesse bevuto da una coppa sacrificale?».

Pensierosi, si gettano sulla pizza con le mani. Le dita si riempiono di salsa arancione. Il condimento fuma ancora.

SAANA

«Veramente?», chiede Saana. Jan ha appena ammesso di aver mangiato la pizza a pranzo.

«Dovevamo mangiare la pizza insieme», ride lei.

«L'ho dimenticato», risponde Jan, e cerca di intrappolarla in un abbraccio consolatorio. «Festeggiamo comunque il tuo nuovo lavoro», mormora Jan con le labbra sul suo collo. Saana sente la barba di pochi giorni e il profumo che conosce. Tutto, ogni cosa di Jan, le fa ancora lo stesso effetto che all'inizio. E, in effetti, sono *ancora* all'inizio. Ripensa all'appuntamento al buio, al momento in cui l'ha visto per la prima volta e ha pensato che fosse troppo bello per lei. Quel pensiero strano, insicuro, per fortuna è già abbastanza lontano. Jan la spinge giù sul divano e le bacia il collo. "Veera", pensa Saana. Non sarebbe qui senza Veera. È stata lei a organizzare il loro incontro, e il successo del suo tentativo ha innegabilmente sorpreso tutti quanti. Tutti tranne Veera. Jan si tira su un attimo per controllare se sia sveglia, se tutto vada bene. Saana sorride e si china per aprire i pantaloni di Jan. "Mente, svuotati, azzerati", ordina, ma ovviamente non funziona così. Ma quando Saana sente gli abili movimenti delle dita di Jan dentro le mutande, sospira e sente svanire tutti i pensieri inutili.

Più tardi, mentre giacciono sul divano uno accanto all'altra, Saana sente i peli del petto di Jan che le solleticano la guancia. Lui è accaldato e Saana sente un velo di sudore formarsi sul suo petto. Dopo il sesso, si sentono rilassati ma ancora affamati. Non si vedevano da molti giorni e Saana si sente subito pronta per un nuovo round. Jan ride mentre lei gli comunica il suo pensiero.

«Cibo. Prima ho bisogno di cibo», dice, e Saana è pronta anche per quello. Insieme a lui, è pronta a qualsiasi cosa. Ordinano dal ristorante Lie Mi due taco Shanghai e, mentre aspettano, apparecchiano la tavola.

«Gli ultimi giorni sono stati molto frenetici», racconta Jan una volta arrivato il cibo. Aprono le scatole e mettono le pietanze nei piatti.

«Ho notato», replica lei.

Mentre mangia, non riesce a fare a meno di domandarsi cos'avrà fatto Jan negli ultimi giorni. Mentre era a Hartola, non le ha telefonato neanche una volta. Se fosse un tipo appena più inaffidabile e sospetto, penserebbe che possa aver fatto qualsiasi cosa senza che lei ne sappia niente. Sa solo che lui era assente e che non può dire di più. Oggi, almeno, le ha fatto sapere che aveva un momento libero. È bello essere di nuovo a Helsinki, a casa di Jan.

Più tardi, verso sera, Jan spegne la luce del soggiorno. Lei gli cammina dietro in punta di piedi portando in mano due porzioni di gelato. In una tacita intesa, si siedono sul divano e Jan cerca la serie *Succession* su HBO Nordic.

«È la migliore degli ultimi tempi», sentenzia Saana e, mentre scorrono i primi titoli di testa, assaggia già il primo cucchiaio del gelato al lampone e cioccolato bianco.

«Non ricordo esattamente cos'è successo nell'ultima puntata, ma non fa niente», commenta lui e poggia la coppetta sul tavolo per alzare un po' il volume.

Saana si sistema in una posizione più comoda e mette un piede nel grembo di Jan. Lo osserva un attimo e poi si gira verso il grattacielo che compare nello schermo. Si immergono rapidamente nel mondo della serie.

Durante la notte, nella camera da letto, Saana si sveglia di soprassalto a causa di un incubo. Cercava di correre via da qualcosa, ma i suoi movimenti erano impacciati e non riusciva ad avanzare. Guarda la schiena di Jan che le dorme accanto, si alza e va in punta di piedi in cucina. La spia della cappa è rimasta accesa. Si versa dell'acqua dal rubinetto, e solo allora si ricorda di essere completamente nuda in un appartamento che ricorda un acquario. Ci sarà qualcuno dei vicini ancora sveglio? Vedrà dentro la sua cucina? Oltre le finestre del palazzo di fronte ci sono ancora luci accese e, con una rapida occhiata, Saana si rende conto che si vede negli appartamenti altrui. Probabilmente, quindi, ciò vale anche all'inverso. "In fondo, non avrebbe alcuna importanza anche se qualcuno guardasse in casa e mi vedesse nuda", pensa Saana. "E invece sì! Chi sto prendendo in giro?". Non vuole affatto comparire nuda alla finestra. Acchiappa al volo una maglietta sgualcita di Jan dallo schienale di una sedia e se la infila. La maglietta si è un po' ammorbidita con l'uso e ha l'odore del dopobarba e del sudore di Jan. Le arriva quasi fino alle ginocchia.

Con indosso soltanto la t-shirt, va in punta di piedi a prendere il suo computer dalla borsa e si siede al tavolo della cucina per sfogliare il sito web del suo nuovo posto di lavoro. A cosa si è appena legata? È al contempo emozionante e un po' angosciante essersi riavvicinata a un regolare lavoro di ufficio. Dall'esaurimento della scorsa primavera è già passato un po' di tempo e sente di nuovo, dopo un periodo abbastanza lungo, accendersi in lei una scintilla di cauta energia. Sopravvivrà sicuramente al lavoro, purché si ricordi di non esagerare. Certo, il confine è incerto e finora non ha avuto alcuna prova del fatto che sia in grado di non oltrepassare certi limiti. Bisogna solo sperare che nel nuovo impiego l'aspetto dominante non sia una pressione soffocante. Spera che le cose che si sono rimesse in ordine durante l'estate trascorsa in campagna, come il proprio benessere, non passino in secondo piano non appena tornerà al lavoro.

Dà un'occhiata all'orologio, sono le tre e mezza di notte. Si sente fin troppo sveglia. Così sveglia che potrebbe cominciare subito la giornata. Tuttavia, sa che è una sensazione ingannevole. Quando arriveranno le cinque e poi le sei, la stanchezza sarà così profonda che la manderà al tappeto. Deve assolutamente tentare di riprendere sonno.

Richiude il coperchio del computer. Lo spatifillo all'angolo non ha un bell'aspetto. Alcune foglie sono gialle e altre hanno le punte secche. "L'avrò innaffiata troppo o troppo poco?". Teme di aver ucciso ancora un'altra pianta. Stavolta l'assassinio ha avuto luogo a casa di Jan. Riflette su una teoria che ha letto, secondo la quale i serial killer più organizzati trovano spesso le vittime in una zona che conoscono bene. Quello spatifillo è stato condannato fin dalla prima volta in cui Saana ha messo piede nell'appartamento di Jan.

Va in bagno e torna nella camera da letto. Si sfila la maglietta sulla soglia e proprio in quel momento, a sorpresa, Jan si gira e guarda verso di lei. Tutto assonnato, le fa un fischio e non nasconde che sta mangiando con gli occhi il suo corpo nudo. Saana fa un giro su sé stessa e si mette in posa, anche se in realtà un po' si vergogna. Poi ridendo si tuffa nel letto vicino a lui. Visto che sono entrambi svegli, potrebbero fare altro anziché solo cercare di dormire.

Sabato 31 agosto

JAN

Jan socchiude gli occhi. Uno strano suono si è insinuato nel suo sonno e il cervello l'ha incorporato nella trama del sogno. Apre completamente gli occhi e si rende conto che il suono non fa parte del sogno. È reale. Il telefono vibra aggressivamente sul pavimento accanto al letto. Sta chiamando Saki, si legge sullo schermo. Recupera il telefono e si gira a guardare il fagotto caldo accanto a lui. Saana è ancora profondamente addormentata, avvinghiata stretta alla coperta.

«Buongiorno», sussurra e si alza piano piano per spostarsi in soggiorno, in modo da non svegliarla. Neanche il suono del telefono l'ha disturbata. Jan le dà ancora un'occhiata, sorride teneramente e poi si prepara.

«A Helsinki è stata denunciata la scomparsa di un ragazzo», gli comunica Saki. Jan ascolta serio e intanto si massaggia la nuca.

«È scomparso probabilmente già da giovedì sera, ma adesso i suoi cari sono molto preoccupati. L'avviso della scomparsa condiviso su Facebook dalla sua cerchia di amici è già stato diffuso sul sito di MTV3 e sulla pagina web del quotidiano "Ilta-Sanomat". Il nome della persona scomparsa è Jeremias Silvasto, iscritto all'accademia Metropolia».

«Alla Metropolia?», ripete Jan, e si sente impallidire.

«Hai sentito bene. La stessa di...», inizia Saki e Jan sa già cosa sta per dire.

Con quale probabilità si tratta di un conoscente di Johannes?

Raccoglie i vestiti dalla stanza da letto e si veste rapidamente. Preferisce non accendere la rumorosa macchina dell'espresso mentre Saana dorme e ripiega sul solito caffè americano.

Il cellulare squilla di nuovo. Stavolta è Johanna Nieminen.

«Adesso c'è questa sparizione. Dobbiamo vagliare il prima possibile tutte le ipotesi che possano collegarla al cadavere trovato nel bosco, che ne pensi?», comincia Jone, e Jan si accontenta di rispondere con un mugugno. Non gli dà tempo di parlare.

«I giornali per adesso si stanno concentrando sul ritrovamento del corpo di Johannes. La nuova notizia sarà pubblicata nel fine settimana. Questa denuncia di scomparsa non facilita la situazione. Sarebbe bene interrompere il prima possibile il clamore che si diffonderà nei media. E per farlo, dobbiamo trovare sia l'assassino, sia il ragazzo scomparso. Ci stanno già pressando in molti. Daremo il nostro contributo finché la situazione non sarà risolta».

«Non è molto preoccupante che un altro giovane sia scomparso? Inoltre, è probabile che si conoscessero. Studiavano nello stesso istituto».

Jone rimane in silenzio.

«Leggi le e-mail», gli ordina alla fine, poi attacca il telefono.

Jan versa il caffè fumante nella tazza e apre la casella e-mail.

CASO DI SCOMPARSA A HELSINKI

Persona scomparsa: Jeremias Silvasto, età 23. Studente full-time. Denuncia fatta dal fratello maggiore, Samuli Silvasto.

Il ragazzo scomparso indossava scarpe da passeggio nere, jeans neri, felpa nera e cappello di lana grigio chiaro. Probabilmente aveva con sé anche uno zaino. Secondo suo fratello, ha quasi sempre con sé uno zaino nero, in cui porta una macchina fotografica.

Il ragazzo è in salute, non assume nessuno psicofarmaco o simili. Secondo il fratello, Jeremias Silvasto aveva concordato con lui e con degli amici, il giorno stesso della scomparsa e in precedenza, molti appuntamenti futuri, quindi la scomparsa può essere legata a un incidente o a un delitto. L'ultima traccia dello scomparso è questo videoclip mandato a suo fratello la sera stessa della sparizione, in cui si vedono dei campi e una passerella di legno, rapidamente identificati con quelli di Lammassaari. Sono iniziate estese ricerche nella zona.

Il corpo di Jan non è ancora del tutto sveglio. La notte intensa trascorsa con Saana gli ha dato energia, ma gliene ha anche tolta. Comunque, non passerà molto prima che Heidi passi a prenderlo. Jan scrive a Saana un biglietto di scuse, ci disegna un cuore e lo lascia in bella mostra sul tavolo. Lo troverà quando si sveglia. Jan pensa con nostalgia ai tempi in cui il sabato era un giorno libero. Un giorno senza obblighi, senza responsabilità. Prende le chiavi nell'ingresso e richiude la porta dietro di sé il più delicatamente possibile.

Nel parcheggio sterrato, dietro due camioncini che vendono cibo, sono ferme due macchine della polizia. Sulla spiaggia, vicino alla riva, si scorgono alcuni pescatori. Lì davanti passano intanto dei ciclisti a ritmo tranquillo. Jan osserva il circondario con molta attenzione. L'area è così vasta che non si può in nessun modo delimitare interamente. Scruta i passanti e cerca curiosi fermi a guardare. Quando arriva sul luogo del delitto, Jan vuole sempre vedere chi c'è. Passa molto tempo a osservare chi guarda i poliziotti. A volte è possibile che il colpevole voglia seguire da vicino come si svolgono le indagini, pensando con sicurezza di restare anonimo. In alcuni casi il colpevole si è addirittura presentato come testimone oculare. Oggi, in questo momento, Jan non nota nessuno in particolare. Che cosa se ne può dedurre? Stanno cercando qualcuno che è abile a nascondersi? Qualcuno che oltrepassa il limite, entra nel mondo della malvagità, ma poi ne esce subito e torna alla normalità, confondendosi con la massa? L'unica cosa che lo distingue è la volontà di fare del male.

Jan torna da Heidi.

«La polizia di Helsinki ha già dato l'avvio a ricerche intensive», lo informa lei, e lo fissa con uno sguardo fiammeggiante e combattivo.

«Qual è la cosa peggiore?», gli chiede. «In questi anni abbiamo visto di tutto. Cos'è peggio, secondo te: qualcuno che vuole spaventare con le sue azioni e vuole che la vittima sia trovata, oppure qualcuno che agisce in silenzio e la fa semplicemente sparire?»

«Non lo so», risponde Jan. «Ma in questo momento potremmo aver di fronte entrambi».

Due colleghi di Heidi della polizia di Helsinki si avvicinano nel parcheggio e li informano sulle operazioni in atto.

«Stiamo esaminando l'isola e un gruppo di volontari si unirà alle ricerche che cominceranno nel pomeriggio. In questo momento stiamo raggiungendo i proprietari delle villette e cerchiamo di trovare il maggior numero possibile di testimoni oculari», spiega uno dei due poliziotti.

«Lammassaari è una zona di escursioni molto gettonata. È verosimile che qualcuno abbia visto il ragazzo scomparso qui intorno. La polizia emetterà un comunicato ufficiale in mattinata, tramite il quale chiediamo collaborazione. L'avviso pubblicato su Facebook ha già avuto molte condivisioni. Stiamo trattando il caso come un possibile delitto».

«Chi è l'ultimo ad aver visto Jeremias vivo?», chiede Jan.

«Dipende di cosa stiamo parlando», risponde uno dei due agenti. «Se fosse un caso di scomparsa, sarebbero due donne che stavano facendo un giro qui intorno. Hanno notificato alla polizia di aver letto il comunicato e di aver visto un uomo somigliante a Jeremias che si allacciava le scarpe sulla passerella di legno poco prima di Lammassaari, verso le sette e mezza di giovedì sera. Ma se si trattasse di un delitto, allora sappiamo tutti che è l'ultimo ad averlo visto è l'assassino».

Jan lancia all'uomo uno sguardo dal quale si evince quanto quel commento sia completamente inutile.

«Stiamo anche controllando le riprese di domenica sera fatte da un appassionato di droni. Non ci sono ancora garanzie che ci siano inquadrature fino a Lammassaari. La polizia sta analizzando adesso il dispositivo».

«Bene, grazie», risponde Heidi.

Jan chiude gli occhi e immagina di vedere Lammassaari dall'alto. Che aspetto ha? Cosa c'è lì? È la più grande riserva naturale di Helsinki e ospita più di cento specie di funghi dei tronchi. La palude piena di uccelli di Vanhankaupunginlahti, il canale di scarico del vecchio impianto di Viikki per il trattamento delle acque reflue. Vanhankaupunginkoski e Pornaistenniemi, zona per escursionisti da cui parte il sentiero per Lammassaari. Vanhankaupunginselkä e, lì, l'isoletta di Kokkoluoto, un po' più grande di Kuusiluoto e di Klobben. Ruohokarinniemi e, più lontano dalla costa, Hakalanniemi e Viikki. Molte centinaia di ettari di riserva naturale. Una sola area, già due ragazzi scomparsi.

Jan sente uno stormo di oche starnazzanti volare sopra la sua testa. Da qualche parte in lontananza si sentono abbaiare i cani della polizia. Le ricerche sono iniziate. La sensazione del sole caldo che splende sul viso sembra troppo gradevole confrontata a quella spiacevole situazione. Prima la strana, innaturale morte di un ragazzo. E adesso, anche la sparizione di questo giovane. Jan riapre gli occhi di scatto e guarda verso il cielo, incorniciato dalle cime degli alberi. Il cielo è ancora lì, in alto e grande, ma i suoi pensieri e stati d'animo sono in fermento. In questo momento, quello principale è una forte inquietudine.

C'è soltanto un sentiero per chi va a Lammassaari a piedi, la passerella di legno che parte da Pornaistenniemi, costeggiata da alti canneti lacustri. Un'altra possibilità è andarci con una barca. Lo stesso vale anche per Kuusiluoto, che è un po' più lontano e per raggiungere la quale è necessario passare attraverso Lammassaari. Heidi e Jan si allontanano dal parcheggio e si incamminano verso l'area delle ricerche, passando oltre il parco per i cani.

La zona per escursioni di Lammassaari è frequentata come al solito, ma adesso le autorità hanno chiuso il passaggio sulla passerella. Nei casi di scomparsa, ogni ora o, nei casi peggiori, ogni minuto allontana chi compie le ricerche dalla persona sparita. Jeremias è scomparso già da più di ventiquattro ore. Non c'è nessuna garanzia, ma c'è speranza, fino a prova contraria. Mentre cammina verso l'isola, Jan registra anche i più piccoli particolari e i suoni più flebili. Il passaggio sui campi è vietato nel periodo di disgelo delle acque. Non è sicuro se sia possibile camminare su quel terreno o si sprofondi. Il vento soffia e sibila nelle orecchie, mentre Jan e Heidi si arrampicano sulla piattaforma di osservazione di legno. Le canne lacustri si estendono a perdita d'occhio. Jan guarda la passerella in buono stato, affiancata da pali verticali ogni pochi metri. Conosce già il posto, ma cerca di vederlo come se fosse la prima volta. Su una parete di legno della piattaforma è attaccato un cartello con immagini di uccelli e i nomi delle specie in latino. "Beccaccino (*gallinago gallinago*)", "forapaglie (*acrocephalus schoenobaenus*)". Il forapaglie sembra un piccolo passero modesto.

Continuano a camminare. Ben presto giungono nel punto in cui le due escursioniste hanno detto di aver visto il ragazzo scomparso. È da qui che devono essere partite le ricerche con i cani.

Le canne, vuote e leggere, ondeggiano asciutte al vento nell'antico fondale marino. La passerella termina in un incrocio, dove c'è un cartello nero di legno. A sinistra la torre di osservazione, più avanti la sala riunioni di Lammassaari e, a destra, Kuusiluoto. Le possibilità sono lì.

Sanno che Jeremias ha camminato verso l'isola fino a quel punto. Ma poi?

HEIDI

Sull'isola ci sono più di cento villette, ma molte di queste sono poco usate. Heidi legge le informazioni ricevute. La polizia ha inviato un messaggio a tutti i proprietari per raggiungere quelli che erano sul posto giovedì sera. Scorre la lista di nomi. Una normale serata di fine agosto. Soltanto due persone, sulla lista, si trovavano sicuramente a Lammassaari.

Heidi scruta le villette colorate, in fila una accanto all'altra. L'isolotto, appartenente alla città di Helsinki, è usato per fini ricreativi già da decenni.

All'inizio le villette erano costruzioni di legno leggero, semplici alloggi di forma rettangolare, ma con il passare degli anni sono state fabbricate con materiale più resistente. Chissà se nelle planimetrie delle ville ci sono cunicoli in cui è possibile nascondere una persona o anche un cadavere, si domanda Heidi mentre percorre il sentiero pieno di radici che porta alla sala riunioni. Si sa che sull'isola non ci sono corsi d'acqua, però i villeggianti hanno a disposizione due pozzi. Forse il corpo potrebbe essere stato gettato in un pozzo? Heidi rabbrividisce. Per sicurezza, nei prossimi giorni si dovranno controllare tutte le ville e i pozzi.

Intanto, nelle vicinanze si sente l'abbaiare dei cani poliziotto. Ci vorrà un po' prima che riescano a fare il giro dell'isola. È già arrivata una prima conferma: i cani, dopo aver annusato i vestiti prelevati a casa di Jeremias, hanno trascinato gli investigatori fino all'isola. Sul sentiero non c'è stato niente che abbia indotto i cani a deviare dal percorso. Nulla fa pensare che Jeremias sia caduto dalla passerella per finire nel vuoto.

Al centro di Lammassaari c'è qualche edificio più grande. La sala riunioni è una struttura costruita con assi rosse all'inizio del Novecento. Chissà quante ne ha viste, pensa Heidi. Una delle finestre è rotta ed è stata riparata con del cartone. Più in là si scorge un edificio bianco stile impero. Dev'essere quello chiamato Lepola, anch'esso piuttosto antico. Heidi si ferma davanti a un cartello bianco, con delle scritte in verde.

RISERVA NATURALE DI VIIKKI-VANHANKAUPUNGINLAHTI

Protetta ai sensi della normativa sulla conservazione della natura.
La riserva naturale è stata costituita per proteggere le aree acquatiche,
i canneti e le coste della parte settentrionale di Vanhankaupunginlahti.
La zona è un'area ornitologica di valore internazionale.

Nell'area è vietato:
attraversare il canneto durante il disgelo delle acque
raccogliere o danneggiare piante
disturbare gli animali
pescare

Heidi volge lo sguardo verso le cime degli alberi. Nel cielo si vedono scorrere alcune nuvole soffici. Il cartello non dice nulla sulla caccia. Anch'essa fa parte della natura, però si preferisce non parlarne. Un po' come nell'antichità, quando non si pronunciavano i nomi delle cose spaventose, per non attirarle fuori dai loro nascondigli.

Cammina fino a raggiungere l'acqua. Sul molo di cemento ci sono schegge di vetro verde levigate dal mare, un frammento di un piatto di porcellana e una fibbia di cintura arrugginita. Quella piccola collezione è probabilmente il tesoro raccolto da un bambino che ha soggiornato sull'isola. Heidi si ferma sulla sabbia. I giunchi gialli portati dall'acqua sulla riva scricchiolano sotto i piedi. Raccoglie un sasso e lo lancia sul mare più lontano che può. Contrariamente al sasso, un corpo non resterebbe per sempre sul fondo: in pochi giorni, riemergerebbe in superficie. Ma per ora sull'acqua non galleggia niente. Heidi legge di nuovo le informazioni che ha ricevuto sul telefono: Aila Savolainen, villetta numero tre. Controlla di nuovo la posizione. La villetta numero tre si trova nei pressi del molo. La raggiungerà presto. Sulla spiaggia vicina al molo di Lammassaari si scorge qualche barca abbandonata, tra le quali, a ridosso della sauna, perfino la barca di salvataggio arancione del comune.

«Ho visto procioni, visoni e donnole, cervi, anche un tasso, ma il ragazzo scomparso no, mi dispiace», afferma subito l'amichevole signora della villetta numero tre, girandosi per entrare a prendere dell'acqua per il tè.

«Ha proprio un bell'angoletto, qui», si complimenta Heidi seguendo Aila Savolainen fino alla porta. Non riesce a vedere oltre la soglia, perché fuori c'è molta luce e dentro è troppo buio. Senza farsi vedere, si toglie la bustina di tabacco da sotto il labbro e la getta nell'erba.

Poco dopo, la donna ricompare con una teiera di foggia giapponese e due tazze.

«Un po' di tè caldo», annuncia versando il liquido nelle tazze, senza nemmeno aspettare un cenno di assenso.

«Zucchero?», chiede ancora, e Heidi scuote la testa. Aila ha un'aria dolce. I lunghi capelli grigi sono legati in uno chignon un po' spettinato, e sulle spalle ha uno spesso scialle di colore azzurro. Gli angoli degli occhi sono pieni di rughe dovute a tante risate.

«La villetta ha un piccolo ingresso che si apre su questo accogliente angolo verde. Qui si vive allo stesso ritmo della natura. Veniamo in primavera, quando le piante rifioriscono, gli animali escono dalle tane e tornano gli uccelli. Poi ci ritiriamo al riparo della città, quando il freddo paralizza tutto e arrivano i ghiacci».

Heidi annuisce e soffia sul tè bollente prima di prenderne un sorso.

«I miei animali preferiti qui sono i gufi. Una coppia nidifica a Lammassaari ogni anno. I figlioletti nascono presto e fanno un gran chiasso. Si dice che il suono somigli a quello di cardini arrugginiti. Strilli acuti. Riescono anche a vedere al buio. Stanno lì sugli alberi con gli occhi sbarrati, e se i gufi adulti si accorgono di essere osservati, cercano di mimetizzarsi con i rami. Si allungano proprio come una persona che tiri su la schiena e la pancia in dentro per una foto», racconta la donna, e Heidi è divertita.

«Qui viviamo come in una piccola comunità. Quando è arrivato il nuovo piano urbanistico, qui si sono aggiunte altre ville e una parte è stata spostata più lontano dalla spiaggia».

«Lei era sull'isola giovedì?». Heidi va dritta al punto e Aila annuisce.

«Ha visto qualcosa di strano? Per esempio, qualcuno passare qui dopo le sei di sera?».

La donna riflette un attimo.

«La sera comincia ormai a far buio prima. Di solito mi siedo qui nella veranda con una lampada a olio, anche fino a tarda notte se è abbastanza caldo. Giovedì scorso era caldo. Ho letto un libro e sono andata al bagno esterno un po' dopo le dieci. Allora mi ricordo che ho visto un riflesso di luce provenire da Kuusiluoto. Non mi viene in mente nient'altro», conclude pensierosa la donna, poi prende un sorso di tè.

«Le sembravano lanterne o torce tascabili? Ha visto delle persone?»

«Difficile a dirsi. Semplicemente una luce intermittente», risponde Aila. «E poi, alle dieci e mezza è passato il guardiano dell'isola. Spesso fa il giro di tutto il circondario».

Heidi si appunta le parole della donna. Si siede nella veranda e controlla fino a dove si riesce a vedere da lì. Kuusiluoto fa capolino da lontano, ma la vegetazione lacustre copre la visuale quasi del tutto. Dal bagno si vedrebbe sicuramente di più.

«Passa qui le notti?», si informa Heidi e Aila annuisce.

«La casa è dotata di un buon riscaldamento, mi piace stare qui fino alla fine di agosto. Si starebbe bene anche con zero gradi, ma diventa buio troppo presto. E in quel periodo non ci sono più molte persone che rimangono qui a dormire. Anche il guardiano dell'isola sta qui durante i mesi estivi, nella casa bianca che si chiama Lepola. Si occupa della manutenzione del gas e della pulizia della zona. Le conviene parlarci».

«C'è qualcun altro qui che conosce bene il territorio?»

«Mi viene in mente una persona che abita a Kuusiluoto. Forse era da queste parti, visto che c'erano quelle luci. Rimane sull'isola tutto l'anno», indica verso Kuusiluoto. «Non ama molto gli altri esseri umani», ghigna la donna.

«Di chi è la casa a Kuusiluoto?», chiede Heidi.

«La vecchia casa di legno appartiene alla Fondazione Asio».

Heidi si appunta il nome.

«E la persona che ha menzionato?»

«Roy Kuusisto, noto solo come Roy».

Annuisce e finisce di bere il tè.

«Qui in mezzo ai canneti si sta in pace», aggiunge la donna. «Sono già in pensione, ho tempo di guardarmi intorno senza fretta. Lavoravo all'opera e in altri teatri come scenografa, ma i mondi creati da me non sono mai diventati tanto ricchi e fantasiosi come quelli della natura. Anche lì, sotto la superficie, nuotano in silenzio molte specie di pesci, come carpe, persici, lucci e abramidi».

Heidi osserva la superficie increspata dell'acqua. La brezza marina fa frusciare le foglie degli alberi e i fili d'erba. L'isola è verdeggiante e bella, ma l'atmosfera le suscita una strana malinconia che non riesce ad allontanare.

Lunedì 2 settembre

SAANA

Saana si massaggia le tempie. Si sente come se non avesse dormito per niente. Il sabato prima, Jan è uscito presto di mattina per correre al lavoro e non l'ha nemmeno svegliata. Lei ha quindi aperto gli occhi nell'appartamento vuoto di Jan, un po' frastornata. Se non le avesse lasciato un biglietto sul tavolo della cucina, si sarebbe arrabbiata. Lui si è scusato per essere dovuto andare subito via e ha disegnato un goffo cuore sul biglietto. Saana ha passato il resto del weekend da sola, usando il tempo per finire di scrivere la sceneggiatura del podcast, e si è premiata con delle liquirizie e quattro puntate della serie *The Killing*. L'aveva già vista tutta, ma non fa niente. Nessuna serie poliziesca uscita dopo *The Killing* l'ha catturata allo stesso modo. Dopo aver fissato lo schermo del portatile fino a notte fonda, la stanchezza si è definitivamente dileguata e non le è più venuto sonno.

Saana si toglie la giacca lentamente e dà un'occhiata furtiva alla scrivania vuota accanto alla sua. Il posto di Samuli. Oggi non è venuto al lavoro. Con occhi curiosi, studia l'ufficio e le persone intorno. Vicino all'ascensore sembra essersi di nuovo riunito un capannello. Staranno parlando di Samuli, o di qualcos'altro? Si fa coraggio, si alza in piedi e va a presentarsi.

«Avete avuto sue notizie?», chiede una donna dai capelli rossi, e un'altra bruna scuote la testa.

«Passerà la giornata a cercare di capire cosa è successo, una situazione assurda», risponde.

«Ciao, sono venuta a presentarmi, è il mio primo giorno qui», si intromette Saana, posizionandosi davanti a loro. «Scusate, non posso non chiedervi se sapete qualcosa di Samuli», continua. «La mia postazione è proprio vicina alla sua e venerdì mi ha detto che suo fratello è scomparso».

«Una roba pazzesca», risponde subito la rossa. «Sono Niina, e questa è Sari».

«Saana», si presenta e rimane in attesa.

«Samuli oggi non viene, sicuramente in questo momento starà cercando il fratello», spiega la donna che ha detto di chiamarsi Niina.

«Ci sono novità al riguardo?», chiede Saana.

«Niente. Abbiamo tutti condiviso l'annuncio di scomparsa e ci siamo anche offerti di aiutare, ma finora non si è saputo niente. Una situazione terribile».

Tornata al suo posto, Saana apre immediatamente la pagina web dell'azienda e cerca il cognome di Samuli. Silvasto. Curiosa, cerca il collega su Google e trova subito il suo profilo su Facebook, nella cui foto riconosce il suo viso. Il profilo è pubblico e l'ultimo aggiornamento compare sullo schermo, davanti ai suoi occhi:

JEREMIAS SILVASTO È SCOMPARSO

Mio fratello Jeremias Silvasto, ventitré anni, è scomparso giovedì sera nelle vicinanze di Lammassaari. Non riusciamo a contattarlo. Per favore condividete. Se sapete qualcosa, potete scrivere a me o direttamente alla polizia.

Sotto l'annuncio ci sono molti commenti e cuori. Tutti gli augurano di farsi coraggio per le ricerche, ma nessuno comunica di sapere qualcosa. Mentre legge i commenti, Saana si sente inquieta. Manda a Samuli una richiesta di amicizia e rimane a fissare la foto di Jeremias Silvasto. Nella foto dell'annuncio di scomparsa, il giovane biondino sorride e guarda dritto verso l'obiettivo, ignaro del suo destino.

Come si può sparire così a Helsinki? La curiosità di Saana si è già risvegliata. Potrebbe forse essere di un qualche aiuto nelle ricerche? Si reca nello spazio ristoro per prendersi un caffè e, mentre aspetta che il liquido nero riempia la tazza, si accorge con sorpresa che Samuli ha già accettato la sua richiesta di amicizia. Saana apre di nuovo il profilo del collega e guarda le foto. Samuli usa evidentemente poco Facebook, ci sono solo pochi aggiornamenti di anni passati. Torna sull'annuncio di scomparsa e lo rilegge. Più ci pensa più ne è sicura.

«Ti aiuterò a cercare tuo fratello», dice ad alta voce.

Sente di aver fatto una promessa irreversibile.

Seduta n. 3

«L'ho incontrato su Tinder», comincia la ragazza.

Kaj la osserva. Ha i capelli legati in una coda di cavallo stretta e sugli occhi porta un trucco da gatta. Oggi ha l'aria vivace. Deve essere riuscita a dormire, suppone Kaj. Poi si diverte al pensiero che lui non è mai rimasto single da quando c'è Tinder. Non sa se debba dispiacersene o se ritenersi fortunato.

«Per un lungo periodo come limiti di età avevo messo diciotto-ventisei anni, quindi chiaramente sotto i trenta. Ma poi ho deciso di ampliarli. I ragazzi della mia età sono così, be', infantili e ingenui. Non ho nemmeno riflettuto sui quindici anni di differenza, quando ho fatto scorrere il dito verso destra sulla foto di quell'uomo».

Kaj annuisce e fa il calcolo in mente. L'uomo in questione ha all'incirca la sua età.

«Ci siamo visti per un caffè e abbiamo chiacchierato del più e del meno. Dopo quella volta, non si è più fatto sentire per un po'. Mi ha sorpreso quando poi, una sera, mi ha telefonato. Mi ha chiesto di andare alla finestra e guardare giù. Sono andata alla finestra grande del soggiorno e ho sbirciato nel cortile. Era lì, sulla sua moto, e fissava dritto dentro casa. Era una Harley-Davidson piuttosto grande e di effetto. Più tardi ho scoperto anche il modello specifico. Ma allora non sapevo ancora niente di moto. E nemmeno di lui. Sono scesa, mi ha passato un casco e siamo partiti per fare dei giri intorno a Helsinki. Alla fine ci siamo fermati sulla spiaggia del parco Kaivopuisto e mi ha comprato un gelato. Poi, niente».

Kaj si allunga per prendere il suo bicchiere d'acqua.

«Già sapevo che mi intrigava. Avevo già capito che mi attraggono le persone che non riesco a inquadrare subito», va avanti la ragazza, poi sorride. Ha un bel sorriso, si accorge di pensare Kaj. Spera che avrà di nuovo motivo di sorridere.

«A proposito, non riesco a inquadrare neanche lei, lei è scivoloso come il sapone», confessa la ragazza, lasciandolo di stucco. Poi prosegue il suo racconto.

«Il venerdì successivo stavo facendo la fila per entrare in un bar, quando lui mi ha telefonato di nuovo. Mi ha chiesto dov'ero e ha detto che avrebbe mandato qualcuno a prendermi. Credevo fosse uno scherzo, ma ho capito ben presto che diceva sul serio. Sono passati solo cinque minuti e una Mercedes nera mi si è fermata davanti. Sono salita con curiosità. L'autista non ha detto niente per tutto il viaggio. Mi ha portato in cima alla collinetta di Malminkartano, e quando mi ha aperto la portiera per farmi scendere, l'uomo era lì ad aspettarmi con due bicchieri di champagne in mano. La macchina è andata via, e per l'emozione sono scoppiata in una risata nervosa. "Volevo offrirti un bar con vista", mi ha bisbigliato con aria compiaciuta. Abbiamo vuotato i bicchieri in pochi sorsi e poi mi ha detto che dovevamo proseguire il viaggio. Siamo scesi a tutta velocità sulla sua moto giù dalla collina, diretti verso "un posto molto interessante". Ha usato proprio queste parole».

Kaj annuisce e appunta "Uomo 35+, motocicletta". Si domanda come mai la ragazza voglia parlare di lui e non di sé. Forse il racconto porta a qualcosa che non riesce a dire direttamente? È possibile che abbia avuto un'esperienza traumatica? È tipico di molti chiudere le cose dolorose nei recessi della mente, in un luogo non facilmente accessibile. Distanziandosi dagli eventi traumatici, ci si può sentire momentaneamente sicuri. I momenti più inquietanti sono quelli in cui i clienti parlano delle loro orribili esperienze mentre ridono.

Kaj non può sapere che cosa abbia vissuto la ragazza, lo scoprirà con il tempo. Ma le esperienze traumatiche potrebbero manifestarsi in forma di depressione o di comportamenti autodistruttivi. Kaj riflette sulla situazione descritta: ritrovarsi con una compagnia pericolosa sembrerebbe proprio un comportamento distruttivo. La ragazza continua il racconto.

«Sono stata un po' sorpresa quando siamo arrivati nel piazzale di un grande capannone industriale. "Benvenuta nella mia umile dimora", mi ha detto l'uomo, e mi ha gentilmente fatto strada nella sua tana. "Qui c'è tutto e quello che non c'è si compra"».

Kaj fissa la ragazza. Mentre parla di quell'uomo, il suo viso assume un'espressione più viva e la voce è più dolce.

«Ho capito solo dopo che il posto in cui siamo andati era un punto di ritrovo per biker. A poco a poco, è uscito fuori che lui non era un membro della gang qualsiasi».

Martedì 3 settembre

SAANA

Un nuovo giorno di lavoro. Saana entra con discrezione in ufficio e cerca di non farsi notare troppo. Le è tutto ancora sconosciuto e teme che le sue capacità non siano all'altezza. Si siede alla sua scrivania e si concentra per terminare il lavoro sulla newsletter che le hanno assegnato. Cerca anche di risparmiare energie per la registrazione della sera. La stesura della sceneggiatura è andata avanti molto velocemente, ma adesso quanto accaduto in estate le ha già fatto venire in mente un'altra idea. Va a pranzo da sola e si isola al tavolo nell'angolo più appartato. L'idea le è venuta all'improvviso, e non c'è niente che possa spegnere il suo entusiasmo.

La ricerca di Jeremias. Il primo podcast finlandese su un caso di scomparsa, minuto per minuto. Una serie focalizzata sulla risoluzione del caso di Jeremias, che si svolga nel vivo delle indagini. Saana potrebbe recarsi nei diversi luoghi dove si sta procedendo con gli accertamenti e raccontare dell'atmosfera in famiglia e presso la polizia. Parte del contenuto riguarderebbe i giorni prima della scomparsa e a ciò si aggiungerebbe un profilo del ragazzo, ma senza sguazzarci troppo e comunque rispettando le persone coinvolte. Ma in che modo potrebbe comunicare quest'idea a Samuli? Non vuole che fraintenda e pensi che lei voglia approfittare della scomparsa di suo fratello, perché non si tratta di questo. Si tratta invece di un'opportunità, per Saana, di aiutare a modo suo, di far sentire la voce dello scomparso. Magari il podcast potrebbe essere ascoltato da qualcuno che ha visto qualcosa. Nella migliore delle ipotesi, il podcast potrebbe suscitare così tanto interesse da indurre le persone a controllare con più attenzione ciò che accade intorno a loro. Potrebbe addirittura aiutare a risolvere il caso.

Saana sente crescere l'entusiasmo al solo pensiero. Dopo un momento di esitazione, scrive un messaggio a Samuli, in cui gli chiede il permesso di occuparsi del caso in un podcast.

La sera, se ne sta seduta da sola nello studio di una piccola società di produzione e mangia caramelle colorate alla liquirizia. Prima una bianca, poi due lilla e alla fine una gialla. Non sa quale colore sia il migliore. Ma c'è poi differenza, tra i gusti? Se ne mette in bocca tre insieme di diversi colori. Ha saltato la cena, ma ciò le si ritorce contro, perché adesso è difficile smettere di mangiare caramelle. Ascolta un pezzo del nastro che ha appena registrato: *Hartola, situato lungo la Strada Statale 4, è un tranquillo villaggio rurale, in cui la vita procede seguendo il proprio ritmo…*

Probabilmente il podcast avrà sei puntate. Tra solo qualche settimana, il racconto sul misterioso delitto dell'estate sarà pronto. Saana mastica la poltiglia appiccicosa di caramelle alla liquirizia. Ora sarebbe davvero il momento di congratularsi con sé stessa e festeggiare il fatto che, per la prima volta nella sua vita, ha finito qualcosa di completamente suo. Si mette a leggere una notizia che ha appena trovato cercando il nome di Jeremias Silvasto.

Dipartimento di Polizia di Helsinki

La polizia sta cercando Jeremias, un ventitreenne scomparso. È stato visto l'ultima volta cinque giorni fa a Lammassaari, Helsinki. Il giorno della sua scomparsa indossava jeans scuri, una felpa nera e scarpe nere. Si prega di segnalare ogni avvistamento alla polizia #polizia #Helsinki.

Nella foto, un ragazzo dall'aria amichevole guarda dritto verso l'obiettivo accennando un sorriso. È la stessa immagine che ha già visto. Saana trova subito anche un'altra notizia:

La polizia locale di Helsinki ha organizzato sabato delle ricerche su vasta scala per trovare una persona scomparsa.

A seguito di una denuncia di scomparsa, la polizia ha dato l'avvio alle ricerche di Jeremias Silvasto e ha sollecitato attraverso i media a fornire segnalazioni a partire da venerdì. La polizia di Helsinki ha avviato una ricerca su larga scala per cercare di trovare il ragazzo sull'isola di Lammassaari a Helsinki. Alle ricerche partecipano il servizio di soccorso volontario e l'unità cinofila del dipartimento competente della polizia di Helsinki. Secondo il commissario che dirige le indagini, l'ipotesi che la persona scomparsa sia stata vittima di un omicidio non si può ancora escludere.

Saana è irrequieta. Si chiede da cosa sarebbe meglio cominciare. Cerca istruzioni su come agire nei casi di scomparsa: "Assicurati che la persona non si trovi presso amici, parenti o alla casa delle vacanze e, se è già scomparsa in precedenza, controlla il posto in cui era stata ritrovata. Controlla il quartiere, chiama gli ospedali e i centri sanitari e contatta la polizia se sospetti che si tratti di un delitto o che la persona sia in pericolo".

Se la persona non viene ritrovata seguendo queste istruzioni, bisogna fare una denuncia di scomparsa presso la questura locale. Nella denuncia devono essere indicati età, sesso, colore dei capelli e degli occhi, corporatura, abbigliamento, altezza, peso, segni particolari. Questi dati si chiamano *ante mortem*. Saana si appunta il termine. *Ante mortem*, un'informazione eterna. Potrebbe essere il titolo della prima puntata. Si ricorda di aver letto da qualche parte anche il termine *exitus*. Un termine senza ambiguità: significa che non c'è più niente da fare. Ma per fortuna, Jeremias non è ancora stato dichiarato morto.

Nonostante Samuli non abbia ancora risposto, Saana comincia ad abbozzare sul computer la sceneggiatura della prima puntata del podcast.

Sono Saana Havas, e in questo podcast mi immergerò in un caso di scomparsa accaduto in Finlandia. Ti condurrò al momento in cui un giovane uomo è sparito nel nulla. Nel luogo dove si interrompono le sue tracce. Cercheremo insieme una risposta alla domanda cruciale che suscita tutte le paure e i dubbi. Cosa è successo a Jeremias Silvasto, scomparso giovedì 29 agosto a Helsinki, nel bel mezzo di uno stupendo contesto naturale?

Dopo aver completato il testo, Saana avvia la registrazione per provare la durata della lettura a voce alta. Potrebbe funzionare. Interrompe la registrazione, si toglie gli auricolari e si appoggia con la schiena alla sedia dello studio. Parlare al microfono è ormai molto più facile che all'inizio. Saana si ripete ancora una volta in mente le istruzioni per realizzare un podcast: parla come se stessi conversando con il tuo migliore amico. Non immaginare grandi platee di ascoltatori, bensì solo uno, che sia sempre accanto a te. Non c'è bisogno di urlare o alzare la voce. Sii te stessa e, mentre parli, ricordati di sorridere.

Saana deglutisce. Con tutto il cuore spera che Jeremias venga ritrovato. Se non direttamente con l'aiuto del suo podcast, almeno grazie alle indagini della polizia. In ogni caso, ha intenzione di fare del suo meglio per far udire ancora la voce di Jeremias.

14 settimane prima della scomparsa

«Tutta quest'area è estremamente importante, per noi», dice Jeremias senza girare la testa e supponendo che chi gli cammina dietro lo senta. Poi chiede ad Abdi di accendere la telecamera. La fedele Sony F5 comincia a registrare l'atmosfera in cui sono immersi. Jeremias si gira verso l'obiettivo.

«Da New York a Lammassaari ci sono più di seimila chilometri, anche da Rovaniemi la distanza non è poca, oltre ottocento chilometri, ma dal centro di Helsinki sono meno di dieci. La Finlandia, questo meraviglioso paese nordico, è speciale per il fatto che, dal centro della nostra capitale, è possibile ritrovarsi in un attimo in mezzo a una silenziosa riserva naturale. Vanhankaupunginlahti e il suo circondario costituiscono un'area incantevole, conosciuta soprattutto per la ricca varietà di uccelli. Lammassaari e Kuusiluoto fanno parte del comune di Helsinki, sono aree ricreative aperte a tutti. Ma Lammassaari è anche molto altro. È un'isola con un'atmosfera mistica, che nasconde migliaia di storie. I suoi occhi sono gli uccelli che roteano in alto nel cielo, la sua bocca è formata dalla passerella di legno che parte da Pornaistenniemi. I polmoni sono i canneti che, ondeggiando nel vento, si estendono a perdita d'occhio. E il cuore dell'isola sono, naturalmente, le persone. Adesso siamo in cammino verso questo posto affascinante, e abbiamo un buon motivo. A Lammassaari ci sono più di cento villette, ma nella vicina Kuusiluoto ce n'è soltanto una. In quella casa abita una persona che abbiamo intenzione di incontrare. Siate i benvenuti in questo percorso che faremo insieme verso quel posto isolato, dove vive una leggenda quasi dimenticata».

Camminano in fila sulla passerella incorniciata da canneti lacustri alti più di due metri. Jeremias raggiunge il cancello di legno posto all'ingresso di Kuusiluoto. Intorno non si vedono pecore, che sono il motivo per cui il cancello si trova alla fine della passerella. Proseguono nel folto degli alberi e si arrampicano su una collinetta di pietra, poi prendono il sentiero che porta all'unica casa dell'isola. PROPRIETÀ PRIVATA – FONDAZIONE ASIO – VIETATO L'ACCESSO AI NON AUTORIZZATI, c'è scritto su un cartello. Con cautela, socchiudono il cancello malandato ed entrano nel giardino. La casa rossa si erge davanti a loro, e indietreggiano un momento per immortalarla insieme alle zone verdi del giardino.

«Cosa è successo al leggendario regista di documentari, a suo tempo molto famoso? Abbiamo fatto un lungo viaggio per arrivare fin qui», afferma Jeremias, lasciando poi che la telecamera faccia una panoramica.

«Si dice che Roy sia di origini americane, ma che in lui scorra anche sangue finlandese, e che abbia abitato per anni in una riserva indiana. Ma solo di una cosa possiamo essere sicuri: Roy è uno dei registi di documentari più interessanti della nostra storia recente. Un regista pluripremiato, che ha smesso di seguire le regole della società. In questo momento è ufficialmente senza un domicilio, ma si sa che alloggia qui a Kuusiluoto, in questo edificio. Vediamo se in questo momento è in casa».

«Ottimo!», urla Abdi. «Direi che va bene così, possiamo andare alla porta».

Una volta raggiunta la casa rossa un po' malmessa, riaccendono la telecamera. Jeremias bussa alla porta. Johannes si muove nervosamente dietro a lui. Sono tutti in attesa. Non viene nessuno ad aprire, ma continuano a riprendere la scena. Niente. Alla fine, spengono la telecamera. D'improvviso si sente uno scricchiolio tra i cespugli e Jeremias sobbalza. I rami fitti non permettono di capire subito da dove provenga il rumore. Quando lo stupore di Jeremias si placa, nota due occhi che lo fissano tra le foglie. Una solitaria pecora bianca rimane a studiarlo per un po' e poi torna da dove è venuta.

Roy ha già accettato in passato di farsi filmare, ma adesso non hanno fissato un appuntamento. Jeremias vuole mantenere un approccio spontaneo, e perciò filmare anche i possibili contrattempi. Prova a spingere la porta. È aperta. Entrano timidamente. Jeremias chiama, ma non si vede nessuno. Su un vecchio tavolo di legno c'è una candela accesa, nonostante la stanza sia vuota. Tra le assi delle pareti sono infilate delle piume. Chiare e sottili, nere o anche chiazzate. All'interno l'aria è un po' stantia. La vita è rimasta attaccata ai pavimenti, alle pareti e al soffitto. Jere pensa che per rendere fresca l'aria probabilmente bisognerebbe far saltare in aria l'intera casa. Tuttavia, il posto è anche molto bello, autentico. Abdi si siede sul tavolo rustico, Johannes sulla sedia a dondolo. Jeremias la guarda: è tutta nodosa, bruttissima. La fiamma della candela oscilla nella stanza buia, sulla parete manca solo un orologio a pendolo rumoroso.

«Vedo che vi siete già sistemati come a casa vostra».

La voce proviene da un punto che non riescono a vedere. In quel momento, la candela sul tavolo si spegne e comincia a fumare.

Roy Kuusisto entra nella stanza. Jeremias lo osserva. Benché, basandosi sull'aspetto fisico, si possa pensare che l'anima abbia già lasciato quel corpo, l'uomo sprizza energia da tutti i pori.

«Cominciamo a filmare oggi», lo informa Jeremias. «Va bene, no?».

Roy annuisce, e ciò non può che essere interpretato come un cenno di assenso. Da questo momento ha inizio la fase più importante del progetto. Riprendere il posto. Raccontare la storia.

Dopo aver filmato per un po' l'uomo che cammina a passo lento in giardino verso il bordo dell'acqua, mentre taglia la legna davanti a una capanna fatiscente nel giardino, mentre è seduto in un angolo della stanza sulla sedia a dondolo nodosa o prepara il caffè nella sua modesta cucina, Jeremias dichiara conclusa la prima sessione di riprese. Abdi comincia a imballare l'attrezzatura in grosse borse nere. Con il microfono della Sennheiser e i pannelli led fa presto. Johannes si infila il cappuccio della felpa ed esce a fumarsi una sigaretta. Non fa niente di propria iniziativa. Jeremias sospira e stacca la telecamera dal cavalletto. Roy si risiede sulla sedia a dondolo e si accende la pipa. La fiamma del fiammifero illumina per un attimo il suo viso corrugato. *Rinsecchito* è la prima parola che viene in mente a Jeremias.

In silenzio, trasportando gli strumenti, fanno ritorno verso Lammassaari. È la fine di maggio e l'estate sta per fare il suo ingresso. L'anno scolastico sta per terminare, ma il loro lavoro è appena iniziato. In pratica, il loro ambizioso progetto richiederà quasi tutte le vacanze. Jeremias riflette su come convincere i ragazzi a rimanere motivati, nonostante debbano lavorare l'intera estate.

«È indubbiamente un tipo interessante», commenta Abdi. «Non voglio spaventarvi, ma Roy mi fa pensare ad Hannibal Lecter. In tutta la sua stranezza è molto intelligente, anche troppo».

«Prima instaura con noi un buon rapporto, ci attira con le sue storie. Ma in realtà sta soltanto aspettando il momento adatto per catturarci e mangiarci vivi», scherza Johannes.

Jeremias sghignazza a queste considerazioni.

«Nel fine settimana ho visto di nuovo il documentario di Roy», dice. «Mentre parlava del popolo del bosco e del popolo dell'acqua, mi sono chiesto se tutti questi canneti appartengano all'uno o all'altro», aggiunge mentre avanza con passo un po' goffo sulla passerella di legno.

Abdi chiude il cancello dietro di sé. Non dice niente. Anche Johannes è taciturno. Ma Jere continua a pensarci. Le canne sono così vicine le une alle altre che non si riuscirebbe a passarci in mezzo. È come se tra Lammassaari e il mare ci fosse una zona dove potrebbe vivere una popolazione a sé stante. Il canneto non è né bosco, né mare. Jere scruta le assi parzialmente sommerse. A volte la passerella viene completamente inghiottita dall'acqua e il sentiero scompare del tutto. Poi, ogni tanto, un forte vento arriva da nord e asciuga il suolo. Al centro di tutto c'è il silenzioso canneto, un terreno vuoto, antico fondo del mare. Una terra di nessuno.

PARTE II

Mercoledì 4 settembre

AILA

Seduta in veranda, Aila Savolainen si versa un'altra tazza di tè verde. La mattina sta lentamente avanzando, si cominciano a vedere più persone sul sentiero che fa il giro dell'isola. Sposta lo sguardo sulla collinetta di pietra verso la quale porta il sentiero. Per ora i passanti sono solo i proprietari delle villette, di cui conosce il nome o almeno il viso. Pochi sono anche suoi amici. I vicini non si possono scegliere. Soffia sulla tazza di tè e sente il calore sul mento. Un timido filo di vapore sale verso il cielo.

Sta diventando una bella giornata. La scorsa notte è stata un po' fredda. Restano ancora poche settimane prima che Aila cominci a sistemare il posto per l'inverno. Ma non può ancora farlo, non adesso, mentre l'isola brulica di persone. È importante che partecipi, sia presente, non fugga. Che direbbero di lei, se improvvisamente non la vedessero più? Aila guarda con la coda dell'occhio i vicini che raccolgono dei ramoscelli. Di nuovo. Pare quasi che si divertano. Ha una teoria: le sembra che ogni tanto scuotano apposta gli alberi per far cadere rametti e foglie così da poterli raccogliere.

Osserva gli alberi lì accanto. L'autunno è sempre più vicino, ma sono ancora rigogliosi e stanno appena cominciando a cambiare colore. Gli ontani sono tra gli ultimi a perdere le foglie. Benché la luce del sole stia gradualmente diminuendo, assorbono ancora nutrimento tramite i noduli radicali. Aila si alza ed esce dalla veranda per andare ad accarezzare il tronco dell'ontano più vicino. È caldo. Gli alberi sono intelligenti, far cadere le foglie è un'azione ben consapevole. Non è il vento che le stacca, bensì l'albero stesso. Una volta cadute, l'acqua non si disperde. Le nuove foglie restano in attesa nel tronco per tutto l'inverno. "Mentre il verde si nasconde nel tronco, io mi ritiro nel mio appartamento in città", pensa Aila, e si allunga un po' sulle punte dei piedi.

Tre poliziotti le passano accanto. Lei li saluta con la mano. Se ne vedono in giro sull'isola, molto indaffarati, già da parecchi giorni. Controllano i pozzi, aprono le case, fanno annusare ai cani ogni angolo. Intervistano i proprietari delle ville. Controllano i presenti. Tutta l'isola sarà ben presto rivoltata. Da lontano si sente il rumore di una barca a motore. Staranno già dragando il mare? È tutto così strano. È come se un liquido nero fosse colato sull'isola e avesse contaminato tutto ciò che c'era di luminoso. Schiacciato le piante, portato via la gioia.

Lì a fianco passa una coppia conosciuta, Aila sfodera un'espressione allegra e amichevole. Spera che non si fermino lì, ma ovviamente rallentano e si avvicinano.

«Secondo te cos'è?», chiede la signora direttamente, senza troppe cerimonie. *Come va? Bene, e voi? Benissimo.* No. Già da vari giorni nell'isola si fa a gara con il vento a chi mormora e sussurra di più. Si chiacchiera e si spettegola. Cosa starà succedendo di così terribile? Com'è possibile che nel bosco di Viikki ci fosse un ragazzo morto? E cosa è accaduto all'altro ragazzo scomparso? Di chi è la colpa? La polizia avrà già controllato tutto? Forse il colpevole è uno di loro? Qualcuno che nella sua villetta nasconde un segreto terribile?

«Che cosa?», ribatte Aila, benché sappia benissimo di quale argomento, ancora una volta, si stia parlando.

«Uno non ha più il coraggio di girare qui intorno con il buio», borbotta la signora, e suo marito annuisce accanto a lei. «Tu non hai paura? Sei qui tutta sola?», insiste la signora e sbircia verso la sua casa. «Noi non dormiamo più qui. Non sarebbe meglio che ti trasferissi già ora in città?», bisbiglia, e Aila sente una risata crescerle dentro. Non ha mai avuto paura di niente. E chi sono questi, per permettersi di dare consigli?

Dopo quanto è avvenuto, le persone hanno iniziato a guardarsi con più curiosità, alcuni a scrutarsi con aria seria. Il sospetto traspare dagli occhi. È possibile che dietro la sparizione ci sia uno di loro, uno degli isolani? Aila pensa ai proprietari di villette che conosce. Il guardiano dell'isola si comporta in modo un po' strano, ultimamente, è come se le stesse sempre alle calcagna. "Lasciatemi in pace", vorrebbe dire Aila, ma non può. Non adesso. In questo momento non vuole suscitare troppe chiacchiere. Si congeda dai vicini con un cenno della mano e torna nella veranda. Lentamente, raccoglie la tazza di tè ed entra in casa, al buio. Sgattaiola dentro, tira la tenda davanti alla porta e si assicura che nessuno stia guardando. Per finire, chiude la porta a chiave. Quei ragazzi sono apparsi sull'isola all'inizio dell'estate, li avevano notati tutti. Lei stessa aveva visto che giravano dappertutto, scattando foto in ogni angolo e ficcando il naso in cose che non li riguardavano. E ora, a uno di loro è successa una cosa terribile.

Aila prende la collana tra le dita e ci giocherella, immersa nei suoi pensieri. È come se i ragazzi, con le loro riprese, avessero sconvolto l'armonia della natura, risvegliato una belva e, senza volerlo, richiamato a sé il male.

JAN

Jan guarda le case di cemento di Itä-Pasila, che sembrano delle scatole. Davanti a lui si erge un alto edificio grigio con i balconi bordati di blu. L'indirizzo è Jarrumiehenkatu 6, scala B, quarto piano. Sale le scale dietro a Heidi. Mentre procede due gradini alla volta, ripensa al quadro complessivo della situazione. Tre giovani studenti dell'accademia stavano filmando un documentario. Uno di loro è stato trovato morto e un altro è sparito. Il terzo, di nome Abdirisaaq Hassan Yussuf, li sta aspettando. Raggiungono il pianerottolo. Sulla porta più vicina c'è scritto YUSSUF. C'è odore di cibo speziato.

Jan suona il campanello e si sentono dei rumori. Strilli di bambini, e qualcuno che li sgrida in una lingua straniera. Jan suppone sia somalo. Subito dopo, qualcuno apre. Jan fa un passo indietro mentre alla porta compare un ragazzo sui vent'anni, dietro il quale due bambini di età prescolare fanno le boccacce.

«Polizia, possiamo entrare?», si qualifica Heidi senza tanti fronzoli, andando subito al sodo. «Come le abbiamo anticipato al telefono, vorremmo farle alcune domande».

«Sì, va bene, ma è meglio che andiamo da un'altra parte, questi due non mi lasciano in pace un secondo», Abdi scompiglia con un buffetto i capelli di uno dei piccoli. «Avverto mamma che esco», continua, poi va in cucina. In soggiorno, la TV è accesa su un programma per bambini.

«Scendiamo giù in cortile», propone Abdi, e chiama l'ascensore.

«Come mai non è a lezione?», si informa Heidi mentre scendono.

«Ho aiutato mia madre e sono andato al lavoro. Ormai seguo pochi corsi, sto già preparando il progetto finale», spiega Abdi.

Appena fuori, si accende una sigaretta.

«I miei fratellini sono stupendi, ma sono anche molto pesanti», ride, e Jan prova un'istintiva simpatia verso di lui. Ha un atteggiamento schietto. Attraversano il cortile e Abdi si siede su un'altalena ricavata da uno pneumatico. Oltre a loro, non c'è nessuno.

«Johannes Järvinen è un nome che le suona familiare?», comincia Jan, e Abdi è un po' stupito.

«Frequentiamo la stessa accademia, quindi sì, certo».

Jan si domanda se la notizia della tragica fine di Johannes abbia raggiunto il ragazzo e in che modo. Potrebbe averlo letto sul giornale, oppure la voce potrebbe già girare in accademia.

«Cosa è successo il 23 agosto?»

«A me? Niente, ero al lavoro. Faccio i turni in un supermercato».

«E giovedì 29 agosto? Dov'era?», domanda Heidi.

«Ero a casa», risponde con aria sorpresa.

«Ha qualche idea sul perché siamo qui?», continua Heidi, ma Abdi appare perplesso.

«A causa di Jeremias, giusto?», prova a ipotizzare Abdi, afferrando le catene metalliche dell'altalena. Il movimento delle mani le fa cigolare. «Ho sentito la notizia della sua scomparsa. Non riesco a crederci».

«È vero, stiamo indagando sulla scomparsa di Jeremias Silvasto», conferma Jan.

Abdi si muove sull'altalena senza staccare i piedi da terra.

«Già. Ho parlato con suo fratello. Ho saputo che Jeremias era andato a Lammassaari. Abbiamo fatto un sacco di riprese lì, quest'estate. Quei panorami mi sembrano ancora più inquietanti, adesso. Come se l'isola l'avesse inghiottito nelle sue fauci».

«Che rapporti ha con Johannes Järvinen?». Jan cambia discorso.

Abdi lo guarda confuso.

«Con Johannes? Quasi nessun rapporto. Abbiamo realizzato insieme un progetto di studio, ma a parte questo, niente. Johannes è molto riservato, non parla mai di sé. Perché me lo chiede?»

«Johannes Järvinen è stato trovato morto», risponde Jan nel modo più pacato possibile, e rimane a osservare l'espressione del ragazzo. Sembra che non ne sapesse niente.

«Ci dispiace. Come si sente?». Heidi spara la domanda in modo diretto, e Jan nota che gli occhi e le narici di Abdi si allargano con il crescere dell'incredulità. La reazione sembra sincera.

«Che cosa assurda», commenta Abdi. La voce gli trema un po'. Il ragazzo prende a calci dei sassi.

«Ma che cazzo sta succedendo? Cioè, siete voi i poliziotti qui, è una cosa folle», continua fissando a turno Heidi e Jan. «Dovrei avere paura?».

Jan e Heidi si guardano. Passa un momento prima che rispondano.

«A essere sinceri, non lo sappiamo. Lei ha una qualche idea se questi fatti possano avere un nesso tra loro? Voi tre avete realizzato un documentario insieme, e adesso a due di voi è successo qualcosa di brutto», commenta Heidi, e Jan indietreggia un po' per lasciarle più spazio. È meglio che sia solo uno di loro a fare le domande, in modo che il dialogo sembri più confidenziale.

«È successo qualcosa durante le riprese? Qualcosa che dovremmo sapere? Minacce, litigi, qualsiasi cosa», sollecita Heidi, fissando il suo sguardo penetrante negli occhi gentili di Abdi.

Il ragazzo si guarda per un po' le punte delle scarpe e poi borbotta qualcosa.

«Niente, a parte un po' di canne, penso, almeno per quanto riguarda me. Di Johannes non lo so, è un tizio strano. Gli piaceva isolarsi, andava e veniva quando voleva. Johannes è stato in qualche modo costretto a partecipare al nostro progetto, altrimenti probabilmente non l'avrebbe fatto».

«Da dove veniva la roba?», chiede Heidi.

«Non lo so. Comunque abbiamo solo fumato. L'ultima volta l'erba l'ha presa proprio Johannes. Ottima qualità. Aveva promesso di prenderne quanta ne volevamo, non ha detto niente dei prezzi». Abdi fa una piccola pausa.

«Adesso che me lo chiede, ricordo di essermi domandato che cosa facesse Johannes, se spacciasse. All'accademia girano parecchie voci».

«Di che tipo?»

«Be', dopo le vacanze è subito iniziata a circolare la voce che Johannes spacciava. Quel tipo mi faceva un po' pena. Mi sembrava che cercasse l'approvazione degli altri, che non riuscisse a concentrarsi su nient'altro. Non so se avesse qualche amico stretto».

«Per chi spacciava, Johannes?»

«Non lo so», risponde Abdi, e dopo un attimo di riflessione Heidi decide di credergli.

«Suppongo che avesse incontrato alcuni tizi in un locale».

«Al Pultti?», si accerta Heidi, e Abdi annuisce.

«Quando siamo stati l'ultima volta a fare le riprese e c'era anche Johannes, mi sembrava che tra lui e Jeremias i rapporti fossero un po' tesi».

«A cosa poteva essere dovuto?»

«Non lo so». Abdi sembra deluso di non poter aiutare di più. «Siete sicuri che Johannes sia davvero…».

«Morto», Heidi completa la frase. «Sì, purtroppo».

Jan finisce una telefonata e torna da loro.

«Be'… è stato detto tutto l'essenziale?», domanda, poi fa un cenno verso la macchina. È ora di andare.

Prima che arrivino all'auto, dietro di loro sentono dei passi di corsa.

«Aspettate!», urla Abdi raggiungendoli.

«Jeremias mi aveva mandato questo messaggio». Abdi mostra loro lo schermo del cellulare. "Possiamo vederci oggi? C'è una cosa di cui dobbiamo parlare".

«E "oggi" significa…».

«La sera della scomparsa. Jeremias mi voleva vedere, ma quella sera non potevo perché dovevo badare alla mia sorellina. Jeremias era ossessionato dal documentario. Sognava di inviarlo a tutti i concorsi. La tabella di marcia era quasi impossibile, considerata la quantità di materiale filmato. Ma c'è un commento che mi è rimasto impresso. Una volta, quest'estate, mentre tornavamo dall'isola dove avevamo fatto le riprese, mi ha detto che cominciava a comprendere i registi per i quali l'arte viene prima di ogni cosa e che potevano realizzare anche opere spaventose».

Jan e Heidi si guardano in modo significativo.

«Spaventose?»

«Così ha detto, ma non so bene a cosa si riferisse».

Heidi si ferma al semaforo e Jan guarda fuori dal finestrino. Una giornata come tante. Il calore di fine estate si è attenuato. Jan gratta via con un'unghia una macchia appiccicosa dalla superficie del suo Barbour.

«Mentre parlavi con Abdi ho saputo che hanno trovato la bicicletta di Johannes. L'hanno tirata su dall'acqua. Era stata gettata nel canale di Säynäslahti».

Scatta il verde. Heidi preme sull'acceleratore.

«Bene».

Quando arrivano in ufficio, Jan non si toglie nemmeno la giacca e va direttamente da Saki.

«Ci sono altre novità, oltre alla bici?», gli chiede, poi guarda lo schermo del suo computer.

Saki sta giusto esaminando le immagini registrate da un drone pilotato da un fotografo dilettante la notte in cui Jeremias è scomparso. La telecamera ha ripreso, oltre al paesaggio, anche qualche pescatore e delle persone che portavano a spasso il cane. Mentre vola sopra il parcheggio e il parco per cani di Vanhankaupunginkoski in direzione dei campi, nell'inquadratura compare qualcuno che potrebbe essere Jeremias. Bloccano l'immagine. Se non altro, i colori scuri dei vestiti corrispondono all'abbigliamento indossato dal ragazzo al momento della scomparsa. La persona cammina da sola, a circa cinquanta metri dall'isola. Quando Saki rimette in moto il video, il drone si allontana dalla figura. D'altronde, sotto gli alberi la telecamera non avrebbe comunque potuto registrare.

«Stando a questo filmato, il ragazzo era sull'isola da solo», afferma Jan, e Saki annuisce.

«Nella parte finale, il drone continua a volare sopra i campi e poi torna dal proprietario alle rapide. Niente che attiri l'attenzione. Nel parcheggio del Museo della tecnica c'erano tre auto ferme, i proprietari hanno già contattato la polizia. Non avevano niente di utile da raccontare. Ma ho anche qualcos'altro per voi», continua Saki, e Jan ascolta con interesse.

«Ho controllato il computer di Johannes Järvinen e ho trovato alcune app tramite il suo account ID Apple».

«Vai avanti».

«Find My iPhone ha rintracciato il cellulare di Johannes. È acceso e si trova in questo punto», spiega Saki.

Heidi corre a guardare lo schermo.

«È a Kuusiluoto?», si accerta Jan.

«Ma cosa sta succedendo in quella zona?», mormora Heidi, senza aspettarsi una risposta.

SAANA

Quando Saana arriva alla sua postazione, si accorge con sorpresa che Samuli è venuto al lavoro.

«Ciao», lo saluta con cautela.

«Ti aspettavo», risponde Samuli senza alzare gli occhi dallo schermo. «Quel podcast è una bomba», commenta, e Saana si stupisce.

L'uomo gira di scatto la sua sedia verso di lei.

«Sono già disperato, ho paura che, se non si trova Jeremias al più presto, nel giro di poco tutto cadrà nel dimenticatoio. Ogni aiuto può essere utile, qualsiasi cosa possa far conoscere il caso di Jeremias e raggiungere qualcuno che sappia qualcosa. Grazia Saana, grazie».

Samuli si alza e va ad abbracciarla. Saana è sbigottita, non si aspettava una reazione del genere.

«Stai bene?», gli chiede con cautela.

«Per niente», risponde lui. «Però mi obbligo a venire al lavoro. Devo trovare altro a cui pensare. Inoltre, questa settimana c'è Venla, la mia figlioletta di cinque anni, che abita con me una settimana sì e una no. Nonostante la situazione, tento di vivere normalmente. Piango soltanto di sera, quando la bambina dorme», continua, con un'aria così tenera che Saana non sa come reagire.

Si ricompone comunque rapidamente e trascina Samuli con sé verso la sala riunioni vuota.

«Registriamo la prima puntata appena possibile», comincia Saana. «Iniziamo dalle cose principali. Se mi potessi aiutare, sarebbe perfetto. Descriviamo Jeremias e diciamo dove si sono perse le sue tracce. Parlerò anche di come agisce la polizia quando avvia le ricerche di una persona scomparsa. In questi casi, la polizia tenta di ricostruire nel modo più preciso possibile i suoi spostamenti nelle ventiquattro ore precedenti alla sparizione».

«C'è anche molto altro», rivela Samuli, e la guarda serio. «Jeremias ha lavorato tutta l'estate a un documentario a Lammassaari. Al progetto hanno collaborato tre ragazzi, uno dei quali è stato trovato morto. La notizia era sui giornali questo weekend».

Una strana sensazione pervade il corpo di Saana e il cuore accelera i battiti.

«Cosa?».

Non riesce a dire altro. Questo cambierà completamente l'atmosfera del podcast. In che pericolo enorme si trova Jeremias?

«E il terzo?»

«Si chiama Abdi. Sta bene. O meglio, bene come è possibile stare in una situazione del genere», risponde Samuli, tamburellando nervosamente con le dita sul grosso tavolo della sala riunioni.

«Ok», balbetta Saana. «Propongo di concentrarci comunque solo sulla ricerca di Jeremias. Del ragazzo morto si occuperà la polizia. Chi mi converrebbe intervistare?»

«Jeremias non aveva un giro di amicizie molto largo, al di là di Abdi, la sua amica più stretta si chiama Tuuli. Non ne conosco altri», spiega Samuli. «Poi c'è un folto gruppo di gente sui social che adesso si dispiace e si dispera, ma credo che Jeremias non li vedesse da molto tempo».

«Esaminiamo per bene gli elementi di base, forse possiamo trovare qualcosa di utile», suggerisce Saana.

Si è già accertata di come procederanno le indagini di polizia. Controlleranno gli autobus e i treni, gli ospedali, gli acquisti con carte di credito e i tabulati telefonici. Saana non ha la possibilità di accedervi, ma potrebbe trovare qualcosa di diverso, al di là dei dati numerici: gli amici e le loro impressioni su Jeremias, i luoghi segreti, delle teorie non ufficiali.

«Era fidanzato?», si informa, ma Samuli non lo sa.

«Non parlavamo molto. Mio fratello è sempre stato piuttosto riservato, gli piaceva stare per i fatti suoi. Da piccolo si ammalava spesso e cercavo sempre dei modi per rallegrarlo, mi inventavo cose divertenti. Anche da adulti avremmo dovuto parlare di più, fare insieme più cose belle. Adesso potrebbe essere troppo tardi». A Samuli trema la voce.

Saana gli posa una mano sulla spalla, cercando di consolarlo.

«Incontrerei volentieri questi amici. Forse non tutti hanno il coraggio di parlare con la polizia. Noi sembreremmo meno minacciosi a qualcuno che avesse qualcosa da nascondere».

«Come cosa, per esempio?»

«Per esempio, droga», balbetta Saana.

«Non credo che Jeremias abbia un problema di droga», ribatte Samuli.

«No, certo, non intendevo questo», replica Saana prontamente. «Però, se ho imparato qualcosa da altri casi simili, è che molto spesso gli scomparsi hanno dei segreti sorprendenti, che i loro cari non riescono nemmeno a immaginare».

JAN

Jan e Heidi sono di nuovo in macchina, diretti verso la baia di Vanhankaupunginlahti.

«Lo sapevi che Helsinki fu fondata qui?», chiede Jan alla collega, mentre si avvicinano alla zona e passano accanto a delle rapide che scrosciano con forza. «Intorno al 1500, qui, presso le rapide alla foce del fiume Vantaa, fu fondata la città. Prese il nome proprio dalle rapide, che all'epoca si chiamavano Helsinge fors», continua aggrappandosi al cruscotto mentre Heidi frena bruscamente per far attraversare la strada a un passante con un barboncino.

«Sto pensando a una cosa», dice lei. «Se Johannes è morto venerdì 23 e il cellulare a volte era spento…».

«Stai pensando che qualcuno ha caricato il cellulare nel frattempo e poi l'ha acceso di nuovo?»

«Esatto».

Mentre Heidi guida, Jan legge le informazioni mandategli da Saki. Le ricerche di Jeremias finora non hanno prodotto risultati. Il gruppo di volontari si ritirerà presto, poiché l'area è stata già setacciata nel modo più approfondito possibile. Il drone della polizia ha sorvolato i canneti e i campi, riprendendo la superficie metro per metro nella speranza di trovare qualche traccia. Questa operazione, che dura da giorni, per ora non ha dato frutti. Nelle immagini si vedono soltanto uccelli e piante.

Jan deglutisce. Il pensiero è angosciante. Per trovare il ragazzo scomparso è stato fatto tanto, ma la situazione sembra minacciosamente vicina a finire sulla lunga lista dei casi irrisolti. Servirebbero nuovi indizi, nuovi elementi su cui lavorare. Intanto, hanno il corpo di Johannes. L'indagine sull'omicidio del ragazzo trovato morto nel bosco è, per la sua squadra, più importante di qualsiasi altra cosa.

Quando arrivano all'inizio della passerella che porta a Kuusiluoto, trovano il sentiero inondato dall'acqua. Da lontano si vedono alcune assi che galleggiano sulla superficie del mare.

«È da un po' che non arriva vento da nord», osserva Jan. «Ho sentito dire che il vento del nord spazza via l'acqua».

Il sentiero tra i giunchi è comunque bello. La luce del sole di fine estate brilla tra le canne e ne tinge le cime d'argento. Da qualche parte in lontananza si sentono delle oche starnazzare. Il suono è così forte che sembra il rumore di un mezzo di trasporto. Jan e Heidi si tolgono le scarpe e i calzini e si arrotolano l'orlo dei pantaloni. L'acqua fredda del mare gli arriva alle caviglie e la passerella è viscida e scivolosa. Ai piedi del canneto cresce l'erba, qua e là si trovano olmarie, salicarie e la belladonna. Ben presto raggiungono il cancello alla fine della passerella. Si siedono per terra e si asciugano i piedi bagnati con i calzini. Su un albero è appoggiato un cartello giallo che vieta di dar da mangiare alle pecore che pascolano a Kuusiluoto.

Jan imbocca il sentiero verdeggiante e osserva gli alberi. Ricorda di aver letto che sull'isola non ci sono quasi per niente abeti o altre conifere. I nomi ingannano, pensa Jan: a Lammassaari, "isola delle pecore", non ci sono pecore, mentre a Kuusiluoto, "isolotto degli abeti", c'è soltanto un abete. Il bosco dell'isolotto è costituito da begli alberi di latifoglie. Pioppi, aceri, betulle e ontani.

Jan prosegue il cammino; senza calzini le scarpe sono larghe e appiccicose. In mezzo all'isola ci sono una collinetta di pietra e un prato. Kuusiluoto è contemporaneamente isolata ma al centro della città. Da lì si può guardare in direzioni diverse: a sud c'è Vanhankaupunginselkä, a nord e a est la riserva naturale. Dall'isola si può vedere lo skyline della città e, allo stesso tempo, godere di un perfetto silenzio.

«Eccole», indica Heidi.

Le pecore, una nera, una bianca e una marrone chiaro, sono strette l'una all'altra vicino a dei cespugli. Brucano erba a ritmo veloce. Jan e Heidi continuano a camminare. Ovunque sul terreno ci sono tracce di escrementi neri, e Jan si accorge che se ne sono appiccicati un po' alle suole delle scarpe. Alla fine, arrivano a un altro cancello. Secondo le informazioni fornitegli da Saki, a Kuusiluoto si trova un'antica villa in legno intestata alla Fondazione Asio, unico edificio residenziale di tutta l'isola. Secondo la donna interrogata da Heidi, nella villa vive da tempo un uomo, ma finora non è stato ancora interpellato. Forse adesso è in casa.

PROPRIETÀ PRIVATA – FONDAZIONE ASIO – VIETATO L'ACCESSO AGLI ESTRANEI, c'è scritto su un cartello. Con decisione, Jan apre il cancello ed entra nel cortile, dirigendosi verso la grossa casa rossa di legno. Pensa all'uomo che ci abita, che i villeggianti di Lammassaari chiamano "il pellerossa". A Jan, il termine non sembra politicamente molto corretto.

Heidi e Jan fanno un giro intorno a quella che una volta doveva essere una bella villa. Il giardino scende giù fino alla riva e agli alberi sono appesi, qua e là, degli acchiappasogni. La baia di Vanhankaupunginselkä si estende magnificamente davanti all'isola, e sembra quasi impossibile che la città sia proprio lì vicino. Quando tocca l'acqua, il cielo acquista un aspetto grandioso, e a Jan piace osservare le sue belle sfumature. Sulla striscia di spiaggia che fa parte del giardino della villa ci sono degli alberi sparsi e molti punti sono ricoperti di vegetazione. A pochi metri dalla riva riposano una barca a remi e un kayak rosso.

Delle aiuole fiorite incorniciano il prato sorprendentemente curato. Di colpo, Heidi si blocca. Deve accertarsi di una cosa. Si dirige verso un lato del giardino e si ferma davanti a una pianta a lei nota. Dentro a un'aiuola svettano dritti, con la loro forma a campana, dei fiori di *Digitalis purpurea*. Si china a esaminare gli steli. Con una rapida occhiata, ne trova due da cui il lungo e bel fiore è stato reciso di netto con delle forbici.

Heidi torna pensierosa da Jan. Si fermano insieme davanti alla casa e osservano le scale ripide e scure che portano alla veranda. La vernice rossa della casa è sbiadita in alcuni punti ed è scrostata sulla superficie delle porte dai riquadri in vetro chiaro. D'improvviso un uomo è dietro di loro, una figura tarchiata, apparsa come dal nulla. Jan si gira a guardarlo. Sembra essersi mosso come un predatore, è rimasto sottovento e non si sono subito accorti di lui. Senza chiedere nulla, fa loro cenno di seguirlo.

Entrano in casa dietro di lui. Roy Kuusisto si inoltra nell'abitazione camminando a fatica e ansimando e Heidi lo segue nel soggiorno. Jan vuole controllare intanto le altre stanze. Nota dei vecchi giornali sulla pila di legna accanto alla stufa. Con una rapida occhiata, riconosce tra gli altri il quotidiano «Ilta-Sanomat» del giorno in cui è scomparso Jeremias. Kuusisto, evidentemente, non doveva essere molto lontano da lì. Jan fa un rapido giro della casa. Una piccola camera da letto, un angolo cottura e un bagno. Niente scale che portino a una cantina o altri passaggi segreti. Ritorna nell'ampia sala che funge da soggiorno ed entra giusto in tempo per sentire che Kuusisto sta avendo un brutto attacco di tosse. Quando si siede su una panca di legno, gli arriva un tanfo alle narici. L'uomo puzza di sudore acre e i suoi vestiti sono impregnati del fumo di sigarette fumate nel corso di decenni. Fetore di unto e bruciato. Kuusisto si avvicina al tavolo e dà fuoco a un ramo poggiato nel posacenere. Comincia lentamente a uscire del fumo. Jan guarda la pianta e intuisce che è un ginepro.

«Dov'è Jeremias?», chiede Jan a bruciapelo, e sobbalza quando l'altro batte le mani all'improvviso.

«È sparito», risponde Roy, e si gratta i capelli con i rasta. «La vita è un grande mistero, non è vero?».

Jan osserva le grosse mani da orso dell'uomo. *Perché hai le mani così grandi? Per poter strangolare chiunque a morte. Perché hai lo sguardo così penetrante? Per vedere nel modo più preciso possibile la mia prossima vittima.*

Roy ondeggia tranquillamente su e giù sulla sua sedia a dondolo. Ha gli occhi neri come la pece, e c'è qualcosa di raggelante nel suo sguardo. Una bizzarra, inquietante sensazione pervade Jan. Quando Roy lo guarda dritto negli occhi, gli sembra che il suo sguardo lo trafigga. È come una pugnalata.

Nonostante l'uomo non dica niente, Jan ha la strana impressione che lui sappia. C'è qualcosa che Roy non vuole o non ha il coraggio di dire ad alta voce? Oppure, sono seduti proprio adesso nella stessa stanza insieme all'assassino?

Jan osserva le piume di uccello infilate tra le assi, e subito dopo gira lo sguardo verso un piccolo teschio poggiato su uno scaffale. Accanto a quello ce ne sono altri ancora più piccoli, che appartenevano chiaramente a uccelli. Gli occhi vuoti fissano il nulla, i becchi hanno un'aria grottesca.

«Ci racconti di Jeremias», lo esorta Jan cambiando tattica. La priorità ora è concentrarsi e ascoltare.

«Va bene», risponde Roy, ma subito tace. Nella stanza si sente soltanto il lieve scricchiolio della sedia a dondolo contro le assi del pavimento.

«Un ragazzo simpatico, un pensatore sveglio», continua Roy alla fine. «Sono stati qui tutta l'estate. Non proprio dilettanti, però avevano ancora da imparare», commenta, poi tira fuori da una busta di plastica sul pavimento una bottiglia di vino bianco.

«Quando l'ha visto l'ultima volta?», chiede Heidi mentre Jan si concentra a studiare i gesti dell'uomo.

«L'ho visto un paio di settimane fa. È venuto qui, ma poi se n'è andato».

«Dov'era lei la sera in cui Jeremias è scomparso?», chiede ancora Heidi.

«Ero qui», replica Kuusisto, e fa un sonoro rutto.

«C'è qualcuno che può confermarlo?».

Kuusisto scuote la testa.

«Le pecore», dice, e scoppia a ridere. Tra i denti anneriti ne brilla uno d'oro. «Mi hanno visto tante volte nel corso della serata. Riempiranno tutta l'isola di cacca, dovrebbero andare al macello, se volete la mia opinione».

«C'è nient'altro che vuole dirci? Certamente sa come vanno queste cose. Più passa il tempo, più sarà difficile ricordare», lo incalza Heidi.

«Va bene. Mi è sembrato che Jeremias fosse molto spaventato l'ultima volta. Quel ragazzo era come maledetto», sentenzia Kuusisto.

«Aveva paura di lei?», prova Heidi.

«Me lo aspettavo, che la polizia avrebbe cercato di accusarmi di tutto», brontola l'uomo, poi beve un lungo sorso dalla bottiglia. «Non ho fatto niente, è una faccenda strana, cazzo».

Lo sguardo di Jan si sofferma su uno zaino blu che giace sotto al tavolo.

«Che cos'è questo?», domanda Jan trascinandolo verso di sé.

«L'ho trovato oggi nella veranda», mugugna Roy. «Prendetelo, io non me ne faccio niente».

Jan afferra lo zaino di stoffa rettangolare di marca Fjällraven e lo apre. Dentro ci sono due birre chiuse, un cellulare e un portafoglio. Con gesti svelti, Jan tira fuori il portafoglio. All'interno c'è una carta di credito. C'è scritto il nome JOHANNES JÄRVINEN.

«Lo spenga», ordina Jan indicando il ramo che sta bruciando. «Adesso, lei viene via insieme a noi».

13 settimane prima della scomparsa

Jeremias osserva l'inquadratura attraverso la telecamera. Più in là, vicino agli alberi, c'è qualcosa che ondeggia, un piccolo movimento che fa vibrare lo sfondo. Ci vuole un po' prima che Jeremias si rammenti delle decine di acchiappasogni attaccati ad alberi e cespugli nel giardino.

Sono a Kuusiluoto per la seconda volta. Jere si sente stranamente sicuro. Ha grande fiducia nel risultato finale. Un documentario vivo, autentico e interessante su un personaggio dimenticato. Un uomo che tutti ricordano, ma che nessuno va più a trovare. Anche il titolo è già deciso: *Wild by Nature. The Story of Roy*. Un lavoro ambizioso, per il quale impiegheranno tutta l'estate ma che sarà all'altezza dei sacrifici. Con questa regia, Jeremias punta direttamente a partecipare a concorsi di festival cinematografici internazionali. Il più importante, per ora, è ovviamente il Tampere Film Festival, ma lui pensa in grande. Palm Springs, Clermont-Ferrand, Sundance, Aspen, Raindance, Berlino. Di tutto il materiale registrato durante l'estate, bisognerà, in autunno, comprimere i momenti migliori in meno di quaranta minuti. Ma il documentario non è l'unica cosa di cui Jeremias vuole discutere con Roy. Ha per lui una domanda importante, ma deve stare attento.

Su uno scaffale c'è un piccolo teschio. Sarà autentico?

«Ho notato che lì c'è un teschio. Vi è legata qualche storia interessante?», chiede Jeremias.

Sono seduti da soli nel soggiorno. Abdi e Johannes sono già andati a caricare il materiale sul computer dell'accademia.

«L'ho portato tempo fa da Haiti», risponde Roy.

Jeremias osserva il teschio. È inquietante e innaturalmente piccolo. Si gira a guardare fuori. Il sole è già tramontato da un bel po', è mezzanotte passata. In cielo si vedono delle nuvole chiare. Gli acchiappasogni e alcune strane fascine di bastoncini appese agli alberi ondeggiano nella brezza marina, sbattendo continuamente contro i rami. A volte, Jeremias ha atteso a lungo che in cielo apparissero nubi chiare come quelle. Adesso, il momento sarebbe perfetto per girare all'esterno.

Sul tavolo ci sono due tazze di caffè vuote e una candela quasi finita. Roy versa nelle tazze un liquoraccio fatto in casa.

«Moonshine», mugugna.

«Nome più carino di *pontikka*», commenta Jeremias, e afferra la tazza piena fino all'orlo del liquido chiaro. "Adeguarsi alle usanze di casa è il primo passo per costruire un rapporto di fiducia", pensa, e si sforza a prenderne un sorso. Per fortuna Roy non gli ha offerto della carne. Non riuscirebbe a mandarla giù facilmente.

«L'interesse per la cultura, l'apprezzamento dell'arte, è questo che distingue gli esseri umani dai miseri animali. Sei sulla strada giusta, ragazzo», commenta Roy.

Jeremias lo osserva attentamente. Indossa un cappello di feltro nero dall'aria molto vissuta, un giacchetto di jeans macchiato e, al collo, un cravattino di cuoio con un piccolo turchese. I capelli brizzolati sono in parte rasta, e da alcuni pendono delle piume di uccello.

«Che piuma è quella?», chiede Jeremias indicando la più grossa, che gli pende sulla spalla.

«Una piuma di gheppio. Qui volano dei begli uccelli. Mi accorgo del cambiamento delle stagioni soprattutto dal loro comportamento. In questo periodo è tutto tranquillo, i nidi sono già stati costruiti. Quando passi da queste parti, ascolta con attenzione. Se senti un suono cupo, come di qualcuno che soffia in una bottiglia, vuol dire che c'è un tarabuso».

Rimangono per un po' in silenzio. Jere aspetta che Roy riprenda a parlare, ma lui non lo fa. Invece, tira fuori dalla tasca della giacca dei fiammiferi. Ne sfrega uno sulla scatola e accende un rametto secco poggiato in un robusto posacenere. Piano piano, il fuoco si estende a tutto il ramo e bruciacchia gli aghi appuntiti a uno a uno.

«Il ginepro allontana il male e purifica. Nei tempi antichi, l'odore della morte veniva mandato via affumicando le abitazioni con il fumo di ginepro».

«È morto qualcuno?»

«Non ancora. Ma percepisco sempre quando la morte si sta avvicinando», sentenzia Roy, poi si pulisce con la manica le sottili labbra secche e si aggiusta il cravattino di cuoio.

Il fumo acre si spande lentamente nella sala. Un sottile filo di fumo si attorciglia nell'aria stagnante e si allunga verso l'alto. È come se danzasse.

SAANA

Il titolo del podcast potrebbe essere *Tracce*? Questo termine, quantomeno, descriverebbe la situazione. Saana è alla ricerca di tracce, qualsiasi segno lasciato dal ragazzo scomparso.

Informandosi sul fenomeno delle sparizioni, ha scoperto con sorpresa che in Finlandia ogni anno scompaiono nel nulla davvero tanti giovani uomini. Appunta un paio di frasi per il podcast:

Per ogni donna che scompare in Finlandia scompaiono da quattro a cinque uomini.

Come mai in Finlandia spariscono così tanti giovani uomini?

Saana infila il registratore nello zaino e va a riempire la borraccia dell'acqua. Si incontrerà con Samuli alla fermata della metro Kalasatama e da lì, percorrendo il lungomare, andranno in bicicletta a casa di Jeremias, a Merihaka.

Nessuno dei due dice niente, ma anche mentre pedalano si guardano intorno. Ovunque passino, tengono gli occhi aperti. Saana immagina che Samuli starà sicuramente usando ogni secondo per controllare l'ambiente circostante.

«Sai qual è la mia imprecazione preferita? È magnificamente assurda, non è finlandese», le confida Samuli mentre costeggiano il lungomare di Sörnäinen. Il campo di padel tra le recinzioni di vetro è vuoto. Dal bar della spiaggia arriva una musica attutita.

«Quale?». Saana è curiosa.

«*Arsch mit Ohren*, "culo con le orecchie". Non è carina?», ride Samuli.

Saana si rallegra nello scorgere un lampo di buonumore sul suo viso.

«Senza dubbio, molto carina», ridacchia, aumentando il ritmo delle pedalate per non rimanere indietro.

Arrivano al buio parcheggio coperto di Merihaka e lasciano le biciclette davanti alle scale. Samuli afferra la bicicletta di Saana, la appoggia sulla sua e le lega insieme con una grossa catena attraverso le ruote.

«Ho letto sulla rivista "Kuvalehti" un articolo interessante sulle imprecazioni. Lo sapevi che le parolacce provengono dal sistema limbico? Un'altra area rispetto al resto del linguaggio. Imprecare è in qualche modo più legato alle emozioni, come arrossire e arrabbiarsi», spiega Samuli.

«Ricordo di averlo letto anch'io», ride Saana. «Era quell'articolo in cui si diceva anche che chi impreca ha di solito un vocabolario più complesso, che a sua volta è correlato all'intelligenza?»

«Già».

«Uh, allora possiamo dire tutte le parolacce che ci pare». Saana guarda Samuli. In questo momento ha l'aria tranquilla. Pensa a quanto sarebbe spensierato e felice se suo fratello fosse a casa, se non fosse mai scomparso.

«Sai cosa c'è di inquietante? Come faccio a essere sicuro che Jeremias non abbia voluto farsi volontariamente del male?». Mentre parla, Samuli si avvicina al portone. «Mi ha mandato un messaggio due giorni prima di sparire», continua, e glielo mostra sullo schermo del cellulare.

"Ci possiamo vedere? Dovrei dirti una cosa".

«Quel giorno tenevo Venla e ho proposto a Jeremias di venire lui da me, ma lui ha rifiutato. "È meglio se non vengo lì". Jeremias avrebbe voluto parlare da qualche parte in pace. Gli ho risposto che ne avremmo riparlato, e lui ha detto ok. Ora ci penso e me ne pento. Che cosa avrà voluto dirmi? Se avessi saputo che non l'avrei più visto…».

«Non potevi saperlo», replica prontamente Saana, benché immagini che le sue parole non lo consolino.

«Mi domando cosa volesse dire con il suo "ok". Forse che si era offeso, oppure si aspettava che gli proponessi di vederci in un altro momento?»

«Sicuramente la seconda», prova a confortarlo Saana.

«Quando eravamo piccoli, Jeremias si divertiva a farmi indovinelli. Mi dava un indizio che portava a un secondo, e il secondo a un terzo. Stanotte mi è venuto in mente che potrebbe essermi sfuggito qualcosa. E se Jeremias mi avesse lasciato qualche indizio? Nel suo appartamento c'è una cosa che vorrei controllare».

Entrano nello spazioso ascensore e Samuli preme il pulsante del piano giusto. Una parete giallo scuro li accoglie quando escono dall'ascensore. Le cassette della posta di un rosso sgargiante sono poste una a fianco all'altra e sulla parete gialla c'è una grossa X nera. Saana ci mette un attimo prima di capire che il piano del ragazzo scomparso non è marchiato in modo differente, bensì la lettera significa soltanto che sono al decimo piano. Cammina dietro Samuli e arrivano ben presto all'appartamento. Quando Samuli apre la porta di Jeremias, sul pavimento dell'ingresso notano un mucchio di pubblicità e alcune buste da lettera che sembrano contenere bollette.

«Che cosa spiacevole», brontola Samuli. «Quando una persona sparisce, la vita in qualche modo si ferma, ma tutte queste sanguisughe continuano invece a bombardare, tentano di vendere qualcosa o di succhiarle soldi».

Samuli dà un calcio al mucchio per evitare che quelle cartacce si riversino sulle scale e impediscano di chiudere porta. Si ferma nell'ingresso, e anche Saana si blocca istintivamente. L'appartamento è silenzioso.

Più rimangono immobili, più iniziano a distinguere i diversi suoni. Il rumore del frigorifero, l'ascensore sul pianerottolo. Il gorgoglio dei tubi mentre un vicino si sta facendo la doccia.

A casa di Jeremias, nessuno apre i rubinetti dell'acqua da un po'. L'aria sembra ferma. Saana si dirige timidamente verso il soggiorno. Il cielo si è schiarito e la stanza è inondata dalla luce. Sembra che il mare cominci direttamente dalla parete. La vista è pazzesca. La strada che passa lì sotto non si vede, a meno di premere la guancia sul vetro della finestra per guardare giù. La vastità del paesaggio marino influenza lo stato d'animo.

È come se i pensieri si facessero subito più chiari, se dalla finestra si spazia su un orizzonte ampio.

Saana esce sul balcone. Da lì si vede quasi tutta l'area in cui si sta cercando il ragazzo.

È strano trovarsi nell'appartamento di qualcuno di cui si sono perse le tracce e la cui vita si è interrotta. Nel frigorifero c'è del cibo, dei panni da lavare in bagno. Sembra che l'inquilino possa tornare da un momento all'altro. Ma Jeremias è sparito nel nulla.

Nella libreria ci sono fotografie di famiglia degli anni dell'infanzia. Papà, mamma, fratello maggiore.

«Ci interessa in particolare tutto quello di cui non ci sono foto. Manca qualcosa, qui?».

Samuli scuote la testa e si avvicina alla finestra. Lì davanti sono stati sistemati un piccolo tavolo e due sedie. In un angolo si nota un telescopio sul suo cavalletto.

«C'è quella cosa di cui mi volevo accertare», aggiunge mentre cammina con decisione verso la finestra. «Devo assolutamente controllare».

Saana segue con curiosità i movimenti irrequieti di Samuli.

«Ecco», esclama Samuli, e indica un gatto d'oro sul tavolo davanti alla finestra. Il gattino agita freneticamente una zampa su e giù.

«Il gatto della fortuna?», chiede Saana.

«Sì. *Maneki neko*. A casa ne avevamo due. Ce li portò nostro padre dal Giappone. È un segreto divertente tra me e lui, li usavamo per comunicare da piccoli», racconta Samuli. «Indovina come».

«Non lo so», risponde Saana, e attende impaziente il seguito.

«Be', esistono quei cani di Shefford, degli oggetti decorativi legati ai marinai. Quando il padrone di casa è per mare, il cane viene girato in modo da guardare verso la finestra. Quando torna a casa, invece, si gira a guardare verso l'interno. È un segnale. Noi usavamo questi gatti, ognuno con il suo», spiega Samuli. «Per Jeremias era emozionante, è comunque più piccolo di me di quasi dieci anni. Quando andavo a scuola, giravo il gattino verso la finestra, e così Jeremias sapeva che non c'ero. Da adulti, quando siamo andati ognuno a vivere per conto suo, abbiamo portato i gatti con noi. Il mio è bianco. Si è rotto mentre Venla ci giocava, ma quello di Jeremias funziona ancora. Quando partì per l'Asia, zaino in spalla, e venivo qui a controllare la posta, mi divertì il fatto che mio fratello aveva girato il gatto a guardare verso la finestra».

Saana sorride osservando il soprammobile. Il gattino d'oro guarda fuori e saluta. L'ha già visto nei ristoranti cinesi e nei suoi viaggi in Asia.

«Però guardalo adesso», dice Samuli, benché lei lo stia già facendo.

«La polizia è stata qui, ma questi oggetti non li tocca. Quando sono stato qui l'ultima volta a salutare Jeremias, potrei giurare che il gatto guardava verso l'interno. Ma adesso, vedi?», ripete Samuli e indica il gatto che guarda fuori.

«Se fossimo ancora bambini, sarebbe un segno per me, e significherebbe che Jeremias è andato via».

Saana sente dei brividi freddi correrle lungo la spina dorsale.

Seduta n. 4

Destinatario: Kaj Johansson
Mittente: Rosa Heikkinen

Salve,

La contatto perché sono una madre preoccupata. Ho saputo che mia figlia è venuta da lei, ma non riesco a cavarle niente. Le ha specificato per quale motivo ha iniziato una terapia? Va tutto bene?

Kaj si appoggia allo schienale della sedia. Ci mette un po' prima di capire di cosa si tratta. La madre di una ragazza che va da lui in terapia cerca di ottenere informazioni dal terapeuta. Kaj legge la firma ed è sorpreso. Rosa lavora, a quanto pare, come dirigente del ministero dell'Interno.

Non so se le ha parlato del suo ragazzo. Sappia che ho raccontato di quest'uomo anche a dei miei conoscenti nella polizia. Si sa che fa parte di un'organizzazione di nome Wolves MC, dove ricopre una carica importante. Su di loro è stato scritto un articolo sul giornale «Helsingin Sanomat» un anno fa (qui sotto il link all'articolo). Gli Wolves MC sono legati a più livelli con il traffico di droga, ma per ora se ne sa ancora poco. Un po' di tempo fa, un membro della banda è stato arrestato per spaccio di anfetamine. Non mi sono occupata del caso, ma ho letto i giornali. Ho pensato che questi criminali potrebbero cercare di convincere mia figlia a usare e vendere droga o a fungere da prestanome. Sarebbe abbastanza insospettabile e ha anche un buon background, potremmo anche dire che viene da una famiglia prestigiosa. Chi potrebbe mai subodorare qualcosa?

Spero che durante le prossime sedute lei possa accertarsi che mia figlia non venga assolutamente sfruttata per questi scopi e che sia al sicuro. Mia figlia abita ancora a casa con me, ma legalmente è un'adulta, quindi purtroppo non posso obbligarla a porre fine alla sua relazione; spero però che nelle vostre conversazioni possiate affrontare il problema del porsi dei limiti e di fare le scelte giuste. Ho sentito commenti positivi su di lei da un punto di vista professionale, e alcuni miei conoscenti nella Polizia criminale centrale affermano che, oltre alla terapia, è uno dei migliori profiler di criminali in Finlandia, per cui mi fido di questo suo trattamento psicoterapeutico. Non mi deluda. Voglio soltanto il bene di mia figlia. Ascolterò volentieri tutto ciò che potrà emergere dalle vostre sedute. Sono sicura che vorrà riferirmi immediatamente se, dai suoi racconti, dovesse venir fuori che si trova in pericolo.

Cordiali saluti,

Rosa Heikkinen
Dirigente del ministero dell'Interno
Madre preoccupata

Kaj clicca sul link dell'articolo mandatogli da Rosa Heikkinen. Nel pezzo si dice che nell'area della capitale è nata una nuova banda di motociclisti. Tra le file degli Wolves sono confluiti membri di altre bande note. Il gruppo non ha attività o diramazioni al di fuori della capitale. In cosa si è andata a immischiare, quella ragazza? Kaj rilegge l'e-mail una seconda volta e sospira. La psicoterapia non è un lavoro preconfezionato. Si procede al ritmo del paziente. In ogni caso, il segreto professionale limita le possibilità di Kaj di riferire alla madre informazioni sulle sedute della ragazza. È certamente comprensibile che sia preoccupata per la situazione di sua figlia. Come padre di due bambini, Kaj conosce perfettamente quella sensazione spaventosa di quando improvvisamente ci si rende conto che i genitori possono soltanto fare del loro meglio. I figli sono solo in prestito ai genitori. Un giorno se ne andranno per conto loro, e allora si dovrà resistere a tutta l'insicurezza e la paura che l'indipendenza dei figli provoca. Il mondo non si può controllare, bisogna solo sperare per il meglio e tentare di creare rapporti tali per cui i figli riescano a chiedere appoggio in caso di necessità.

Kaj cerca su Google "Rosa Heikkinen". La ricerca per immagini fornisce foto in abbondanza di una donna in tailleur, sobria ed elegante. Che rapporto avrà con sua figlia? Guarda una foto in cui Rosa sorride verso l'obiettivo con i denti in mostra. In quel momento, bussano alla porta. La ragazza è un po' in anticipo.

«Prego, venga pure», la invita Kaj, seduto alla scrivania, e spegne il monitor del computer.

«È riuscita a riposare?», le chiede in modo gentile, ed è un po' deluso quando lei scuote debolmente la testa. «Ho pensato che oggi potremmo parlare un po' dei suoi rapporti con le persone. Cominci da ciò che le viene in mente», propone Kaj, sistemandosi sulla sedia in una posizione più comoda.

«Non sono mai stata molto brava a mantenere le amicizie», mugugna la ragazza. «È sempre successo qualcosa di spiacevole, un'amica ha preferito qualcun altro oppure ha raccontato ad altri i miei segreti. È stato molto più facile legare con i maschi, ma poi quasi sempre si mischiano amicizia e amore. Ricordo che ero in seconda media», continua. «Con un amico avevamo parlato a lungo di calcio, videogiochi e del compito di matematica. Volevo parlare di cose in cui lui era bravo. Lo ritenevo un buon amico. Ero fiera di noi, del fatto che avevo finalmente trovato un amico. Un lieve accenno di baffi sopra al suo labbro superiore gli dava un'aria simpatica. Ma poi mi volle baciare e io non ebbi il coraggio di rifiutare. La nostra amicizia avrebbe potuto finire, se avessi detto di no. Così ci baciammo». La ragazza strizza gli occhi e sembra che si stia sforzando di ricordare tutto.

«Sentii solo la sua grossa bocca bagnata e la lingua che quasi mi arrivava in gola. Non provai niente. Tre giorni dopo mi venne la mononucleosi. Con la febbre e i linfonodi gonfi, gli mandai un messaggio in cui gli dissi che volevo fossimo solo amici. Sa cosa gli scrissi? "Non è colpa tua, è mia". Così scrissi, e sa cosa mi rispose?».

La ragazza sembra triste.

«"Puttana", così mi rispose, e io persi di nuovo un buon amico. Forse quello che gli avevo scritto era vero. È mia la colpa di tutto».

Kaj la osserva, un po' preoccupato.

«Dentro la sua testa c'è una voce molto severa?», le chiede. La ragazza tace e fissa la parete.

«Se dentro di lei c'è una voce crudele, severa o comunque sgradevole, questo influisce su tutto il suo essere», continua Kaj. «Si trova tra lei e la sua mente. Se la voce interiore è crudele, può impedirle di amare sé stessa».

Kaj la guarda. Sorprendentemente, gli sembra che lo stia ascoltando.

«Uno dei passi più importanti sulla strada dell'accettazione di sé è imparare a essere buoni con sé stessi. È bene cominciare dal modo in cui parla a sé stessa. Non si rimproveri, si incoraggi. Come esprimerebbe sostegno al suo migliore amico? Come amerebbe un bambino piccolo? Faccia la stessa cosa con sé stessa».

La ragazza si allunga sul divano, quasi in posizione distesa. C'è così tanto silenzio che si sente lo scricchiolio prodotto dai suoi pantaloni di pelle.

«Alla fine del film *Boyhood* c'è una frase che dice che il detto "cogli l'attimo" dovrebbe essere al contrario, perché è l'attimo che coglie noi», dice fissando il soffitto. «È un bel pensiero».

La ragazza ci gira intorno, ma Kaj la lascia parlare. Guarda anche lui il soffitto e nota che a fianco alla parte in stucco c'è una crepa quasi impercettibile. Non l'aveva mai notata, prima.

«Le esperienze e le atmosfere che abbiamo vissuto ci rimangono profondamente impresse e ce ne ricorderemo per sempre, e sulla base di quelle si forma tutta la nostra vita», va avanti la ragazza.

«E la sua relazione attuale? Mi racconti qualcosa riguardo a questo.

Che tipo di momenti passate?», chiede Kaj, e teme di stare indirizzando troppo la discussione.

«Il suo nomignolo è l'Accademico. Ma questo non significa che sia un pappamolle. Al contrario. Il soprannome deriva dal fatto che è spaventosamente intelligente».

«Si ritiene innamorata?», domanda Kaj.

«Lui mi ama così tanto che non mi lascerà mai sola», annuisce la ragazza mentre si controlla le unghie. Kaj nota le dita lunghe e sottili e le belle unghie con smalto rosso sbeccato.

«A volte, di notte, davanti casa mia si ferma una macchina. Mia madre la odia, ma invece a me ispira tenerezza. La macchina rimane lì per un po' con le luci spente. Al buio è difficile distinguere chi sia seduto dentro. Ma io so che sono dei tipi mandati dall'Accademico, che vengono a controllare che vada tutto bene».

JAN

Jan si versa dell'acqua dal distributore automatico in un bicchiere bianco usa e getta. Il contenitore dell'acqua gorgoglia. Porta poi con sé il bicchiere nella sala degli interrogatori. Roy Kuusisto si gira a guardarlo mentre entra nella stanza. Jan si siede e poggia il bicchiere davanti a Kuusisto, il quale però non fa alcun cenno di volerlo prendere.

«Non avreste qualcosa di più forte?», sbraita, e Jan non è sicuro se stia scherzando o meno.

«Dov'era il 23 agosto?», chiede, fissando l'uomo.

«A casa».

«Che intende con casa? Non c'è scritto da nessuna parte che abbia un contratto di affitto o che sia il proprietario del posto», continua Jan.

«La natura è la mia casa. A Kuusiluoto ho solo una base d'appoggio», afferma l'uomo con lo sguardo fisso sul tavolo bianco.

«Lei aveva lo zaino del ragazzo morto. Come è finito lì?».

Jan lo osserva. Roy si agita sulla sedia. Tra poco, il tempo trascorso in centrale comincerà sicuramente a pesargli, perché non beve una goccia di alcol da un po'.

«Ho trovato lo zaino nella veranda, io non...», balbetta Roy. «Qualcuno deve averlo portato lì».

Jan non gli toglie gli occhi di dosso. Prova sensazioni contraddittorie. Una parte di lui gli crede, ma l'istinto gli dice che Roy sa più di quello che dice. Che cosa nasconde?

Nella stanza si diffonde a poco a poco un crescente tanfo di urina. Da quell'uomo per ora non ricaveranno altro. Non hanno abbastanza per poterlo accusare, avrebbero bisogno di molto di più di uno zaino. La casa abitata da Roy sarà perquisita a fondo nelle prossime ore.

Jan esce a prendere un po' d'aria nel corridoio. Saki è lì davanti e gli porge una fotografia stampata. Un ragazzo che assomiglia a Johannes sorride con un cappello da pescatore in testa al centro di una pista da ballo, con gli occhi chiusi.

«Dove è stata scattata?», chiede Jan.

«A Lammassaari, durante l'evento Isle of Sheep, un po' dopo le otto, la sera in cui Johannes è morto. C'era ancora luce», spiega Saki. «Sono riuscito a contattare il fotografo. Credo che vi convenga incontrarlo. Ha una villetta a Lammassaari».

Jan torna da Kuusisto. L'uomo è seduto in silenzio e fissa davanti a sé.

«È libero di andarsene», lo informa Jan, cercando inutilmente di incrociare il suo sguardo.

«Ognuno di noi se ne va, alla fine», borbotta l'uomo, poi si alza lentamente in piedi.

Giovedì 5 settembre

JAN

Il mattino è nuvoloso. Jan rallenta sulla strada che scende dal ponte e gira a destra verso Lammassaari. Passa accanto a dei recinti separati per cani piccoli e cani grandi. Sulla destra, tra gli alberi, si intravedono le colorate carriole dei proprietari delle villette. Jan appoggia la bici contro un albero vicino all'inizio del sentiero e la lega lì. Gli viene in mente l'ultima sera di Johannes. Hanno pochissime tracce. Sarebbero la cosa più importante, in un'indagine, ma non ce ne sono. Il fotografo è lì davanti, a Lammassaari. Jan squadra l'uomo con gli occhiali, che sposta il peso da una gamba all'altra. Indossa una giacca a vento colorata, stivali di gomma e pantaloni verdi militari. Appeso al collo ha un binocolo. Jan non è sicuro se si trovi di fronte a un hipster che punta a un ironico stile anni Novanta, o se il fotografo sia al passo coi tempi perché nel frattempo quei vestiti vecchi sono tornati di moda.

«Qual è l'angolo più remoto dell'isola?», domanda Jan, disegnando con la mano un ampio arco nell'aria.

L'uomo lo guarda da dietro i suoi occhiali rotondi leggermente appannati. Ha la barba bionda e gli occhi azzurri.

«Tutta l'isola lo è, ma è anche vero che qui gira sempre tanta gente di ogni tipo. È uno dei posti preferiti dagli abitanti di Helsinki, e non mi stupisce. Ci sono uccelli d'acqua e trampolieri in abbondanza: nel tempo, qui sono state individuate oltre trecento specie di uccelli. Dalle paludi della Lapponia e dalla tundra arrivano scolopacidi e piovanelli. Ho assistito a raduni di un migliaio di alzavole».

«A noi adesso interessano i raduni umani. Lei era qui venerdì 23 agosto?», chiede Jan, e indica la villetta.

«Sì, c'ero», conferma l'uomo, un po' deluso che i fatti degli uccelli non sembrino interessarlo. «Ero alla serata Isle of Sheep, e ho anche organizzato un after alla mia villa».

«C'è qualcuno che potrebbe confermare le sue parole?», domanda Jan, e l'uomo appare stupito.

«Mi sospettate di qualcosa?».

Jan assume l'aria più amichevole possibile.

«Può stare certo che questa è una domanda del tutto normale. Cerchiamo sempre delle conferme a ciò che la gente ci racconta. È sempre una cosa buona, se si trovano testimoni».

Il fotografo annuisce e promette di fornirgli una lista di nomi dei presenti all'after.

«Conosce tutti i proprietari delle villette?», va avanti Jan.

«La maggior parte solo di vista», risponde l'uomo tranquillamente. «Il comune ha messo all'asta dei nuovi terreni e i vecchi proprietari si sono ritirati. Una parte delle case è vuota per tutta la stagione, oppure ci vengono i figli o conoscenti dei proprietari, e a volte non so nemmeno chi siano, i proprietari. Ho comprato la mia villetta nel 2012 e sto piuttosto bene per conto mio, vengo qui d'estate e ci lavoro anche. Ma chiedete al guardiano dell'isola, lui sicuramente conosce più persone di tutti, qui».

«C'è qualcosa di particolare, in quest'isola, che ha attirato la sua attenzione?», chiede Jan. L'altro si accarezza i capelli.

«Non proprio. Negli anni qui ci sono state piccole controversie riguardo i confini, ma ormai ci sono in ogni comunità. E poi la villa numero 17. È lì in cima alla collina, ci si arriva con la passerella di legno, andando verso la torretta di osservazione degli uccelli. Non credo la usi nessuno, ma ogni tanto ci ho visto degli ornitologi».

«Ornitologi?»

«Sì, sono anche andato a domandargli se conoscevano alcune associazioni, Tringa e BirdLife, per esempio, ma nessuno sapeva che quella villa fosse in uso».

Jan si appunta il numero della villetta.

«Quanto bene se lo ricorda?», si informa ancora, porgendogli la foto che lui stesso ha scattato. Nella foto si vedono persone sorridenti in una sala di legno, sullo sfondo le brillanti luci calde di una sera d'estate. Al centro c'è Johannes con gli occhi chiusi. Dalla foto non si capisce in compagnia di chi fosse.

«Non molto bene, ma quello dev'essere uno di quei ragazzi che venivano qui a girare il documentario, no?».

Jan annuisce. Si tratta, in fin dei conti, di un'isoletta molto piccola, una piccola comunità che sicuramente si è accorta delle attività dei ragazzi. Considerato questo, alla polizia finora sono giunte stranamente poche testimonianze sui loro movimenti.

«Quella sera doveva essere qui a ballare da solo, gli altri non si sono visti. Era seduto nel cortile, fumava e sembrava che fosse in attesa di qualcosa. Ma non l'ho visto in compagnia di nessuno, si è fatto presto più buio e l'andazzo è diventato più frenetico», ride l'uomo. «Forse il ragazzo è andato da qualche altra parte?».

Jan lo ringrazia e fissa pensieroso la fotografia. Johannes aveva ballato e poi si era messo ad aspettare. Cosa o chi stava aspettando?

In ufficio, Jan apre il frigorifero quasi vuoto. Trova solo una confezione di latte rimasta aperta troppo a lungo, mezzo cetriolo e un pezzo di formaggio rinsecchito. Non ha pensato di ordinarsi il pranzo. Stessa cosa a casa. Nel suo frigorifero, spesso, c'è soltanto la luce.

Mette l'acqua a bollire e rovista un po' in un cassetto in basso, dove trova un pacchetto di noodles. Il bollitore è al suo massimo e sussulta leggermente. Jan dà un'occhiata fuori dalla finestra. Il sole splende attraverso le tapparelle e le ombre striano il pavimento e il tavolo. La caffettiera gracchia. Jan rimuove la sporcizia rimasta sul fondo della brocca. È divertente che sia già abituato ad associare, nella sua mente, il caffè amaro con le indagini e le elucubrazioni che esse richiedono.

Ripensa al colloquio con Roy Kuusisto. L'uomo non gli ha raccontato niente, ha solo confermato che Jeremias Silvasto è stato lì con i suoi amici a filmare il documentario. Roy ha sostenuto di non sapere niente dei ragazzi. Jan si ricorda di aver visto anni prima menzionato, nei titoli di giornale, un documentario di successo girato da Roy, *Presenze*. Filmato nelle foreste della Finlandia orientale, il documentario sul ciclo della natura è l'ultimo lavoro di Kuusisto. Adesso non sembra più in condizioni di lavorare. Jan divora i noodles, lascia la ciotola nel lavandino e torna a grandi passi alla sua postazione.

Saki starnutisce e Jan sobbalza. Si era quasi dimenticato della sua presenza dietro al computer.

«Abbiamo una nuova testimonianza di un uomo che portava a spasso il cane la sera in cui è scomparso Jeremias», lo avvisa Saki.

«Che dice?», chiede Jan, una sfumatura di scetticismo nella voce. Per quanto riguarda i luoghi dove è avvenuta la scomparsa, le prime quarantotto ore sono le più decisive. Più tardi arrivano le testimonianze, più è verosimile che non siano del tutto attendibili. I ricordi diventano confusi, e la mente inizia a colorirli basandosi su dicerie e articoli di giornale relativi al caso.

«Ha detto che a Pornaistenniemi, tra le otto e le nove del mattino, ha visto un ornitologo».

«Bene, questo è interessante», afferma Jan. «Sarebbe importante raggiungere quest'uomo».

«Ma come mai non ci ha contattato lui stesso?», si domanda Saki. «È anche interessante come il testimone ha descritto questo ornitologo: un uomo dall'aspetto fuori dal comune. Lo riconoscerebbe, se lo vedesse. Aveva tutto il collo tatuato».

Heidi entra nella stanza. È stata ad allenarsi, i capelli sono ancora bagnati per la doccia. Jan guarda con invidia l'energia che Heidi sprizza dopo lo sport. Si siede con la schiena dritta sul divano e si mette a seguire con interesse la conversazione tra i due uomini.

«Ora che ci siamo tutti, ripetiamo ancora una volta che cosa abbiamo», propone Jan e si avvicina al pannello con gli appunti delle indagini.

Sulla parete ci sono varie foto numerate. Nella prima si vede il corpo pallido di Johannes, fotografato al momento del ritrovamento. La pelle del cadavere è bluastra, quasi trasparente. Nelle foto a fianco si vedono il luogo del delitto e l'impronta trovata sul terreno. Saki scrive accanto alla foto il numero 42: è il numero di scarpa indicato dalla scientifica. Jan esamina con cura le foto del ciondolo, del fiore di *Digitalis purpurea*, del cespuglio di Kuusiluoto, del tasso e della bicicletta grondante acqua tirata fuori dal canale. Il lucchetto della bici era aperto e c'era ancora la chiave attaccata. È possibile che sia stato Johannes stesso a inoltrarsi nel bosco in bicicletta, e che l'individuo che stanno cercando se ne sia poi sbarazzato.

Sotto la foto di Johannes c'è una stampa della cronologia delle telefonate. Saki ha cerchiato l'ultima chiamata. Venerdì 23 agosto, la sera in cui è morto. Secondo i dati, Jeremias Silvasto è l'ultima persona con cui Johannes ha parlato al telefono. Saki si avvicina alla lavagna e ci attacca un altro bigliettino, su cui c'è scritto ORNITOLOGO.

«L'ornitologo mi ha fatto venire in mente che vorrei che scoprissi il prima possibile chi è il proprietario della villetta numero 17», gli fa presente Jan, poi si siede un attimo sul divano accanto a Heidi.

Ha promesso a Saana e ai suoi amici di partecipare a una gita in barca, venerdì prossimo. In questo momento, avere un po' di tempo libero sembra un pensiero lontano, quasi impossibile. Ma d'altra parte, ha anche bisogno di qualcosa che lo distragga dalle indagini. Si massaggia le palpebre con le nocche. Se le sente pesanti.

«Il proprietario della villetta è un uomo di nome Timo Honkanen», rivela poco dopo Saki, alzando la voce. «Ho cercato per sicurezza qualche informazione su di lui. C'è qualcosa di poco chiaro. A quanto pare è amministratore delegato di varie società. I settori sono i più diversi. Una di queste è la Sodexca Oy, che possiede immobili, e Honkanen sembra essere anche membro del consiglio direttivo della Sodexca».

«Perché dici che c'è qualcosa di poco chiaro?», si informa Heidi.

«È una cosa che ogni tanto si vede. Le società vengono fondate a un ritmo molto veloce, ed è del tutto possibile che quest'uomo sia solo un nome su un pezzo di carta».

«Intendi dire che potrebbe essere un prestanome?»

«Esattamente. Su questo Honkanen si trovano ben poche informazioni, nessuna fedina penale, tutti i numeri dei contatti sono sempre di abbonamenti prepagati».

«Bene, cerchiamo di raggiungerlo», dice Jan, poi tace quando sente che comincia a squillare il cellulare di Heidi.

«Può ripetere?», chiede Heidi dopo aver sentito ciò che ha detto la persona dall'altra parte. «Bene, grazie». Guarda Jan con aria attonita.

«Nella casa in cui abita Roy è stato trovato un paio di stivali di gomma numero 42. La suola è sporca di fango e aghi di pino, corrisponderebbero bene», spiega, e indica verso la lavagna, su cui c'è la foto dell'impronta trovata sul terreno.

«Tutti gli indizi portano in un modo o nell'altro a Kuusisto», mormora Jan, e nella sala cala il silenzio.

Jan prende da una mensola una vecchia pallina da tennis consumata.

«Prendi!», grida a Heidi e gliela tira.

Lei la afferra senza problemi. Ha i riflessi estremamente pronti, così veloci che Heidi stessa ride della sua abilità.

«Allora, cosa ti viene in mente?», la incalza Jan. Heidi lancia la pallina in aria.

«Sia il luogo del delitto che quello della scomparsa si trovano in mezzo alla natura. Forse il colpevole vuole comunicare qualcosa?», domanda Heidi rimandando la pallina a Jan.

«Il colpevole è molto meticoloso, attento. Non ha lasciato per sbaglio nessuna traccia, tranne forse l'impronta di una scarpa», dice Jan afferrandola al volo.

«Cosa ha attirato Johannes nel bosco?»

«Perché Jeremias è scomparso due giorni dopo? Ci sono molte possibilità. C'è qualcosa di particolare che unisce i due ragazzi?»

«Un segreto in comune? Una minaccia in comune?». Heidi afferra la pallina e se la rigira pensierosa tra le mani. «Il movente? Perché Johannes è stato ucciso?»

«Potrebbe aver fatto tutto Roy Kuusisto?», chiede Jan.

«Se Roy è l'assassino che cerchiamo, può aver già ucciso altre persone in precedenza?».

La pallina scivola dalla presa di Heidi e rotola lungo il pavimento.

Saki interrompe il palleggio degli investigatori. «Ho cercato tutti i casi di scomparsa degli ultimi dieci anni in cui gli scomparsi sono uomini di età compresa tra i diciotto e i trent'anni», comunica, stiracchiandosi nella sua felpa nera. Gli occhi dietro gli occhiali hanno l'aria stanca.

«Che cosa stiamo cercando, esattamente?», interviene Heidi.

«Cerchiamo somiglianze, ma speriamo in differenze», replica Jan. «Sarebbe una cosa buona se a questo punto riuscissimo a circoscrivere e a restringere, piuttosto che ad allargare. Sarebbe ottimo se nei casi passati non si trovassero elementi simili».

«Cerchiamo, per cominciare, casi di persone scomparse in ambienti naturali, individui di sesso maschile di massimo trent'anni di età», spiega Saki. «Non li ho ancora selezionati. Ci vuole tempo per controllarli tutti».

Mezz'ora dopo, Jone bussa alla porta e rompe il silenzio.

«Che cosa abbiamo?».

Heidi alza le sopracciglia, poi il mento, e annusa l'aria. Nella stanza c'è odore di cibo. Improvvisamente, si sente come una belva irritata che qualcuno cerca di domare. Il tentativo di addomesticamento la irrita proprio perché è evidente, ma funziona lo stesso. La pancia comincia a brontolare.

«Non digiunate. Mi ricordo che, in servizio esterno, per mangiare rimaneva a volte troppo poco tempo», si rivolge a tutti loro Jone, mentre poggia sul tavolo due sacchetti con su stampato il logo di un ristorante giapponese. Non rimane ad aspettare i ringraziamenti ma si siede sul bordo del tavolo, ignorando le carte che vi sono sparse sopra.

«Finora le ricerche non hanno prodotto risultati. I volontari hanno deciso di prendersi una pausa, la zona è stata perlustrata a fondo», la aggiorna Jan. Non ha degnato nemmeno di uno sguardo il cibo.

Hanno aperto sul tavolo un'ampia mappa, su cui sono segnate le aree battute dalle ricerche. Heidi nota che il sodo fondoschiena di Jone copre quasi l'intero centro città.

«Abbiamo parlato con alcune persone della loro cerchia, i due ragazzi si conoscevano. Ci siamo concentrati su chi o cosa li unisca».

«Uno studente di cinema un po' nerd e un *hikikomori* amante della tecno, giusto?», commenta Jone pensierosa. «E se il nostro assassino cercasse appositamente persone che passano molto tempo da sole? Nella vita di un ragazzo del genere si potrebbe entrare senza che nessuno lo sappia?».

Jan annuisce e comincia immediatamente a seguire il filo del discorso di Jone.

«Una qualche chat, oppure Tinder? E il computer? Avete analizzato il computer di Johannes?», si rivolge Jone a Saki.

«Johannes forse spacciava piccole quantità di droga, quasi tutti i messaggi arrivavano tramite la rete Tor».

«Lì non si trovano anche tante altre cose folli? In teoria, non potrebbe esserci qualche sito che incoraggia a suicidarsi?»

«Se ne potrebbe discutere», ribatte Saki. «Forum sui suicidi ci sono sicuramente, ma finora ne sono stati discussi solo pochi precedenti e unicamente negli Stati Uniti. Se da noi ci fosse qualcuno che medita il suicidio e poi trovasse qualcuno che lo incoraggia, potrebbe essere lì».

Jone si alza in piedi e si avvicina al pannello degli appunti.

«Ho raccolto per voi i dati di localizzazione dell'abbonamento telefonico di Johannes negli ultimi giorni», continua Saki. «Johannes è stato molto spesso qui», afferma indicando con la penna un punto sulla mappa, in cui si incontrano due segni fatti con colori diversi».

«Un edificio nella zona industriale di Roihupelto».

«Che cos'è?», chiede subito Jone.

«Un locale di nome Pultti. Un posto in cui Johannes, secondo le nostre informazioni, è stato meno di ventiquattro ore prima della sua scomparsa. Faceva il DJ lì. Un locale underground basato sul passaparola, a cui si accede solo se il tuo nome compare in una lista. Un posto tranquillo da fuori, non se ne trovano notizie nemmeno su Google».

«L'edificio è affittato e come locatore figura la società Sodexca Oy.

Secondo il registro del commercio, la loro attività è principalmente nel settore edile. Mi informerò meglio».

«Puoi ripetere il nome?», chiede Jan.

«Sodexca», ripete Saki.

«Non è la stessa società che fa parte del gruppo di imprese di Honkanen?». Jan ha un'illuminazione. Prova un pizzico di eccitazione, per questa piccola opportunità di stabilire una connessione tra due cose. È proprio ciò di cui hanno bisogno, piccoli punti e linee come queste. Non si può mai sapere quale potrebbe diventare un fattore decisivo. Sebbene gli anni di lavoro abbiano gradualmente intaccato l'eccessivo idealismo di Jan, in lui è rimasto ancora un fuoco che arde. Un desiderio di giustizia. Nonostante la scoraggiante tetraggine delle cose, lavora ogni giorno con la stessa tenacia per trovare soluzioni e combattere le ingiustizie. È tempo di conoscere il club Pultti.

HEIDI

Roihupelto, via Pulttitie. Heidi fissa il chiaro edificio industriale. Da fuori non ha l'aria di un posto in cui molti desidererebbero entrare, ma lei non è la persona più adatta a giudicare la capacità attrattiva di un locale. Pensa ai giovani che fondano dove capita piccoli club arredati con un'estetica tecno, e poi organizzano lì le proprie feste. Forse è lei a essere noiosa, essendo riuscita a rimanere così lontana dalla cultura underground?

L'estate è stata calda e in diverse parti di Helsinki si sono verificati disordini a causa di feste all'aperto. Ormai, Sompasaari è diventata la zona di riferimento non ufficiale per le feste, da cui il suono dei bassi arriva sull'acqua fino alle ville sul mare. Jan si domanda che ne pensino i leoni dello zoo di Korkeasaari, di quelle feste, ma poi torna al momento presente e all'edificio di Roihupelto. Cerca sul telefono le informazioni ricevute sulla Sodexca Oy.

Settore principale: 682 Noleggio e gestione di immobili propri o locati.
Altro: Manutenzione e riparazione di autoveicoli, deposito, attività edili specializzate.

Non c'è ancora nessuno sul posto, così lui e Heidi vanno a dare un'occhiata alle porte. Sono tutte chiuse a chiave. Ci sono due edifici industriali identici, uno dei quali ospita il Pultti.

«Che ci sarà, nell'altro?», si domanda Heidi.

Proprio in quel momento qualcuno entra nel cortile con la bicicletta, saluta frettolosamente, frena e la lascia, senza legarla, appoggiata al muro.

«Scusate se avete dovuto aspettare», dice il tipo tirando fuori delle chiavi da una tasca.

Il responsabile del bar del Pultti-club sembra non trascorrere molto tempo alla luce del giorno. Con quegli occhi un po' rossi e i capelli chiari e ispidi, ricorda un pollo albino. Non è difficile immaginare che quell'uomo si muova solo di notte. Apre la porta ed entrano in un'ampia sala. Lo spazio buio si rischiara subito quando preme l'interruttore principale. Dei tubi fluorescenti diffondono una luce fredda e tagliente.

«Di solito apriamo all'una di notte», borbotta l'uomo e, con aria annoiata, solleva le suole dal pavimento appiccicoso del locale.

«Ricorda di aver visto questo ragazzo, giovedì 22 agosto?». Heidi va dritta al sodo e gli mostra la foto di Johannes.

L'uomo guarda la foto e inclina la testa.

«Ah, Johannes?», risponde l'uomo e si china per vedere meglio. «DJ Järvinen. E allora?»

«Quando l'ha visto l'ultima volta?»

«Be', proprio quel giorno, il 22. Ha fatto qui un breve DJ-set», risponde. «Ma che ha fatto, Johannes?», domanda curioso.

«Ci ha parlato, quella sera?», chiede Heidi, ma l'uomo scuote la testa.

«Johannes è di un'asocialità rara, però è bravo a mettere i dischi», dice. «Non ho idea di come abbia passato la serata qui. C'era un sacco di gente. Ma ho ancora la lista degli invitati, se volete. Sono segnati con solo il nome o un soprannome».

«Grazie», risponde Heidi.

Mentre l'uomo va a prendere la lista, si guardano intorno. Una sala quasi spoglia, con le pareti e il pavimento neri.

Nell'aria c'è un odore dolciastro, come di una bibita energetica ammuffita.

L'uomo torna con il cellulare in mano.

«Questo è il telefono del Pultti, lo teniamo vicino alla porta», spiega, e poggia sul tavolo una birra presa nel retro. «Le feste durano di solito fino alle sei o alle sette, quella sera non ha fatto eccezione. Abbiamo fatto uscire la gente alle sei e mezza. Alle otto di mattina, la porta era chiusa e la sala vuota».

«Chi tra questi conosceva Johannes?», chiede Jan indicando sul cellulare, ancora nella mano dell'uomo, la lista dei nomi.

«Impossibile dirlo, per me sono solo tipi tutti uguali vestiti di nero», risponde e prende un sorso di birra.

«E questo ragazzo qui?». Heidi gli mostra una foto di Jeremias. «C'era anche lui quella sera?», chiede, e lo scruta mentre pensa alla risposta.

«Non ne ho idea», afferma. «Johannes lo conosco, quindi me lo ricordo, ma quest'altro no, mi spiace». Comincia a giocherellare con la catena delle chiavi che pende dai jeans.

«Scusate, non ci ho pensato, volevate da bere?», balbetta l'uomo e indica la stanza sul retro, dove evidentemente c'è una cucina. Il bancone del bar e i frigoriferi hanno l'aria completamente vuota.

«No, grazie», dice Heidi. «Ma prendiamo volentieri le registrazioni della telecamera di sorveglianza e le altre foto, grazie».

«Da noi non si possono fare foto e non abbiamo telecamere di sorveglianza. Tutti gli invitati mettono un adesivo sull'obiettivo della macchina fotografica del cellulare», si affretta a spiegare il tizio.

«E la sorveglianza dell'edificio?», si informa Heidi.

«Non utilizziamo società di sicurezza, qui funziona estremamente bene la cosiddetta autosorveglianza», ride compiaciuto.

Heidi non ha voglia di chiedergli cosa intende con autosorveglianza. Si dirigono verso la porta d'ingresso della fabbrica.

«Ci telefoni se le viene in mente qualcosa», lo esorta Heidi porgendogli il suo biglietto da visita.

In quel momento, nota un disegno fatto con vernice bianca sulla parete nera, a pochi metri dalla porta. Una grossa W, in cui una delle due stanghette si trasforma nella sagoma di un lupo, disegnata con una riga sola.

«Cos'è quello?», chiede indicando la figura.

«Un murale», risponde l'uomo.

«Che significato ha?».

L'uomo fa tintinnare una chiave muovendola su e giù nel portachiavi.

«Sei una guardia, sicuramente lo sai».
«Illuminami un po'», sogghigna Heidi.
«W come Wolves, la banda dei motociclisti. Sono padroni di questo posto».

12 settimane prima della scomparsa

«Hai detto che hai filmato tempo addietro un qualche tipo di culto. Il culto dell'orso, giusto?», chiede Jeremias.

L'atmosfera è un po' appiccicosa. Lavorare come regista dietro la macchina da presa e, allo stesso tempo, come intervistatore è più impegnativo di quanto pensasse. Quell'uomo non dice nulla a meno che non gli vengano poste delle domande.

Sembra difficile riuscire a non influenzare troppo il corso del dialogo, che non pare molto spontaneo. Jeremias non ha nemmeno un copione. Ha solo Lammassaari con il suo ambiente, una vecchia casa di legno in mezzo a Kuusiluoto e un personaggio interessante. Un punto intorno al quale, piano piano, nascerà il documentario.

Ruota le spalle all'indietro e cerca di rilassarsi. Abdi si muove dietro di lui, un po' irrequieto. Johannes non si è fatto vedere a scuola all'orario previsto, quindi Jeremias ha cominciato a filmare lo stesso. Adesso la luce è buona, e anche l'inquadratura è stata ben studiata. Abdi mette il microfono davanti a Roy e annuisce in modo incoraggiante verso il collega. Non ci fermiamo adesso, continuiamo.

«Torniamo un po' indietro», dice Jeremias e si scosta un attimo dalla telecamera, in modo che l'uomo possa vederlo interamente. Jeremias spera che da tutto il suo essere traspaia il rispetto che porta al regista. Quell'uomo è una leggenda vivente. Roy fa sì con la testa dal suo posto. Non cambia posizione, rimane fermo e ha un'aria interessante, anche soltanto stando lì seduto. Un vagabondo con l'anima da sciamano e un curriculum da regista di successo.

«Cominciamo dall'inizio, ragazzo», gli si rivolge l'uomo, ma ha ancora l'aria persa.

È come se avesse perso la memoria e dimenticato il lavoro della sua vita. Forse è proprio così. Roy Kuusisto sembra qualcuno per il quale gli obiettivi raggiunti non sono un indicatore del valore di una persona. Sembra anche pesantemente alcolizzato. La vecchia villa di legno di Kuusiluoto, nel corso della storia, è stata rifugio di ubriaconi che si sono distrutti collettivamente le cellule cerebrali, nel bel mezzo degli alberi di un isolotto appartato. Ormai, quella casa è abitata da una sola persona. Per Jeremias è ancora poco chiaro se Kuusisto abbia occupato la casa oppure se abbia il permesso di viverci.

Gli fa un cenno per segnalargli che la telecamera sta registrando. La piccola lucetta rossa è accesa. Da qui inizierà il loro lungo percorso comune. Cattureranno attimi della vita di Roy. Che tipo di racconto ne uscirà fuori, si capirà soltanto a riprese terminate.

«Ciò che mi interessa e mi ha sempre affascinato sono le antiche credenze», inizia Roy, e rivolge all'obiettivo un sorriso innaturale. In fondo alla bocca, in mezzo alla sua dentatura scura e sporca, si vede un dente d'oro.

«Il mio ultimo lavoro è un documentario il cui titolo è *Presenze*. È un'indagine su antiche tradizioni mitologiche e sul rapporto dell'uomo con la natura. Il linguaggio ci conduce verso la nostra storia. Per comprendere il passato, dobbiamo ascoltare la nostra lingua. Nella lingua sono celate tutte le risposte».

«Cosa si intende, quindi, con "presenze"? Nel documentario ne menzioni alcuni tipi, tra i quali il popolo del bosco e il popolo del fuoco».

«Stai cercando scorciatoie. Non esistono risposte rapide, già pronte», replica l'uomo tra i denti sporchi. «Ho descritto la natura così com'è. Ho fotografato la nascita e la morte. Il decadimento e i nuovi inizi. Ho lasciato che fosse la natura stessa a raccontare la sua storia. In totale, ho accumulato oltre duecento ore di materiale grezzo».

«Non sembra molto adatto al pubblico», ride Jeremias dietro la telecamera.

L'uomo tace e guarda dritto, attraverso la telecamera, verso Jeremias.

«Chi dice che gli spettatori debbano avere la strada spianata?». Roy è seduto accanto al tavolo e fissa la telecamera. Lo sguardo è penetrante, quasi bruciante, e a Jeremias pare che si insinui tramite i suoi occhi direttamente nel suo cervello. Gli sorge un'inspiegabile paura.

«Il compito delle persone è principalmente morire. La morte è nella nostra vita l'unica cosa sicura», dichiara l'uomo.

Poi indica con l'indice sporco da qualche parte dietro Jeremias.

«Tu», bisbiglia all'improvviso. «Su di te aleggia il pallore spettrale della morte. Il tuo tempo è quasi finito».

Jeremias si gira confuso a guardare nella direzione indicata da Roy. Johannes è appena comparso sulla soglia della porta.

Gli occhi di Johannes sono nascosti sotto il cappello da pescatore, i vestiti hanno l'aria di essere stati indossati in fretta. Sul viso ha una strana smorfia. Jeremias si domanda dove sia stato. Johannes entra, prende la scatola di sigarette poggiata sul tavolo, ne sfila una e getta con noncuranza la scatola di nuovo sul tavolo. Jeremias torna con gli occhi sulla telecamera. L'immagine sullo schermo è più serena, è solo un attimo congelato, senza tempo. In sottofondo si sente il nervoso tamburellare delle dita di Johannes sul tavolo.

«Johannes, puoi smetterla?», lo prega Jeremias, poi fa cenno a Roy di continuare.

«In natura tutto è già pronto. Bellezza, armonia e gerarchia. Vi leggerò un testo. È quello con cui ho cominciato il mio documentario, parole dello stesso Elias Lönnrot», continua Roy. Poi legge:

Si pensava che tutta la natura fosse piena di questi elfi, alcuni buoni, altri cattivi, nell'aria, sulla terra e nel sottosuolo. Non c'era lago, isola, promontorio e baia, nessuna foresta, boschetto, palude, brughiera, conca e valle, nessuna collina, montagna e poggio, nessuna sorgente, ruscello, fiume e rapide, nessun albero, erba e fiore, nessun uomo e nient'altro essere vivente che non avesse un elfo speciale tutto suo. Acqua e ferro, fuoco, vento e gelo, persino creature come il sonno e la morte, avevano un elfo vicino. Si pensava che questi elfi fossero in grado di influenzare il bene o il male sia nella propria sfera sia in quella di estranei, che venivano incoraggiati con parole di riparazione, preghiere e sacrifici secondo le necessità, a volte anche con parole di rimprovero e minacce.

Venerdì 6 settembre

HEIDI

Kaitalahti, Laajasalo. Il campanello della porta suona già per la seconda volta una melodia piuttosto lunga, e Heidi si guarda intorno impaziente. Davanti al garage è parcheggiata una Tesla bianca. Dovrebbero essere in casa, perché Jussi Silvasto ha richiesto espressamente un incontro. Fa un piccolo passo indietro e osserva le finestre della luminosa casa a più piani. La villetta in stile loft ha l'aria silenziosa. Pigia il campanello per la terza volta. Alla fine, oltre la porta d'ingresso a vetri si vede del movimento. La madre di Jeremias Silvasto viene ad aprire. Heidi fa un cenno di saluto ed entra. Mentre salgono da un piano all'altro, nota lo stile minimal dell'arredamento, grigio e bianco. L'appartamento è di un'eleganza moderna, ma lei non crede che si troverebbe bene a vivere in una casa simile.

Il soggiorno si trova all'ultimo piano. Dalle finestre si vedono i tetti delle case vicine e una striscia di mare. Un uomo vestito con dei pantaloni neri dritti e un maglione grigio a collo alto si alza da una poltrona e le viene incontro.

«Jussi Silvasto», si presenta, e le stringe la mano.

«Samuli». Il fratello maggiore di Jeremias, con un berretto in testa, saluta con la mano dal divano. Indossa una camicia a quadri rossa e nera e ha l'aria triste.

«E io sono Lene», dice la donna. «La mia famiglia di origine è norvegese», aggiunge sorridendo, notando un po' di curiosità nello sguardo di Heidi.

«Ci siamo incontrati a Oslo da studenti», spiega l'uomo e guarda la moglie con tenerezza. Sono chiaramente abituati a mostrare apertamente la loro felicità coniugale. Il momento dura una frazione di secondo, e subito si ricordano il motivo per cui Heidi è venuta a trovarli.

Lei si siede e tira fuori il taccuino per gli appunti.

«Dunque, qui leggo che lei lavora come avvocato», inizia Heidi. Jussi Silvasto annuisce.

«La sua famiglia è mai stata bersaglio di qualche minaccia? Si è trovato a lavorare su dei casi particolarmente difficili che possano essere in qualche modo collegati alla scomparsa di Jeremias?», chiede Heidi.

Jussi e Lene si scambiano un'occhiata.

«Non c'è stato niente del genere», risponde Lene. «È per questo che tutto ciò è così...».

Scoppia a piangere.

«Non riusciamo a comprendere come mai Jeremias...», balbetta Jussi e cerca chiaramente di mascherare la sua tristezza e la sua paura dietro una cortese ragionevolezza.

Heidi sorride amichevolmente a Lene, che rimane seduta, nonostante tutto, ben dritta sulla poltrona. Il viso chiaro è senza trucco ma fresco. Gli occhi rossi per il pianto e delle piccole pieghe nel vestito a fiori sono le uniche crepe nel suo fascino composto e nella sua educata gentilezza, e rivelano il dolore causato dalla scomparsa del figlio. "È già qualcosa", pensa Heidi con un po' di sollievo.

La sua mano si sta lentamente allungando verso la tabacchiera, ma si blocca a metà strada. Che sia questo, adesso, il suo fascino composto. Heidi piega le labbra in un sorriso cortese.

Jussi Silvasto cammina lentamente per la stanza. È un serio giurista dal background impeccabile. Lene invece ha prestato servizio in organizzazioni di beneficenza, e sembra una donna molto dolce.

«Cominciamo dall'inizio», avvia il discorso Heidi sistemandosi sul divano. «Abbiamo bisogno di sapere più cose possibili. Com'è Jeremias, chi sono le conoscenze più strette della vostra famiglia eccetera».

Lene Silvasto annuisce e prende dalla tasca del suo cardigan un fazzoletto stropicciato.

Parlano degli anni di scuola di Jeremias, e Heidi riceve un album di fotografie da sfogliare, del quale scatta alcune foto con il cellulare. Il primo giorno di scuola, la cresima, una foto di gruppo degli studenti di scambio del Lions Club, la festa del diploma e una foto con tutta la famiglia.

«Jeremias ha frequentato un anno di scuola superiore in Nuova Zelanda», spiega la madre indicando una foto. «Dopo gli esami di maturità, ci sono voluti due anni prima che trovasse la motivazione per proseguire gli studi».

«Se così si possono chiamare», Jussi borbotta.

«Jussi non ha ancora digerito che abbia scelto il ramo dei media. La sua speranza per entrambi i ragazzi era una carriera giuridica, ma è andata diversamente. Uno studia cinema, e l'altro è diventato un grafico». Lene accenna un lieve sorriso.

Heidi sbircia verso il fratello maggiore di Jeremias. Finora, Samuli Silvasto è rimasto seduto in silenzio sul divano. Adesso si è sentito chiamato in causa, e forse sta pensando a qualcosa da dire.

«Jeremias è un artista. Ha una sensibilità particolare che lo rende tale», commenta a bassa voce.

«Loro due sono piuttosto diversi. Samuli già da piccolo ha preso in mano le redini, mentre Jeremias ha tentennato. Soltanto gli studi nel campo dei film gli hanno acceso una scintilla».

«Jeremias ha sempre messo tutto in discussione, anche sé stesso. In questo senso, forse io ho avuto la vita più facile», aggiunge Samuli.

«È vero che Jeremias ti ha mandato un video proprio la sera in cui è scomparso?», chiede Heidi.

«Ce l'ho ancora qui sul telefono», mugugna Samuli. «Non diceva niente, si vedeva solo un pezzo di un bel paesaggio. Ho risposto con "stupendo", ma forse non ha nemmeno visto la risposta. Su WhatsApp non sono mai comparse le spunte blu di conferma che avesse letto».

Heidi richiude l'album. Non c'è nessuna incrinatura, né niente che attiri l'attenzione.

Quando c'è un delitto, di solito il colpevole si trova molto vicino alla vittima. Ma nel caso di Jeremias, c'è motivo di riflettere su chi effettivamente gli sia vicino. Inizia a pensare che la vita del ragazzo sia già altrove.

«Gli amici di vostro figlio li conoscevate?», continua Heidi.

«Non molto. So giusto i nomi di Abdi e Tuuli, ma nessun altro. Jeremias è andato a vivere per conto suo due anni fa. I nostri figli vengono qui solo a mangiare la domenica». La voce di Lene si spezza di nuovo.

Heidi pensa ad Abdi e Tuuli. Li hanno già incontrati entrambi.

«E un ragazzo di nome Johannes Järvinen?».

Tutti e tre guardano Heidi ammutoliti, aspettando che lei aggiunga qualcos'altro.

«Johannes è stato trovato morto il 25 agosto, e i due ragazzi si conoscevano. Non possiamo escludere che esista una minaccia per suo figlio», spiega Heidi, e vede che Samuli si alza. Comincia a camminare nervosamente avanti e indietro.

«L'abbiamo letto sul giornale. La sola idea che ci sia un collegamento tra i due casi è terrificante», balbetta Lene.

«Eravate a casa, giovedì sera?», prosegue Heidi.

«Sì, tutta la sera. Non faccio altro che pensare a cos'altro avrei potuto fare».

Lene guarda Heidi con occhi disperati.

«In questi casi non conviene pensare ai "se". Potete stare certi che faremo tutto il possibile per trovare vostro figlio».

Vorrebbe promettere che tutto si aggiusterà, ma farebbe una promessa che non può mantenere. Così, si limita a guardare la donna in modo amichevole. Jussi Silvasto passa vicino a Samuli e gli chiede con un gesto di accompagnare Heidi fuori.

«Immagino che userete ogni ora a disposizione per le ricerche», dice Jussi con tono determinato, ma Heidi percepisce anche un pizzico di scoraggiamento nella sua voce. «Ho esaminato attentamente i documenti dei casi a cui ho lavorato negli ultimi anni, ma non ho trovato nulla che potesse essere correlato a questo. Ci deve essere qualcos'altro», afferma, e Heidi ritiene che il commento sia sincero. Già molto presto, nel corso dei suoi studi per diventare poliziotta, Heidi ha capito che l'interpretazione dei gesti è un suo punto di forza. È sempre stata brava a leggere le persone.

In quel momento, le squilla il cellulare.

«Nell'elenco dei membri della Fondazione Asio c'è il nome del padre di Jeremias», la informa Saki. «È tra i membri fondatori. Ho pensato che lo volessi sapere subito».

«Ok, grazie». Heidi chiude la telefonata. Adesso guarda Jussi Silvasto con più interesse di prima.

«Vorrei chiederle ancora una cosa. Sappiamo che Jeremias ha filmato un documentario per l'accademia a Kuusiluoto. L'unico edificio presente a Kuusiluoto è di proprietà della Fondazione Asio e il suo nome figura sull'elenco dei membri. Hakala, Grönholm e Silvasto. Lei è uno dei membri fondatori, è corretto?».

Jussi Silvasto aggrotta le sopracciglia.

«Sì, certo. Sono nella Fondazione da più di vent'anni».

«Di che cosa si occupa esattamente la Fondazione Asio?». Con la coda dell'occhio, Heidi nota che Lene si tira su con la schiena. Forse la domanda interessa anche a lei.

«Niente che c'entri con tutto questo. Non siamo un'associazione segreta, se intende questo. La Fondazione è composta da amanti della natura, proteggiamo l'ambiente della zona. La parola *Asio* deriva dal nome latino del gufo, *asio otus*. L'unica casa di Kuusiluoto è di proprietà della Fondazione, sì. So che, grazie ad alcuni membri troppo indulgenti, è occupata da un vagabondo, in questo momento», borbotta Jussi Silvasto.

«Non capisco perché Jeremias abbia dovuto sceglierlo come soggetto del suo documentario. Indagate su quel tipo», continua in modo più assertivo. Fissa Heidi con i suoi occhi azzurri e attenti. Mentre scendono le scale, l'uomo si ferma e si aggrappa alla ringhiera.

«Se questo si rivela essere un, come si chiama, rapimento, che si sappia che siamo pronti a pagare un riscatto. Faremo qualsiasi cosa che possa aiutare a trovare nostro figlio e a riportarlo a casa».

Una volta uscita, Heidi fa il giro della casa e si ferma sul prato del giardino posteriore. Pensa a ciò che ha sentito. È vero che proprio nel cuore di Kuusiluoto c'è una casa dall'aria strana e che, proprio prima di scomparire, Jeremias Silvasto aveva girato un documentario su quell'emarginato che vive sull'isola. Roy Kuusisto è un documentarista controverso, le cui opere sono considerate allo stesso tempo geniali ed eccentriche. L'essenza di Roy è una folle combinazione tra un artista e un eremita che ha deciso di vivere al di fuori della società.

In questi casi, l'uomo crea anche delle sue proprie leggi? Sarebbe stato capace, Roy, di uccidere in tutta tranquillità Johannes come parte di un qualche rituale? Visto dall'esterno, Roy dà l'impressione di essere uno scorbutico alcolizzato. Ma se fosse soltanto una facciata? E se a Kuusiluoto regnasse un equilibrio del terrore e Jeremias fosse caduto silenziosamente vittima di un assassino interessato alle religioni naturali e ad antiche tradizioni magiche?

Sul prato svolazzano, in maniera quasi impercettibile, delle piccole mosche nere. Anche qui c'è qualcosa che rovina l'idillio, pensa Heidi mentre si gratta le piccole bollicine che le sono comparse improvvisamente sulle caviglie.

SAANA

Saana è seduta alla sua postazione di lavoro. Sul calendario sono segnate per oggi due riunioni interne. Promette a sé stessa di essere, durante la riunione, il più positiva e proattiva possibile. Allo stesso tempo, però, non può dimenticare il periodo di prova: quattro mesi che saranno una dura prova per entrambe le parti. In pratica, è alla prima settimana di lavoro, e in questi sette giorni ha già fatto più del previsto.

Prima dell'inizio della riunione, Saana comincia a delineare il testo introduttivo del nuovo podcast.

Podcast – *Tracce*

Cosa fare quando le tracce spariscono? Jeremias Silvasto è scomparso il 29 agosto 2019. Prima della scomparsa è stato visto camminare verso Lammassaari. Dopo, se ne sono perse le tracce.

Tracce è un podcast di attualità della giornalista Saana Havas che tratta del caso di Jeremias Silvasto. Nel podcast saranno intervistate le persone vicine al giovane scomparso, testimoni oculari e volontari che hanno perlustrato la zona di Lammassaari e i dintorni senza risultati. Le ricerche non sono ancora finite.

Anche il contenuto della prima puntata si sta delineando. Saana apre Instagram e crea un account dal nome @traccepodcast. Come foto profilo mette un quadrato nero e scrive una breve descrizione. "Nuovo podcast su un caso di scomparsa attuale. Cosa fare quando una persona sparisce nel nulla?".

Le cose sono progredite velocemente. L'indagine va avanti da sola. Alla fine, dovrà soltanto seguire gli indizi, anche i più piccoli fili, che la porteranno sempre più vicino. Il prossimo compito sarà incontrare una persona che ha partecipato alle ricerche fin dall'inizio, ma prima cercherà di rilassarsi. Farà del suo meglio per essere una persona normale con una vita sociale, che riempie la sua vita non solo con il lavoro, i podcast sui delitti e la ricerca di uno scomparso. Vedrà amici, si divertirà un po'. La cosa migliore sarebbe che stasera ci fosse anche Jan.

La radio, sulla barca, trasmette una canzone di Alma.
I bring the karma, you better run run run yeah, it's coming your way…

Saana tira fuori un long drink dalla sua busta. Si sono fermati un attimo a godersi il paesaggio sul molo di Tervasaari, prima di dirigersi a Pihlajasaari. Sono le quattro passate e il sole è ancora caldo.

«Allora?». Veera guarda prima Jan e poi Saana, che le sorride. Veera ha un'aria piuttosto energica, con i capelli legati in una coda, il giubbotto di salvataggio colorato, gli occhiali da sole e le lentiggini estive.

«Allora cosa?». Saana e Jan ridono e siedono molto vicini l'uno all'altra. Lei tiene in mano il long drink gelato e sente sulla coscia il calore che emana dal corpo di Jan. È bello essere in giro insieme.

«Quando avete intenzione di ringraziarmi ufficialmente, per essere riuscita a farvi mettere insieme?», chiede Veera, e anche Kaj alza curioso le sopracciglia.

La brezza marina scompiglia i capelli e i giubbotti di salvataggio li fanno sentire goffi.

«Grazie», ride Jan.

«Avevo ragione fin dall'inizio, riguardo a questo appuntamento al buio», si pavoneggia Veera soddisfatta, girandosi verso Kaj.

Kaj cambia discorso: «Va bene allora, andiamo. È bello andare finalmente alla sauna», dice, poi accende il motore.

Saana apre la bottiglia del long drink e ne offre un po' anche a Jan. Il vento agita loro i capelli. Kaj guida la barca con gesti sicuri verso la meta. Hanno prenotato un turno di sauna a Pihlajasaari. È l'ultimo weekend della stagione estiva, quindi lo si può ancora fare. Saana ammira sorridendo il paesaggio che muta e si gode le piccole scosse delle onde che colpiscono il fondo della barca.

Guarda prima Kaj e poi Veera. Una coppia che sta insieme da un'eternità. Saana sente che Jan le prende i capelli frustati dal vento, glieli allontana dal viso per poterle dare un bacetto. L'acqua scintilla e il rombo del motore copre gli altri suoni. Alla fine, compaiono all'orizzonte il molo di Pihlajasaari e le piccole cabine colorate.

Mentre gli uomini sono nella sauna, Saana e Veera siedono fuori, avvolte nei loro asciugamani, e chiacchierano appoggiate alla parete. Il giardinetto della sauna di legno rossa è recintato con delle corde. È come se fossero sedute in un'area vip tutta per loro. Una grossa nave da crociera avanza lentamente in lontananza, al largo. Per le successive tre ore, la sauna sarà a loro disposizione.

«Di solito non fumo, ma siccome adesso ho bevuto un po', mi do il permesso», spiega Veera tirando fuori dalla tasca della giacca un pacchetto bianco. Le folate irregolari rendono difficile accendere la sigaretta. Appoggiate alla parete, comunque, sono al caldo, perché il cielo è senza nubi.

«Eccoci qua», dice Saana e guarda le onde che lambiscono il molo. Gonfiandosi dolcemente, la massa d'acqua si infrange sugli scogli, si innalza lungo una roccia e rifluisce pigramente nel mare. La posizione della sauna a Pihlajasaari è notevole, da lì la vista si estende lontano sull'orizzonte. Gli scogli brulli, le piante che ondeggiano al vento e un molo in lontananza, da cui si può scendere in mare tramite una scala verticale. Il vento agita con insistenza i fiori che crescono tra le crepe delle rocce.

«Sicuramente d'estate molti postano su Instagram foto scattate da qui», commenta Veera, e guarda il molo che si erge alto e ripido sull'acqua. Il paesaggio dietro al molo renderebbe una foto perfetta.

«Te ne faccio una, vai lì», esclama, poi mette la sigaretta tra le labbra per liberarsi le mani e cercare il cellulare nella tasca dell'accappatoio.

Tutto d'un tratto a Saana tornano in mente i tempi in cui erano studentesse. Veera era sempre l'istigatrice. Era tutt'altro che un'insegnante gentile e ragionevole. Saana ridacchia per il ricordo e corre in bikini verso un perfetto e ben architettato post di Instagram.

Il vento si è calmato, quando si incamminano dalla sauna per tornare verso il molo attraversando l'isola. L'acqua fredda del mare e la sauna calda li hanno rilassati magnificamente, e sentono la testa un po' annebbiata per i long drink. Saana nota che Kaj è piuttosto brillo. Kaj propone di andare da qualche altra parte. Dove ci sia della gente. In modo che succeda qualcosa. A quanto pare, sono anni che non vive un'esperienza del genere.

«Quanti anni hai?», non può fare a meno di chiedergli, visto che sembra comportarsi come un uomo di mezza età.

«Trentasette, è la mezza età di un uomo», risponde Kaj, e comincia a camminare barcollando un po'.

«Smettila», gli intima Veera, e Saana nota che l'atmosfera inizia a farsi un po' tesa. Veera è l'unica che possa riportarli a terra.

«Per quanto riguarda me, io devo per forza andare a casa, domattina vado al lavoro alle sette. Saana però può venire», si intromette Jan, e guarda Saana. «Vai pure, se vuoi».

«No, anch'io comincio a essere un po' cotta. Ma grazie per la bellissima serata», si affretta a dire lei.

Quando Saana e Jan inforcano le biciclette e, da Tervasaari, percorrono il lungomare verso Kallio, Helsinki appare stupenda. Il cielo è di un rosa soffice.

«È stata una bella serata», dice Saana a Jan che le pedala davanti. Il viso è ancora un po' arrossato per il calore della sauna.

«Kaj era un po' strano», risponde lui, rallentando per rimanere accanto a lei.

«In che senso strano?»

«Aveva l'aria inquieta e impaziente. Già nella sauna era piuttosto ubriaco. Hai visto a che ritmo beveva? Come se avesse voluto bere per dimenticare o nascondere qualcosa».

«Ah, non me ne sono accorta. Non lo conosco così bene, credevo solo che avesse sete», ride Saana.

«Va tutto bene tra lui e Veera?», chiede Jan.

«Be', Veera non mi ha detto granché, se intendi quello», risponde Saana, e respira a fondo la sera che sta scurendo.

«Stanno insieme da un'eternità, possono attraversare fasi diverse». Jan parla in parte a sé stesso. «Ma non ricordo di aver mai visto Kaj così».

«Così come?»

«Come se ci fosse qualcosa che non vuole dirmi».

Si separano a Karhupuisto, Jan la bacia in mezzo al marciapiede. Saana si domanda perché le abbia detto che voleva tornare a casa sua per la notte, ma d'altronde Jan andrà al lavoro così presto che rimarrebbe comunque sola dopo poche ore. Rimane a guardarlo mentre salta in sella alla bici, inizia a pedalare e si gira per mandarle un bacio da lontano. Jan sembra una persona davvero premurosa, ma qualcosa in lui la fa anche dubitare. Sarà sempre così? Dovrà abituarsi a vedere la sua schiena che si allontana?

Nel tragitto di ritorno, Saana devia un attimo verso il supermercato. Le saltano all'occhio i titoli dei giornali. Le fanno subito tornare in mente Jeremias. Non si sente bene con sé stessa. Mentre Jeremias è sparito da qualche parte, lei stava a divertirsi. Prende in mano un giornale e inizia a dare un'occhiata a un articolo.

Due scomparsi, uno dei due morto. La polizia sta cercando un omicida?

La Polizia criminale centrale cerca informazioni su Jeremias Silvasto, scomparso l'ultimo weekend di agosto a Lammassaari. Si sa che prima della scomparsa è passato sul sentiero per escursionisti di Vanhankaupunginkoski, diretto a Lammassaari. Per l'isola c'è un'unica via d'accesso.

Saana decide di aggiungere il giornale agli acquisti e si dirige verso le casse. Si è formata una fila. Poggia il cestino per terra ai suoi piedi e continua a leggere mentre aspetta.

La polizia sta seguendo più piste. Non è possibile escludere l'eventualità di un omicidio. Un cadavere è stato trovato nella zona di Vanhankaupunginlahti solo pochi giorni prima. La polizia tace sul caso, ma secondo le informazioni che abbiamo raccolto la vittima è un giovane uomo e i due casi potrebbero essere correlati.

Saana paga la spesa ed esce dal negozio, ammutolita. È davvero così orrendamente verosimile che Jeremias sia già morto? Quando si ferma davanti al cancello per tirare fuori la chiave dalla tasca, percepisce che qualcuno sta camminando verso di lei, alle sue spalle. Prima che il cancello si richiuda, un uomo si precipita di fretta nel cortile. Non si preoccupa di mantenere una distanza di cortesia e quasi la raggiunge. Abita lì? Dove sta andando? Per una frazione di secondo, Saana teme di aver lasciato entrare un intruso nel cortile, ma alla fine lo riconosce, abita alla scala C.

Sospira per la propria paranoia. Nel profondo, nei recessi della sua mente, ha sempre avuto paura di una minaccia sconosciuta, fin dai tempi in cui andava a scuola. Da quando, da bambina, si è resa conto che gli adulti non sono tutto buoni, ha imparato a stare attenta e a osservare. Soprattutto quando è buio, è vigile e scruta i passanti, cerca le chiavi per tempo prima di arrivare alla porta d'ingresso. Muoviti decisa, controlla che nessuno si avvicini. Com'è brutto, a volte, tornare a casa da sola al buio. Quante volte si è messa ad ascoltare se qualcuno la seguiva e ha accelerato il passo, benché non si vedesse né sentisse nessuno.

Una volta a casa, Saana stende l'asciugamano e il bikini, si spoglia velocemente e si infila sotto le coperte. Mentre il corpo si rilassa, gli avvenimenti degli ultimi giorni cominciano, senza preavviso, ad affollarle la mente. Forse Jeremias si è avvicinato a qualcuno di cui sarebbe stato meglio non fidarsi?

Sabato 7 settembre

SAANA

Saana aspetta che Samuli arrivi al luogo dell'appuntamento. Questa volta pedalano in silenzio da Kalasatama fino ad Arabia. Passano accanto a un cantiere recintato da una rete, in cui sono in corso dei lavori in ogni angolo. Le gru e l'escavatore sembrano delle grosse cavallette. Quei macchinari arancioni smuovono terra e ghiaia come giganteschi insetti. Superano l'autolavaggio JetWash e la stazione di servizio St1. Dietro al benzinaio c'è un fast food con il drive thru. Forse Jeremias si è perso in questa zona desolata? O magari ce l'ha portato qualcuno? Tuttavia, non c'è nessuna prova che abbia lasciato Lammassaari.

Samuli è molto tranquillo oggi. Saana è dispiaciuta per lui, la scomparsa del fratello ha messo a soqquadro la sua intera vita.

Il vento soffia loro in faccia la polvere della strada. Saana osserva alcune aree delimitate da reti di recinzione, piene di rottami. Cartelli sbiaditi di proprietà privata e barche portate in rimesse sulla terraferma. Dei container blu e bianchi, sulla spiaggia le belle betulle di fine estate dalle grosse foglie. Mentre Samuli guarda verso l'orizzonte, lei si ferma e scatta una foto alle ciminiere bianche della fabbrica di cemento. La quantità di rottami aumenta quanto più si avvicinano al centro per la raccolta differenziata. Ben presto appaiono mucchi di soli cavi elettrici. I fili colorati sono arrotolati in grossi cumuli, come serpenti esotici. "Un giorno affogheremo nei rifiuti", pensa Saana.

Il centro si trova all'interno di un edificio in mattoni rossi. Quella landa desolata sta diventando sempre più abitata. Già si scorgono le graziose file di case della costa di Arabia. La sabbia crepita sotto le ruote, il mare è calmo. Il cielo è allo stesso tempo azzurro sbiadito, viola e rosa. In alto volano i gabbiani. Saana si guarda intorno. Se non stessero seguendo le tracce di una persona scomparsa, la situazione potrebbe sembrare piacevole: due amici che pedalano su una bella striscia di costa.

Una volta arrivati a destinazione, lasciano le biciclette sul lato del parcheggio e attendono. Samuli ha concordato un appuntamento con Tytti Jokinen, la direttrice del servizio di soccorso volontario. Jokinen ha partecipato a numerose ricerche. Presto, vedono arrivare una figura robusta in una giacca a vento rosso acceso, con al guinzaglio un cane dal passo energico.

«Grazie per aver accettato», le si rivolge Samuli, e anche Saana saluta la donna con aria grata.

«La polizia ha già organizzato nell'area delle ricerche piuttosto ampie». Tytti Jokinen va dritta al punto. «Oltre alle autorità, anche noi abbiamo setacciato la zona per più giorni. Purtroppo, devo dire che le ricerche stanno per concludersi, per ora senza risultati».

«Capisco», commenta Samuli, benché appaia ovviamente piuttosto deluso.

«Potrebbe ripeterlo di nuovo, quando accenderò il registratore?», chiede Saana.

Jokinen ripete ciò che ha detto, poi prega Saana e Samuli di seguirla.

«C'è un posto dove vorrei portarvi», afferma l'organizzatrice delle ricerche. Intanto tira al guinzaglio il pastore tedesco, che salta con entusiasmo.

«Per l'esattezza si tratta della torretta di osservazione degli uccelli di Portaistenniemi. Da lassù potrete vedere l'intera area del canneto, e capirete l'ampiezza della zona e la difficoltà di attraversarla».

In silenzio, Saana e Samuli seguono Jokinen e il suo cane.

«Questo percorso non porta direttamente a Lammassaari, ma rimane sul ciglio del canneto, dalla parte di Pornaistenniemi», continua Jokinen. «Mentre perlustriamo l'area, andiamo tutto il tempo a caccia di tracce. Controlliamo i bordi dei sentieri, cerchiamo rami spezzati o piante piegate, qualsiasi cosa fuori dall'ordinario. Per ora, abbiamo controllato il percorso che va verso l'isola e poi abbiamo setacciato per bene l'isola stessa. Suo fratello sembra evaporato come fumo nell'aria».

«Apprezzo il vostro aiuto», riesce a dire Samuli. Cammina in silenzio, ultimo della fila.

Tytti Jokinen lega il cane alla ringhiera e salgono le scale verso l'alto.

Il paesaggio è impressionante. Un tappeto di canne ondeggia seguendo il vento come un tessuto di seta, e il cielo si apre magnificamente sopra il panorama. In mezzo al canneto passa uno stretto sentiero che porta a una piccola casupola. Saana scatta una foto con il cellulare al paesaggio e aggiorna l'account del podcast. La vista è incredibile. Si crede a stento di essere a Helsinki.

«Le ricerche sono state condotte all'interno di una riserva naturale. Non abbiamo potuto tagliare la vegetazione per creare dei passaggi, è vietato. D'altronde, immaginiamo che neanche lo scomparso sia passato per di là».

Saana fa altre foto ai campi e a un cartello attaccato alla torretta in cui ci sono disegni di quattro uccelli. Studia in silenzio l'immagine del cigno reale. *Cigno reale, cygnus olor, knölsvan, mute swan*. Il cigno è muto, non canta. Saana sta per dire qualcosa, ma poi tace. Samuli fissa mesto i vasti campi. Ha l'aria di qualcuno che è meglio non disturbare. Quando si avvicinano alle costruzioni, il cane si mette a tirare con insistenza. La passerella scura termina in una casetta di legno. In mezzo a un acquitrino è piantato un cartello grigio di legno. "Avvicinati piano, arriverai nel bel mezzo di uno spettacolo. Di questo, si tratta. Una festa per lo sguardo nel teatro della meraviglia infinita".

L'acqua luccica da entrambi i lati della passerella e la casetta di legno ha un'aria graziosa. Entrano. La finestra panoramica, della stessa larghezza della parete, si apre su una vista perfetta sul canneto e sulle zone d'acqua. Saana appoggia le mani sul legno scanalato della parete e lascia scorrere lo sguardo sulla bellissima veduta. La luce del sole riflessa sull'acqua guizza nella stanza. Vorrebbe rimanere qui per sempre.

Una volta tornati al parcheggio, Samuli si riprende un po'.

«Quant'è profonda la baia?», chiede fissando l'acqua.

«Da queste parti la superficie del mare è molto mossa, e si resta sorpresi nel sapere quanto poco sia profonda. È solo un metro e mezzo, arriva al massimo all'altezza del mento di un uomo adulto. Certo, il fondale è molto fangoso e viscido, ma per quanto riguarda la profondità, dall'isola si potrebbe quasi camminare fino alla costa di fronte, senza andare giù. Stessa cosa anche sul lato est».

Samuli annuisce in silenzio.

«I dintorni di Lammassaari sono stati setacciati con una barca, con una telecamera subacquea e un sonar. Per ora non è stato trovato niente. Quando la corrente è forte, l'acqua è molto torbida e la visibilità è scarsa. Si tratta di una baia bassa e paludosa. Anche quando la corrente è più leggera si vede solo a mezzo metro circa, a dire tanto».

«Ho capito», risponde Samuli.

Saana gli stringe il braccio in segno di incoraggiamento.

Dopo tutte le informazioni ricevute, Saana vede l'area con occhi diversi. Può l'acqua della baia di Vanhankaupunginlahti essere davvero così bassa, intorno a Lammassaari? Pensa a chi ha partecipato alle ricerche. Come ci si sentirà a setacciare l'acqua scura, temendo e sperando allo stesso tempo che il radar individui il ragazzo scomparso? Salutano Jokinen e continuano il cammino in due.

«Non so, comincio a perdere le speranze», confessa Samuli mentre proseguono verso l'isola.

«Non ci arrendiamo», ribatte Saana.

Si avvicinano lentamente alla passerella che porta a Lammassaari. La polizia ha rimosso i nastri che delimitavano l'area, che ora è di nuovo accessibile a chi fa escursioni. Saana afferra istintivamente la mano di Samuli e lui gliela stringe a sua volta. In compagnia di Samuli si sente sempre tranquilla e a suo agio, mentre insieme a Jan è un po' più tesa. Forse è a causa dell'attrazione che c'è tra loro, e dell'elettricità che ne deriva? Samuli è così simpatico che per Saana è stato facile diventargli amica, ma in effetti non è sicura se ciò che sente sia unicamente amicizia. Il pensiero le si insinua nella testa in un momento completamente sbagliato. Se fosse single, potrebbe interessarsi a Samuli?

Il telefono di lui squilla. Risponde e rallenta il passo. Lei continua ad avanzare. Presto arriveranno al punto in cui Jeremias è stato visto per l'ultima volta. Perché è scomparso proprio qui? Questo luogo avrà un qualche significato particolare, o è del tutto casuale? Saana accende il registratore.

Sono qui sulla passerella che porta all'isola. Dietro di me c'è il sentiero che va verso le rapide di Vanhankaupunginkoski, a sinistra, in lontananza oltre al canneto c'è Viikki e a destra la baia, sopra la quale svettano i nuovi edifici di Kalasatama. Proprio prima di sparire, Jeremias è stato qui e ha fatto un video in cui si vedono queste canne. Da qui in poi continuerò il tragitto verso la fitta ombra degli alberi. Verso l'isola dove portano tutte le tracce, ma sulla quale non è ancora stato trovato niente.

Saana si dirige verso la sala riunioni e Samuli la segue più indietro. Questa sera un altro gruppo di volontari perlustrerà i campi alla ricerca di Jeremias. Da lontano, dalle acque, proviene il rumore di una barca a motore. Saana immagina che sia anch'essa impiegata nelle ricerche.

Jeremias è cercato sia da volontari che dalle autorità da due settimane, ma senza risultati. Le ricerche si svolgono anche sull'acqua, ma più passa il tempo, minori sono le possibilità di successo. Oggi abbiamo ascoltato delle parole che indubbiamente sono rimaste a ronzarci in testa: le ricerche stanno volgendo al termine senza risultati. Jeremias Silvasto è evaporato come fumo nell'aria.

Saana raggiunge la veranda della sala riunioni e cerca di sbirciare attraverso le finestre. Sente dei passi dietro di sé e si gira. Pensa che sia Samuli, invece è qualcun altro: un uomo che indossa un berretto arancione e una tuta verde militare la scruta con aria severa.

«Cosa guarda?», chiede l'uomo e Saana sobbalza. Lì per lì, non le viene in mente alcuna risposta intelligente.

«Sto cercando, o meglio, stiamo cercando...», comincia Saana e fa un cenno verso Samuli, che sta giusto entrando nel giardino. «Stiamo controllando qui in giro e...».

«La polizia è già stata qui a lungo», la interrompe l'uomo bruscamente. «Sarebbe meglio che lasciaste in pace l'isola. Qui sono accadute cose brutte».

«È proprio di questo che ci occupiamo», risponde lei.

«Siete venuti a causa di quegli uccelli scomparsi?»

L'uomo sposta il peso da una gamba all'altra e attende la risposta di Saana. Lei guarda Samuli disorientata.

«Purtroppo non sappiamo di cosa stia parlando», ribatte alla fine.

«In quest'area, quest'anno, sono scomparsi degli uccelli marcati, forse anche altro, ma io seguo principalmente gli uccelli».

Saana lo osserva. Forse potrebbe sapere qualcosa?

«Che cosa intende?»

«Quest'estate ho già raccolto dal terreno due di questi», spiega, e tira fuori dalla tasca due anellini da attaccare alle zampette degli uccelli.

«Gli uccelli non se li sanno togliere da soli», continua pensieroso. «Sono sicuro che troverò il colpevole».

Saana prova a cambiare argomento: «Ho letto da qualche parte che quest'estate Klobben è diventata un'attrazione turistica, perché ci nidificano sia l'airone cinerino che l'aquila di mare».

«Mmh, già, è vero», borbotta l'uomo. «L'accesso a Klobben è vietato, abbiamo garantito tranquillità agli uccelli per nidificare».

«Noi cerchiamo una persona scomparsa, non uccelli», prova a dire Saana.

Samuli si avvicina e continua: «Mio fratello minore, è lui che stiamo cercando qui».

Finalmente, l'uomo sembra ascoltare.

«Venite, allora».

Saana e Samuli si guardano e poi lo seguono. Vicino a un vecchio edificio bianco, tira su i piccoli occhiali scivolati sul naso, apre la porta e li fa entrare.

«Credo di aver incontrato suo fratello, quest'estate è stato a girare un documentario a Kuusiluoto, non è vero?», comincia, e a Samuli si drizzano le orecchie.

«Un ragazzo simpatico, non si può dire lo stesso di tutti i visitatori dell'isola», continua l'uomo. Si toglie gli occhiali e pulisce le lenti con un fazzoletto tirato fuori dalla tasca. Fissa fuori dalla finestra strizzando gli occhi.

«Per quanto mi riguarda, qui succedono cose strane», va avanti. «Uccelli scomparsi, persone sparite, o meglio, una persona. I poliziotti non rispettano la natura, scavano strade dove capita e dirigono i sospetti sulle persone sbagliate, fanno domande fuori luogo. Ho trovato questo, lì tra le radici, prima della passerella di Kuusiluoto».

Saana e Samuli fissano un taccuino dalla copertina nera poggiato sul davanzale della finestra. Samuli lo afferra subito. Sfoglia avidamente alcune pagine e alza lo sguardo verso Saana.

«Questa è la grafia di Jeremias!», esclama, e stringe il taccuino al petto.

«L'ha già mostrato alla polizia?», chiede Samuli all'uomo, ma Saana interviene nello stesso secondo: «Questo lo portiamo con noi, grazie».

AILA

"Io sono gli occhi di Lammassaari", pensa Aila. Si fa ombra sul viso con le mani e appoggia la fronte contro il vetro freddo della finestra.

È impossibile vedere bene dentro la villetta, perché qualcuno ha tirato le tende. Poi si sentono dei passi, e allora indietreggia e continua a canticchiare, allontanandosi un po'. Chi è quel passante, sarà un poliziotto? Aila si siede un attimo su una roccia e aspetta che passi. È un uomo che conosce di vista, e trasporta su una carriola alcune buste e una cassetta degli attrezzi in cima alla salita. È sabato, molti sono venuti nelle loro villette.

Aila torna alla finestra e cerca di guardare dentro. Tra le tende c'è una piccola fessura, da lì sbircia all'interno. La stanza è pulita e vuota, non ci sono segni di vita.

«Che si spia, qui?», dice una voce dietro le sue spalle.

Tossisce. È stata beccata. Lentamente si gira in direzione della voce e per fortuna vede il guardiano dell'isola, curioso ma familiare.

«Non trova anche lei che questa villetta sia sospetta? Qui gira ogni tanto un uomo con un tatuaggio sul collo», bofonchia Aila. «Mi è venuto in mente che sicuramente anche la polizia…».

«La polizia sa il fatto suo, hanno già controllato anche questa villa. Non è stato trovato niente».

«Lei sa cosa si dice», sussurra Aila, raccogliendo un involucro di plastica per gettarlo nel cestino. «Non so più di chi o cosa fidarmi».

«Già», il guardiano toglie le protezioni dal binocolo appeso al collo.

«Ha intenzione di passare ancora molte notti qui?», le chiede l'uomo avvicinandosi di un passo. «Mi faccia sapere se rimane senza gas o senza aiuto. Mi è venuto in mente anche che, cioè, forse…», balbetta.

«Forse cosa?», lo incalza Aila.

«Forse quest'isola non è più sicura», afferma alla fine lui, e Aila sente una scarica di calore dentro. Allora, nonostante la sua aria burbera, il guardiano è preoccupato.

«Ho pensato che forse sarebbe meglio starsene in città, in modo da non intralciare il ritrovamento del ragazzo. Lasciando che la polizia finisca il lavoro».

«Apprezzo la sua preoccupazione», risponde Aila. «Ma starò bene».

«C'è qualcosa, nell'aria», continua lui. «È come se tutta l'isola stesse trattenendo il respiro. Tutti si scrutano con sospetto e aspettano. Eppure, neanch'io ho il coraggio di andarmene. Non posso lasciare il posto alla mercé dei poliziotti o dei curiosi».

«Di solito mi trasferisco a Kruununhaka solo quando anche le pecore di Kuusiluoto se ne vanno, e non ho intenzione di fare un'eccezione, neanche adesso», afferma Aila, e si meraviglia lei stessa del suo tono perentorio.

«Lei dev'essere l'unica rimasta a passare qui anche le notti. Se fossi in lei, starei comunque attento», bisbiglia il guardiano, poi si porta il binocolo agli occhi.

Il cielo è sereno, sul fondo azzurro fluttua silenziosa solo qualche piccola nuvola. Alcuni puntini neri svolazzano avanti e indietro. Aila riguarda verso la villetta. Non è stato scoperto niente di nuovo.

«Comunque, da quel che ho capito, la polizia non verrà più», continua il guardiano, con il binocolo ancora sugli occhi. «Non hanno scoperto niente. Saremo di nuovo per conto nostro. Speriamo che torni la pace sull'isola».

«Mmh», mugugna lei. Non sa se sentirsi insicura o sollevata.

«La migrazione dei rapaci comincerà a breve. C'è di tutto», sentenzia l'uomo sempre scrutando il cielo.

«Speriamo che allo stesso tempo scompaiano anche le altre belve», mormora Aila, poi si avvia lentamente verso il sentiero che gira intorno all'isola. Porta prima nel fitto del bosco, poi sale verso la sauna e alla fine conduce alla collinetta di roccia.

Tra poco, Aila sarà di nuovo nella sua amata casetta, lontano dagli sguardi altrui.

SAANA

Non è ancora del tutto buio, ma ha già cominciato a imbrunire. Saana è su di giri dopo la giornata. Si sono impossessati del diario di Jeremias, e lei vuole fotografarne ogni pagina prima che Samuli lo porti alla polizia.

«Ti andrebbe bene se andassimo un attimo da me?», chiede al collega, mentre portano a mano le bici sul ponte da cui si vedono le rapide di Vanhankaupunginkoski scorrere vorticosamente.

«Va benissimo», risponde Samuli, e salta agilmente in sella.

Mezz'ora dopo siedono nel soggiorno di Saana in via Sturenkatu e fissano il taccuino dalla copertina nera, poggiato per terra in mezzo a loro. Saana ha preparato del tè e la bevanda fuma nelle tazze, tanto intoccabile e bruciante quanto il diario.

«Lo apri tu o faccio io?», chiede Samuli.

«Come preferisci», risponde lei, incoraggiandolo con lo sguardo.

Il diario di suo fratello minore. Hanno a portata di mano gli appunti personali di Jeremias. Saana sta scoppiando dalla curiosità.

Alla fine, esitante, Samuli apre la prima pagina.

È vuota.

Saana soffia sulla tazza di tè e segue con trepidazione Samuli sfogliare le altre pagine.

«Qui ci sono singole date, parole o frasi», mugugna Samuli. «Anche cose poetiche. Deduco che siano collegate al documentario che stavano filmando».

Insieme, guardano una pagina in cui sono scritte delle annotazioni in bella grafia:

Chi governa sul canneto? Il popolo dell'acqua o quello del bosco?
Venerdì 15.6. 41:00
Giovedì 8.7. 08:13

«Date e numeri», osserva Samuli. «Forse indicano secondi o inquadrature del documentario?»

«Potrebbe essere. Vorrei riuscire a vedere quel materiale registrato», replica Saana.

«Ti do il numero di Abdi, penso che lui ti saprà aiutare».

Poi, improvvisamente, Samuli scoppia a piangere.

Saana si precipita a prendere dello scottex in cucina. Quando torna, istintivamente lo abbraccia.

«Forse non ce la faccio a partecipare», farfuglia Samuli contro la spalla di Saana. «Rovistare nella vita di Jeremias è un po' troppo, per me».

Lo lascia piangere in pace. Siedono sul pavimento appoggiati l'uno all'altra, sorseggiano tè e fissano il diario, l'unico indizio che hanno.

Saana prende il taccuino in mano e lo apre in un punto a caso. Un pezzetto di carta cade per terra, una notizia ritagliata da un giornale. È del 2015.

«Che cos'è?», chiede Samuli, poi starnutisce.

Saana raccoglie il ritaglio.

«È una breve notizia, il titolo è *Dov'è Kasper Hakala?* Tratta della scomparsa di una persona con questo nome: "Kasper Hakala, diciotto anni, è scomparso venerdì 6 maggio. È stato visto per l'ultima volta al casinò di Katajanokka all'una di notte. Al casinò erano in corso i festeggiamenti degli studenti del liceo Ressu". Era uno studente del Ressu. Anche Jeremias lo era?»

«Sì», risponde Samuli e allunga il braccio. «Fammi vedere». Si immerge per un momento nella lettura del testo. «Me lo ricordo vagamente, era l'ultimo anno di Jeremias al liceo. Perché ha conservato questo articolo?»

«Non lo so, ma potrebbe significare qualcosa», risponde lei.

L'istinto le dice che hanno trovato qualcosa di importante.

Quando Samuli va a casa, Saana si accorge che sta pensando alla situazione dal punto di vista del collega. Non conoscendo Jeremias, per lei rovistare tra le sue cose non è difficile. Triste, certo, anche un po' doloroso, ma allo stesso tempo sente di star facendo un lavoro importante. Invece Samuli è fragile. È il primo uomo che Saana abbia visto piangere così apertamente. Quante cose si tengono dentro, le persone.

Si mette a sedere sul divano e comincia a scorrere le foto fatte al taccuino. Non capisce a cosa faccia riferimento la maggior parte degli appunti o cosa significhino, ma è il ritaglio di giornale riguardante la scomparsa di Kasper Hakala ad attirare la sua attenzione. Forse Jeremias stava indagando su quel caso, prima di sparire?

Si mette il portatile in grembo, apre il motore di ricerca e scrive il nome di Kasper Hakala nel browser.

11 settimane prima della scomparsa

L'aria nell'aula è pesante e le lampade al neon sfrigolano. Sono seduti qui, nell'edificio scolastico in cui regna un silenzio di tomba, a studiare nonostante siano ufficialmente in vacanza.

«Tu sei pazzo», lo insulta Abdi.

«In senso buono, però», precisa, vedendo l'espressione offesa di Jeremias.

Sono nell'aula di informatica dell'accademia, i due. Fuori è una bella giornata estiva, ma loro si godono l'aria chiusa e stantia, che tutti hanno rifuggito.

«Dov'è Johannes?», chiede Abdi, ma Jeremias non lo sa.

Johannes nelle ultime settimane si è comportato in modo strano. È spesso in ritardo, e non sembra molto coinvolto nel lavoro che stanno facendo. La sua testa è chiaramente altrove.

Cominciano a elaborare il materiale registrato. La telecamera, in alcuni punti, oscillava troppo, nonostante Jeremias pensasse di tenerla ferma. Mentre osserva il filmato, è un po' deluso.

«Guarda, chi è quella lì che viene dalla direzione di Kuusiluoto?», nota, e ferma l'immagine in un punto dove la striscia di canne lacustri sembra viva e oscilla contro un cielo serale aranciato tendente al rossastro.

Nel fotogramma si scorge appena una donna dai capelli grigi con uno scialle azzurro sulle spalle. Jeremias fa ripartire il filmato. La donna tocca le canne come se le stesse accarezzando. Nell'altra mano tiene dei fiori viola. Poi la figura prosegue il cammino verso Lammassaari.

«Sarà la proprietaria di una villetta. Torniamo alle parti filmate all'interno», propone Abdi, poi clicca sul primo file.

Le riprese in interni, per fortuna, sono venute molto meglio.

«*Sono sempre stato interessato ai rapporti gerarchici nei branchi di lupi. Alfa e omega. Il branco sceglie come capi solo individui forti. Il compito del gruppo è mantenere i lupi in vita, non possono permettersi di sbagliare*», spiega Roy guardando la parete.

«*E il lupo solitario?*», chiede Jeremias.

L'uomo gira lo sguardo verso l'obiettivo.

«*Si sa che un lupo che si separa dal branco è perduto*», sentenzia ridendo. «*Gli manca tutto ciò di cui ha bisogno per vivere. La forza e il sostegno del branco. Una posizione chiara, una gerarchia*».

«*Questo vale anche per lei?*»

«*Che cosa?*»

«*L'essere un lupo solitario. Lei è l'unico abitante di quest'isola. Si potrebbe dire che vive ai margini della società e piuttosto solo*».

«*Assolutamente no. Isolarmi è una scelta mia. Non mi piace molto la gente, preferisco altre presenze. Inoltre, non ho bisogno di un branco per avere da mangiare. Posso andare quando voglio a fare la spesa lì al centro commerciale di Arabia*».

I ragazzi ridono e bloccano il video. Jeremias si ricorda quando per la prima volta sono andati a Kuusiluoto passando per Lammassaari. Erano inciampati in un intrico di radici lungo il sentiero, e aspettavano con ansia ciò che il futuro gli riservava. Ma adesso sanno che cosa gli riserva.

Una bomba di documentario.

Jeremias riflette sul documentario *Presenze*. Sarebbe possibile catturare gli spiriti della natura con la telecamera? Roy non ci era riuscito, ma invece lui potrebbe farcela?

«Quanto dura la batteria di questa, se la si lascia accesa tutta la notte?», chiede Jeremias ad Abdi.

Abdi lo guarda allibito.

«Circa dodici ore, forse», risponde.

Jeremias decide di lasciare la telecamera a Kuusiluoto, di tanto in tanto, per registrare la vita segreta dell'isola.

Domenica 8 settembre

JAN

Jan e suo padre sono seduti nel ristorante Lehtovaara. Il padre accarezza con una mano la tovaglia bianca. Jan sta leggendo il menu, anche se lo conosce praticamente a memoria. Il pranzo insieme è una tradizione, così come lo è il Lehtovaara. Nonostante gli impegni di lavoro, Jan è riuscito a tenersi stretti i pranzi domenicali. Ma oggi si sente un po' nervoso. Stanno per rompere la tradizione: a loro si aggiungerà una persona nuova.

Hanno fissato l'appuntamento per mezzogiorno, ed è già mezzogiorno e cinque. Suo padre scorre tranquillamente la carta dei vini, ma Jan sbircia ansioso verso la porta.

Finalmente, la porta si apre e appare Saana. Alza una mano per salutarla. Il padre distoglie lo sguardo dalla carta dei vini e si alza in piedi.

Saana sorride e si fa largo verso Jan. È bella, anche se i capelli sono scompigliati a causa del vento.

«Ciao». Saana saluta Jan con un bacetto sulla guancia. «Scusate il ritardo», sorride. «Mi sono accorta solo all'ultimo momento che le gomme della bicicletta avevano bisogno di essere gonfiate».

A Jan viene da ridere. Saana è quasi sempre in ritardo, ma ogni volta sembra genuinamente stupita di non essere arrivata in orario.

«Non c'è problema», comincia il padre di Jan sorridendole.

Saana non stringe la mano che lui le ha teso, ma fa il giro del tavolo e si allunga per abbracciarlo. Jan guarda divertito il padre irrigidirsi e reagire goffamente all'abbraccio.

«Non c'è problema», ripete il padre e guarda Saana incuriosito. «Piacere di conoscerti».

«Piacere mio», ride Saana, e si siede accanto a lui al tavolo per quattro persone.

Jan controlla la situazione e attende teso la reazione di suo padre, teme che possa criticare Saana. Ma la sua preoccupazione si rivela presto inutile: suo padre e Saana sembrano subito trovare qualcosa di cui conversare e, con sorpresa, a volte gli sembra di essere addirittura lui l'estraneo.

Quando Saana si alza per andare in bagno, il padre strizza gli occhi e guarda Jan più attentamente di quanto non abbia fatto da molto tempo.

«*She's a keeper*, come si suol dire», sentenzia facendo l'occhiolino a Jan, che gli sorride, anche se per qualche motivo si sente un po' irritato. Perché suo padre parla in inglese e fa il disinvolto? Inoltre, lui non ha chiesto, almeno consapevolmente, la sua approvazione, anzi. Jan non può fare altro che ammettere che forse avrebbe preferito che a suo padre non piacesse la sua ragazza. Ma con Saana era impossibile, non si può non apprezzarla.

«Cosa state bisbigliando?», chiede Saana quando torna al tavolo, dopo un tempo sorprendentemente breve.

«Eravamo rimasti alla baia di Vanhankaupunginlahti».

«Esatto, stavo dicendo che ho letto un libro interessante, *Gli imperatori del martavello di Sörkkä*», riprende il padre di Jan, rivolgendosi soltanto a Saana. «Narra della natura selvaggia della zona in un modo molto interessante, te lo consiglio».

Parla solo con Saana. Jan li guarda e gli viene da sorridere. Tutto sommato, è bello che lei e suo padre si comportino in modo amichevole e rilassato. La mera presenza di Saana riporta Jan a quell'atmosfera, a quel tempo in cui con loro c'era anche sua madre. Jan deglutisce. Il dolore per la sua perdita non è ancora scomparso, ma non vuole che prenda possesso di lui proprio adesso che tutto va bene. Manda giù il cibo a forza e gli spuntano delle lacrime agli occhi.

«L'hai letto?».

Jan si riprende alla domanda di Saana. Lei e suo padre lo fissano, in attesa di una risposta.

Non gli escono le parole di bocca, si accontenta di fare sì con la testa. Evita di menzionare che la baia di Vanhankaupunginlahti, con Kuusiluoto e i suoi canneti, gli è in questo momento più presente che mai.

«A suo tempo tutta Helsinki stava lì, il vecchio centro. La terra dei distillatori di alcol fatto in casa», continua il padre, ma poi cambia argomento.

«Jan, sei riuscito a goderti questa bella fine estate?».

Jan si porta alla bocca il calamaro e mastica il più lentamente possibile, per avere più tempo per pensare alla risposta.

Lunedì 9 settembre

JAN

Jan si accascia e sprofonda nel divano. Fuori pioviggina. È lunedì mattina. Heidi e Saki sono seduti al tavolo in attesa. Il prossimo oggetto di indagine sarà il club motociclistico Wolves. Jan si massaggia la fronte. Mentre si preme il viso tra le mani, delle forme luminose a zigzag gli crepitano negli occhi.

«Ojala dovrebbe arrivare tra poco», dice rivolto ai due colleghi.

«Questi Wolves sono stati implicati in qualche caso, negli ultimi anni?», chiede Heidi.

«Ho preso informazioni: nessun omicidio, qualche arresto, niente condanne», risponde Saki. «E poi ci sono alcuni scontri a fuoco risalenti all'anno scorso».

«Attualmente, nell'indagine sull'omicidio di Johannes, pare che ci troviamo più davanti a un ginepraio che a una possibilità di successo», commenta Heidi.

«Che hai detto?». Jan la prega di ripetere.

«Abbiamo solo un ginepraio e una pecora smarrita», borbotta Heidi mentre rigira tra le mani una tazza di caffè.

«Mentre aspettiamo Ojala, potremmo esaminare un attimo gli altri casi di scomparsa in un ambiente naturale. Quanti ne hai trovati?», chiede Jan.

«Due. Il primo è il caso Sipoonkorpi. Ho esaminato il materiale delle indagini preliminari, si tratta di un caso di scomparsa che è stato trattato come sospetto omicidio. Il soggetto, al momento della scomparsa, aveva ventisei anni e non è stato mai ritrovato. Fu visto scendere da un autobus, ma le tracce si sono dissolte lì. È sparito nel 2015», illustra Saki. «Il secondo caso è a Oulu. Nei pressi del parco nazionale di Rokua è stato trovato il cadavere di un uomo di ventotto anni. Si era impiccato. Nessun fiore di *Digitalis purpurea* o altri elementi in comune. L'età però rientra nella fascia che ci interessa».

«Dopo tutte queste ricerche, penso che probabilmente la riserva naturale non sia la questione centrale», afferma Heidi. «Il quadro è sicuramente più complesso».

«Inoltre, non dobbiamo dimenticare l'avvelenamento. Abbiamo controllato le morti di questo tipo degli ultimi anni, ma nessuna di queste è avvenuta, detto esplicitamente, a causa di mezzi così naturali».

«L'individuo che stiamo cercando deve comunque aver già compiuto qualcosa di simile senza mai essere stato beccato», riflette ad alta voce Jan.

«Sarebbe possibile approfittare delle capacità di Kaj per fargli fare una profilazione? Non è ancora stato messo al corrente del caso?», propone Heidi.

«Possiamo chiedergli di venire il prima possibile».

In quel momento, nella stanza compare una figura ben nota a Jan. Un uomo dalle spalle ampie, giacca di pelle, jeans e maglia scura. Jari Ojala entra e stringe a turno le mani di tutti. La stretta è forte e Jan sta per fare una smorfia, ma poi si controlla.

«Ho fatto a Ojala una relazione su questo nostro caso. Siamo nel bel mezzo di un'indagine per omicidio, e gli indizi hanno portato a immobili di proprietà dei Wolves. Non sappiamo in che modo siano coinvolti in ciò che è successo, ma abbiamo motivo per indagare sulle azioni di questo gruppo di motociclisti», spiega Jan.

Allora, Ojala interviene.

«Sicuramente conoscete già a grandi linee le bande della capitale, giusto?».

Jan squadra Ojala, così robusto e sicuro di sé. A giudicare dall'aspetto fisico, sarebbe altrettanto credibile sia come membro di una gang che come poliziotto.

«I Wolves sono, nel campo delle bande di motociclisti, gli ultimi arrivati. Dicono di essere indipendenti, cioè non legati alle organizzazioni più famose a livello internazionale, ma combinano ogni genere di cosa dietro le quinte. Direi che hanno anche ampliato in modo sorprendentemente rapido il loro territorio, per la vendita di stupefacenti, per esempio. Vengono considerati anche come una sorta di gruppo impegnato. I Wolves MC hanno preso pubblicamente parte a varie iniziative di beneficenza, come contro il bullismo scolastico».

Finora, Ojala ha parlato stando in piedi, ma adesso tira una sedia a sé e si siede. Guarda a turno ogni persona nella stanza dritto negli occhi, poi abbassa la voce.

«Vorrei fin da subito ricordarvi di non andare da soli, se dovete procedere con degli arresti. Portate sempre qualcuno del nostro reparto. Non vogliamo che questa vostra indagine per omicidio interferisca con le nostre operazioni. Non si sa ancora come la banda sia collegata a questo caso».

«Proprio così. Una delle nostre piste ci porta verso i Wolves, ma ancora non sappiamo che collegamento ci sia. Cosa ti ha fatto venire in mente questa vicenda, quando ne sei venuto al corrente?», chiede Jan.

«Ho letto le informazioni sulla vittima trovata a Viikki. Dal punto di vista dei Wolves, il ragazzo potrebbe essere un moccioso diventato troppo ambizioso, forse perché ha spacciato piccole quantità di droga. Johannes Järvinen, comunque, non è un nome che abbiamo mai incontrato. Sicuramente non era un membro della banda».

Ojala si ravvia i capelli. «Inoltre, mi lascia un po' perplesso il luogo del ritrovamento e il modo in cui è morto. Non è tipico dei Wolves. Se vogliono ammazzare qualcuno, vanno lì e gli sparano. Per quanto riguarda il ragazzo scomparso, non so che dire. Noi non riveliamo niente volentieri, neanche agli altri reparti, ma vi dico che i membri dei Wolves, ogni tanto, usano dei nascondigli lungo l'asse Lammassaari-Viikki. Non hanno grossi rifugi, in questo momento. Quindi possiamo, in linea generale, affermare che Silvasto sia scomparso nel territorio dei Wolves, ma se questi c'entrino con il caso, non lo so».

«E la Sodexca Oy?», chiede Heidi.

«I Wolves controllano molte imprese, i cui manager sono dei prestanome. Una di queste è la Sodexca Oy. Quindi, indirettamente, sono proprietari del club Pultti, e l'altro grosso edificio industriale è il loro covo. Non sono mai stati segnalati disordini o fatti del genere, perché non hanno vicini intorno. Sicuramente sapete già che Johannes Järvinen faceva il DJ al Pultti. Il nome di Jeremias Silvasto non è mai spuntato fuori da nessuna parte. Ogni tanto, qualcuno di noi va lì al Pultti per controllare l'andazzo, ma di solito ci sono giovani piuttosto tranquilli. Quel locale è per i Wolves un ottimo canale di reclutamento. Tra i giovani frequentatori si trovano degli spacciatori che vendono droga ad altri ragazzi delle proprie cerchie».

«Quindi è possibile che Johannes avesse spacciato delle piccole quantità?», domanda Jan.

«Molto possibile».

«E la gerarchia dei Wolves?», si informa Heidi. «Chi è il loro capo?»

«Questa è la cosa più interessante», risponde Ojala. «Abbiamo una lista dei membri a pieno titolo, ma non abbiamo la certezza assoluta di chi diriga la compagnia. Il presidente e il vice presidente li conosciamo, ma c'è qualcuno che rimane ancora nell'ombra. Esternamente, tutti dicono solo di essere "lupi", e non hanno distintivi sui loro giubbotti, niente che possa far capire il loro ruolo gerarchico agli estranei. Ragazzi scaltri. Fin da subito hanno cercato di introdursi perfino negli ambienti cosiddetti intellettuali. Sappiamo che tra le conoscenze della gang ci sono anche persone influenti, manager di grandi aziende e alcuni politici. Abbiamo il sospetto che tutto sia volto a ottenere un potere silenzioso».

«Formula base, guadagnarsi la fiducia?», chiede Heidi.

«Esatto. Prima siamo amichevoli, sorridiamo così tanto che si vedono le gengive. Offriamo gratuitamente favori che assecondano le debolezze e ci comportiamo come fratelli, finché accumuliamo abbastanza prove e foto del soggetto mentre tira cocaina o si scopa una puttana, detto in modo diretto. E quando ci serve qualche favore da lui, gli facciamo intendere che possiamo rovinarlo».

Jan aggrotta le sopracciglia. Le persone sono davvero così facili da ingannare? Questa "formula base" funziona anche se i potenti da ricattare sono donne?

«Ho detto che i Wolves non hanno distintivi sui giubbotti, però hanno un segno di riconoscimento. Ogni membro deve tatuarsi un lupo. In Finlandia, di esemplari di lupo ce ne sono poco più di duecento. A questo ritmo, i membri della banda arriveranno alla stessa cifra. Considerata da questo punto di vista, sono molto abili. In poco tempo sono riusciti ad ampliare il loro branco».

«C'è altro che dovremmo sapere?», chiede Jan.

«Oltre alle proprietà immobiliari di Helsinki, la banda possiede anche una casa a Kirkkonummi. Non una semplice casa, una villa lussuosa. Ci abita il presidente. È in corso un'operazione di infiltrazione nella banda, ma è una notizia confidenziale. Uno di noi, in questo momento, è un prospect, ovvero lo stanno valutando come possibile membro».

Jan annuisce, un po' insoddisfatto.

«Ho raccolto per voi i particolari più importanti, lascio la cartella qui. Chiamatemi se avete novità», conclude Ojala, e fa per andarsene.

Poi improvvisamente si ferma e strizza gli occhi, come se stesse pensando a come formulare una frase.

«I Wolves non sono più una banda piccola e innocua. Altre bande già li ritengono una minaccia. È possibile che tra gang rivali si scateni una forte tempesta. Per ora è ancora tutto quieto, ma conoscete il detto…».

Seduta n. 5

«La prima volta che sono rimasta sola con quell'uomo in uno spazio chiuso, è successo lì in una sala del loro covo», comincia la ragazza e tira su prima un piede, poi l'altro. «Ha anche messo degli scagnozzi nel cortile».

«Scagnozzi?»

«Sì, tizi che sono solo aiutanti e sperano di entrare a far parte del gruppo. Be', poi lui mi ha chiesto se c'era qualche canzone in particolare che volessi ascoltare. Io ho una sola canzone preferita. Gli ho chiesto quella».

«Qual è?»

«Provi a indovinare».

Kaj alza le spalle e rimane in attesa.

«*Wuthering Heights* di Kate Bush. Gliel'ho chiesta e poi mi sono buttata su una poltrona di pelle un po' afflosciata. Mi sono distesa di sbieco, ho poggiato i piedi sul bracciolo e ho cercato di sembrare il più rilassata possibile. Ma in realtà ero tesa. Mi sentivo come un animale da preda che quell'uomo aveva trascinato nella sua tana. *Bad dreams in the night, they told me I was going to lose the fight*».

La ragazza comincia a canticchiare e Kaj riconosce il pezzo. Non può fare a meno di chiedersi perché faccia quella sceneggiata davanti a lui. Non hanno fatto molti progressi. Racconta ancora troppe storie.

«Mi sono messa a cantare seguendo la canzone, e secondo lui il risultato era terribile. Era seduto davanti a me su un divano di pelle. Odio i divani di pelle quando indosso shorts di jeans. Le cosce si appiccicano in modo disgustoso, lo sapeva?».

La ragazza fa una piccola pausa prima di continuare.

«Ho smesso di cantare quando ha tirato fuori da dietro la schiena una pistola e l'ha appoggiata con calma sul tavolo davanti a me. Ero sconcertata, ma ho avuto la lucidità di chiedergli se era carica. Lui mi ha chiesto di indovinare, e io ho detto di sì.

«Lui non ha risposto, ma è andato in cucina a preparare due gin tonic. La canzone stava per finire. Lo vedevo dalla poltrona mentre versava con calma in due bicchieri alti il gin, poi ha aperto con un accendino due bottiglie di acqua tonica. Quando mi ha portato il bicchiere mi ha sorriso. In quel momento, ho dimenticato la pistola. Anziché spaventarmi, l'arma mi dava un senso di sicurezza, ed era anche eccitante. Non mi ero mai sentita allo stesso tempo così in pericolo e così al sicuro. È difficile da spiegare. Solo in seguito ho sentito alcune voci, secondo cui l'Accademico picchiava selvaggiamente la sua ex».

La ragazza arrotola intorno a un dito un filo che fuoriesce dal suo maglione di lana e poi lo strappa via di colpo.

«Il momento romantico si è interrotto quando sono arrivati altri membri della banda. Sono usciti quella stessa sera per una spedizione punitiva», continua la ragazza, prima che Kaj abbia il tempo di porre altre domande.

«Li ho visti andare in una stanza sul retro e poi tornare armati», racconta. «Quella sera ho visto quell'uomo sotto un'altra luce. In qualche modo più minacciosa. Gli ho chiesto di non andarsene, ma non mi ha nemmeno ascoltato. Ho cominciato ad afferrare l'importanza che aveva per lui la gang. Viene sempre prima di tutto. Credo di aver capito già quella sera che non sarei mai stata l'unica, per lui».

Kaj inizia a preoccuparsi per la ragazza. È comune provare attrazione per uomini più grandi o addirittura pericolosi, ma una banda di motociclisti è il posto più sbagliato in cui cercare attenzione o amore. Ci dev'essere un modo per salvarla dalle loro fauci, prima che sia troppo tardi.

SAANA

«Sei Saana?», si assicura Abdi, quando si incontrano in un'aula vuota della Metropolia.

«Apprezzo molto il fatto che tu stia facendo il podcast», le confida. «La situazione è terribile, ma almeno grazie a questo il caso non verrà dimenticato. Io mi sento un po' depresso, in questo momento».

«Hai già parlato con la polizia, vero?», chiede Saana.

Abdi annuisce. Il ragazzo trasmette, nonostante tutto, una certa rilassatezza, e Saana si sente a suo agio in sua compagnia.

«Ho consegnato tutto il materiale anche alla polizia, ma c'è qualche punto in particolare che vorresti controllare?», le domanda, mentre si siedono davanti al computer.

Abdi apre cliccando su alcune cartelle.

«Ci vuole un attimo per farlo partire», si scusa il ragazzo e lei sorseggia rumorosamente il caffè dal bicchiere di carta a quadretti blu. Il bicchiere è troppo pieno, e Saana quasi si brucia la lingua mentre manda giù la bevanda bollente.

Abdi apre la lattina di Coca-Cola comprata al distributore automatico.

«Non riesco nemmeno a immaginare come tu ti possa sentire», comincia Saana con cautela. «Due delle persone che lavoravano al documentario... Cioè, due tuoi amici che sono...».

Saana cerca la parola giusta. «Scomparsi».

Abdi tace.

«Che cosa ha detto la polizia di tutto questo?»

«Non lo so», risponde Abdi. «Neanche loro sapevano che dire. A volte, vorrei scomparire sottoterra. Ma perché? Io non ho fatto niente di male».

«Hai pensato a perché, tra voi tre, proprio loro due? Cosa ti differenzia da loro?»

«Stai scherzando?», risponde Abdi e apre le braccia. «Guardami. E pensa a loro. Abbiamo background molto differenti».

Saana si infastidisce. Non intendeva questo.

«Volevo sapere, piuttosto, se Johannes e Jeremias passavano tempo insieme. Forse erano coinvolti in qualcosa di cui tu non sapevi niente?».

Abdi riflette.

«È possibile. A volte, dopo le riprese, rimanevano sull'isola a bere».

«Quando hai visto Jeremias per l'ultima volta?», chiede Saana.

«Mercoledì, qui a scuola».

«Il giorno prima della scomparsa, quindi. Si era comportato in modo normale?»

«Forse era un po' su di giri», bofonchia Abdi. «Era seduto lì dove stai tu adesso».

Saana comincia a contorcersi sulla sedia.

«Che facevate, qui?»

«Jeremias stava al computer a editare. Io non avevo ancora prodotto molto. Sono stato quasi tutto il tempo a guardare il cellulare».

Abdi finisce la lattina. «Ecco. Questo è il materiale grezzo del nostro documentario», dice un attimo dopo, e indica con il mouse una gigantesca serie di cartelle. «Che cosa vuoi vedere, esattamente?».

Saana cerca sul cellulare una delle foto degli appunti di Jeremias: *Venerdì 12.6. 41:00. Giovedì 18.7. 08:13.*

«Da dove le hai prese?», chiede Abdi sorpreso.

«Non fare domande, aiutami e basta», ride Saana, e Abdi fa come ordinato.

«Qui c'è prima il materiale filmato il 18 luglio», dice Abdi facendolo partire. «E 08:13 è proprio adesso».

Entrambi a fissano le immagini, in attesa.

Dal centro del canneto lacustre proviene un verso stridente, e un grosso uccello scuro vola nell'aria. Il vento agita le canne, che ondeggiano come un mare dorato. Saana inclina la testa pensierosa. Nella clip non c'era… niente.

«Doveva essere quello, il pezzo», dice Abdi, notando lo stupore di Saana.

«Perché Jeremias avrà segnato proprio quello?», chiede lei ad alta voce, ma riflettendo tra sé e sé.

«Forse era semplicemente una bella immagine, una ripresa ben riuscita del paesaggio naturale. Inoltre, quell'uccello è un airone cinerino», commenta Abdi compiaciuto. «Non ne conoscevo altri all'infuori dei gabbiani, quando abbiamo iniziato a fare le riprese. Se non altro, ho imparato tantissimo sugli uccelli», racconta con aria autenticamente fiera.

«Ma come mai quell'uccello stava fuggendo così agitato?», medita Saana. «Come se qualcuno avesse cercato di acchiapparlo tra le canne».

Abdi apre una nuova cartella. Saana lo sbircia con la coda dell'occhio. Come è possibile rimanere così calmi, mentre alle persone intorno a noi capitano cose terribili? Forse Abdi sa più di quello che dà a intendere? Oppure è spaventato?

«Queste sono le riprese del giorno 12», mormora il ragazzo.

Quando nel bordo inferiore dello schermo il minutaggio del video comincia ad avvicinarsi ai quaranta minuti, Abdi ferma l'immagine, in modo che Saana possa seguire bene.

«Tra poco arriverà il punto dei quarantuno minuti».

Aspettano con ansia ciò che succederà nel video. Il filmato va avanti a velocità normale, eppure la sensazione è che i secondi scorrano lentissimi.

«Ecco!», urla Saana alla fine, e Abdi sussulta.

In lontananza, all'inizio del sentiero nel canneto, si vede una figura scura. Abdi manda indietro, per vedere come la figura fa la sua comparsa nel video per poi sparire.

«Chi è? L'immagine è stata preparata in anticipo da uno di voi?», chiede Saana, ma Abdi scuote la testa.

«Questo pezzo deve averlo girato la telecamera da sola dal cavalletto. Probabilmente non c'era neanche Jeremias dietro l'obiettivo».

«E poi nel campo visivo è arrivato qualcuno, che in seguito ha attirato l'attenzione di Jeremias», osserva Saana. «Ha chiaramente segnato proprio questo punto. La figura appare e rimane ferma lì in piedi. Non è possibile mettere a fuoco meglio?», chiede Saana speranzosa.

«È già al massimo della definizione possibile, più di così si sgrana», risponde Abdi.

Fissano l'immagine, ammutoliti. Potrebbe essere sia una donna che un uomo. Saana scatta una foto con il cellulare alla figura scura che si vede sullo schermo. Chi è, e perché Jeremias ha focalizzato l'attenzione proprio su questo punto?

Saana si accorge che il bicchiere del caffè ha lasciato un anello marrone sulla superficie bianca del banco. Sono già diverse ore che stanno fissando lo schermo. Davanti ai loro occhi si alternano i sentieri incorniciati dalle canne lacustri e il viso enigmatico e screpolato di Roy Kuusisto, che borbotta cose a caso.

«Adesso abbiamo guardato il materiale grezzo delle prime quattro sessioni», commenta Abdi alla fine, dopo che sono rimasti seduti nell'aula per un tempo che sembra un'eternità.

Saana dà un'occhiata al suo quaderno. Non ha scritto nemmeno un appunto. Niente di ciò che ha visto allude a un possibile delitto o a un latente desiderio omicida di Kuusisto. Si alza per andare a buttare il bicchiere nel cestino della spazzatura. Le si sono intorpidite le gambe a forza di stare seduta.

«Ci sono altre registrazioni», dice Abdi. «Abbiamo messo vicino a una villetta una fototrappola per avere immagini autentiche della natura. Con l'aiuto della fototrappola volevamo filmare lo scorrere del tempo. Come quell'uomo stia lì nascosto in casa, giorno dopo giorno. Non demorde, neanche quando la casa è circondata dal gelo.

Nemmeno quando chiudono l'isola e portano via le pecore. La nostra intenzione era di fare delle riprese *hyperlapse*».

Saana si china per vedere più da vicino lo schermo. Il filmato inizia on Abdi accovacciato davanti alla telecamera che agita la mano davanti all'obiettivo. Gli altri due ragazzi sono in piedi sullo sfondo, davanti alla casa, e guardano anche loro in direzione della telecamera.

«Quello è Johannes?», chiede Saana indicando la figura in piedi accanto a Jeremias.

«Già», risponde Abdi.

Nel filmato, Abdi si alza e si unisce agli altri. Un attimo dopo i ragazzi sono già impegnati a fare altro e la telecamera comincia il suo silenzioso lavoro di registrazione. Jeremias ride. La telecamera non registra i suoni. A Saana non viene da sorridere. Vedere istanti di vita passata di persone scomparse non fa stare bene, anzi. Una strana tristezza le riempie la mente. La stessa sensazione che si prova in un cimitero. Una malinconia per qualcosa che per lei non è nemmeno mai esistito.

«Posso metterlo a velocità raddoppiata, puoi bloccare da qui», mostra Abdi, e Saana continua a guardare il filmato.

La villetta di legno è sempre là al suo posto. Leggeri movimenti e variazioni sono causati solo dalle nuvole in cielo e dagli uccelli che volano davanti alla casa. Una figura scura si muove tra le canne e Saana ferma l'immagine per vedere meglio. Una pecora. Saana sorride.

Stanno già finendo, quando vede nel drive z del computer una cartella dal nome *Cartella di Jeremias*.

«Che cos'è quella?», chiede Saana e indica curiosa la cartella, creata il 28 agosto. Proprio un giorno prima della scomparsa di Jeremias.

HEIDI

«Questo è tutto, grazie», dice Heidi.

Il terzo allenamento di gruppo della sua vita da coach è appena terminato. Saluta le persone che stanno andando via, mette i guanti rimasti in palestra nel cesto e va ad aprire le finestre per far entrare un po' di aria fresca nella sala. Sembra che il sudore di migliaia di allenamenti si sia definitivamente appiccicato al tatami della palestra di Kaapelitehdas. La puzza non se ne va nemmeno facendo circolare l'aria.

Heidi guarda il suo riflesso sul vetro della finestra. Da persona che andava solo ad allenarsi, è diventata lei stessa un'allenatrice. Julia gliel'aveva prima chiesto e poi l'aveva pregata. Heidi avrebbe potuto prendere in considerazione di allenare un gruppo per l'autunno? Heidi si era sentita subito soffocare all'idea di prendere un impegno regolare, ma Julia era un'abile tentatrice. E così, aveva accettato. Il gruppo di donne che praticano autodifesa e arti marziali l'aveva accolta con gratitudine e oggi, per la prima volta, si è accorta di gradire il suo nuovo ruolo. Chissà, forse ogni serie di movimenti, ogni colpo e ogni calcio potrà aiutare quelle donne a diventare, piano piano, più forti, e un giorno avranno a disposizione un ampio arsenale di mezzi di difesa, nel caso in cui si trovassero in qualche situazione difficile.

Heidi si asciuga il sudore con l'orlo della t-shirt e va nello spogliatoio. Sono già andati via quasi tutti, l'ambiente è vuoto. Si spoglia, lascia i vestiti appallottolati davanti all'armadietto e va verso la doccia. Ce n'è una sola ed è in funzione. La donna che la sta usando si gira a guardare chi arriva.

«Ciao», la saluta Heidi e guarda involontariamente il bel seno della donna. Le parti basse sono depilate, nota prima di girare lo sguardo altrove.

Sorride ripensando a Julia che l'aveva ammonita: qualsiasi cosa accada, non flirtare sul luogo di lavoro. Heidi aveva alzato la mano e aveva detto ridendo: «Lo prometto e lo giuro». Le era sembrato che glielo dicesse per scherzo. È ovvio che, come allenatrice, non si sarebbe messa a provarci con le sue allieve. Però, ora che quella donna audace la fissa dall'angolo della doccia, si sente pronta a riconsiderare la cosa in modo diverso.

Sente il suo sguardo sulla schiena. Si lava velocemente e torna allo spogliatoio. I loro armadietti sono uno accanto all'altro, benché nello spogliatoio non ci sia nessun altro. Heidi la sente tornare dalla doccia e fermarsi nuda accanto a lei. Le loro spalle si sfiorano. "Mi starò immaginando tutto? Sono così in astinenza che mi immagino qualcosa dove non c'è?", si domanda Heidi, ma piano piano non le sembra più di sbagliarsi. Si gira a guardare la donna e pensa a cosa dirle. Una battuta goffa sulla coincidenza degli armadietti vicini? Le è già capitato, quando è andata in piscina. Heidi non dice comunque niente e comincia a vestirsi in silenzio. La donna smette di asciugarsi i capelli e la osserva con curiosità.

«Grazie per la lezione», le dice senza distogliere lo sguardo.

La donna è ancora nuda e Heidi non sa dove guardare. Pensa a tutte quelle volte che ha interpretato male. Ha fatto il primo passo in situazioni in cui non c'era niente. Heidi è troppo vecchia per mettersi a fare giochetti. Se avesse coraggio, le chiederebbe direttamente: "Scusa, mi sbaglio o tra noi c'è qualcosa?". Ma non dice niente del genere. Invece, le chiede gentilmente se fa parte del gruppo e da quando.

La donna strizza gli occhi e appoggia l'asciugamano sulla panca davanti all'armadietto. I movimenti sono come rallentati. Poi si gira di nuovo verso Heidi, si avvicina e la guarda in modo penetrante. Heidi le sorride e allunga una mano per accarezzarle delicatamente una spalla.

Mentre la bacia, Heidi pensa a questa imprevista piega degli eventi. All'improvviso è del tutto trascinata e si rende conto di aver infranto la promessa fatta a Julia. Poi, la passione prende il sopravvento e cancella i pensieri.

Dopo il rapporto, la donna prende sorridendo i vestiti dall'armadietto e comincia a vestirsi rapidamente. I suoi capelli sono ancora bagnati e gocciolano sulla t-shirt grigia.

Heidi siede sulla panca dello spogliatoio e la osserva rilassata. Sta per aprire la bocca e ammettere che non sa nemmeno il suo nome e proporle di andare a mangiare insieme, quando vede che la donna prende qualcosa dal suo portafoglio. Heidi ride al pensiero che le dia una mancia di cinque centesimi per la scopata, ma poi diventa seria quando vede che si infila una fede all'anulare sinistro. Poi sbatte la porta dell'armadietto.

«Devo andare», dice, e invece di guardare Heidi, fissa il freddo pavimento grigio. «Se per te va bene, questo non è mai accaduto».

Un'ora dopo, Heidi è a casa, distesa sul letto, e si rigira tra le mani un anello smart Oura nero. I parametri biologici degli ultimi tempi sono stati tremendi. "A che serve dare la possibilità a un anello di dirmi che non sono in forma, me ne accorgo anche senza anello", pensa Heidi. Se lo lascia comunque al dito, è stato un acquisto abbastanza caro.

Fissa il soffitto. Ha due opzioni. Da un lato vorrebbe tirare via il plaid e rannicchiarsi al calduccio sotto la coperta, ma allo stesso tempo si sente piuttosto irrequieta. Ha già messo in pratica le sue doti di stalker con la donna della palestra e ha trovato le sue foto insieme al marito e ai figli. Cerca di riflettere un po': dovrei sentirmi usata? Ma poi si accontenta di ciò che ha avuto e ripensa con tenerezza al bel momento spontaneo.

"Una volta sarei stata soddisfatta così", pensa Heidi. "Perché adesso, invece, mi aspettavo qualcosa di più?".

Quando si forza ad alzarsi, il cervello si setta automaticamente sulla modalità lavoro. Heidi sospira profondamente. Oggi non si ottunderà i sensi con il whisky.

JAN

«Grazie di essere venuto», dice Jan a Kaj salutandolo.

«Di niente, mi dispiace per il ritardo. Ho l'agenda piena di clienti e non mi aspettavo questa convocazione», si scusa Kaj mentre guarda l'ufficio già vuoto.

«Non c'è problema. L'importante è che tu sia riuscito a venire. A questo punto, dobbiamo sfruttare qualsiasi ora del giorno», risponde Jan, e gli fa subito strada verso la parete dov'è il pannello con i promemoria delle indagini.

Inizia a illustrargli i punti essenziali, e dopo il breve resoconto si mettono a osservare con cura la bacheca riempita di annotazioni.

«Di solito devo prima cercare di conoscere approfonditamente i fatti riguardanti un omicidio, per poter ipotizzare il corso degli eventi o valutare il comportamento dell'assassino», ricorda Kaj. Jan sa di avere la pessima abitudine di voler affrettare le cose e di cercare di spingere Kaj ad agire d'istinto. I risultati finali sono stati, in genere, un successo, ma quel modo di lavorare è discutibile.

«In questo momento ci stiamo chiedendo se abbiamo a che fare con un omicida seriale», spiega Jan, puntando la mano verso la parete. «In realtà, abbiamo un solo cadavere», mugugna.

«Se si pensa che Johannes sia la prima vittima e Jeremias la seconda, non sarebbe impossibile. Bisogna ricordare che il colpevole ha già oltrepassato il limite, ha ucciso almeno una persona. Quando il limite è oltrepassato può essere invogliato a proseguire, ma può accadere anche il contrario: il colpevole prova orrore per la propria azione e non la ripete. Ma in tal caso, non parliamo più di omicida seriale».

Jan annuisce impaziente.

«Il veleno del tasso è stato assunto per via orale. Ciò non induce a pensare a un atto impulsivo, bensì premeditato», riflette Kaj ad alta voce. «Un assassino impulsivo avrebbe lasciato tracce, sarebbe stato meno accurato».

Jan comincia a sentirsi più fiducioso. Grazie al ragionamento, faranno dei passi avanti già oggi.

«Che finestra temporale abbiamo?», chiede Kaj.

«Dall'omicidio di Johannes Järvinen sono passati diciassette giorni. Tra la scomparsa di Jeremias e la morte di Järvinen c'è una settimana precisa.

«Dal ritrovamento del cadavere è già passato quindi un po' di tempo, e la polizia non è ancora sulle tracce dell'assassino. È possibile che la sua fiducia in sé stesso adesso cresca. Potrebbe rischiare di più, essere più audace».

«Continuerà finché non lo fermeremo?», cerca di sapere Jan.

«Non sappiamo che soggetto sia. Ha degli obiettivi consapevoli? Spera di essere scoperto per essere salvato da sé stesso? In questa fase, posso soltanto formulare delle ipotesi, e pure queste su basi molto fragili».

«Ma anche delle semplici ipotesi possono aiutarci a progredire. Abbiamo davvero pochi indizi sul colpevole», osserva Jan.

«È possibile che abbia compiuto un sacrificio, alla foresta o alla natura, oppure che la vittima stessa si sia sacrificata per l'assassino. Dietro al sacrificio ci potrebbe essere il desiderio del colpevole di legare la vittima a sé per sempre», riflette Kaj.

I due uomini si siedono un momento, pensierosi.

«Proviamo a prendere in esame i sospettati?», propone Kaj, interrompendo il silenzio che si stava protraendo sorprendentemente a lungo.

Jan si alza e obbedisce.

«Roy Kuusisto è un tipo eccentrico che ha avuto a che fare con Jeremias e che ha incontrato anche Johannes. Abdi, loro amico, ha un alibi sia per la sera della morte di Johannes che per il momento della scomparsa di Jeremias. A Lammassaari c'è una signora in pensione, una certa Aila, che era sull'isola quando Jeremias è scomparso, e non ha un alibi. Una delle nostre piste è la possibilità che l'omicidio sia legato a un qualche culto religioso naturale o ad antiche credenze mitologiche, e che dietro si nasconda un individuo interessato a questo mondo. Roy si adatterebbe a questo quadro. Sarebbe comunque singolare il fatto che il colpevole avesse agito in modo meticoloso, ma poi avesse lasciato un'impronta di stivale e praticamente consegnato alla polizia lo zaino del ragazzo ucciso».

Kaj annuisce e porta una sedia per sé davanti al pannello.

«Un'altra pista riguarda la vita privata dei ragazzi. Per ora non abbiamo trovato nessuno che potesse voler fare del male a Johannes o Jeremias, ma potrebbero entrambi aver avuto, per esempio, una ragazza di cui non sappiamo ancora niente», continua Jan. «E poi c'è una banda di motociclisti chiamata Wolves MC. Per quanto riguarda questi ultimi, stiamo ancora facendo delle ricerche, però l'avvelenamento da tasso non è tipico del loro modo di agire».

«Tutto qui?», chiede Kaj.

Jan annuisce, a malincuore.

«Tutto qui».

Jan chiude gli occhi e lascia che Kaj digerisca le informazioni. Negli occhi gli balenano la passerella, la torretta di osservazione degli uccelli e le file di case del quartiere Arabianranta. Come un video accelerato, rivede le scene e gli eventi in mente. Ripercorre la passerella di legno attraverso il canneto e immagina il percorso fino a Lammassaari.

«Hai detto Wolves MC?», chiede poco dopo Kaj, pensieroso. «C'è una mia cliente», mugugna. «Una storia particolare sotto ogni punto di vista».

Jan alza le antenne.

«Fa parte della banda?»

«Non ne fa parte, ma ci gravita intorno», lo corregge Kaj.

Jan lo osserva con attenzione mentre parla. Sembra che l'argomento, per qualche motivo, lo impensierisca. Kaj ha lo sguardo sfuggente, come se non dicesse tutto quello che sa. È anche possibile che cerchi di non violare il suo dovere di riservatezza. Un'indagine per omicidio, tuttavia, è un motivo sufficiente per fornire, se necessario, delle informazioni su un paziente.

Quando Kaj alla fine va a casa, Jan nota che si è fatto straordinariamente tardi. Saana starà probabilmente già dormendo, ma decide di provare lo stesso. Salta in sella alla sua bicicletta e si dirige verso Vallila. Le macchine che sfrecciano lungo l'autostrada adiacente lo fanno sentire lento. Il cielo notturno è scuro, ma i lampioni posizionati qua e là al lato della strada illuminano in modo sufficiente. Gli è sempre piaciuto muoversi a orari inconsueti: o molto presto la mattina, o molto tardi la sera. Nei momenti in cui in giro ci sono meno persone possibile. Pedalare da solo gli dà una sensazione di libertà. Quando dal circondario sparisce tutto il viavai superfluo, sembra come di respirare più ossigeno.

Jan controlla il navigatore. Tra mezz'ora sarà, spera, insieme a Saana, nello stesso letto.

AILA

Aila accende la lampada a olio. La calda fiamma comincia a brillare e illumina ogni angolo della veranda. Il vaso vuoto sul tavolo necessita di fiori. Si poggia lo scialle azzurro sulle spalle e medita se andare subito a raccoglierne un mazzo. Ogni tanto va a prenderli nell'aiuola ben curata della Fondazione Asio. Roy non se ne accorgerà. Non pare interessarsi molto ai fiori, li lascia andare e venire, fluire al loro ritmo.

Potrebbe lasciare la lampada nella veranda, è bello trovare una luce quando si torna ed è buio. Indossa un giacchetto di lana e chiude a chiave la porta. In quel momento, in lontananza si sente un botto. Aila drizza le orecchie. Cos'è stato? Rimane pietrificata in ascolto, ma il rumore non si ripete. Si massaggia le tempie. Veniva da dentro o da fuori? A volte quando si è completamente soli è difficile distinguere tra realtà e immaginazione.

Si assicura di nuovo che la porta sia ben chiusa e, portandosi dietro la chiave, si dirige verso la passerella di Kuusiluoto. "Adoro questo posto", pensa mentre guarda il cielo. Al crepuscolo si vede qualche oca volare. Nell'aria c'è profumo di autunno. L'oscurità delle sere e delle notti si sta facendo più profonda. Tra alcune settimane effettuerà il trasloco, abbandonerà la villetta, la preparerà per l'inverno e passerà dalla stufa a legna al calore già pronto dei termosifoni elettrici cittadini.

Aila raggiunge Kuusiluoto e si gira verso la casetta, perché da qualche parte sente provenire uno scricchiolio. Il cuore le salta in gola. "Perché reagisco così?", si chiede, poi continua a camminare. Conosce bene l'isola, saprebbe percorrere quel tragitto anche nella completa oscurità. Vede già l'aiuola. Canticchiando tra sé e sé, si accovaccia per controllare le possibilità di scelta. Lo splendore estivo è già alle spalle, ma nel miscuglio c'è ancora qualche dalia stupenda. Anche le erbe sono belle. Aila sbircia la casa lì accanto, che appare scura. È ancora accovacciata nell'aiuola, quando la porta si apre. Qualcuno scende le scale a gran velocità. La curiosità di Aila si accende. Con fatica, si tira su e fa qualche rapido passo per vedere meglio. Chi mai poteva essere stato in quella casa?

Una figura con una lunga giacca si avvia svelta dalla casa verso il bosco. Aila non sa perché, ma avverte la spinta a mettersi in movimento. Decide di seguirla per vedere di più. Con il mazzo di fiori in mano, cammina veloce dietro la figura, e dopo poco si sente molto affannata. Fa in tempo solo a scorgere la sua schiena allontanarsi, e l'orlo della giacca che svolazza nel vento. Roy ha davvero avuto un ospite? Sarà al massimo un contrabbandiere di alcol, ride Aila tra sé e sé. Eppure, è estremamente curiosa di vedere di chi si tratta. Forse un conoscente di Lammassaari. Di solito Roy non sembra attirare l'interesse della gente, anzi, è più spesso il contrario. Le persone vogliono stare lontano da lui.

La sagoma procede verso la collinetta rocciosa. È sera, altre persone in giro non se ne sono viste. Solo allora ad Aila viene in mente che forse quel visitatore potrebbe non essere stato mosso da buone intenzioni. Per quanto ne sa, quella persona potrebbe anche stare scappando. Decide di rinunciare a spiare, ma proprio in quel momento calpesta un grosso ramo e perde l'equilibrio. Si sente un rumore forte e secco. Lei impreca. I fiori volano via. Aila giace al suolo e respira affannosamente. Le pare di essere un goffo scarafaggio, rotolato sulla schiena, che scalcia con le zampe per aria. Le viene in mente un pensiero terribile. Riuscirà ad alzarsi per poter prendere la sua medicina della sera? Poi nota la silhouette della figura. Si è fermata in lontananza e si è girata a guardare nella direzione di quei rumori. Aila si appoggia al terreno e fa un respiro profondo prima di provare a tirarsi su. Vede intanto che l'ospite di Roy comincia a camminare verso di lei. Aila non sa cosa fare, una brutta sensazione le arriva fin dentro le ossa e il midollo. Poco dopo, vede un volto amichevole e si sorprende quando quella persona, gentilmente, le chiede se ha bisogno di aiuto.

«Oh, grazie», dice Aila e si aggrappa alla mano tesa verso di lei, coperta da un guanto di pelle.

«Il ginocchio mi fa brutti scherzi, a volte mi rende molto goffa. Ho anche il diabete, mi ero già preoccupata che sarei rimasta qui», confessa quando la tensione comincia a scemare.

«È qui sull'isola da molto?», le chiede la persona e la aiuta a rimettersi in piedi. Poi inizia a raccogliere le dalie sparse per terra. I fiori rosa sembrano delle macchie di colore nel crepuscolo serale.

«Dove ha trovato dei fiori così belli?».

Aila sorride e si chiede se la domanda sia del tutto innocente. Potrebbe certamente dirglielo. Roy non si è mai interessato dei fiori del giardino della Fondazione Asio. Senza di lei sarebbero appassiti, e nessuno avrebbe mai notato la loro bellezza. Una volta tornata in piedi, indica approssimativamente verso la casa rossa. Non vuole essere sorpresa a raccogliere fiori altrui.

«La posso accompagnare un po', così vediamo se cammina bene».

Aila accetta volentieri l'aiuto.

E lì, mentre camminano a braccetto verso la passerella, alla fine si vergogna un po'. Ride dentro di sé del malinteso e della paura che aveva provato verso questo sconosciuto soccorritore.

Martedì 10 settembre

SAANA

Saana guarda il telefono, Jan le ha mandato un cuore. Hanno fatto in tempo a passare insieme una breve nottata. La mattina presto lui era già andato via. Le è rimasta solo una tazza sporca di caffè e lo spazzolino da denti che ha dimenticato a casa sua. Saana sorride. È possibile che lo abbia lasciato lì di proposito? Non hanno ancora fatto accenno all'argomento. Fino a questo momento, entrambi hanno sempre riportato a casa propria qualsiasi effetto personale senza lasciarlo in custodia all'altro.

Nel pomeriggio, Saana e Samuli vanno via insieme dal lavoro. Lei si sente impaziente.

Oggi esamineranno i dati contenuti nella *Cartella di Jeremias*, e lei si domanda come mai Jeremias abbia salvato delle cose proprio sul computer della scuola. Voleva mantenerle al sicuro da sguardi indiscreti? Le aveva condivise con qualcun altro?

«Oggi dobbiamo passare all'asilo», la sorprende Samuli. «Ho dimenticato di avvisarti che la bambina oggi sta con me», sorride.

Giunti all'asilo, Saana rimane qualche metro indietro e guarda Samuli aprire il chiavistello del cancello ed entrare nel cortile, pieno di risate e urla festose. "Scuola materna", una scuola che è come una madre, pensa lei. Davvero una bella parola. Molto meglio di "giardino d'infanzia", che fa venire in mente bambini chiusi dentro recinti. Ben presto, Samuli ricompare al cancello con una bimbetta alta fino alle ginocchia che chiacchiera allegramente.

«Ciao, tu chi sei?».

La bambina guarda Saana con curiosità, non avendola mai vista prima in compagnia di suo padre.

«Saana», si presenta. «Tu come ti chiami?»

«Venla».

«Sono una collega di papà», dice Saana, e pensa che deve suonare un concetto molto vago per una bambina.

«Che avete mangiato oggi?», chiede Samuli a Venla, e dalla sua bocca zampillano frasi allegre in ordine sparso.

Quando arrivano a casa, Samuli va direttamente in cucina a preparare la cena.

«Vediamo quelle cose tra poco», la avverte e sparisce in cucina.

Saana rimane istupidita nell'ingresso insieme a Venla. Poco dopo, la manina calda e appiccicosa della bambina afferra la sua.

«Vieni». Venla la tira dietro di sé. Saana cerca con lo sguardo Samuli, ma lui sta tagliando le verdure. Dalla cucina arrivano suoni di stoviglie, di acqua versata, di un coltello che affetta sul tagliere di legno.

«Venla, fa' vedere la tua cameretta a Saana», grida il padre, senza sapere che già ci stanno andando.

Nella stanza dalle pareti dipinte di rosa c'è un letto con un baldacchino, come quello delle principesse.

«A casa di mamma ho più giochi, ma da papà ho il letto da principessa», dice la bambina, e i piccoli occhi le brillano di entusiasmo mentre Saana, una nuova interessante ospite, ammira la sua camera.

«Bellissimo letto. Se ne avessi avuto uno così da piccola sarei stata felicissima», commenta Saana.

«Giochiamo a Elsa e Anna? Io sono Elsa», dice la bambina mettendosi a cercare il suo vestito da Elsa. «Papiii! Dov'è il mio vestito da Elsa?», strilla, e Saana si sente un pochino a disagio. Che cosa si deve fare, quando si sta con dei bambini? Lei preferirebbe stare insieme a Samuli ad analizzare le cose salvate da Jeremias sul computer appena un giorno prima della sua scomparsa.

Samuli compare sulla soglia e ride. Poi tira fuori il vestito dall'armadio.

«Assomigliate entrambe molto a Elsa», scherza. «Venla, tra poco puoi vedere la TV, papà e Saana devono fare delle cose di lavoro», le dice poi, e tornano in soggiorno.

Saana accende il computer e comincia ad aprire tutti i file salvati da Jeremias.

«Che bella bambina!», commenta lei sorridendo, mentre fissa lo schermo.

«Venla è la cosa più bella che conosco», afferma Samuli, ma Saana non sta più ascoltando con attenzione. I suoni sfumano sullo sfondo, mentre apre i file salvati nella cartella. Ci sono una foto dei diplomati della scuola superiore Ressu e tre foto di ritagli di giornale riguardanti la scomparsa di Kasper Hakala. In più, c'è un file di testo in cui sono elencati dei nomi: *Kasper Hakala*, *sorella maggiore Jennica*, *migliore amico Tero*. A fianco a Tero c'è un numero di telefono.

Nella lista c'è pure Roy Kuusisto. Accanto al nome c'è scritto FONDAZIONE ASIO, PADRINO. Saana divora con gli occhi i dati nella cartella, ma non li capisce tutti. Li ha già letti più volte, ma ha bisogno che Samuli la aiuti a interpretare cosa possano significare. Nonostante il crollo emotivo dell'ultima volta, Samuli ha accettato di guardarli. Forse, come fratello maggiore di Jeremias, può notare qualcosa che lei, da estranea, non riesce a vedere?

«A tavola!», grida Samuli. È apparso dietro le sue spalle, lei si gira e lo osserva. Ha un bell'aspetto, lì in mezzo alla porta, con l'aria rilassata e i capelli un po' spettinati.

Saana si rigira immediatamente a guardare lo schermo del computer.

10 settimane prima della scomparsa

«La parola "orso", in finlandese, è in realtà un eufemismo, che all'inizio indicava solo la sua pelliccia. Usare delle espressioni indirette serviva a evitare di evocare la belva. Parole come bestione, re del bosco, ladro di miele, dormiglione, brontolone, signore d'oro, mostro, minaccia ambulante. Esso. Colui. Pericolo numero uno, demone della foresta, vegliardo, dio silvestre, nonno».

Jeremias sente la pelle d'oca sulle braccia. Questi sono proprio gli argomenti che vogliono documentare e trasmettere alla comunità. Uno scorcio di passato in mezzo al rumore del presente, dove le cose importanti sono sepolte sotto quelle irrilevanti. Jeremias gira un attimo la telecamera verso il teschio d'orso poggiato sul tavolo. In precedenza, Roy aveva già mostrato il teschio nel filmato. Paragonato alla stazza di un orso, il teschio appare curiosamente piccolo.

«In occasione dell'abbattimento di un orso, si celebravano grandi feste. Lo sapevate che il giorno di Sant'Enrico cade nello stesso giorno dedicato all'orso? La transizione dalle credenze più antiche alla religione cristiana è avvenuta lentamente. C'è stato un tempo in cui si credeva sia ai santi cristiani che a esseri nati da tradizioni più antiche. L'orso è stato venerato come un dio e come un antenato».

Il rispetto che Jeremias porta a Roy cresce a ogni incontro. Quell'uomo è un'inesauribile miniera di informazioni, una macchina che sforna di continuo frasi interessanti.

«Tutto ciò che abbiamo avuto è circolato molto tempo fa attraverso la lingua. La lingua è tutto. Addirittura Aleksis Kivi ha riempito i suoi testi di tradizioni, aneddoti, canzoni e credenze popolari. Le storie passano da una persona all'altra, ma la loro fiamma si accende grazie a narratori capaci. E a ogni passaggio, è come se un po' tornasse in vita», osserva Roy, poi spinge sui piedi per dare velocità alla sedia a dondolo.

Quando finiscono di filmare, Jeremias si sente sollevato. Infilano rapidamente l'attrezzatura nelle borse. Jeremias scruta Johannes, seduto accanto al tavolo, che sembra perso nei propri pensieri. Sta sorridendo soddisfatto e compiaciuto, e torna presente solo quando Jeremias lo chiama per andar via.

Il cambiamento era avvenuto a giugno, poco dopo la fine della scuola. Johannes aveva cominciato ad arrivare tardi per le riprese ed era anche diventato più loquace. Profumava di dopobarba. L'odore si mescolava al tanfo di muschio della casa, e il risultato finale era un cocktail tremendo. Uscendo fuori e potendo respirare aria fresca anziché la puzza che emana da Roy, a Jeremias viene di colpo in mente da cosa potrebbe dipendere quel cambiamento. Un comportamento irrequieto, l'uso di profumo, l'aria assente. È possibile che Johannes, zitto zitto, si sia innamorato?

È sera. La pioggia leggera caduta durante il giorno è cessata e il vento ha soffiato via parte delle nuvole. Jeremias supera una pozzanghera con un saltello. L'aria dopo la pioggia è umida, sembra che il mondo sia più sveglio. Almeno, lo è lui. Fischiettando, prova a vedere se la porta è aperta ed entra nella casa della sua infanzia. Nell'ingresso arriva il suono attutito di un disco jazz. Lo attraversa con familiarità, si guarda nel grosso specchio, si ravvia i capelli al volo e raggiunge la porta sul retro. Si ferma sulla soglia e dà un'occhiata al giardino ben curato. Il gazebo delle feste è al solito posto, e anche le lanterne.

«Che bello qui, mamma!», esclama Jeremias abbracciando sua madre.

Lene sorride, e vanno a braccetto a mescolarsi tra gli ospiti. Per un po', Jeremias accetta il ruolo: si fa accompagnare e presentare da sua madre. «Il nostro Jeremias studia cinema, adesso», si compiace lei, benché l'annuncio fosse una novità due anni fa e ora non lo sia più. Le persone, però, hanno bisogno che le cose gli vengano ripetute. Si entusiasmano a risentire le stesse notizie, così come i cani si entusiasmano ogni volta che vedono il padrone. A Jere sembra che la sceneggiatura delle loro tradizionali feste in giardino si ripeta identica ogni volta. Le battute che si scambiano gli invitati sono ogni anno le stesse.

Jeremias sorride cortesemente, poi entra nel gazebo a prendere un bicchiere di vino bianco già pronto. Il giardino continua in discesa fino alla spiaggia. Si dirige allora verso il suo posto preferito, una grotta in cui si rifugiava da piccolo e dove oggi fugge dalle situazioni mondane, come questa.

Continua a camminare verso il molo. Il vino gocciala per terra, ma ne prenderà ancora. Arrivato al molo, il sole gli scalda la faccia e lo abbaglia, costringendolo a strizzare gli occhi.

«Sapevo che ti avrei trovato qui», sente dire da una voce conosciuta.

Anche questa scena è sempre uguale, pensa Jeremias. Si fa ombra sul viso con la mano e vede Samuli sdraiato sul molo a guardare il cielo. Nota il bagliore della sigaretta. Samuli aspira il fumo godendoselo. Dopo un po' gli passa la sigaretta. Dapprima Jeremias rifiuta.

«Non qui, non è il posto adatto».

«Proprio per quello», ride Samuli. «Tanto non si accorgono di niente, pensano solo a sé stessi, se ancora non te ne sei accorto».

Jeremias ride. Afferra la sigaretta, fa una grossa tirata e si tiene il fumo dentro il più a lungo possibile. Alla fine, lo espira in una strisciolina sottile. Potrebbero essere i personaggi di un film: i fratelli invisibili. Amati dalla madre, ma per il padre solo una lista di delusioni.

«Vieni, prendiamo da bere», propone Samuli e si alza. Prende Jere per mano e ripete: «Vieni».

Ridendo, attraversano di corsa il prato, su cui sta scendendo una sottile nebbiolina. Entrano in punta di piedi nel gazebo, Jeremias afferra dal tavolo una bottiglia di vino, poi corrono su per le scale, verso la sua vecchia stanza. Nella gara di velocità perde anche questa volta. Su una parete della camera c'è ancora il poster del *Padrino*, un film che è stato molto importante per Jeremias, in un certo periodo. Samuli si rilassa sul divano, nessuno dei due parla. "Siamo molto simili", pensa il fratello. Entrambi sono sempre stati costretti, a causa del lavoro dei genitori, a situazioni di rappresentanza. Ogni estate, gli stessi ricevimenti.

All'alba tornano giù in giardino. La festa è finita, gli ospiti sono andati via. Sono rimaste solo le decorazioni risparmiate dal vento, i bicchieri vuoti e le bottiglie rovesciate.

Seduta n. 6

Kaj guarda la porta chiusa accanto alla ragazza. Attraverso la finestra penetra una striscia di luce, che investe la porta e la fa brillare. Tra poco, quando la striscia si sposterà un po', la luce colpirà il viso della ragazza seduta sul divano. Kaj si alza e chiude le veneziane.

«Di cosa vorrebbe parlare oggi?»

«Mi sono sempre sentita un po' un pesce fuor d'acqua. Vengo spesso fraintesa», comincia lei.

«Ci sono eccezioni?», chiede Kaj. «Si ricorda posti o situazioni in cui la sua sensazione di essere un pesce fuor d'acqua sia stata meno forte?»

«Mi aspettavo, nella banda di motociclisti, di sentirmi per una volta di appartenere a un gruppo. Ma quando sono entrata per la prima volta nella sala del loro covo, è stato un po' uno shock. Soprattutto a causa delle altre donne. Alcune avevano un'aria molto rude. Ragazze molto provocanti, vestite di pelle. La cosa peggiore era come venivano trattate dagli uomini. Era come se non esistessero, tranne quando ridevano alle loro battute con voce sguaiata, o quando venivano portate sul retro per una sveltina, o quando uscivano con loro a fare un giro in moto. Mikko deve aver visto l'orrore nei miei occhi. Si è comportato in modo da farmi sentire protetta. La sua posizione mi ha reso le cose più facili. Quando volevo sedermi, tutti mi facevano posto. Quando avevo sete, dovevo solo allungare il braccio. Mi sono lasciata scappare che avrei potuto abituarmici, e allora ho visto che tutti mi hanno squadrato. Quando l'Accademico si allontanava un attimo, magari per andare al bagno, percepivo immediatamente che l'ambiente diventava più ostile. Ho capito subito che i loro modi cortesi nei miei confronti non erano vera gentilezza. Facevano così solo perché dovevano rispettare i superiori. Se fossi stata nella banda senza l'Accademico, sarei diventata una loro preda».

Kaj si muove irrequieto sulla sedia.

«Devo accertarmi di una cosa: lei è consapevole della pericolosità di questa banda? Sa cosa scrivono di loro sui giornali?».

La ragazza lo guarda con la testa piegata da un lato, come se questo dato non avesse nessuna importanza. Kaj poggia la tazza di caffè sul tavolo. Non può fare a meno di pensare che, in confronto ai racconti della ragazza, lui non ha mai vissuto.

«Al primo appuntamento abbiamo solo fatto un giro in moto. È stato carino. L'Accademico mi ha chiesto, al terzo appuntamento, il permesso di baciarmi, anche se io sarei stata pronta già al primo».

La ragazza sorride mentre parla.

«Era in quella fase in cui ci stavamo conoscendo e io non avevo ancora realizzato di che tipo di mondo facesse parte l'Accademico. Mi veniva sempre a prendere a casa. Arrivava con la moto e portava un casco per me. “Vieni, pulce, andiamo”, mi diceva, e nessun altro mi aveva mai chiamato pulce, prima».

«E com’è il vostro rapporto, in questo momento?», le domanda Kaj.

La ragazza si fa pensierosa.

«Tutto è cominciato con piccoli indizi, che piano piano sono aumentati. Come quando un bicchiere di vetro cade e il liquido si sparge in una pozzanghera incredibilmente grande. Prima, i motociclisti hanno cominciato a sorvegliare dal giardino la mia casa. Sembrava quasi una manifestazione di premura, ma poi è arrivata la prima lettera. Speravano che mia madre potesse influenzare il corso di un processo nel tribunale distrettuale. Non era una minaccia, perché non c’era scritto da nessuna parte cosa le sarebbe successo se mia madre non avesse fatto come le chiedevano. Mia madre ha raccontato tutto alla polizia, che ha promesso di fare accertamenti. Però non c’erano i presupposti per un reato di minaccia, la loro era solo una speranza. Mia madre si sentiva indifesa. Io mi domandavo solo se dietro a tutto questo ci fosse l’Accademico o se avessero mandato la lettera a sua insaputa. Qualcuno l’aveva scavalcato? Sarebbe capace, l’uomo che amo, di fare una cosa del genere?».

La ragazza comincia a tirarsi su i capelli per legarli in una coda di cavallo.

«Quanto ritiene equilibrato il vostro rapporto?», chiede Kaj.

La ragazza si pettina con le mani, forma la coda, si sfila un elastico che aveva al polso e si lega i capelli.

«Forse io sono in una posizione svantaggiata, non lo so», mugugna pensierosa.

Kaj la osserva. Riflette su cosa dovrebbe fare affinché la seduta possa dirsi riuscita, in modo che senta di aver fatto dei passi avanti. Quantomeno, la ragazza dovrebbe smettere di raccontare aneddoti e parlare direttamente dei suoi sentimenti.

«La banda viene prima di tutto. Quando ci siamo incontrati, ho pensato che sarei riuscita a cambiarlo. Se ci fossimo trovati abbastanza bene insieme, forse l’avrebbe lasciata».

«Pensava di poter cambiare completamente un uomo adulto?».

La ragazza non risponde.

«Per tutta l’estate, è andata sempre nello stesso modo: in taxi, dalla zona vip dei ristoranti, alla base per continuare la serata. Il naso passava sul tavolo tante volte, fino all’alba. Più andavo ai dopocena, più capivo la formula. Niente di ciò che gli Wolves offrono è gratis.

Neanche una bevanda presa dal frigo. Tutto è legato a un filo invisibile, e quel filo è infinitamente lungo. Viene annodato a quelli che arrivano lì per la prima volta. Poi, piano piano, viene allentato finché nel rocchetto non ne rimane più. Dopodiché, cambia tutto. Cominciano a tirare la lenza, e la preda si avvicina sempre di più. Alla fine, i lupi vincono sempre. Una volta, un manager d'impresa ha chiesto un consiglio, durante il dopocena. Chiedeva, con occhi supplicanti, come potersi liberare del ricatto. All'inizio pensava che fosse ok farsi di cocaina e usare donne a pagamento, e non credeva di dover poi strisciare a chiedere aiuto da qualcuno», ride la ragazza.

«Se avesse visto la sua espressione, quando ha capito che nemmeno io ero libera. In quel momento, ero già totalmente in loro potere. E quella volta, avevo anche un piccolo livido sull'occhio».

JAN

«Cosa?», balbetta Jan. Per un attimo, pensa di essere entrato nella cucina sbagliata. La macchina di plastica per il caffè, rovinata e da due soldi, è stata sostituita con un dispositivo che sta in piedi da solo ed è quasi più grande del frigorifero che Jan ha a casa. Guardandosi intorno con circospezione, prende dalla credenza una tazza e la posiziona sul supporto della nuova macchina. Seleziona sullo schermo un espresso e preme il pulsante. Con sorpresa, sente il rumore dei chicchi che vengono macinati.

«Cribbio!», esclama.

Torna da Heidi e Saki tenendo in mano la sua dose di espresso. Dalla tazza sale un lieve vapore. La macchina è riuscita a versare anche un po' di schiuma sulla superficie.

«Ma avete visto?», chiede Jan, e comincia subito a temere di provare prima o poi nostalgia per la vecchia e terribile sbobba che finora avevano chiamato caffè.

«Sì sì, abbiamo visto». I colleghi hanno l'aria di ritenere quella reazione un tantino esagerata.

Jan si avvicina alla finestra con la tazza in mano e guarda fuori attraverso la veneziana. Il brutto parcheggio non offre niente di interessante da vedere. Il cellulare gli vibra in tasca.

«Jan Leino», risponde e rimane in attesa.

Ciò che gli viene detto è una conferma di quello che già si aspettava. Jan sente il battito che accelera e il sangue ribollirgli nelle orecchie.

«Abbiamo analizzato gli stivali che ci avete consegnato. La suola coincide con l'impronta trovata sul luogo del delitto. Anche il campione di terriccio corrisponde».

Jan sente un suono acuto e continuo riempirgli le orecchie. Cominciano a fischiare. Devono arrestare Roy, non hanno altre alternative. Svuota la tazza di caffè e va verso la stanza del capo.

Johanna Nieminen lo guarda incuriosita, cercando di leggere le novità in anticipo sul suo volto. Nella stanza si sente, appena percettibile, Radio Nostalgia. Jan si guarda intorno. Jone ha portato nella spoglia stanza d'ufficio cinque grosse piante verdi, e ha fissato alle finestre delle nuove tende. Jan non aveva mai visto niente del genere.

«È più accogliente, no?», commenta Jone, notando lo sguardo stupito di Jan. «Ma andiamo al sodo». Si alza e va verso di lui.

«Dobbiamo arrestare Kuusisto. A casa sua è stato trovato lo zaino della vittima, e adesso si aggiungono anche gli stivali, la cui impronta è stata rinvenuta sul luogo del delitto. Comunque, ti dico già che questa faccenda non ci convince. Per prima cosa, l'assassino non sembra un tipo così distratto da dimenticarsi di nascondere gli stivali. Inoltre, se Kuusisto è davvero il responsabile, si comporta in modo troppo calmo, troppo distaccato».

«Oppure pensa di non avere niente da perdere», osserva Jone.

Jan esce dalla stanza. Gli sembra di essere stato in un orto botanico. Dopo aver visto quella stanza piena di verde, tutti gli altri ambienti sembrano ancora più spogli. Gli spunta in mente la pianta che ha a casa. Ha già cominciato a ingiallirsi. "Tutto intorno a me muore", pensa Jan, ma poi torna rapidamente a concentrarsi sull'operazione in corso. Una pattuglia raggiungerà Kuusiluoto tra pochi minuti, la barca è probabilmente già in viaggio. Tra poco squillerà il telefono e Jan avrà la conferma. Torna irrequieto in cucina e lascia che la macchina gli macini una nuova porzione di chicchi di caffè, per poi trasformarli in uno shot che lo terrà sveglio, all'occorrenza, per tutta la notte.

Si riavvicina alla finestra a fissare il parcheggio. Pensa a Roy Kuusisto. Un emarginato fuorilegge. L'uomo a casa del quale è stato ritrovato il cellulare del ragazzo morto.

La telefonata arriva prima di quanto si aspettasse.

«L'avete già preso?»

«Sì, ma come pensavamo», risponde il collega da Kuusiluoto.

Jan posa la tazza sul tavolo e rimane in ascolto.

«Quando siamo arrivati sul posto, abbiamo capito di aver fatto troppo tardi. Quest'uomo è morto stecchito».

Il muro di canne si spinge molto in alto. L'altezza è maggiore nel tratto tra Lammassaari e Kuusiluoto che in quello tra la terraferma e Lammassaari. Heidi cammina qualche metro avanti a Jan. È una limpida giornata autunnale. Il verde acceso della vegetazione si è sbiadito e gli steli secchi conferiscono al paesaggio un'aria più terrosa. A breve arriveranno tutte le sfumature del marrone. Il sole autunnale è un insieme di rosso, giallo e arancio. Ogni giorno di sole, in autunno, rappresenta una sorta di vittoria, un'opportunità di accumulare luce per i mesi più bui dell'anno. La luce è esattamente l'opposto di ciò con cui trascorrono il loro tempo.

Mentre guarda le canne che svettano verso l'alto, Jan pensa a suo padre. All'improvviso, ricorda le passeggiate che facevano quando lui era piccolo. Gli enormi panini che il padre preparava, l'aranciata che si riscaldava al sole. L'eccitante sensazione di essere insieme da qualche parte, lontano. Forse erano stati anche qui. La memoria è spaventosamente selettiva, pensa Jan. Fissa le canne ondeggianti. Quel sentiero è indubbiamente elettrizzante, agli occhi di un bambino.

Heidi cammina avanti e, in mezzo alla natura, sembra piccola e sola. Jan non sa come vada la vita della collega. Lei scherza volentieri sui fatti degli altri, ma non rivela quasi mai niente di sé.

Ben presto Jan vede davanti a sé il cancello, legato mollemente con una cordicella. Heidi dà uno strattone e lo apre. Non ci sono mai state pecore lì vicino, e il cancello sembra un ostacolo inutile. Le pecore paiono vivere felici, sull'isola. Forse, il cancello serve invece a proteggere loro da qualcosa in agguato lì fuori.

La barca della polizia è approdata e vari agenti sono già sull'isola. Jan segue con lo sguardo gli infermieri del pronto soccorso andar via dalla casa a mani vuote. Quando entra in casa, avverte un senso di disagio. Roy Kuusisto giace sul pavimento come un fagotto immobile. Il sangue è colato da una ferita da arma da fuoco sul parquet rovinato, e ha formato una pozzanghera scura. La mano destra, poggiata sul pavimento, è semiaperta e ha lasciato cadere l'arma che aveva in pugno. Jan si porta una mano al naso e si avvicina ai colleghi della scientifica, che si stanno preparando per la perizia che comincerà tra poco. Terranno in considerazione anche le particelle e gli schizzi più piccoli. Guarda di nuovo la figura di Kuusisto sdraiata sul pavimento e l'enorme ferita alla sua testa.

«Dallo sparo è già passato un po' di tempo, qualcuno sa stimare quanto?», chiede Heidi.

«Il rigor mortis ha già cominciato a sparire, sono passate meno di ventiquattro ore», rispondono.

«Chissà se qualcuno ha sentito lo sparo», si domanda Jan.

Uno sparo. Una piccola pallottola ha messo fine a tutto in un solo momento.

Il tanfo nella stanza irrita le narici. Jan osserva l'ambiente. Sul tavolo c'è una bottiglia di grappa aperta. Accanto alla bottiglia, un bicchiere e un mozzicone di matita. Un tecnico della scientifica infila la matita in una busta di plastica.

«Cerchiamo di capire se c'è un messaggio da qualche parte», dice Jan con voce soffocata, e guarda i tecnici scattare foto nella stanza, facendo lampeggiare i flash.

Perché proprio adesso? Jan riflette mentre esce passando per lo stesso percorso fatto quando è arrivato, cercando di inquinare il meno possibile la scena. Ha bisogno di prendere una boccata d'aria. Heidi lo segue silenziosa.

La brezza marina soffia sui loro visi mentre si avvicinano alla costa.

«Kuusisto non era tipo da bere dal bicchiere», mormora Heidi guardando verso la casa. «Quelli come lui non si attaccano direttamente alla bottiglia?».

HEIDI

Le indagini sono come una palude. Sabbie mobili, entrando nelle quali si affonda sempre di più nel torbido. Se invece si rimane sul bordo non è possibile sapere cosa si celi giù nel profondo. La soluzione si trova sempre nell'oscurità.

Heidi si infila i guanti e la mascherina per proteggere la bocca e il naso. Poi si prepara ad affondare. Con attenzione, si china sul cadavere e comincia a esaminare le tasche dei vestiti. Controlla quelle della camicia jeans, intrisa di sudiciume. Nella tasca sinistra c'è un biglietto. Il collega le passa le pinze. Lei estrae con cautela il pezzo di carta piegato, si allontana dal cadavere e lo apre. Con una grafia semplice e goffa, c'è scritto SONO STATO IO. HO AMMAZZATO IO JOHANNES.

«Nient'altro?», si accerta Jan.

«Nient'altro», conferma Heidi, e fissa il biglietto davanti a lei.

«Sappiamo se Roy fosse destro o mancino?», chiede Heidi.

«Doveva essere mancino, ma cerchiamo di assicurarcene», risponde Jan.

«Il testo è leggermente sfocato, come se la mano l'avesse un po' cancellato passandoci sopra mentre scriveva», osserva Heidi.

Chiude gli occhi e si massaggia le tempie. Perché Roy ha scritto il messaggio?

«Prima di venire qui, avrei potuto accettare l'idea che Roy fosse il colpevole», asserisce Heidi. «Ma adesso, dopo aver visto questo, c'è qualcosa che non torna. Jan, propendo fortemente per l'ipotesi che qualcuno abbia cercato di far sembrare Roy colpevole. Ma perché ucciderlo? Forse aveva capito qualcosa, forse sapeva troppo?»

«Non è affatto una cattiva teoria», commenta Jan. «Tuttavia, tutto ci porterebbe a pensare che Roy fosse l'assassino che stiamo cercando».

La casa è stata esaminata da cima a fondo, ma non basta. La scientifica si soffermerà anche sul casotto del giardino e cercherà tracce di scavo sull'isola.

Heidi pensa ai casi in cui un assassino ha cercato di sbarazzarsi della sua vittima infilando il corpo smembrato in una valigia, seppellendolo nella foresta, buttandolo in un pozzo o nel mare. Ma su Lammassaari non è stato trovato nulla, e nemmeno i sopralluoghi nelle villette hanno dato risultati. Non è stata trovata alcuna traccia di Jeremias. Centinaia di persone spariscono in Finlandia ogni anno, ma solo di pochi non si sa più nulla. Heidi pensa a quanto sia difficile a volte valutare l'effettiva urgenza di una ricerca. Come si fa a sapere quand'è il momento di avere fretta?

Un collega le offre un passaggio in barca fino alla terraferma, ma lei rifiuta. Preferisce camminare. Quando intorno a lei c'è finalmente pace e procede da sola sulla passerella da Kuusiluoto a Lammassaari, i suoi passi sembrano pesanti. Si sente come se portasse un grosso sasso nello zaino. Il carico le pesa sulle spalle, anche se in realtà dentro non c'è che una bottiglia d'acqua. Il peso è dato dal senso di responsabilità nei confronti di chi è stato ucciso. Quando incontra delle vittime, freddate nel bel mezzo del loro percorso di vita, Heidi si fa carico delle loro storie. Nel corso degli anni, sono rimasti a pesarle soprattutto i casi irrisolti. Ricorda di aver letto che alcuni credono che i morti in incidenti o le vittime di omicidio rimangano come incastrati nel luogo della loro morte finché non ottengono la pace. Se Heidi credesse negli spiriti, direbbe che svolge una professione al servizio dei morti.

I morti, comunque, non danno feedback. I commenti arrivano soltanto dai vivi. Quando un medico fallisce nel suo lavoro, il paziente può morire. Nel lavoro dell'investigatore che si occupa di omicidi, la morte è già sicura, ma se il detective fallisce, il destino lasciato in sospeso rimarrà per sempre un peso sulle sue spalle.

Improvvisamente, Heidi si sente sola. Quando la frenesia del lavoro si placa e rimane da sola, avverte uno strano vuoto.

Qualcosa sfreccia sopra la sua testa. Non fa in tempo a vedere niente, ma era più veloce di un uccello. Forse un pipistrello? È possibile? Heidi si ferma. Deve cercare su Google. Sorride trovando l'informazione. A Lammassaari c'è una numerosa popolazione di pipistrelli. Tra questi ci sono il serotino di Nilsson, il vespertilio d'acqua, il vespertilio mustacchino e l'orecchione comune. "E adesso anche io, il pipistrello più disperato di Helsinki", ride Heidi tornando a fissare il cielo.

Ci sono giorni in cui il cielo sembra una gigantesca cupola che si inarca sopra ogni cosa, e poi ce ne sono altri in cui è impossibile vedere tutta la sua enormità. Oggi, il cielo appare come una massa grigia gravida di piombo.

Mercoledì 11 settembre

SAANA

Saana si trova davanti alla biblioteca Oodi e si guarda intorno. Tra poco incontrerà Tuuli, la migliore amica di Jeremias, ma non sa che aspetto abbia di preciso. Una folata di vento soffia sullo spiazzo di cemento. Lì davanti, alcuni ragazzi si esercitano con lo skate. Sui muri del centro polivalente Sanomatalo e della Casa della Musica sono stati attaccati dei grossi schermi, su cui sono proiettate immagini in un loop continuo.

Saana si toglie gli occhiali scuri. Il sole si è coperto da un po'. Nel cielo avanzano delle imponenti masse di nuvole grigie. Alza lo sguardo verso la celebre vetrata di Oodi. È diventato subito un posto davanti a cui molti vogliono farsi fotografare. Visto da fuori, quell'angolo sembra l'appuntita prua di una nave.

Poco dopo, percepisce un movimento con la coda dell'occhio. Una ragazza esile dai capelli corti e biondi cammina verso di lei. La sua espressione è incerta, come la sua. Indossa un anorak color vinaccia e dei jeans bianchi. Dev'essere Tuuli. Saana sorride e alza la mano per salutarla.

«Sei amica di Jeremias, giusto?», le chiede mentre cominciano a camminare senza una meta precisa.

Tuuli annuisce e tira fuori un pacchetto di gomme da masticare dalla tasca.

«Come ti dicevo al telefono, sto aiutando Samuli a cercare suo fratello».

«E ci fai un podcast», aggiunge Tuuli.

Saana annuisce.

«Volevo vederti perché, da quel che ho capito, tu e Jeremias siete molto legati».

«Già, siamo diventati amici ai tempi del liceo. Eravamo due anime artistiche in una scuola esclusiva», ride Tuuli. «Non ci integravamo con gli altri».

«Capisco», commenta Saana. «Ti ho voluto incontrare perché di solito i migliori amici sono quelli che sanno più di tutti».

Tuuli la fissa socchiudendo gli occhi. Attende il seguito.

«Quindi?»

«Quindi, cosa ti racconta Jeremias della sua vita? Che tipo di persona è?», chiede Saana, e cerca di parlare di Jeremias ancora al presente, non al passato.

«Jeremias è fantastico. Buono e premuroso. È anche uno che va da un estremo all'altro. O non fa niente o, se fa qualcosa, la fa al massimo. A volte anche troppo», racconta Tuuli, poi fa un palloncino con la gomma. Il sottile palloncino oscilla al vento. I capelli biondi della ragazza sono tagliati così corti che per fortuna non si possono appiccicare alla gomma, pensa Saana.

«Secondo te cosa c'è dietro a questa storia?», continua Saana, fissandola con sguardo penetrante. Tuuli si guarda le punte delle scarpe e dà calci a sassi invisibili. Rimane in silenzio.

«Potrebbe trattarsi di una questione di vita o di morte, non c'è tempo per tenersi i segreti. Ti viene in mente qualcosa che potrebbe aiutarci?».

Si fermano sulla spiaggia di Töölönlahti. Dal chiosco che affitta tavole da SUP arriva della musica reggae.

«In quella seconda settimana di scuola, cioè proprio prima della sua scomparsa, Jeremias mi ha detto di aver fatto una scoperta importante. Un "collegamento", ha usato questa parola, "ho capito il collegamento tra le cose", ha detto, ma poi non ha aggiunto altro», confida Tuuli rivolgendo verso di lei i suoi occhi verde chiaro.

«Da quanto ci risulta, Jeremias, prima di sparire, stava facendo ricerche sul caso di scomparsa di Kasper Hakala. Potrebbe avere a che fare con questo?», ipotizza Saana.

«Forse. Mi ricordo il caso di Kasper, è stata una cosa molto triste. Tutto il liceo era ammutolito. Era difficile credere a quel che era successo. E so che Jeremias, per qualche motivo, si era interessato di nuovo alla questione in primavera».

«Come mai Jeremias avrà voluto tornare sulla cosa adesso, dopo anni? Potrebbe aver scoperto qualcosa di nuovo?».

Tuuli alza le spalle.

«Jeremias non era amico di Kasper. Anzi. Kasper era tra quelle persone che amavano prendere in giro e mettere in mezzo gli altri. Anche Jere a volte è stato suo bersaglio».

«Chi erano invece gli amici di Kasper?»

«Per esempio, un certo Tero», risponde Tuuli.

Saana ricorda di aver visto il nome nei file di Jeremias. Dovrà assolutamente contattare questo ragazzo.

«Mi ricordo che cercarono Kasper per tutta l'estate. La sera della sua scomparsa avevamo la festa dei diplomati al casinò di Katajanokka. Erano tutti piuttosto ubriachi, la polizia avrà ottenuto testimonianze molto confuse. Kasper è stato visto alla festa fino all'una, ma nessuno sa cosa sia successo dopo».

Saana e Tuuli si fermano sulla spiaggia. Una coppia di cigni nuota in lontananza. Tuuli raccoglie un bastoncino, ci giocherella un po' e poi lo getta a pezzettini nell'acqua. Saana pensa a Katajanokka, una zona della città circondata dal mare. Kasper potrebbe essere caduto in acqua ed essere affogato?

Saana saluta Tuuli e decide di tornare a casa a piedi. La villa di legno di Linnunlaulu, dall'altra parte della baia, le fa pensare a Inkeri. La bellissima casa di Inkeri, in una situazione idilliaca, dove ha trascorso tutta l'estate. La zia Inkeri è sempre stata parte della sua vita, benché con modi tutti particolari. Da Hartola, le ha mandato ogni anno biglietti d'auguri per l'onomastico e inviti ad andare a trovarla, ma lei era sempre troppo indaffarata. L'estate trascorsa a Hartola le ha comunque avvicinate di nuovo. Saana decide, mentre cammina, di telefonarle.

«Come sta la mia cara investigatrice segreta?». La voce affettuosa di Inkeri la fa sorridere.

«Bene, credo», risponde lei rallentando il passo. Si ferma sul ponte. Sente lo sferragliare assordante dei treni che sfrecciano lì vicino. La striscia di canne che incornicia la baia di Töölönlahti le fa venire subito in mente Lammassaari.

«Ho deciso di cercare un ragazzo scomparso», rivela Saana.

«Chissà come mai non ne sono stupita», commenta Inkeri.

«Nessuno ha visto Jeremias. Le ricerche girano a vuoto».

Inkeri tace. Saana fissa l'acqua e le anatre che scivolano sulla superficie.

«In altri tempi, in queste situazioni, la polizia cercava indizi con l'aiuto di veggenti e sensitivi», osserva Inkeri con tono misterioso.

Saana ricorda l'estate passata e le cose che la zia le ha raccontato di sé. L'interesse verso lo sciamanesimo, le nottate trascorse nelle paludi. Il modo di pensare di Inkeri non si è mai conformato ai modelli convenzionali. Saana si inerpica sulla ripida salita verso Linnunlaulu e racconta a Inkeri ciò che si sa sulla sparizione.

«Forse non tutto è come sembra», sentenzia la zia dopo una piccola pausa. «Se non conosci la risposta, puoi concentrarti sugli interrogativi che la questione pone. Le cose hanno la tendenza ad aggiustarsi, ricordatelo».

«Mmh», mugugna Saana, poi svolta verso il ponte che sovrasta la ferrovia.

«Voglio comunque dirti una cosa: ricorda che non sei responsabile del destino di un'altra persona. È bellissimo che tu voglia essere d'aiuto, ma non puoi farti carico di tutte le ricerche. È responsabilità della polizia. Inoltre, questo sembra un caso serio. Indagare su una scomparsa recente è totalmente diverso dallo studiare un caso di morte vecchio di decenni, come hai fatto quest'estate. Sei certa di essere al sicuro?», si preoccupa Inkeri. Saana tentenna.

«So badare a me stessa», risponde comunque, e terminano la telefonata.

Tuttavia, la domanda di Inkeri non la fa stare tranquilla. Si domanda dove sia il confine. Quello che con le sue azioni potrebbe oltrepassare. Ora che ha cominciato a indagare, sente che non può più smettere. Se lasciasse stare le sembrerebbe di arrendersi. Ciononostante, Inkeri ha ragione. Non può risolvere l'intero caso. I semi di tiglio scoppiettano sotto le sue scarpe da ginnastica, mentre accelera il passo, quasi corre.

L'aria è cambiata. Dal cielo scende qualche goccia di pioggia. Sotto la luce dei lampioni, sembrano dei fili luminosi. Siccome il corpo si è scaldato correndo, il vento non le fa sentire freddo. Le file di lampadine accese conferiscono un certo calore casalingo anche alla più spoglia terrazza esterna dei locali. Durante le prime serate d'autunno, quando un'oscurità gentile copre la città, nascono pensieri contrastanti: da un lato il desiderio di sedersi a un bar all'aperto, e dall'altro l'impulso di tirar fuori dall'armadio i vestiti più caldi.

Una volta arrivata a casa, Saana getta le scarpe sotto l'attaccapanni, si dirige nel salone e si lascia cadere sudata sul divano. Si sente strana. Mentre è distesa, si accorge di non essere poi così a pezzi come credeva. Anzi, la corsa l'ha tonificata.

Sotto la doccia ripensa alla telefonata con Inkeri. La conversazione l'ha in qualche modo consolata. Sicuramente il caso si risolverà. Fino a questo momento, ha soltanto raccolto informazioni sugli spostamenti di Jeremias e sulle persone da lui conosciute. Non si è minimamente soffermata a pensare a un possibile colpevole. Ciò è dovuto al fatto che, dentro di sé, Saana ha ritenuto Jeremias soltanto scomparso. Ma adesso, l'istinto le suggerisce qualcosa di completamente diverso. Jeremias si è perso, ma non nella natura, bensì in uno scenario molto più ampio, che Saana ancora non vede.

Si avvolge i capelli in un asciugamano usato a mo' di turbante e si infila il pigiama. È tempo di cercare di penetrare più a fondo nel mondo dei pensieri di Jeremias. Che cosa nasconde? Saana comincia a rivedere il materiale raccolto. Una foto di Jeremias, una mappa di Lammassaari e una canna lacustre spezzata. L'articolo sulla scomparsa di Kasper Hakala. Un fermo immagine del materiale girato per il documentario, con la misteriosa figura sconosciuta. Saana tira fuori il suo taccuino.

Un male sconosciuto in agguato nell'oscurità è la peggiore forma di paura. Quando la minaccia è nascosta, nessuno sa cosa temere esattamente. La mente inizia allora a dipingere scenari ignoti. Potrebbe trattarsi di qualunque cosa. Man mano che parti di tutto ciò che è oscuro vengono portate alla luce, la minaccia dell'oscurità si fa meno schiacciante.

Saana smette di scrivere. La storia sta cambiando aspetto velocemente. Vi si stanno inserendo nuovi elementi, un colpevole ignoto. Un pensiero spiacevole si insinua nella sua mente. Sta per cominciare qualcosa che potrebbe attirare la bestia fuori dal nascondiglio.

9 settimane prima della scomparsa

Jeremias ride di Tuuli, che è rimasta incastrata nella rete della recinzione. Si sono di nuovo sfidati, stavolta su iniziativa di Tuuli. Nel cuore della notte hanno infilato negli zaini i costumi da bagno e si sono messi a pedalare verso Kumpula. Resi più audaci dalla notte estiva e dalla reciproca presenza, hanno scavalcato la rete, indossato i costumi e si sono buttati di nascosto nell'acqua silenziosa. Una nuotata notturna proibita, fantastico, pensa Jeremias. Galleggia fermo in posizione verticale, con l'acqua fin quasi al naso, e scruta la superficie calma come un coccodrillo in agguato. L'aria della calda notte d'estate è così immobile che pare quasi non ci sia. Mentre è immerso, Jeremias si rende conto che aveva proprio bisogno di un diversivo, di qualcos'altro oltre al documentario. Un'avventura sconclusionata, in cui si possa ridere con l'acqua negli occhi e pedalare dove si ha voglia. Vedere amici. Guarda poi Tuuli, che sta per fare un tuffo a bomba prendendo tre metri di rincorsa. Per Jeremias, Tuuli è fantastica. Divertente, uno spasso.

Saltano in sella alle biciclette e pedalano verso Kallio. Jeremias registra il momento nella sua testa come una telecamera. I gabbiani silenziosi che volano nel cielo notturno, le cartacce degli hamburger buttate per terra, i gruppi di amici che portano buste di stoffa, un tizio con un cappello da cowboy in testa che cammina barcollando. I frammenti di conversazioni e le risate che arrivano dagli spazi esterni dei bar. Una lattina vuota che rotola sull'asfalto, spinta dal vento. Jeremias preferisce bersi da solo una birra comprata al supermercato, piuttosto che una pinta pagata cara in mezzo ad altre persone, ma la gente seduta nelle terrazze dei bar crea intorno una gradevole confusione. La sensazione di una serata scoppiettante, della possibilità che si stia muovendo qualcosa, che tutto possa succedere. Il fumo di sigaretta che si diffonde dai tavoli esterni gli fa venire in mente le feste estive e i fine settimana dell'adolescenza passati a casa di amici, quando i vestiti e gli aliti erano intrisi di puzza di nicotina. La parte migliore in quelle feste erano le risate, l'infinito sganasciarsi in nottate insonni e, soprattutto, le battute sulla sbronza il giorno seguente. A volte, quella sensibilità derivante dai postumi di una sbornia si è addirittura rivelata una cosa positiva, spesso si è sentito più creativo.

Tuuli saluta Jeremias e si dividono. I capelli si sono già completamente asciugati. Jeremias vede una coppia che cammina verso di lui e, di colpo, prova un'indefinita nostalgia. Forse vorrebbe innamorarsi? Invaghirsi, fare sesso, qualcosa del genere? Si vergogna a pensare quanto, in quel campo, sia tutto immobile. Il più grande problema della sua vita amorosa è il suo fascino da fratello, la tenera fiducia che le ragazze ripongono facilmente in lui. Sei un ragazzo fantastico, ma come amico. "Non sembro irraggiungibile, sono troppo accessibile. Forse non troverò mai una ragazza".

Jeremias pensa a Tuuli, che ha messo da subito in chiaro le cose. Lei non vuole legarsi a una sola persona nella vita. Non ha intenzione di ingabbiarsi nelle anguste caselle imposte dalla società. Tuuli è Tuuli. Anche Jeremias ha provato a essere anticonformista e a vivere libero, ma alla fine tutta questa apertura mentale lo ha portato a non avere nessuno. La persona più conservatrice che conosce è sé stesso. I genitori riderebbero di lui se sapessero che tipo è, sotto la sua maschera da bohémien e studente di cinema. Se avesse scelto studi giuridici, come voleva suo padre, sarebbe sicuramente stato uno studente più ribelle lì che qui, dove sta inseguendo il suo grande sogno, nel campo scelto da lui e che l'ha sempre appassionato. Jeremias inspira profondamente la notte estiva dentro i polmoni. Nella sua mente brulica un'inspiegabile sensazione di libertà, il sentimento che tutto sia possibile. Tuttavia, per oggi non ne approfitterà e andrà a dormire da solo. Si comprerà una pita con falafel e, appena mangiato, si metterà a letto il prima possibile.

Nel portone, Jeremias saluta il vicino. Il gesto sembra aperto, amichevole, gioioso, ma dentro di lui è pieno di angoscia e tensione. Se potesse scegliere, non saluterebbe i suoi vicini nel cuore della notte, ma non vuole dare di sé un'immagine sospetta. Non combacerebbe con l'immagine che si è creato: un creativo e simpatico studente di cinema. Quando, un giorno, sarà un regista premiato, le persone riporteranno alla mente i tempi in cui lo conoscevano, e nei loro ricordi vuole essere il più simpatico possibile. Quei ricordi si stanno costruendo ora.

A casa, Jeremias addenta la pita e sente la salsa colargli sul palmo della mano. Nel suo inconscio, comincia ad affacciarsi l'idea di parlare con Roy del caso di Kasper. Jeremias ha scoperto che per i primi due anni Roy, padrino di Kasper, aveva partecipato alle ricerche volontarie del ragazzo. A quanto pare, aveva fatto tutto il possibile per trovarlo, anche quando i genitori si erano già arresi.

Durante le riprese, Jeremias ha osservato Roy. Voleva assicurarsi di trovarsi con lui dalla stessa parte. Qualcosa nel suo atteggiamento ha confermato l'idea che sia in buona fede. Eppure, Jeremias ha paura. Vorrebbe parlare con Roy del materiale che ha raccolto. Fargli qualche domanda. Vedere se sia possibile scoprire insieme qualcosa che potrebbe aiutare, finalmente, a spiegare cosa sia successo a Kasper.

SAANA

Qualcuno bussa alla porta. Saana si riscuote dai suoi pensieri. Guarda il cellulare, che è rimasto silenzioso. Ci sono tante chiamate ricevute, tutte di Jan. La persona sul pianerottolo apre la fessura della cassetta delle lettere per sbirciare dentro.

«Yu-huu, sei in casa? Perché non rispondi al telefono?».

Saana riconosce con gioia la voce di Jan e si precipita ad aprire la porta. Appena entra nell'ingresso, lui la afferra come una grossa preda, se la carica sulle spalle e la porta in camera da letto. Ha il profumo dell'aria notturna.

«Ti ricordi quando abbiamo parlato per la prima volta al telefono?», gli chiede Saana ridendo. Sono sdraiati nudi, l'uno di fronte all'altra. Si sente il rumore attutito del traffico attraverso la finestra socchiusa. Jan accarezza dolcemente Saana su una guancia, le sistema una ciocca di capelli dietro l'orecchio. È già piuttosto tardi, ma la piacevole compagnia gli porterà via il sonno.

«Non proprio», risponde Jan e si avvicina per baciarle il seno. «Però mi ricordo tutto il resto».

«Ahi», ride Saana, quando lui le morde delicatamente il capezzolo.

«Io me lo ricordo. Ero così emozionata durante le nostre prime telefonate», gli confessa.

«Tu?». Jan è sorpreso. Poi continua a baciarla e scende sulla pancia.

«Io», conferma Saana, mentre lui si spinge ancora oltre.

Saana voleva chiedergli come sta, se va tutto bene, dato che si sono visti così poco ultimamente. Come diamine fa ad avere così tanta energia? Tutte quelle ore di lavoro e così poco sonno. Chissà se si sta occupando delle indagini sull'omicidio di Vanhankaupunginlahti? Anche questo voleva chiedergli, ma adesso Jan, con l'inganno, ha spostato la sua attenzione da tutt'altra parte.

Saana mugola di piacere e, per il momento, si scorda tutte le domande.

Giovedì 12 settembre

SAANA

La mattina dopo sono in piedi nell'ingresso e si guardano con occhi innamorati. Come se solo in questo momento, grazie alla reciproca presenza, si fossero ricordati che nella vita c'è qualcuno di meraviglioso. Saana cerca le chiavi.

«Non capisco dove le ho messe», brontola. «Erano qui un momento fa».

«Nella borsa? Nella tasca della giacca?», suggerisce Jan e si appoggia alla parete.

«Sei tu qui il detective», sbuffa Saana, ma non riesce a celare il sorriso.

«Dove ti ricordi di averle viste l'ultima volta?», continua lui.

«L'ultima immagine che ho è che ieri sono tornata dal lavoro e... ah, già!». Saana va in cucina. «Le ho infilate qui nella busta di plastica della spesa», spiega, e poi torna all'ingresso.

«Non capisco perché cambi sempre borsa», si domanda Jan e la tira tra le sue braccia.

«Facciamo così, oggi andiamo a pranzo insieme, ok?», gli propone lei, prima di dividersi per andare al lavoro.

Ristorante Hoku, quartiere Kamppi. È come se la mattinata frenetica non ci fosse stata. All'una si siedono al piano superiore del ristorante e guardano affamati le portate appena arrivate. Intorno, la solita confusione dell'ora di pranzo, e nel piatto la pietanza preferita di Saana, salmone in salsa teriyaki.

«Come stai?», le chiede Jan. Saana alterna lo sguardo tra lui e il suo piatto. Entrambi le fanno venire l'acquolina in bocca.

«È bello vedersi di nuovo», risponde, ma le sembra una situazione quasi strana. Eccezionalmente, si sono incontrati in mezzo ad altre persone e alla luce del giorno. Saana sbircia il tavolo di fronte alla finestra, dove è seduta una coppia silenziosa. Il suo timore più grande è di ritrovarsi un giorno in un rapporto come quello, dove ognuno mangia e non parla con l'altro.

«Eh sì, è passato proprio tanto tempo», ride Jan.

Saana gli sorride di nuovo. Quando una persona è innamorata, lo è anche di come si vede negli occhi dell'altro. È una sensazione inebriante, pensare che esista qualcuno come Jan che la guarda così innamorato. Non sa ancora distinguere bene di cosa siano fatti i sentimenti che prova per lui. Si tratta di una grande attrazione fisica o di un'intesa spirituale? Nella migliore delle ipotesi, di entrambe. Ma, finora, hanno mai trovato qualche argomento di conversazione più profondo?

«Grazie del suggerimento», dice Jan e Saana gli stringe la mano sul tavolo. Che cosa terribile. Si rende conto solo adesso che per tutto il pranzo si è solo concentrata su un suo monologo interiore.

«Potremmo pensare a un bel ristorante, tra poco è il mio compleanno».

«Compleanno?». Saana si assicura di aver sentito bene. Il primo compleanno del suo fidanzato che passeranno insieme, pensa e sorride. «Sì, ne troveremo uno bellissimo».

«Adesso devo andare, ma stasera verrò direttamente a casa tua, se ci riesco», dice Jan e si pulisce la bocca con il tovagliolo.

«Sì, proverò a cucinare qualcosa di buono», risponde Saana.

«C'è un momento in cui non pensi al cibo? Abbiamo appena mangiato», ride lui.

«Io sono così, insaziabile», sentenzia lei con tono civettuolo, e nota con soddisfazione che negli occhi di Jan si accende una certa scintilla. È chiaramente d'accordo.

Jan deve andare, ma Saana rimane ancora un po' per ordinare un caffè. Una volta rimasta da sola, decide di controllare il profilo del suo podcast su Instagram. L'account ha solo qualche centinaio di follower. La prima puntata è stata pubblicata, e ben presto uscirà la seconda. Non vuole rifinire troppo il lavoro, ma vuole produrre contenuti il più possibile spontanei. Sa che il true crime è un genere che ha un buon seguito, tuttavia non pensa di realizzare proprio un true crime. Vuole solo aiutare a risolvere un caso di scomparsa, sperando che la persona alla fine venga ritrovata. Più ascoltatori avrà, più ci sarà gente che si guarderà intorno con attenzione.

Saana ricorda di aver letto una volta, durante il periodo degli studi in psicologia sociale, del caso di Kitty Genovese. Nel cortile di un palazzo fu uccisa una giovane donna e nessuno degli inquilini mosse un dito, nonostante molti avessero udito la donna urlare. Ognuno pensava che sarebbe intervenuto qualcun altro. È così facile che si annulli il senso di responsabilità sociale, pensa Saana. Se sul posto ci sono più persone, nessuna farà il primo passo per aiutare, pensando che lo farà qualcun altro.

Kitty non fu aiutata da nessuno dei trentotto inquilini. È possibile anche a Helsinki sparire o addirittura morire in mezzo alla città, sotto gli sguardi di tutti?

Saana nota che ha ricevuto un messaggio privato sull'account del podcast. Nessuno degli ascoltatori aveva mai scritto niente prima. "Seguo", c'è scritto nel messaggio. Si sente un po' strana. Che significa quel messaggio? L'autore è un certo @purpurea123, e quando va a controllare l'account vede che non ha follower. È un profilo privato e segue solo il suo podcast. Avverte il cuore accelerare i battiti. Vede giù dalle grandi finestre il viavai sulla piazza Narinkkatori, ma si sente comunque molto sola. Ha un groppo alla gola. Il cuore le batte all'impazzata. Chi sarà il mittente, e perché ha scritto quello strano messaggio?

Durante il tragitto di ritorno da Kamppi verso Kallio, le mani le tremano. Mentre pedala si guarda continuamente intorno. Il suo atteggiamento sospettoso appare strano in pieno giorno, in mezzo ai passanti che camminano tranquilli con i loro cani. Quando dalla baia di Töölönlahti imbocca la salita di Helsinginkatu, decide di scendere dalla bicicletta e proseguire a piedi. Ha già messo via il cellulare e cerca di tranquillizzarsi, ma proprio in quel momento un pensiero le viene in mente per la prima volta.

E se la sua ricerca portasse invece qualcuno a voler trovare lei? E se il colpevole della scomparsa di Jeremias avesse ascoltato il podcast e cominciato a spiare Saana?

PARTE III

Seduta n. 7

Kaj apre la porta del suo studio. È una porta bianca di legno con uno specchio originale degli anni Venti, così come tutto il palazzo. Appende la giacca all'attaccapanni e poggia la sua valigetta di pelle sulla sedia. Poi va verso la cucina per prepararsi una tazza di caffè. Ogni volta che arriva sul posto di lavoro, segue una certa routine, gesti automatici che si susseguono uno dopo l'altro. Prende l'occorrente dalla credenza, mette la polvere di caffè nel filtro e versa l'acqua nel serbatoio – questo passaggio è molto importante: l'acqua va versata nel contenitore con un altro bricco, in modo che la macchina resti pulita. Mentre il caffè goccia, Kaj va a starnutire forte nel piccolo bagno e torna in cucina ancora troppo presto per poter riempire la tazza. È sempre stato un tipo molto impaziente, tanto da mettere sempre la tazza, invece del bricco, direttamente sotto le gocce che scendono, senza preoccuparsi dei pasticci che a volte, poi, succedono. E senza dare importanza al fatto che, facendo così, il caffè ha un sapore leggermente peggiore, perché non ha il tempo di riposare bene. Kaj versa poi nel caffè del latte normale (difficilmente passerebbe al latte d'avena) e va velocemente verso la sua stanza. Canticchiando, anche questa è un'abitudine, accende il computer e lo fa caricare con calma, gira la sedia verso la finestra e incontra, anche oggi, l'acero.

Nel pomeriggio, arriva la ragazza.

«Abbiamo un po' ignorato le sue reazioni emotive rispetto al suo rapporto attuale». Kaj avvia la seduta, girandoci un po' intorno.

«Che ne pensa, cos'è che la attrae, di questa situazione?», le chiede. «Ha notato se nel suo modo di agire c'è un qualche schema, che magari si ripete in ogni relazione?».

Dentro di sé pensa a quanto questo scenario sia sgradevole. Una giovane ragazza manipolabile e il famigerato membro di una banda, di quindici anni più grande. Se un giorno si arrabbiasse con lei, oppure decidesse di farle del male, la ragazza non se la caverebbe con quell'ingenuità infantile con cui è abituata a reagire.

«Ho conosciuto molti ragazzi bohémien, un po' misteriosi, intorno ai quali all'inizio aleggiava un eccitante senso di avventura, ma che poi hanno finito per deludermi. Le promesse non sono state mantenute, e sono stata usata a causa della mia inesperienza e disponibilità. Può immaginare che, su queste basi, l'Accademico è sembrato ai miei occhi molto interessante. È un uomo adulto. Voglio avventura e sicurezza nello stesso pacchetto».

Kaj riflette su dove sia il caso di mirare, in quella seduta. Sembra che la ragazza sia cieca riguardo alla sua stessa situazione. I clienti sono spesso un po' incapaci di vedere, ma il cambiamento non si produce se il terapeuta dice loro direttamente cosa devono fare. La persona va guidata dolcemente sul sentiero della comprensione.

«Ha menzionato, l'ultima volta, un livido. Alludeva a qualche fatto violento?». Kaj deve accertarsene. «Quell'uomo la picchia?», le chiede direttamente, poi la osserva. Attende.

«È successo solo qualche volta, ma non ha davvero l'intenzione di farlo», risponde velocemente lei, sminuendo l'accaduto. Soltanto adesso Kaj nota un segno giallastro che le sbuca da sotto la frangetta. Riflette con cura su come formulare le parole seguenti.

«La violenza non è accettabile in nessuna forma», afferma alla fine.

La ragazza lo guarda in silenzio. Non dice niente.

«Lo so, certo, ma non c'è nessuna emergenza. L'Accademico si prende cura di me».

Kaj la fissa. Vorrebbe che avesse più fiducia in sé stessa. Che avesse il coraggio di andarsene. Dovranno trovare il modo di rafforzare il suo rispetto di sé. La spietatezza del mondo delle bande potrebbe portare a conseguenze fatali.

Kaj ricorda le informazioni lette nel corso degli anni su maltrattamenti e delitti dietro i quali è stato accertato che ci fossero proprio criminali professionisti, appartenenti a gang di motociclisti.

«Non riesco a essere spaventata. Ma a volte vedo la paura negli occhi delle persone, quando scoprono chi è il mio ragazzo», continua a raccontare lei.

«Lei si rende conto che si sta mettendo in pericolo?», le domanda allora Kaj.

«All'inizio pensavo che l'Accademico fosse la persona più influente e pericolosa del gruppo, ma ancora non sapevo tutto. Non avevo incontrato Queen Bee».

Dopo il lavoro, Kaj va in palestra. Ripensa alle parole della ragazza adesso, nello spogliatoio, e si guarda allo specchio. *Avventura e sicurezza nello stesso pacchetto.* Con delusione, non vede in sé stesso nemmeno un pizzico di avventura. Il giorno della schiena, il giorno delle gambe, il giorno delle spalle. Si sente vecchio e rinsecchito. Nello specchio scorge un uomo adulto, non il giovane ragazzo che credeva ancora di essere. Gli addominali sono spariti, e ormai è diventata un'abitudine girare per casa nei vecchi pantaloni della tuta. Eppure, Veera lo ama lo stesso. Ogni sera i bambini gli corrono in braccio con le manine appiccicose, con lo stesso innocente entusiasmo, e lui ogni volta quasi si commuove. Ciò nonostante, avverte che gli manca qualcosa. La rassicurante stabilità – condizione che ha desiderato per tutta la vita – ora l'ha raggiunta, e, ironicamente, d'improvviso si sente annoiato. Nessuna sorpresa, nessuna avventura, nessun imprevisto. "Avevo uno spirito da pensionato già a venticinque anni", riflette Kaj mentre comincia, disciplinatamente, a fare le serie di esercizi segnate nel suo programma di allenamento. Un'ora e mezza dopo, mentre apre la porta di casa, si rende conto di essere sfinito. Poggia affannato le buste della spesa sul pavimento dell'ingresso, si toglie le scarpe e appende la giacca all'attaccapanni. L'interno di stoffa sintetica è umido.

«Sono tornato», avvisa Kaj, aspettandosi il caotico comitato d'accoglienza, che però non arriva. Nota con sorpresa che la casa è vuota. Torna all'ingresso e controlla rapidamente le scarpe presenti. Mancano quelle fondamentali. I bambini e Veera sono fuori.

Sull'onda di un capriccio momentaneo, lascia gli acquisti dentro le buste, si dirige con decisione al piano di sopra e tira fuori da un armadietto della stanza degli ospiti una bottiglia di whisky ancora intatta, ricevuta in regalo. È il momento sbagliato, e proprio per questo quello più giusto. Si versa più di due dita e, attraversando il soggiorno, esce sulla veranda. Durante il giorno ha piovuto e i calzini si bagnano subito sul pavimento esterno, ma non gli importa. La sedia sotto la tettoia è rimasta asciutta e Kaj si siede. Annusa pigramente la bevanda, senza prestargli più attenzione del solito. Eppure meriterebbe di più. Fissa il giardino curato, nel cui angolo è stata montata una simpatica casetta per i giochi. Intorno alla luce della veranda ronzano e svolazzano delle farfalle notturne. Farfalla è una descrizione troppo lusinghiera, per gli insetti alati di queste parti.

Gli rivengono in mente alcuni momenti. La ragazza seduta sul divano. Il divano grigio e quella bella donna giovane. Vorrebbe non aver prestato attenzione ai vestiti di lei oggi, ma improvvisamente il cervello gli dipinge davanti agli occhi un'immagine molto precisa. La cosa peggiore è la gonna di pelle. È così corta che, mentre lei si sedeva, ha immaginato di intravedere le mutandine tra le gambe. Chiude gli occhi quasi con violenza per cancellare quell'immagine dalla sua mente, ma non va via. Sente che a poco a poco gli sta venendo un'erezione. Vuota il bicchiere con due grosse sorsate.

La sera, a letto, Veera guarda *Temptation Island*, ma Kaj si rifiuta di seguirne anche un solo secondo. Ha la sua dose giornaliera di drammi già al lavoro. Prende il cellulare, guarda l'ora e poi apre la posta elettronica. Si accorge subito che tra le e-mail arrivate ce ne sono due nuove. Mittente: Rosa Heikkinen. La seconda deve essere il seguito della precedente, quindi Kaj comincia dalla prima.

Gentile Kaj Johansson,

Mia figlia non mi dice niente. Le ho delicatamente chiesto qualcosa sulle sedute e su come sta andando, ma non fa commenti. Dice solo "tutto ok". Non può essere, ha anche dei lividi. Che cosa le ha raccontato? Mia figlia avrebbe, nella vita, la possibilità di fare tutto, ma si sta ritirando sempre di più nel suo guscio. Le cose sono un po' peggiorate dopo che le ho scritto. Non so se ne avete già parlato. Inoltre, passa le notti fuori. Immagino che le passi insieme a quel gangster.

Mi risponda il prima possibile.

Distinti saluti,

Rosa
Dirigente del ministero dell'Interno

HEIDI

Heidi fissa Jone, che ha appena pronunciato le parole che temeva. Sulla base delle prove ottenute e del fatto che Roy Kuusisto ha lasciato un messaggio in cui confessa le sue azioni, l'indagine preliminare è conclusa. C'è motivo di ritenere che Kuusisto sia il responsabile della morte di Johannes Järvinen. Qui non si fa affidamento su intuizioni o istinto, ma unicamente su delle prove effettive. L'istinto è difficile da far valere nel tribunale distrettuale. Siccome il sospettato è morto, il caso si chiude.

«E Jeremias?», chiede Heidi. «Non è stato ancora trovato».

«Continueremo le ricerche», afferma Jone.

«Lo sai anche tu come andrà a finire. Il caso del ragazzo finirà nel solito archivio delle denunce di scomparsa, insieme agli altri casi irrisolti», osserva Heidi delusa. Poi si gira verso Jan. È rimasto in silenzio per tutta la conversazione. Sembra abbia perso la lingua. Da che parte sta?

«Io… Jone», interviene lui balbettando. «Devo purtroppo dire che non sono d'accordo con la tua soluzione. Ci devono essere prove con le quali poter smentire i sospetti riguardo Roy. Io sono…». Jan cerca le parole giuste per continuare. «Sono sicuro quasi al cento per cento che Roy sia una vittima. Non è l'assassino che cerchiamo».

Jone alza il sopracciglio destro e fissa Jan.

«Cioè…?»

«Concedici almeno qualche giorno. Credo che riusciremo a dimostrare l'innocenza di Roy».

«Roy è morto», ribatte Jone, e l'espressione sul suo volto non è più curiosa o comprensiva come un attimo prima. «La grafia è stata analizzata e possiamo provare che il messaggio è stato scritto da lui. Abbiamo una confessione».

«C'è qualcuno dietro a tutto questo, qualcun altro. La faccenda è più complicata».

«Sono d'accordo con Jan», si intromette Heidi. «La faccenda è molto più complicata. Inoltre, non abbiamo il corpo di Jeremias Silvasto».

«Va bene», risponde Jone guardandoli entrambi uno dopo l'altra. «Forse me ne pentirò, ma vi darò un altro po' di tempo. Se tra una settimana non sarà saltato fuori niente di nuovo, agiremo come tutte le informazioni che abbiamo ci motivano a fare. Spero davvero per voi che si trovi qualcosa. Altrimenti, il fatto che vi opponiate a me in questo modo vi si ritorcerà contro in malo modo», conclude, poi esce dalla stanza.

«Quasi mi piace», ride Heidi, una volta che Jone è sparita dalla loro vista.

«Abbiamo poco tempo», osserva Jan. «Riesaminiamo da capo tutto quello che abbiamo e interroghiamo personalmente chiunque sia collegato al caso».

Proprio in quel momento, Saki compare nella stanza.

«Kuusiluoto è ancora chiusa. La scientifica lì sta per concludere. Ma ci sono buone notizie: sui pantaloni di Roy è stato trovato un capello biondo di media lunghezza», annuncia e guarda i colleghi girarsi subito verso di lui.

«Altre buone notizie non ce ne sono. Super-Joki ha fatto del suo meglio, la causa del decesso è semplicemente la pallottola. Non risulta avvelenamento, né uno stato di incoscienza prima della morte, solo un alto tasso alcolemico nel sangue. Ho anche appena ricevuto la conferma che Roy era mancino. La dichiarazione è stata fornita da un suo ex collega di lavoro. La pistola era nella mano sinistra, cosa che conferma l'ipotesi che si sia tolto la vita».

«Ma il capello?», chiede Jan.

«Non è di nessuno il cui DNA ci sia già noto».

«Deve esserci un qualche nesso con questo elemento. Accidenti, adesso tutta l'indagine è appesa a un capello», esclama Heidi, e si ricorda dell'elastico per capelli trovato nella tasca della felpa di Johannes. Anche lì c'erano dei capelli biondi.

«Perché non siamo stati capaci di prevedere ciò che stava per accadere?», chiede poi Heidi, girando lo sguardo verso la lavagna. Piano piano sono comparsi nuovi indizi, non è stato cancellato niente.

«Quando siamo andati da Roy, durante il tragitto abbiamo incontrato due o tre persone. Forse c'è chi ha visto se qualcuno è andato da Roy martedì».

«C'è qualche proprietario delle villette di Lammassaari che passa ancora lì la notte? Dovremmo fare un nuovo giro di interrogatori», suggerisce Jan.

A Heidi viene in mente Aila. Forse il capello biondo potrebbe essere, se controllato meglio, bianco? Pensa a quella donna in pensione che conosce la zona come le sue tasche. Una donna che è rimasta sull'isola ogni notte, dopo la morte di Johannes.

«Mi è venuta in mente una cosa», dice Heidi. «Voglio interrogare Aila Savolainen. Adesso, subito».

SAANA

Venla vuole che qualcuno la faccia saltare. Saana guarda sorridendo la bambina che, speranzosa, prende per mano prima il papà e poi

Saana. Lei afferra la manina delicata e la stringe forte, affinché Venla non cada. Contano fino a tre e poi la bambina vola un attimo in aria tra Saana e Samuli.

«Ancora!», strilla, e Saana non può non obbedire.

Poi Samuli va in cucina a preparare il tofu al curry. Il profumo del soffritto di cipolla, aglio e curry si spande dalla cucina al soggiorno. Venla guarda in TV *Frozen*, ma vuole che Saana le sieda proprio accanto e le disegni qualcosa sulla schiena. Così, disegna con l'indice una semplice palla da cui partono dei raggi.

«È giallo, sta nel cielo e riscalda», le dà come indizi.

«Il sole», ridacchia Venla, contenta di aver indovinato. «Ancora!».

Saana le passa la mano sulla schiena come se cancellasse una lavagna. Sulla t-shirt della bambina ci sono delle farfalle blu.

«Disegna qualcosa di più pauroso», sussurra Venla.

Saana pensa alle fiabe e le viene subito in mente Cappuccetto Rosso.

«Be'...?», chiede Venla impaziente e Saana comincia a disegnare. Traccia il profilo appuntito di un lupo, i suoi occhi furbi e le fauci robuste.

«Vive nel bosco e compare nella favola di Cappuccetto Rosso».

La bambina riflette ma non le viene in mente niente. Saana immagina il bosco cupo della fiaba e il lupo che, per fortuna, fa una brutta fine.

«Be', era un po' difficile», ammette. «Era il lupo».

«Ancora uno», supplica la bambina e Saana tratteggia sulla schiena un topolino.

«È il topo del solletico», bisbiglia, e continua a disegnare facendo finire la coda nell'ascella di Venla e questa comincia a ridere.

Dopo che la bambina è andata a dormire, si siedono con Samuli al tavolo della cucina. Samuli beve del kombucha. È vegetariano e astemio. *Sober curious*. Saana stessa si è appena avvicinata al vegetarianismo, e per ora ama troppo il vino per volervi rinunciare. Forse tutto può piano piano cambiare? Assaggia curiosa il kombucha preparato da Samuli. Sa di idromele con un po' di aceto.

«La sera è il momento peggiore, quando tutto diventa silenzioso e anche Venla dorme», le confida Samuli mentre raccoglie dal tavolo i pezzetti di anguria lasciati dalla figlia, mangiandoli lui. Il liquido rosa cola sul tavolo e Saana gli passa il rotolone di carta.

«Ho chiesto di Roy a papà. Mi ha confermato che Roy e il padre di Kasper si conoscono. E che Roy è davvero il padrino di Kasper».

«Interessante», commenta Saana.

«Non lo so», replica Samuli e prende un sorso del suo kombucha. La bottiglia di vetro ricorda quella della birra e a Saana viene voglia di prenderne una.

«Iniziano già a venirmi in mente pensieri scoraggianti, ovvero che non ci sia nulla da fare e Jeremias non verrà mai trovato», confessa Samuli.

«C'è speranza finché non viene dimostrato il contrario», risponde Saana.

Pensa a come affrontare l'argomento. Gli comunicherà il suo dispiacere per il fatto che le prime puntate del podcast non hanno prodotto niente. Non ha ottenuto nessuna testimonianza da chi l'ha ascoltato. L'unico messaggio ricevuto, finora, è quello strano arrivato da un account non identificato. Saana si sente una fallita. Forse il podcast non porterà mai a niente, e tutto il lavoro che sta facendo è inutile. Pensa a come formulare il concetto senza sembrare una paranoica.

«Ho ricevuto un messaggio da un ascoltatore, che mi ha un po' stupito», inizia Saana.

«Fammi vedere», Samuli la guarda incuriosito.

«"Seguo". Non è così che si dice, quando ci si inserisce per seguire qualche commento in una discussione?», chiede Samuli.

«Sì, ma qui non c'è nessuna discussione, come messaggio privato ha un significato diverso. Qualcuno mi vuol far sapere appositamente che segue questo mio progetto. Può essere chiunque. Non so, c'è qualcosa che mi rende nervosa. E se questa persona fosse legata alla scomparsa di Jeremias?», rimugina Saana.

Samuli diventa serio e poi triste.

«Un momento, non crederai che qualcuno... C'è sicuramente una spiegazione».

Dopo quelle parole, Samuli tace e l'espressione sul suo viso mette in mostra tutti i suoi dubbi.

«Non riesco a smettere di pensare al fatto che Roy sia legato a Kasper Hakala», afferma Saana. «E se Jeremias avesse cominciato a fare un documentario su Roy, ma fosse solo un pretesto? Se avesse voluto, tramite quel documentario, avvicinarsi a lui per sapere di Kasper?»

«Idea interessante», replica Samuli. «In quel caso, secondo te, Roy sarebbe stato il sospettato della scomparsa o solo una fonte di informazioni?».

Saana siede in silenzio e osserva Samuli che guarda fuori dalla finestra. I folti capelli scuri sono legati in un codino sulla nuca. L'ampia felpa nera copre la parte superiore del corpo, con la schiena ben dritta. A casa sua si sta bene, e lei lo sente più vicino di un semplice collega. Gli guarda le mani. Sulle nocche della destra ci sono delle piccole ferite. Si ricorda che le aveva detto che pratica l'arrampicata. Ma che altro sa di lui? Non molto. Saana dà un'occhiata alla casa. "Benché io sia seduta qui nel suo appartamento, non lo conosco per niente", pensa tra sé e sé mentre gratta l'angolo dell'etichetta del kombucha. L'espressione di Samuli è diventata improvvisamente seria, addirittura tetra.

«È successo qualcos'altro?», le chiede, alzandosi dalla sedia e togliendo il piatto vuoto di Saana dal tavolo. Lei sente il suo profumo. È molto diverso rispetto a quello di Jan. Molto più speziato. Riflette sulla fiducia con cui ha condiviso delle informazioni con quell'uomo, senza mai nemmeno pensare a un suo possibile ruolo nella scomparsa di Jeremias.

«Niente», risponde.

«Di solito quando una donna dice così, significa tutt'altro», le dice con sguardo inquisitore.

8 settimane prima della scomparsa

Si trovano a Lammassaari, in un punto dove un sentiero si divide in quattro. Johannes si ferma e li avverte che deve allontanarsi un attimo.

«Dove vai?», chiede Abdi guardandolo impaziente. Le cose che sta trasportando sono più pesanti di quelle di Johannes.

«Dobbiamo sbrigarci», interviene Jeremias. «Se devi allontanarti, fa' in fretta e poi raggiungici, ok?»

«Ok», mugugna Johannes, poi si incammina con decisione verso la torretta di osservazione degli uccelli.

Quando Johannes scompare dalla vista, Jeremias sente la curiosità crescere a livelli insopportabili.

«Tieni d'occhio la mia roba, torno subito», dice, e poggia le sue borse vicino ai piedi di Abdi. Poi, Jeremias si mette a seguire Johannes. Deve scoprire dove è diretto.

Dopo averlo raggiunto, rallenta e si nasconde tra gli alberi. Anziché dirigersi verso la torretta, Johannes si arrampica sulla collina dove si trovano le villette. Dal suo nascondiglio, Jeremias lo spia mentre apre la porta di una delle villette più vicine, entra e torna velocemente fuori con lo zaino in spalla. Avrà preso qualcosa e l'avrà infilato nello zaino? Johannes si è impelagato in qualcos'altro, sull'isola, oltre al documentario? Jeremias aspetta che Johannes torni per primo da Abdi, e soltanto dopo ricompare anche lui.

«Che sei andato a fare?», chiede con la voce più tranquilla possibile.

«Sono semplicemente andato a pisciare», risponde Johannes, e si rimettono in marcia verso Kuusiluoto. Jeremias guarda la schiena di Johannes mentre procede a grandi passi sulla passerella. Perché ha mentito?

Sei ore dopo, Jeremias si apparta in un cespuglio a svuotare la vescica. C'è silenzio. Si sente solo il fruscio del vento. Quando si riavvia verso gli altri, ha una strana sensazione. Come se qualcuno lo stesse seguendo. Si gira di colpo a guardare indietro. Nessuno. "Esci fuori, se ci sei", pensa Jeremias, ma non dice niente ad alta voce. Si ricorda della telecamera lasciata accesa a registrare durante la notte. Ci sarà qualcosa, nel filmato, che possa confermare i suoi sospetti che qualcuno sta osservando il loro lavoro? Le canne hanno tremolato in qualche punto? Johannes e Abdi gli stanno facendo uno scherzo? Jeremias accelera il passo, ridacchiando nervoso. Stupidi pagliacci, borbotta tra sé e sé. Johannes e Abdi sono intorno a un falò e Jeremias si siede lì accanto. Si mette a fissare il fuoco. Le fiamme divorano ramoscelli e altra legna da ardere più spessa. Il fuoco si affretta verso il cielo. Le scintille scoppiettano come piccole grida di aiuto che nessuno ascolta. Jeremias si spaventa di quel pensiero angosciante. Johannes fuma una sigaretta. Il puntino luminoso arancione divora il tabacco secco crepitando. Abdi è disteso con gli occhi chiusi. Jeremias sbircia Johannes senza farsi notare. È nervoso, irrequieto, ma più sicuro di sé di prima.

«Stai con qualcuno adesso?». Jeremias non può fare a meno di chiederglielo.

Johannes ride, sposta lentamente lo sguardo dalle fiamme a lui.

«E anche se fosse?», risponde con aria furba.

Jeremias si scopre irritato. Di tutte le persone, perfino Johannes è riuscito a trovarsi qualcuno.

«Che cosa stai filmando, qui fuori?», cambia discorso Johannes. «Sembra che tu stia cercando di catturare qualcosa sul nastro».

«Sto imitando il modo di girare del documentario *Presenze*. La telecamera sta fissa e riprende. Voglio catturare tutti i movimenti della natura senza che le persone stiano sul posto a testimoniarli».

«Ah, lì nel canneto?», chiede Johannes. I suoi occhi sono umidi e lucidi, lo sguardo annebbiato.

Improvvisamente, si alza e fa qualche passo di corsa.

«Vuoi che vada a chiedere alle "presenze"?», gli propone ridendo. «Seguimi!».

Terrorizzato, Jeremias si affretta ad andargli dietro.

«Ma no, dai, cosa fai...».

Johannes però non sente. Cammina a passo frenetico oltre la collina verso il cancello di Kuusiluoto e osserva ridacchiando il fitto canneto.

«Allora, presenze, folletti! Datemi il benvenuto», urla Johannes e si fa strada nella folta giungla di canne. Le piante ondeggiano frusciando, e Jeremias non vuole guardare o ascoltare Johannes mentre si spinge in profondità in mezzo agli steli.

«No!», riesce a dire Jeremias. «Stai entrando senza permesso nel loro territorio».

Poco dopo Johannes ritorna indietro. Ai capelli e ai vestiti si sono attaccati steli e foglie di canne lacustri.

«Ho per te una novità: non c'era niente lì in mezzo. Torniamo indietro, ho sete», ride Johannes in modo irritante, e sputa dalla bocca un paio di fili d'erba.

HEIDI

In alto, nel cielo scuro, svolazza qualche piccolo uccello silenzioso. Heidi tira su la chiusura lampo della giacca. Da qualche parte, si sente uno scoppio. Interrompe la canzone che sta ascoltando su Spotify e si toglie gli auricolari. Ha sentito bene o se lo è solo immaginato? Intorno, tutto prosegue come se niente fosse. Mentre si avvicina al paesaggio aspro di Lammassaari, si domanda cosa ci possa essere nel profondo del canneto. Sono quasi le sette e non ha incontrato nessuno lungo il percorso. Sembra che tutti, inclusi gli insetti, si siano nascosti alla vista.

Si ferma davanti alla casa di Aila. Non vede nessuno e non sente rumori. In lontananza il mare appare bello, la superficie quasi piatta. Accende la lampadina tascabile, sale le poche scale fino alla veranda e bussa alla porta. Ha provato a telefonare ad Aila, durante il tragitto, ma per qualche motivo non le ha risposto.

«Aila, yu-huu», chiama Heidi, mentre bussa di nuovo.

Nessuno viene ad aprire. Dato che è arrivata fino a qui, decide di girare intorno alla casa. Ma dov'è Aila? Completato il giro, torna ancora sulla veranda. Prova a controllare se la porta si apre. Ovviamente è chiusa. Poi si china a guardare la serratura, per capire quanto ci metterebbe a scassinarla. Ha l'aria fragile. Però non può forzare la porta senza un mandato di perquisizione.

Poi sente un tonfo provenire da dentro l'abitazione. Come se qualcosa fosse caduto sul pavimento. Le si acuiscono i sensi. Rimane completamente immobile e ascolta con attenzione. In quell'attesa silenziosa, anche il proprio respiro sembra un rumore forte. C'è qualcuno dentro la villetta? Se è Aila, perché non è venuta ad aprire? Heidi soppesa le possibilità. Lentamente, si sposta dalla veranda e si avvicina in punta di piedi alla finestra. Le tende sono tirate e l'interno è buio. Torna sulla veranda e appoggia l'orecchio sulla porta. Avverte il fruscio leggero del vento nelle orecchie. Poi, le sembra di sentire dei passi dentro casa. Tiene fermo il fascio di luce della torcia e ripete in mente la sequenza dei movimenti necessari per estrarre la pistola.

«Polizia, per favore apra la porta!», urla Heidi.

All'inizio non succede niente, ma poi la porta viene aperta con cautela. Heidi fissa la figura apparsa sulla soglia, che osserva la sua pistola, visibilmente spaventata. Abbassa l'arma e punta la torcia sulla porta. Chi ha aperto è il guardiano dell'isola, in vestiti scuri, che strizza gli occhi alla luce abbagliante.

«Buonasera, voi di casa», si impappina il guardiano, con aria confusa. Ha alzato il braccio per proteggersi il viso dalla luce della torcia.

«Questa dovrebbe essere la mia battuta», commenta Heidi. Le mani le tremano ancora a causa dell'incontro inaspettato.

«Cosa ci fa qui?», chiede il guardiano, ma lei non risponde.

«Sono io la poliziotta che fa le domande», replica bruscamente, afferra l'uomo e lo spinge dentro casa. Vuole assicurarsi che non possa scappare.

«Non ho niente da nascondere», balbetta l'uomo, anche se ha l'aria di chi nasconde molte cose. Ci deve essere un motivo per cui si è intrufolato senza permesso nella villetta di Aila.

«È già da molto tempo che svolgo delle indagini in forma riservata. Qui sull'isola sono scomparsi uccelli marcati con un anello, forse anche altri animali. Sospetto di Aila da qualche tempo. Da quando sono iniziate le ricerche di Jeremias Silvasto, mi sembra che sia diventata stranamente sfuggente».

«Lei si rende conto che non ha il diritto di intrufolarsi in casa di nessuno? Dov'è Aila adesso?», lo incalza lei senza mollare ancora la presa.

«Non lo so. Nella sua casa cittadina, probabilmente. Abita a Kruununhaka», ipotizza l'uomo, contorcendosi nella presa di Heidi come un animale notturno acciuffato nella sua tana. «Questo posto è impazzito», commenta il guardiano, e sembra addolorato.

«Quando ha visto Aila l'ultima volta?», lo incalza Heidi mentre lo fissa con sguardo penetrante.

«Aila era ancora qui all'inizio della settimana, abbiamo scambiato qualche parola più di una volta», racconta il guardiano e osserva

Heidi. «Lei è una poliziotta? Voglio dirle il mio punto di vista. Sono sicuro che Aila sia un'assassina. È in qualche modo coinvolta nella scomparsa di due uccelli. Questo fatto mi ha ossessionato per tutta l'estate. Non avrò pace finché la faccenda non sarà risolta. Non vedo Aila da un po', quindi ho immaginato che la villetta fosse vuota. Dovevo venire a controllare. Ho sperato di coglierla sul fatto».

Heidi osserva l'uomo. È allo stesso tempo visibilmente triste e amareggiato. Sembra essere più angosciato per la sorte degli animali che del fatto che stiano cercando un essere umano.

«Siamo nel bel mezzo di un'indagine su un delitto», comunica lei allentando leggermente la presa.

«Già, ma ancora non si è nemmeno guardata intorno», risponde l'uomo, e gesticola indicando l'appartamento.

In casa è quasi totalmente buio. Sulle pareti si intravedono delle ombre scure. Soltanto adesso Heidi alza la luce dal pavimento verso i muri. Quando vede cosa c'è sulle pareti sobbalza. Fissa un visone spelacchiato, con la pelliccia che manca in certi punti. Ci sono anche delle teche piene di coleotteri e farfalle esotiche. Sopra la porta c'è una collezione di diverse corna. "Ma che razza di posto è questo?", pensa mentre illumina lo spazio con la torcia. Le pareti verde scuro sono circondate da mensole, sulle quali sono poggiati degli animali irrigiditi. Una volpe impagliata e anche un gattino riposto sotto una campana di vetro. Quando vede il cucciolo, trasalisce e si mette a cercare uccelli impagliati. Ce ne sono due.

Davvero Aila ha cacciato di nascosto gli uccelli e li ha imbalsamati? Si ricorda che le aveva raccontato del suo lavoro di sceneggiatrice. In tutta tranquillità, questa dolce pensionata ha arredato la sua villetta come un museo di reperti naturali morti.

L'atmosfera è sospesa e strana. Heidi chiede al guardiano di andarsene e l'uomo sgattaiola via silenzioso. Vorrebbe denunciarlo in questura, ma adesso questa bizzarra villetta cattura tutta la sua attenzione. In un angolo c'è una vecchia stufa in ghisa e, a fianco, un tavolino con appoggiati alcuni utensili da cucina. Heidi passa accanto a un grosso insetto verde chiaro incorniciato che emana la puzza di una qualche sostanza conservante e comincia a illuminare l'ambiente con più precisione.

Alla parete dell'angolo cottura vede un alto armadio. Si avvicina e apre l'anta con un gesto brusco. Le compare davanti un ripiano pieno di vari attrezzi da lavoro e altri strumenti. Oltre a una comune colla, ci sono delle forbici, del fil di ferro e due bottiglie. Si mette a leggere le etichette: candeggina, detergente e sgrassante. È chiaro. Aila si è procurata l'occorrente per imbalsamare gli animali, ma avrà potuto fare anche qualcosa di peggio? Si allontana poi dall'armadio, vuole controllare anche la piccola alcova in fondo alla stanza. Dietro le tende tirate deve esserci probabilmente un lettino.

Va in fondo alla stanza e apre le tende. Dietro c'è appunto un letto. È vuoto.

Venerdì 13 settembre

SAANA

Saana sta ascoltando un audiolibro, ma lo interrompe quando scorge la casa che cercava. Si accerta di nuovo con il cellulare che l'indirizzo sia giusto. Sì. Gli studenti di medicina abitano nelle case degli studenti in via Tilkankatu. Oggi, la sua curiosità la porterà a incontrare un ragazzo che a suo tempo era amico di Kasper Hakala. Il nome di Tero era segnato tra gli appunti di Jeremias: forse anche lui è stato qui, ha visto lo stesso palazzo e ha intervistato Tero?

Dopo qualche minuto, Saana si ritrova, un po' incerta, in una stanza di venti metri quadri e sbircia un angolo cottura che straborda di piatti sporchi, lattine di birra vuote e cartoni della pizza.

«Sì, non ci fare caso», le si rivolge Tero indicando il disordine. «Ieri sono venuti un paio di colleghi a trovarmi», spiega, benché Saana non gli abbia chiesto niente.

Tero va alla finestra e tira su la veneziana. La vista è quasi completamente occupata da una grossa betulla. I raggi di sole che provengono da fuori rivelano che le finestre non vengono lavate da molto tempo. Saana non si può permettere di fargli delle critiche. La pulizia delle finestre non è mai stata neanche il suo forte.

Il ragazzo ha un'aria amichevole. Grazie alla sua esperienza da giornalista è allenata a intervistare le persone, ma ogni volta che si trova insieme a uno sconosciuto avverte sempre un po' di difficoltà. Come iniziare il discorso con una persona che ha perso un amico? Saana rimane in piedi in mezzo alla stanza e pondera il modo migliore per avviare la conversazione.

«Grazie per aver accettato di incontrarmi», esordisce. Tero toglie dal tavolo nero di Ikea un cartone aperto di pizza con residui secchi.

«Di nulla, siediti pure, se vuoi», la invita il ragazzo, che rimane in piedi con la scatola della pizza in mano.

Saana non si muove. Il divano di pelle dall'aria appiccicosa non la attrae.

«Come ti dicevo al telefono, sto indagando su un certo caso. Il tuo amico Kasper Hakala è scomparso alcuni anni fa», inizia lei, e cerca di mostrarsi partecipe con uno sguardo dolce.

«È già passato un po' di tempo, ma certo ancora mi dispiace. Era un bravo ragazzo», commenta Tero, poi va a posare la scatola della pizza sul lavello già pieno.

«Già», continua lei. «So che eravate buoni amici».

«È vero», conferma Tero e alla fine si siede lui, sul divano.

«Che tipo era Kasper?», prosegue Saana.

«Kasper era una figura piuttosto popolare e di spicco, o, be', anche una specie di playboy, se capisci cosa intendo».

«Esci ancora con i tuoi compagni di liceo?».

Il ragazzo scuote la testa e Saana è delusa dalla risposta.

«Non proprio, dopo la maturità ho fatto il test d'ingresso per medicina e l'ho superato. Ho dei progetti un po' diversi».

«Nel corso dei vostri anni di liceo è successo qualcosa di particolare? Qualcosa che ti sia rimasto impresso? Qualche grande litigio prima della scomparsa, situazioni strane o cose del genere?»

«Le solite battute, tutto qui. Kasper era Kasper, un gradasso, spesso presuntuoso, ma tutti lo sapevano», racconta Tero. I suoi occhi cominciano a diventare lucidi. «È stata una cosa terribile, da tutti i punti di vista. Come si può sparire così? Nel nostro liceo, tutti quelli che erano a quella festa si sono uniti alle ricerche nella zona nei giorni successivi. Poi, abbiamo continuato a cercare Kasper per tutta l'estate. È stata una situazione assurda. Alla fine, da quel che ho capito, la polizia incolpò la sfortuna e pensò a un incidente causato da forte ubriachezza. Quella sera c'era una festa in corso e noi avevamo uno spazio riservato al casinò di Katajanokka».

«Non è quello sulla spiaggia?», si informa Saana.

«Sì, proprio quello, ma Kasper non è stato ritrovato nemmeno in acqua. Per quanto ne so, la polizia ha preso in considerazione anche quella possibilità».

«E la famiglia di Kasper?», continua Saana.

«Ogni tanto ho ancora contatti con il padre di Kasper, ho anche fatto un lavoro estivo nella loro azienda. Voglio mantenere i rapporti, mi dispiace per suo padre. E poi un amico di famiglia di Kasper ha realizzato un progetto sulla sua scomparsa. Si chiamava Roy, un tipo piuttosto creativo ed eccentrico. Credo che abbia continuato a cercare Kasper anche dopo che la polizia aveva smesso».

Saana annuisce con interesse.

«Nel gruppo che ha partecipato alla festa c'era anche un ragazzo di nome Jeremias Silvasto?»

«Jeremias? C'era, sì», conferma Tero.

«Quando vi siete sentiti l'ultima volta?»

«Ora che me lo chiedi, in realtà ci siamo visti quest'estate, mi ha fatto delle domande simili a quelle che mi stai facendo tu adesso».

«Che cosa ti ha chiesto esattamente, te lo ricordi?»

«Voleva sapere con chi stava Kasper ai tempi della scomparsa. Non frequentavamo gli stessi giri di Jeremias, io ero un tipo piuttosto sportivo e con Kasper andavamo di più nei circoli dell'hockey. Jeremias stava per conto suo, era uno un po' isolato, o quantomeno parlava poco. Non so dire altro di lui. Passava molto tempo insieme a una ragazza di nome Tuuli. Quando ci siamo rivisti quest'estate è stato bello chiacchierare».

Saana annuisce.

«Quindi, con chi?», va avanti Saana e fa una smorfia allusiva.

«Ti rispondo la stessa cosa che ho detto a lui: Kasper quella primavera aveva avuto varie storie con delle ragazze, ma nessuna era la sua fidanzata ufficiale. Almeno secondo lui. Ma nelle settimane prima dell'incidente aveva combinato di tutto. Mi ricordo una certa Suvi e una Tiia. Posso darti i loro contatti, ma non penso che sarà molto d'aiuto», risponde Tero con aria piuttosto smarrita.

Saana annuisce. Lascia che Tero si schiarisca le idee.

«La polizia ha interrogato tutti noi che ci trovavamo a quella festa. Hanno già indagato su tutto all'epoca».

«Mi dispiace», dice Saana. È difficile trovare altre parole per una perdita.

«Dopo quella festa, non ce ne sono state altre per un po' di tempo. Per fortuna, dopo quell'estate è stato possibile concentrarsi su cose nuove e provare a dimenticare».

Mentre torna a casa, Saana controlla se ci sono chiamate di Jan. Proprio in quel momento vede un messaggio. Su Instagram, nell'angolo in alto a destra, è comparso il piccolo segno rosso di una notifica.

"Stanne fuori".

Il messaggio è stato mandato dallo stesso account, @purpurea123.

Saana controlla l'ora, è mezzogiorno e mezza. C'è luce. Le persone intorno sono intente nei loro affari. Il tram passa tranquillamente sui suoi binari. Qualche foglia secca scende accompagnata dal vento verso il bordo del marciapiede. Il sole splende così forte che sembra quasi avere l'intenzione di bruciare le foglie degli alberi. Saana rilegge di nuovo il messaggio. Se fosse arrivato di notte, forse avrebbe avuto un sobbalzo, ma alla luce del giorno le si risveglia soprattutto la curiosità. Perché quell'utente commenta così? Sarà implicato in qualche modo nella scomparsa?

Jan potrebbe aiutarla a scoprire chi c'è dietro quel nickname? Saana seleziona il suo numero e aspetta. Non risponde. Va bene, pensa Saana, e fa uno screenshot del profilo. Manda un messaggio a Jan e gli chiede un piccolo aiuto.

Le macchine e gli autobus passano sulla strada in un flusso ininterrotto. Tutto ha un'aria normale e comune, ma la giornata di Saana è tutt'altro che normale. Perché quei messaggi le provocano questa reazione? Agitata, si dirige verso casa. Il rumore del traffico copre quello del suo cuore che batte all'impazzata.

JAN

Jan vede il messaggio inviatogli da Saana. Uno screenshot da un profilo Instagram. Legge il messaggio e poi va in cucina a prendere un bicchiere d'acqua. Ha sudato troppo in bicicletta, e alla fine il sudore gli si è seccato sulla pelle in uno strato salato. Ha bisogno di una doccia, ma adesso non c'è tempo. Come mai a Saana interessa quel profilo? Vede con la coda dell'occhio comparire Saki nella stanza proprio al momento giusto. Ha in mano tre cartoni di pizza. Il profumo delizioso della pizza nel cartone caldo comincia a diffondersi per la stanza. Lo stomaco di Jan brontola per la fame.

«Puoi vedere se riusciamo a rintracciare questo?», chiede Jan mostrandogli sul cellulare la foto arrivata da Saana. Con l'altra mano prende una fetta di pizza alla puttanesca.

«Un momento», risponde Saki, e guarda sospirando il cibo che comincerà ben presto a raffreddarsi. Si siede comunque al computer e inizia a cercare.

«Questo profilo… Non trovo i dati dell'utente, ma cercando la parola "purpurea" vengono fuori echinacee e altri fiori color por-

pora. E questo», commenta Saki spostando il cursore su e giù sullo schermo.

Jan si china vicino a Saki e guarda una foto di fiori a campanula. Hanno un'aria familiare. *Digitalis purpurea*. Gli ricorda tristemente l'indagine sull'omicidio, finita per ora in un vicolo cieco.

«Da dove esce fuori?», chiede Saki mentre si alza con decisione a prendere un pezzo di pizza.

«Mi sono offerto semplicemente di fare un piccolo favore. Quindi, non riusciamo a scoprire i dati dell'utente?», mugugna Jan con la bocca piena. Saki scuote la testa.

«Di solito i dati degli utenti si trovano, quindi se qualcuno rimane anonimo nell'app, c'è sicuramente un motivo particolare. Dietro a un nickname può esserci qualsiasi cosa».

«Bene, grazie, mi basta».

Jan addenta un pezzo di pizza, poi lo poggia di nuovo nella scatola e si pulisce la mano piena di farina sui pantaloni. Dopodiché, si avvicina alla parete e osserva una mappa attaccata alla lavagna, un'area verde che è momentaneamente diventata oscura e pericolosa.

7 settimane prima della scomparsa

Jeremias è rimasto attaccato al computer e non sa quanto tempo sia passato. È stato con gli occhi fissi sul materiale girato senza sosta per molte ore. Sono riusciti a far raccontare a Roy il suo passato e le sue esperienze più interessanti. Hanno anche registrato la vita sull'isola e la sua bella natura. Ma le cose più importanti non si vedono nelle riprese. Jeremias ha deciso di farsi coraggio e affrontare l'argomento che lo ossessiona da tanto tempo.

«Nell'anno in cui mi sono diplomato, nel nostro liceo è successa una cosa che ancora non mi dà tregua», ha cominciato a dire. Si era preparato il discorso già da un bel po' di tempo. Prima voleva assicurarsi che Roy fosse dalla parte dei buoni. «Un ragazzo di nome Kasper Hakala è scomparso. Non è mai più stato ritrovato. Parlando con mio padre, ho saputo che conosci la famiglia di Kasper. Andavi anche alle sue partite. Questa vicenda non mi dà pace, ci penso da molti anni e credo che non possa essersi trattato di un incidente. Ho deciso di scoprire cosa è successo».

Jeremias rimane a guardare Roy, che lo osserva a sua volta, pensieroso. È evidentemente riuscito a scalfire la sua scorza esterna, gli ha smosso qualcosa dentro.

Roy sta seduto in un angolo buio della sua casa. È luglio. Conversa in modo confidenziale riguardo quella strana scomparsa e commenta pensieroso il fatto che il ragazzo sia riuscito a sparire sotto gli occhi di tutti. Ha il dubbio che non sia stato affatto un incidente. Piano piano, tra il farfugliare e il biascicare da ubriaco, si comincia a intravedere in modo chiaro la sua visione. Un collegamento, i fatti devono avere un collegamento. Forse la teoria di Roy sulla scomparsa potrà spiegare tutto quanto.

Jeremias beve pensieroso le ultime gocce della birra Brooklyn Bel Air Sour, poggiata sul pavimento. L'orologio segna già le 02:48. Sposta di lato il computer, sul letto, e si alza per andare al bagno. Avrebbe voglia di bere un'altra birra, anche se sarebbe più saggio mettersi a dormire. Quando esce dal bagno, va a prendere l'ultima bottiglia in frigorifero e si siede sulla poltrona accanto alla finestra. I suoi amici si sono messi a ridere quando hanno visto, per la prima volta dopo il trasloco, la sua nuova casa a Merihaka e hanno notato le poltrone e il telescopio sistemati accanto alla finestra.

«Tieni tutto sotto controllo da qui?», ha chiesto Abdi. Ma quando Jeremias l'ha fatto sedere sulla poltrona, gli ha infilato una birra fredda in mano e l'ha incitato a guardare fuori, Abdi ha cominciato ad annuire.

«Forse ho afferrato il punto», ha commentato l'amico, facendo un cenno d'intesa mentre guardava il mare. Il panorama che si vede dalla finestra è molto suggestivo, è come se la casa fosse collocata proprio davanti all'acqua. Il mare aperto che si estende in tutte le direzioni a volte lascia a bocca aperta. Trasferirsi qui, con questo paesaggio sconfinato, ha sicuramente contribuito a dare più spazio ai pensieri.

È una notte d'estate. Jeremias guarda verso il mare, ma nel vetro della finestra vede solo la sua immagine riflessa. La sagoma di un ragazzo solo, al centro della finestra gialla. La città illuminata appare tranquilla e sembra più grande di quanto non sia. Hiilikasat e Sompasaari, i nuovi cantieri di Kalasatama. Il paesaggio luminoso continua oltre Korkeasaari, fino a Kruunuvuorenranta e Helsinki est.

Con gioia, Jeremias nota delle luci a Sompasaari. Una macchina. Prende un sorso di birra e afferra il telescopio. Ci aveva sperato, che nel paesaggio immobile succedesse qualcosa. Avvistamento: una macchina. Gli viene un colpo quando cerca di mettere a fuoco la targa. Non c'è. Lì nel buio, c'è solo un'auto con la targa coperta da qualcosa di nero. Come mai? Poi arriva un ciclista. La bicicletta si ferma proprio accanto alla macchina. Jeremias cerca di mettere a fuoco meglio, ma non riesce a vedere dentro l'auto. Sembra la scena di un film di mafia. Un incontro in una zona isolata. Credono di non essere visti. Jeremias non sa perché, ma per qualche motivo inizia a sentirsi elettrizzato. I tipi seduti in macchina pensano che il luogo sia deserto. Il quartiere di Merihaka, dove adesso abita, pare così lontano dalla civiltà. "Può davvero essere?", pensa Jeremias prendendo una grossa sorsata. "Può davvero essere che quei tizi laggiù non si rendano conto che, dal mio soggiorno, ho una visuale diretta sul loro luogo di incontro?".

Jeremias mette a fuoco meglio il ciclista. Con il cappello da pescatore e la felpa, al buio è difficile distinguerne i lineamenti. Ma più guarda, più gli sorge l'impressione che abbia qualcosa di familiare. Ci mette un po' prima di capire di chi si tratta. Nel cuore della notte, intento in affari poco chiari, compare nel suo telescopio un ignaro Johannes. Jeremias chiude gli occhi e si massaggia le palpebre, come per assicurarsi di essere ancora sveglio. Apre gli occhi di nuovo e vede che i tizi porgono un pacchetto al ciclista. Sente il cuore battergli all'impazzata. Di cosa è appena stato testimone?

A Jeremias viene un pensiero folle. E se a Johannes venisse in mente di guardare verso il suo appartamento? Jeremias visualizza il suo palazzo a forma di scatolone in cui c'è un unico occhio. La sua finestra con la luce accesa. Si precipita a spegnere tutte le luci. Al buio, sbircia di nuovo verso la macchina e, con sorpresa, vede che qualcuno adesso sta guardando su verso Merihaka, in direzione della sua casa, direttamente nella finestra del suo soggiorno. Sente quello sguardo trafiggere il buio e infilarsi direttamente nel suo telescopio.

Sabato 14 settembre

SAANA

Saana sta seduta sul letto e si esamina il viso nello specchietto della cipria. Aggiunge un po' di rossetto e poi comincia a pensare a cosa mettersi. Telefona a Jan.

«Quanto è formale la situazione?», chiede per regolarsi.

«Non troppo», risponde lui. «È il mio compleanno, e in quanto festeggiato decreto che non sia troppo formale».

«Ma l'ultima volta tuo padre aveva un vestito elegante».

«Lui si veste sempre così».

Saana va verso l'armadio. Sceglie un vestito nero, semplice.

«Tu che ti metti?», si informa.

«Jeans e camicia jeans nera», risponde Jan.

Saana fa una smorfia. Forse vuole irritare suo padre vestendosi il più casual possibile. Jan intanto tace all'altro capo del telefono.

«Siete riusciti a capire di chi è quel nickname?», cambia discorso lei, cercando di mantenere un tono spensierato.

«No, non siamo riusciti a rintracciare la persona che si cela dietro quel profilo. Se qualcuno si nasconde così accuratamente, ci si può solo chiedere perché. Non ti stai impelagando in qualcosa di poco chiaro, vero?», si preoccupa lui.

Saana resta zitta. Sta disegnando la linea con l'eye-liner e non può parlare in quel momento. Pensa a cosa potrebbe raccontare a Jan del podcast. Non ne hanno ancora parlato.

«Niente di grave», si accontenta alla fine di rispondere.

«Sei sicura?», insiste lui, e a Saana non piace il suo tono di voce. Ha qualcosa di colpevolizzante.

Visto che non risponde più, Jan cambia discorso. «Papà ci ha invitato al brunch di compleanno, ha detto *venite da noi*», dice pensieroso. «Cos'avrà voluto dire?»

«Sarà sicuramente abituato a parlare così», ipotizza Saana, accogliendo con gioia la possibilità di cambiare argomento. «Anche se tua madre non c'è più, cambiare modo di esprimersi usando il singolare può richiedere tempo», continua dolcemente, e comincia ad applicare il trucco.

«Papà non si è mai troppo interessato al mio compleanno, e puoi stare sicura che mai nella sua vita ha usato l'espressione "brunch di compleanno"», borbotta Jan. «Perché proprio adesso?»

«Forse vuole fare così perché ora siete rimasti in due. Forse vuole rafforzare il rapporto con te. Non essere sempre così scettico, cerca di vedere tuo padre anche in una luce positiva».

Dopo aver detto questo, Saana si sente subito a disagio. Le viene in mente suo padre, che sta fin troppo bene per i fatti suoi, lontano nel nord. Hanno contatti al massimo due volte all'anno, a Natale e alla festa del papà. Al telefono non hanno mai saputo parlare.

«Ci vediamo allora da papà alle due», conclude Jan e attacca.

Saana mette nel marsupio il cellulare, le chiavi e il rossetto, poi va in cucina a prendere la bottiglia da portare. Un ottimo Crémant, non può sbagliare.

Circa un'ora dopo, si trova in un ampio e bel soggiorno. Sul soffitto c'è un lampadario elegante molto grosso; ciò nonostante, tra esso e il pavimento rimane ancora molto spazio. La stanza misurerà circa quattro metri di altezza. Saana rivolge lo sguardo al comitato di benvenuto. Il padre di Jan e una sua amica, Anu, che si è appena presentata. Stringe la mano della donna e le sorride amichevolmente. Come ricompensa, ottiene un bicchiere di champagne.

«Benvenuti alla festa di compleanno di mio figlio!», esclama il padre di Jan alzando il bicchiere.

A Saana piace quell'uomo, e anche Anu sembra simpatica, ma già si sente angosciata immaginando come Jan possa aver preso la novità. In un silenzio imbarazzato, ognuno beve un sorso.

«Prego, possiamo procedere», li invita il padrone di casa, e fa strada verso la sala da pranzo, dove c'è una gran quantità di cibo. Saana poggia il bicchiere sul tavolo di marmo e prende una fragola da una coppa. Poi cerca la mano di Jan e la stringe forte. Finora, non ha ancora detto niente.

Il padre di Jan indossa un vestito elegante, e la sua nuova compagna un vestito a balze. Lei si sente sciatta, nonostante sappia di avere un bell'aspetto. Anu sembra emozionata come gli altri. Saana la studia.

Il suo viso è truccato con cura, ma i capelli biondi lunghi sono lasciati sciolti in modo naturale. La prima impressione è che sia dolce e simpatica e che il padre di Jan non abbia scelto una persona qualunque. A quanto pare, hanno lavorato insieme per anni.

Saana percepisce sul volto di Jan che questa informazione, detta en passant, rende la situazione ancora più critica. Quindi, erano attratti l'uno dall'altra anche quando suo padre era ancora sposato? Quando tutto sembrava andare bene? Jan fa un gesto come se volesse colpire qualcosa, ma riesce, almeno per ora, a tenere sotto controllo lo sconcerto.

Saana ringrazia per l'invito e alza di nuovo il bicchiere.

«Grazie davvero», si associa Jan.

Il padre e Anu guardano Jan. Poi si sorridono. Saana li osserva senza farsi vedere e nota la dolcezza con cui la donna volge lo sguardo verso di lui, e si domanda se anche lei sia capace di essere così aperta e sincera nei confronti di qualcuno. Accettare così tanto un altro. Il padre di Jan ha l'aria molto innamorata.

Una volta terminato il brunch e usciti dalla porta, Jan viene finalmente fuori dal suo guscio.

«Cioè, sono anche colleghi, ci mancava solo questa», commenta mentre aspettano l'ascensore sul pianerottolo. «Anu fa la dentista nella clinica di papà. Chissà cosa potrebbe essere successo, in tutti questi anni».

«So che adesso sembra difficile, ma cerca di essere almeno un po' felice per tuo padre», lo esorta Saana, poi preme di nuovo il pulsante dell'ascensore, anche se non ce ne sarebbe bisogno.

Sul pianerottolo si spengono le luci. Nessuno dei due si muove per farle riaccendere. Intanto, nel cortile interno qualcuno sta gettando delle bottiglie nel bidone del vetro. Urtano tra loro e si infrangono con un rumore così forte che fa male alle orecchie.

Nell'ascensore stanno in piedi uno di fronte all'altra. Saana si alza sulle punte verso il mento di Jan. C'è un po' di barba non fatta da qualche giorno, le solletica la punta del naso.

«Non ci posso credere», mormora lui. «Che papà abbia incontrato qualcuno, che abbia trovato un'altra donna così presto».

Saana aguzza le orecchie. Nella voce di Jan percepisce la tristezza e la delusione.

«Dalla morte di mamma sono passati solo pochi mesi».

«Tuo padre si era sicuramente preparato al lutto già da parecchio tempo», considera Saana. Comprende la cosa da entrambi i punti di vista, ma si sente, con sorpresa, più vicina al padre di Jan. Ma niente di quello che lei dice fa effetto su di lui.

«Mi ha appena mandato un messaggio», dice Jan, quando arrivano al portone di casa. Aggrotta le sopracciglia mentre legge ad alta voce: «"Forse un giorno capirai. All'inizio ero così distrutto dal dolore che mi immaginavo solo con il mio lutto per il resto della vita. Mi vedevo vivere e affrontare tutto da solo. Poi è accaduto questo. Come una sorpresa e, sicuramente secondo molte persone, molto presto. Ma tua madre vivrà sempre nei nostri ricordi. Per quanto riguarda me, la cosa è molto semplice. Ho scelto la vita. Buon proseguimento di serata, mio caro figlio"».

Jan sbuffa.

«Mio caro figlio? Mio padre è proprio impazzito, non ha mai usato parole del genere».

Saana non sa cosa dire. Jan ha sicuramente bisogno di tempo. Molte cose sembrano all'inizio solo bianche e nere, ma poi, quando ci si pensa meglio, si cominciano a vedere sotto diverse angolazioni. Non c'è un'unica risposta esatta. In niente. Be', tranne nelle equazioni matematiche. Ma in niente in cui entrino, anche solo in piccola parte, le emozioni.

Più tardi, nel pomeriggio, Jan si addormenta nel letto, in braccio a Saana. Lei sente al suo fianco il suo corpo caldo e pensa a quanto tempo stia di nuovo passando al lavoro. Le loro gambe sono intrecciate e la pelle quasi sembra incollarsi. Gli accarezza la testa per un po' e poi si allontana, cercando di non svegliarlo.

Dà un'occhiata all'appartamento. Mentre lei non c'era, Jan ha portato delle scatole in camera da letto. Non le ha ancora esaminate, ma sa che dentro ci sono oggetti della madre. Cose che Jan ha voluto tenere per sé. Ricordi che ha scelto di salvare. Saana lo guarda con tenerezza. Sta per scoppiare di compassione. Jan non ha ancora aperto le scatole. Sta ancora elaborando il lutto. In un angolo del soggiorno sono comparsi anche alcuni portabiciclette ordinati online. Il ciclismo è sicuramente un suo modo di affrontare le cose. Jan elabora i problemi mentre pedala tranquillamente, ma non condivide o esprime i suoi pensieri.

Jan si sveglia di soprassalto e lei si allunga per dargli un bacio.

«È solo l'inizio della sera, se te lo stai chiedendo», ride Saana. Jan sembra per un momento un pulcino spettinato.

«Penso che devo uscire a fare un giro, per schiarirmi le idee», mugugna lui liberandosi dalla presa. «Devo anche andare al lavoro».

«Allora io vado a casa», replica lei, e comincia a raccogliere i suoi vestiti.

Arrivata a casa, Saana lascia le sue cose all'ingresso, va fino al frigorifero, beve del succo di mela direttamente dalla confezione e si toglie subito il vestito attillato. Poi, dalla cucina va in soggiorno e nota che la polvere, accumulatasi negli angoli, vola seguendo la corrente.

Si siede sul divano e poggia sulle gambe il suo quaderno dalla copertina nera. La vita quotidiana sembra ora così noiosa. Pensierosa, sfoglia i suoi appunti.

Ha fatto un elenco di possibili scenari.

Jeremias stava indagando su un vecchio caso di scomparsa ed è sparito anche lui?

Jeremias voleva incontrare Roy, il padrino del ragazzo scomparso che lo aveva cercato per molti anni.

Jeremias ha segnato un punto specifico del materiale filmato, in cui si vede una figura.

La soluzione si trova a Lammassaari?

L'appartamento è freddo, i termosifoni sono spenti. Saana si infila i calzettoni di lana. Sono bianchi e neri e hanno una fantasia complicata. Avverte un'indefinita nostalgia nel suo cuore. Li aveva fatti ai ferri sua nonna. È un peccato che non ci sia più ora che è adulta, quando finalmente le chiederebbe cose a cui a vent'anni non voleva pensare.

Il cellulare vibra. "Vado al lavoro <3", dice il messaggio di Jan. «Vado al lavoro cuore», Saana ripete il messaggio a voce alta. Il cuore non rappresenta affatto i sentimenti che le provoca la continua assenza di Jan a causa del lavoro. Lui presenta i suoi impegni sempre come qualcosa che va assolutamente sbrigato. Come se fosse il lavoro a scegliere lui, e non il contrario. Non se ne dispiace affatto, lo fa e basta. Saana gli telefona.

«Sì?». Nella voce di Jan c'è tutta la distanza che il lavoro crea tra di loro.

«Dovrai stare tutta la notte a lavorare?», chiede Saana, ma Jan non lo sa ancora. Lei sta per attaccare il telefono quando le vengono in mente delle domande.

«State indagando sui casi di omicidio a Vanhankaupunginlahti?», gli chiede a bruciapelo. «Sono collegati alla scomparsa di Jeremias Silvasto? Sono fondate le notizie che si leggono sul giornale?»

«Lo sai che non ti posso raccontare niente, oltre alle cose che sono già di pubblico dominio», borbotta lui. Il tono sembra leggermente irritato. «Ma sì, i casi sono collegati. So che fai sempre come ti pare, ma spero che non ti immischi troppo in queste cose, non è sicuro. Stai lontano da Lammassaari, amore», dice Jan, poi attacca il telefono.

«Grazie, commissario Jan», brontola Saana, benché lui ormai non senta più.

È snervante che, quando parla di cose di lavoro, Jan si rivolga a lei con una voce diversa e chiuda tutte le porte. Difficilmente riuscirà a cavargli fuori qualcosa di utile. Negli ultimi tempi, Jan è stato occupato e irritato per il novanta per cento del tempo, e fantastico per il restante dieci per cento. Soltanto qualche settimana fa, le percentuali erano invertite.

Saana pensa all'avvertimento di Jan. Che sappia qualcosa di così terribile sulla scomparsa da indurlo a metterla in guardia?

Solo in quel momento si rende conto che ha usato la parola "amore".

Saana ha bisogno di altro a cui pensare. C'è solo una serie TV, tra le tante possibili, che ha sempre voglia di guardare: *Succession*. Ed è l'unica che guardino insieme lei e Jan. Controlla il telefono ma non le viene in mente nient'altro. Dovrà fare questa cosa terribile per salvare la serata. Potrebbe guardare una puntata, al massimo due o tre, e poi, quando ricominceranno a vederle insieme, fingerà di non averle ancora viste. Anche se Jan dovesse accorgersi che le puntate sono segnate come già viste, lei negherà di averlo fatto.

Le viene da ridere. È un momento strano, nel rapporto si è insinuata una nuova minaccia, il tradimento delle serie.

HEIDI

Heidi gira il vecchio campanello due volte avanti e indietro. Drin drin. Il metallo è freddo a contatto con la mano. Aspetta. Nessuno viene ad aprire. Controlla la porta per assicurarsi di aver letto bene.

Sì. Sulla porta c'è scritto SAVOLAINEN. Gira allora il campanello ancora una volta, il trillo gracchiante riecheggia nel pianerottolo vuoto. Quel suono le fa venire in mente tutte le volte in cui, da bambina, correva a chiamare gli amici. Ripensa con nostalgia ai tempi in cui niente veniva deciso in anticipo. Non c'erano cellulari. Adesso pare quasi impossibile pensare di andare spontaneamente da qualche parte senza accordarsi prima con messaggi e chiamate. Eppure, tutto andava almeno tanto bene quanto adesso.

Al piano di sotto, un cane comincia ad abbaiare. Il guaito attraversa le scale smorzato ma acuto. Heidi bussa ancora alla porta e poi si china verso la cassetta delle lettere. Con cautela spinge la mano nella fessura e la allarga abbastanza da poter sbirciare dentro. Una lieve corrente d'aria le soffia in faccia mentre si avvicina per guardare. Tiene la fronte appoggiata alla porta. L'aria ha un odore di muffa, è quasi rancida e vi si mescola qualcosa di pungente. Le vengono in mente i suoi nonni e l'odore di medicinali che aveva impregnato tutto l'appartamento. La porta interna non è chiusa e dalla cassetta delle lettere c'è una visuale diretta nel piccolo ingresso, che continua fino al soggiorno.

Poi, Heidi se ne accorge. Sul pavimento, un po' in lontananza, giace un fagotto.

«Aila?», chiama dentro l'appartamento.

Non risponde nessuno. Il fagotto sul pavimento non si muove. Una mano bianca è distesa sul parquet a spina di pesce, come se Aila stesse cercando di allungarla verso la porta. Lo spettacolo inquietante diventa immediatamente comprensibile nella mente di Heidi. Aila, di un pallore mortale, giace sul pavimento supina e fissa il soffitto con la bocca aperta. Che cosa è successo? Chiude al volo la cassetta della posta e si allontana dalla porta per chiamare aiuto.

Mentre attende i rinforzi, corre giù per le scale. Deve prendere una boccata d'aria fresca, ha bisogno di ossigeno. Non è tanto la morte che la sconvolge, bensì la nuova piega che sta prendendo l'indagine. La morte è così presente nella sua vita che è in un certo senso divenuta parte della quotidianità, ciò nonostante ogni nuovo cadavere la turba. Che cosa è successo ad Aila?

Mentre aspetta, si appoggia sulle ginocchia e respira profondamente. "Cosa stavo cercando qui?", chiede a sé stessa. "Cosa ritenevo più possibile: che Aila fosse colpevole o il fatto che avesse potuto vedere qualcosa di fondamentale mentre era sull'isola?". Questo ritrovamento le ha di nuovo tolto il terreno da sotto i piedi. Non sa cosa fare. Niente va per il verso giusto. Perché non hanno cercato Aila prima? Sul cielo scuro si sono addensate delle nuvole. Inizia a piovigginare. Heidi solleva il viso verso il cielo e chiude gli occhi. Spera che le gocce fredde che cadono dal cielo le puliscano la mente, ma non sono sufficienti.

JAN

Jan si sente per un attimo impotente. Cerca di elaborare la notizia appena comunicatagli da Heidi. Una nuova morte a Helsinki, un cadavere trovato a Kruununhaka. Dovranno lavorare tutta la sera, ma farà comunque del suo meglio per svegliarsi accanto a Saana il giorno dopo. Il giorno del suo compleanno.

Mette i piedi sul tavolo e si appoggia allo schienale della sedia. Guarda il soffitto, visualizza nella sua mente uno per uno gli elementi concreti che hanno.

Il corpo di Johannes, la morte di Roy e, adesso, Aila.

«Come stiamo andando?». Jone compare dietro le sue spalle. Jan sobbalza e si tira su, sorpreso. Poche persone sono presenti a quest'ora.

«Sta' tranquillo», ride Jone.

Jan si gira verso di lei.

«Aila Savolainen è stata trovata morta a casa sua», la informa Jan, e nota nella sua stessa voce una sfumatura di sfinimento. Sono quasi vicini al fallimento. Continuano a morire persone, ma non sono riusciti ad afferrare il filo conduttore. L'inaspettata morte di Aila farà crollare presto l'autostima di Jan, se non riuscirà a trovare una nuova pista da seguire. Può tutto questo essere opera di un'unica persona?

«L'ho saputo, per questo sono venuta. Volevo anche dirti che avevi ragione. La morte di Aila conferma la tua idea che l'assassino sia qualcun altro rispetto a Roy. Tutto ciò complica il quadro e allo stesso tempo rende questa indagine assolutamente prioritaria. Hanno avuto luogo tre delitti e una persona è scomparsa. Con queste informazioni, sono pronta a rigettare la teoria di un coinvolgimento di Roy negli omicidi».

Jan annuisce.

«Vado e raggiungo il luogo del ritrovamento a Kruununhaka. Heidi è lì con la scientifica. La casa di Aila a Lammassaari sarà presto perquisita».

«Bene», risponde Jone.

Jan la guarda, ma è difficile leggere la sua espressione. Ha uno sguardo comunque così penetrante che Jan si imbarazza e si gira da un'altra parte. Mentre evita il contatto visivo, nota gli anelli di Jone all'anulare sinistro. Improvvisamente, lei si accorge di cosa lui stia osservando e Jan non fa in tempo a distogliere lo sguardo.

«Sono sposata, abbiamo due figli. Anzi, uno. Abbiamo perso il nostro primogenito quattro anni fa. Aveva solo diciassette anni».

«Mi dispiace», dice Jan.

Jone gira nervosamente gli anelli con le dita e guarda oltre Jan, da qualche parte in lontananza.

«Eero, mio figlio, era molto sensibile già da piccolo. La vita è qualcosa di misterioso. Si dice che i nostri geni determinano il punto di partenza della crescita del nostro corpo e il modo in cui ci svilupperemo. Ma che ruolo gioca l'ambiente circostante? Eero non ce la faceva a vivere. Si è tolto la vita da solo».

Jan guarda Jone e vede improvvisamente un'immensa voragine e senso di perdita nei suoi occhi marrone scuro. Una lacrima le spunta all'angolo degli occhi».

«Be'», mormora Jone e si asciuga gli occhi. «Ti racconto questo perché a volte le mie esperienze possono influenzare il modo in cui reagisco. Come alla morte di quel giovane ragazzo. Come mio collega, è bene che tu lo sappia. Possiamo essere anche molto esperti, ma siamo comunque esseri umani».

«Grazie per aver condiviso questo con me», risponde Jan, e ora capisce meglio di prima perché Jone sia stata così attiva riguardo a questo caso. Le ha fatto pensare a suo figlio.

Chissà quante altre volte il lavoro la porterà a ricordare, pensa tra sé e sé. Si alza, vorrebbe mostrarle la sua partecipazione in modo più caloroso, ma non ci riesce. Abbracciarla sembrerebbe innaturale. Invece, la saluta con un cenno del capo ed esce a grandi passi dalla porta. Si precipita poi giù per le scale, per arrivare il prima possibile là dove Heidi lo sta aspettando.

Su via Oikokatu, Jan apre il pesante portone ed entra nel grande palazzo. L'ascensore sta salendo, è già arrivata gente. Prende allora le scale e va fino al terzo piano. La porta della signora Savolainen è aperta. Un vicino curioso sullo stesso pianerottolo apre leggermente la porta per sbirciare cosa sta succedendo fuori, ma la richiude subito appena nota di essere stato visto da Jan.

«Cosa sappiamo sulla morte di Aila Savolainen?», chiede subito, quando vede Heidi.

La collega è in piedi nell'ingresso e dietro di lei ci sono persone in tute protettive, accucciate intorno alla salma. Nel punto di passaggio tra l'ingresso e il soggiorno c'è un grosso vaso di ceramica pieno di lunghe canne lacustri. Aila ha voluto avere con sé in città un po' di Lammassaari, portandosi dietro la vegetazione del posto.

«Probabilmente un infarto, oppure qualcosa di peggio. Nella spazzatura, in cucina, è stata trovata una penna per insulina e nel frigorifero è conservata l'insulina stessa. Non sappiamo ancora se c'è un nesso con la morte».

«Da quanto…», comincia Jan, ma Heidi lo interrompe.

«Aila giace qui morta probabilmente già da ieri».

«Forse ha preso un dosaggio sbagliato?», medita Jan allungando il collo per vedere oltre Heidi, sul pavimento.

«Ho pensato la stessa cosa. Aspettiamo di ricevere qualche conferma per questo sospetto, ma sono sicura che non è una cosa autoprovocata».

«C'è un messaggio da qualche parte?»

«Questa volta no».

«I fatti si stanno moltiplicando», commenta Jan.

«Già. Mentre aspettavo gli altri, una domanda ha continuato a girarmi in testa. Perché Aila?».

Un'opprimente incertezza li schiaccia.

Domenica 15 settembre

SAANA

«*Tanti auguri a te, tanti auguri amore!*», canta Saana sussurrando e dà un bacio a Jan sulla punta del naso.

Jan si sveglia di soprassalto.

«Oh ca… mi sono spaventato», esclama, e ha l'aria autenticamente scossa. Poi, appena si sveglia del tutto, si mette a ridere. Ridono entrambi della reazione assurda che ha avuto. Saana lo guarda. Sembra molto tenero così, tutto assonnato. Jan si è accoccolato accanto a lei quasi all'alba.

«Ho sentito bene, amore?», ridacchia Jan e la bacia. «Mi hai chiamato "amore"?».

Saana sente che sta arrossendo. Siccome Jan ha già usato una volta quella parola, ha deciso di osare. Lo prende per mano e lo tira con sé in cucina, dove ha preparato una piccola colazione di compleanno. Dei croissant, due bicchieri pieni di frullato e una frittata.

«Questa è la colazione più bella che qualcuno mi abbia mai preparato», commenta Jan e tira Saana a sé per abbracciarla, ma lei si irrigidisce. Non vuole pensare a quelle mattine di un tempo, in cui lui si è svegliato accanto ad altre donne.

«Buon compleanno», augura Saana e versa del succo d'arancia in due calici per preparare due cocktail Mimosa. Proprio in quel momento squilla il cellulare di Jan.

Risponde subito e mentre parla si guarda ansiosamente intorno. Saana capisce dal suo tono familiare che è Heidi al telefono. Guarda l'ora, sono passate da un po' le dieci ed è domenica mattina.

«Invitala, se vuole venire», scherza Saana e guarda dalla finestra la luminosa giornata autunnale. Jan forse si sente già in colpa per aver interrotto anche questo piccolo momento.

«Te ne pentirai, probabilmente, perché Heidi sta già venendo», ride lui, quando termina la chiamata. «Poi andremo al lavoro insieme», continua più serio e Saana sente crescere la delusione. Non le viene in mente nessun commento positivo, nonostante fosse già stata avvertita. Jan l'aveva avvisata che avrebbe dovuto lavorare quasi tutto il tempo per diversi giorni.

Saana guarda i suoi vestiti. Ha addosso solo una t-shirt. Va di corsa nella stanza da letto a cercare qualcosa da mettersi prima che Heidi suoni il campanello.

Una volta arrivata, Saana la vede che prende dal tavolo il bel frullato preparato per Jan, stacca la violetta di decorazione e comincia a tracannarlo avidamente.

«Molto carino», commenta poi Heidi, indicando con il cucchiaio il bicchiere decorato con tanta pazienza. Incredula, Saana guarda dietro di sé e vede che stavolta Jan si è appartato in camera da letto per parlare. Le aveva promesso un momento libero tutto per lei, ma è già al telefono per la seconda volta e, invece che con lui, Saana sta festeggiando il suo compleanno insieme alla collega appena comparsa nel suo appartamento. Certo, Heidi è anche un'amica di Jan, ma il grado di romanticismo di quella mattina del compleanno è comunque -10. Non farà mai più l'errore di dare il permesso a Jan di invitare una collega nel bel mezzo di un festeggiamento a due. Saana apre il frigorifero e si versa un bicchiere di prosecco, senza succo d'arancia. Nemmeno lo offre agli altri, perché tanto sa che non potrebbero bere. Si siede poi con il bicchiere in mano, appoggiandosi all'isola della cucina e accenna un tiepido sorriso a Heidi, che si appoggia a sua volta.

È talmente vicina, che Saana quasi sente il suo alito. Tra i denti le è rimasto qualche seme di chia. Appena svuotato il bicchiere del frullato, Heidi allunga con decisione la mano verso i croissant appena sfornati.

«Sono contenta che ti sei presa quel testone», scherza la poliziotta e indica verso la porta della stanza da letto, dietro la quale sta ancora parlando Jan.

«È impossibile prenderlo», bofonchia Saana. «Ma invece tu? Non abbiamo parlato per niente di te. In questo momento stai con qualcuno o sei single?», prova a essere gentile e conversare un po'.

Heidi la guarda, come soppesando cosa le convenga rispondere.

«Tra le due cose», afferma poi e addenta un croissant. Briciole di pasta sfoglia cadono sul piano di marmo. «C'è una persona a cui tengo, ma la cosa è complicata e praticamente impossibile, non è nemmeno in Finlandia. Così mi sono scaricata di nuovo Tinder. Detto così, tra noi, detesto quell'app».

Saana ride, notando che Heidi è anche capace di essere un po' più rilassata.

«Non si sa mai. Forse troverai lì qualcosa», la incoraggia con una smorfia divertita.

Ops. Se qualcuno le avesse detto così quando era single si sarebbe subito innervosita. Come se l'unico scopo di un single fosse quello di trovarsi qualcuno con cui stare.

Heidi dà un altro morso al croissant e sembra stanca. Forse quando è stanca potrebbe essere un po' più ricettiva, pensa Saana. Sa che è l'occasione giusta.

«Vorrei parlare con te di una questione», comincia e la osserva per vedere come reagisce. «Non so se lo sapevi, ma sto aiutando un mio collega di lavoro con un podcast sulla scomparsa di Jeremias Silvasto. Pare che sia una matassa più intricata di quanto non sembrasse all'inizio. Ho scoperto che Jeremias stava indagando...».

La conversazione si interrompe quando Jan torna in cucina. Ha l'aria un po' avvilita. Sa anche lui cosa ha combinato. La romantica colazione di compleanno è diventata una riunione di lavoro. Saana beve un grande sorso di prosecco e guarda prima Jan e poi Heidi. Nonostante tutto, non si può non voler loro bene. Quando Jan va al bagno, Heidi le presta di nuovo attenzione.

«Cosa stavi dicendo?»

«Ti mando tutte le informazioni che ho raccolto entro un paio di giorni», le anticipa Saana. «Abbiamo adottato una linea rigorosa, Jan non condivide con me nulla di quello che fate. Volevo solo dirti che probabilmente stiamo indagando sullo stesso caso».

«Devi essere un po' matta», commenta Heidi. «Ti metti volontariamente a rovistare in cose che noi facciamo per lavoro. Perché diamine lo fai?».

Heidi si pulisce la bocca dalle briciole del croissant, si stiracchia e sbadiglia.

«Va bene se riposo un momentino sul tuo divano?».

Saana la osserva. I capelli sono ben pettinati in una coda di cavallo, ma gli occhi sono cerchiati da due profonde occhiaie. Ha l'aria di non aver dormito neanche un minuto per molti giorni. Non ha il cuore di negarle il favore.

JAN

Jan, Heidi e Saki leggono il rapporto mandato in fretta da Super-Joki sulla causa di morte di Aila Savolainen. Già sanno che l'insulina è stata somministrata con la penna insulinica. Nella cartella clinica della signora Savolainen è stata trovata una segnalazione di diabete.

«Ma la dose assunta è stata eccessiva». Jan conferma ad alta voce quello che ha appena letto. «Secondo il medico, nessun diabetico si sarebbe mai iniettato una tale quantità».

«Sì, e inoltre non c'erano impronte sulla penna per insulina. È strano, perché non abbiamo trovato nemmeno quelle di Aila. È proprio come se la penna fosse stata pulita».

«Sono sbigottita», confessa Heidi. «Questo potrebbe essere il caso più complesso di tutta la mia carriera. Sul corpo di Aila non ci sono segni di violenza, la morte sembra essere stata quasi naturale. Stessa cosa per quanto riguarda Roy: l'assassino è stato molto freddo. Si è comportato in modo molto controllato, non ci sono tracce di lotta, solo un proiettile. Sono dell'idea che in entrambi i casi l'assassino deve aver creato all'inizio un clima di fiducia. Penso che le vittime lo abbiano lasciato avvicinare a loro. Roy non chiudeva mai a chiave la porta, ma Aila deve averlo fatto entrare in casa».

«Fino a che...», dice Jan, e si passa un dito sul collo.

«Se torniamo ancora all'inizio, ho scoperto una cosetta», rivela Saki. «Ho esaminato l'attività di Johannes sulla rete Tor. Non ordinava sostanze dall'estero, quindi è possibile che abbia preso la droga da vendere in Finlandia. Ma non è questo che ci preme, ora. Quello che ci interessa e che volevo portare all'attenzione di tutti è il fatto che ho esaminato anche i giochi trovati sul computer. Johannes giocava soprattutto a *CS: GO*».

«Ovvero?», chiede Heidi.

«Ovvero *Counter-Strike: Global offensive*», spiega Saki, ma l'espressione di Heidi rimane immobile. La delucidazione non chiarisce niente, se non si conosce quel mondo.

«In ogni caso, da lì è uscita fuori una nuova informazione. Anche Jeremias ci giocava, e ho trovato su Discord delle loro vecchie chat di gioco. I brevi commenti generici si concludono con le parole inviate dal nickname di Jeremias a Johannes: "fai attenzione". E potrebbe non essere affatto una frase correlata al gioco. Johannes ha anche chattato sul canale di conversazione con lo stesso nickname, ma non riesco a trovare i dialoghi. Il nickname lo conoscevamo già».

«Qual è?», si incuriosisce Jan.

«Purpurea123», risponde Saki.

«Lo stesso che ha mandato i messaggi a Saana», collega Jan.

«Cosa ci può dire di Jeremias l'avvertimento mandato a Johannes?», si chiede Heidi pensierosa.

«Già», replica Saki. «Sottolineo, ancora, che la conversazione ha avuto luogo solo un giorno prima della morte di Johannes».

«E un attimo dopo, Johannes è stato trovato ucciso nel bosco», continua Heidi.

«È escluso che Jeremias possa essere il colpevole?», pone l'interrogativo Saki.

Jan annuisce interessato.

«Se posso essere sincero, finora abbiamo trascurato la pista secondo la quale Jeremias Silvasto sia scomparso di proposito», riflette Jan.

«Johannes ha avuto una serata da DJ al Pultti di giovedì, la sera precedente. Sulla base dei messaggi, anche Jeremias è stato lì».

«Stai pensando anche tu quello che penso io?», chiede Heidi.

«Dipende da cosa stai pensando».

«Che Jeremias, anziché una vittima, potrebbe essere il colpevole».

«Potrebbe», replica Jan, e sente che la stanza gli inizia a girare tutto intorno.

«Ha filmato per tutta l'estate un documentario riguardante credenze mitologiche sulla natura», continua Heidi pensierosa. L'atmosfera nella stanza si fa elettrica.

«Jeremias sarebbe stato capace di progettare un omicidio? Potrebbe aver ucciso Johannes e poi aver inscenato la sua morte come una sorta di sacrificio? Conosceva anche il passato di Roy e il suo interesse per gli antichi incantesimi», prosegue Jan, e nella stanza si crea un senso di attesa. Stanno camminando ora su un ghiaccio molto sottile, ed esprimono ad alta voce riflessioni che non avrebbero mai pensato di fare. Jan sente come se un vetro invisibile nel suo cervello stesse andando in frantumi. La gabbia angusta, dentro la quale era stato chiuso per un po', si sta rompendo e i pensieri escono liberi.

Se Jeremias Silvasto, invece di scomparire, si fosse nascosto dopo il delitto, che ipotesi si potrebbero fare? Forse è rimasto nascosto, invisibile, e poi ha ripreso a uccidere. Prima ha ucciso Johannes e poi è tornato per far fuori Roy. Ma se le cose stessero così, chi è allora il responsabile della morte di Aila?

«Forse Aila potrebbe aver visto Jeremias, e lui l'ha dovuta uccidere per questo?»

«Ma perché Jeremias si sarebbe comportato così? Manca un movente», osserva Saki.

«Se tutti e tre questi delitti sono opera di un'unica persona, ci troviamo di fronte a una situazione terribilmente grave. E a un assassino estremamente pericoloso. Un serial killer. Oltre a esser riuscito a creare una matassa intricata, ha lasciato solo tracce ben ponderate».

«Questa nuova pista pone anche le persone della cerchia intorno a Silvasto in una luce diversa?», si interroga Heidi avvicinandosi alla lavagna. In silenzio, esamina l'elenco dei nomi delle persone appartenenti alla cerchia più stretta di Jeremias.

«I genitori sono probabilmente da escludere, nei loro occhi c'era una tale preoccupazione e tristezza che sarebbe impossibile fingere», osserva Heidi.

«E il fratello maggiore? È stato tutto il tempo al centro delle ricerche», commenta Jan, mentre con le fronti aggrottate fissano tutti la lavagna, sulla quale si legge il nome di Samuli Silvasto, scritto nella bella grafia di Heidi.

Lunedì 16 settembre

SAANA

Saana è seduta alla sua postazione di lavoro e pensa al pranzo. L'idea di una salutare insalata al piano di sotto sta trasformandosi in pizza e coca-cola. Dà un calcio alla sedia con le rotelle allontanandola dalla scrivania e poi si riavvicina lentamente. Il testo non procede. La sua mente si è bloccata.

Legge l'oroscopo del giorno. «Ariete: conflitti in arrivo», dice il titolo. «Valuta bene questa fase della tua vita. È tempo di pensare a che cosa vuoi e a dove ti vuoi dirigere. Non credere a tutto quello che si dice, fidati di più del tuo istinto. Nelle questioni amorose in questo momento sei sfortunata, ma le cose stanno per cambiare». Sfortunata in amore? Per fortuna non è vero. Da un bel po' di tempo si sente quasi in equilibrio, e grazie a questo anche il rapporto con Jan poggia su buone basi.

Saana cerca di nuovo Lammassaari su Google. Su due dei maggiori tabloid nazionali sono comparsi articoli sui delitti, ma vi sono poche informazioni utili. Si chiede cosa sappia la polizia in questo momento, quali elementi terribili per ora tenga nascosti.

Nuovo omicidio a Helsinki – La polizia mantiene il riserbo. Leggendo l'articolo, Saana apprende che Roy, il protagonista del documentario di Jeremias, è morto. Ma cosa sarà successo? Cerca sul cellulare le foto che ha fatto ad alcune scene del materiale girato, quelle segnate da Jeremias. Chissà se era riuscito a capire alla fine chi c'è in questa immagine. Sarà forse il motivo per cui si è segnato questo fotogramma? Osserva a lungo la figura scura. "Sei tu quello che tutti adesso stanno cercando?".

Proprio in quel momento Saana sente una voce familiare. Samuli è arrivato in ufficio. Saana lo segue con lo sguardo mentre si trascina pigramente verso la sua postazione.

«Ciao», lo saluta lei timidamente. Prima di parlargli subito di Jeremias, vuole rimanere a osservarlo un po'.

Samuli sbircia lo schermo del computer di Saana, su cui c'è scritto a grandi lettere I DELITTI DI LAMMASSAARI. Lei chiude subito la pagina imbarazzata.

«Non c'è bisogno che cerchi di tenermi al riparo da queste notizie, puoi stare certa che le ho già lette», borbotta Samuli togliendosi la giacca.

«Va bene», replica Saana. «Oggi mando alla polizia tutto quello che ho scoperto finora, ma non so se sarà d'aiuto».

«Ah?». Samuli guarda Saana stupito. «Avresti potuto mandarlo a me. Lo avrei sepolto insieme alla mia speranza», dice con l'aria esausta.

Saana lo osserva e si domanda cosa abbia fatto negli ultimi giorni. Poi torna a occuparsi di argomenti di lavoro.

«A proposito, che cosa ti ha detto la polizia quando gli hai consegnato il taccuino di Jeremias che abbiamo trovato?», gli domanda più tardi, mentre vanno insieme a pranzo. Samuli ha accettato di andare a mangiare una pizza.

«In realtà ancora non gliel'ho dato», ammette Samuli con aria noncurante.

«Perché no?», chiede Saana sorpresa.

«Gli appunti di Jeremias erano così strani. Molto confusi. Ho temuto che il taccuino potrebbe mettere mio fratello in cattiva luce».

Saana lo guarda perplessa. «Ma no che non sarebbe successo!».

Perché la polizia dovrebbe vedere sotto una cattiva luce una persona che stanno cercando? A meno che, pensa Saana, in lui o in chi lo circonda non ci sia qualcosa di sospetto.

6 settimane prima della scomparsa

Jeremias riflette su come presentare l'argomento a Johannes. Potrà fidarsi di lui come compagno di riprese? È chiaro che Johannes traffica in qualcosa di illegale.

D'altronde, questa è una faccenda che non lo riguarda. Arrivato sulla collina di roccia di Kuusiluoto, Jeremias si siede accanto a Johannes, tira fuori dallo zaino una birra calda appena comprata e la apre. La schiuma esce a fiotti dall'apertura della lattina e gli bagna le dita. Allontana rapidamente la lattina da sé, così la schiuma cola sulla roccia. Dei piccoli insetti arancioni simili a ragni brulicano sulla superficie rocciosa. Spera che non affoghino nella schiuma della birra.

«Ieri notte ho visto una cosa strana», comincia Jeremias scuotendo la mano bagnata. Non sa come andare avanti, se parlare o tacere. Il fatto è comunque così insolito che lo invoglia a sputare il rospo.

«Ho visto una cosa molto strana a Sompasaari», Jeremias ripete. «Ho assistito a una scena di spaccio».

Johannes guarda Jere, prima perplesso e poi più cupo.

«Che ci facevi lì nel cuore della notte?», gli chiede Jeremias.

Johannes guarda fisso davanti a sé, come se stesse riflettendo su cosa rispondere. Dopo una breve valutazione apre la bocca.

«Se lo dici a qualcuno giuro che ti ammazzo», lo minaccia con tono freddo, poi prende un sorso della sua birra.

Jeremias nota che la mano gli trema un po'. Il timido e riservato Johannes si comporta improvvisamente in modo così aggressivo. Si ricorda di quanto Johannes sembrasse impacciato, all'inizio dell'estate. Da dove viene ora tutta questa audacia? Di cosa si fa, Johannes?

«Non so se mi posso fidare di uno spacciatore», continua Jeremias, facendosi coraggio. «Il documentario per me è la cosa più importante che ci sia».

«Sai almeno chi erano, quei tipi in macchina?», chiede Johannes, ma non aspetta la risposta. «Sono parte di una banda chiamata Wolves MC. E sai cosa si dice dei lupi?».

Johannes fa una lunga pausa.

«Se ne vedi uno, è probabile che tutto il branco sia appostato nelle vicinanze. Anche in questo momento, sei seduto sul territorio dei lupi».

Seduta n. 8

Leggermente imbarazzato, Kaj guarda verso la porta e tende la mano in segno di saluto. Al posto della ragazza, è venuta allo studio Rosa Heikkinen. Rosa gli stringe la mano, lo saluta in modo gentile ma distaccato e si siede sulla poltrona. Kaj indietreggia di qualche passo e si siede a sua volta. Di solito nessuno sceglie la poltrona singola, tutti si siedono sul divano. Rosa accavalla le lunghe gambe avvolte dai pantaloni di un tailleur rosso e si aggiusta un po' la giacca. Poi guarda Kaj con aria interrogativa.

«Come vanno le cose?», gli chiede socchiudendo gli occhi.

«Piuttosto bene», risponde lui e ricambia lo sguardo, cercando di mostrarsi amichevole.

«Secondo lei, come sta mia figlia?». La donna emana una certa autorevolezza. Non c'è dubbio che sia abituata a ottenere ciò che vuole.

«È troppo presto per dirlo», risponde Kaj.

«Pensavo che mi avrebbe contattato per dirmi cosa le ha raccontato», continua Rosa. Oltre a essere abituata a ottenere ciò che vuole, è anche abituata ad accusare gli altri, pensa Kaj, e piega le labbra in un lieve sorriso.

«Be', in ogni caso adesso ci troviamo in una situazione molto particolare. È per questo che sono venuta», comincia Rosa, e Kaj ascolta con attenzione. «Hanno appena sparato al cosiddetto fidanzato di mia figlia».

Kaj fa di tutto per nascondere la sua reazione di sorpresa.

«Mia figlia è stata momentaneamente trasferita in un alloggio sicuro. I Wolves MC sanno dove abitiamo. Si tratta di un regolamento di conti tra bande. Non possiamo escludere la possibilità che l'assassino conosca il nostro indirizzo».

«E la polizia?», non può fare a meno di chiedere Kaj.

«Ho già contattato la polizia, ma non possono fare molto, nonostante io lavori al ministero dell'Interno», sogghigna Rosa, con nel tono una sfumatura di qualcosa che Kaj interpreta come disprezzo. «I Wolves non hanno compiuto nessuna azione, né ci ha minacciato qualche altra banda. Non c'è niente che dimostri che siamo in pericolo. Non c'è una minaccia effettiva. La minaccia è, a quanto pare, solo nella mia testa. Ieri una macchina della polizia è rimasta nel nostro cortile per alcune ore, ma non è cambiato nulla. L'unica cosa di cui mi fido in questa faccenda è il servizio di sicurezza privato che sorveglia la mia casa.

Rosa Heikkinen cambia posizione. «Fondamentalmente, ciò che volevano fare era usare mia figlia per arrivare a me. Sembra che non sappiano con chi hanno a che fare. Anch'io ho i miei mezzi, se necessario».

Kaj recepisce il significato della frase con un po' di tristezza. Davanti a lui è seduta una donna che sembra pensare che tutto giri intorno a lei.

«Come sta sua figlia?», le chiede.

Rosa scuote la testa.

«Non molto bene».

«Ha bisogno di tutto il sostegno possibile, adesso», afferma Kaj, e pensa alla ragazza e alle sue parole. Riuscirà ad avere il sostegno necessario da sua madre?

«Sono venuta qui perché volevo discutere della possibilità che continuiate le sedute nell'alloggio di sicurezza», propone Rosa. «Mia figlia si rifiuta di parlare con me. Vuole che lei vada lì».

Kaj si prepara mentalmente. Che cosa sarà successo nella banda dei motociclisti?

Martedì 17 settembre

SAANA

Saana si sveglia a causa della notifica del cellulare. Confusa, guarda l'ora. È davvero presto, sono solo le 6:20. Legge il messaggio. "Vengo a Helsinki. Inkeri".

Le viene un po' da ridere. Inkeri non dice quando arriverà, perciò le telefona subito.

«Davvero vieni?», chiede sorridendo, la voce è ancora rauca per il sonno. «Quando pensavi di venire? Così ho il tempo di prepararmi», farfuglia con la guancia appoggiata al cuscino.

«Buongiorno anche a te», ride Inkeri. «È un capriccio del momento. Io e Harri stiamo sempre talmente appiccicati che... be', non voglio offenderlo, ma ho bisogno di una piccola pausa per respirare. Vengo domani o dopodomani!», conclude, poi attacca il telefono.

Saana fissa il cellulare a bocca aperta. Cioè, quando per la precisione? E per quanto tempo? "Benvenuta, ovviamente", pensa, e si alza in piedi. Osserva l'appartamento. Qua e là, sulle sedie, ci sono vestiti, la polvere si è annidata a poco a poco negli angoli, non ci sono piante, sono tutte morte. Negli ultimi tempi è stata più da Jan che a casa sua, e si accorge che ha cominciato a trascurarla. Inkeri a Helsinki: è da tanto che non succede. Saana si avvia intontita verso la cucina per prepararsi un caffè.

Oggi ha il giorno libero. Tornerà al lavoro alla fine della settimana. Un grosso insetto ronza in un angolo della cucina, contro il battiscopa. È una tipula, ogni tanto entrano dalla finestra aperta. A Saana non sono mai piaciute, nonostante siano innocue. La lascia stare e spera che sparisca da sola. Si ricorda che da bambina, di notte, non voleva chiudere gli occhi se sapeva che lì intorno ne svolazzava una. E se le fosse volata in faccia durante la notte? «Non succede così, non c'è pericolo, non pizzicano», le disse la mamma, e lei ci credette. Come sarebbe bello se ci si potesse credere ancora, quando qualcuno ti dice che tutto andrà bene. Ma chi può promettere una cosa del genere? A volte la vita è una serie di sorprese, eventi incontrollabili e situazioni che mutano in continuazione. Ce la si può cavare soltanto accettando che l'unica cosa che si può provare a controllare è il proprio modo di rapportarsi alle cose. Saana fissa l'insetto e cambia idea. Trattenendo il disgusto, la acchiappa per una delle sue lunghe zampe e la scaraventa fuori dalla finestra aperta.

Il caffè è quasi pronto. Si chiede che cosa potrebbe fare di utile, oltre a pulire la casa.

Ripensa ai nomi menzionati da Tero, l'amico di Kasper. Potrebbe essere interessante riuscire a rintracciare le ragazze con cui Kasper aveva avuto delle storie nell'anno della maturità. Forse potrebbero ricordare qualcosa di importante. Saana è curiosa di sapere se anche Jeremias si è comportato come lei. Forse, durante l'estate, anche lui le ha interrogate? Tero ha nominato due ragazze, Tiia e Suvi. Potrebbe cominciare da Tiia.

Cerca sull'elenco dei numeri telefonici quello di Tiia Hagman. Dopo una piccola ricerca, trova la persona giusta. Saana controlla sui social network. La ragazza, che ha frequentato il liceo Rassu, adesso studia giurisprudenza. Si chiede chi siano diventati, questi studenti modello del prestigioso liceo Ressu, e comincia a formulare un messaggio da inviare a Tiia.

Nel pomeriggio, Tiia Hagman, in un blazer rosa e jeans bianchi, stringe vigorosamente la mano a Saana in Aleksanterinkatu, poi entrano nella caffetteria Ihana. Mentre la superficie del caffellatte d'avena si abbassa e la tazza si svuota, la testa di Saana inizia a riempirsi di immagini di Kasper.

Era un giocatore di hockey, che amava giocare anche fuori dalla pista. Saana raccoglie la schiuma dalla tazza con il cucchiaino e ascolta. Kasper era molto conosciuto, un po' presuntuoso e diventava ancora peggio da ubriaco.

«Che vuoi dire?», chiede a Tiia.

«Kasper era popolare, ma aveva un modo di fare crudele», spiega Tiia prima di prendere un sorso del frullato che ha ordinato. «Sapeva di essere popolare. Kasper si prendeva tutto quello che voleva e poi sceglieva una nuova ragazza. Anch'io ci sono cascata, siamo usciti insieme un po' di volte, ma quando ha raggiunto il suo scopo, è passato oltre. Proprio quando cominciavo a pensare che stessimo insieme. No, niente da fare. Un grande stronzo».

Saana osserva Tiia, con il suo trucco ben curato, le unghie con il gel e i denti bianchi. Non le mancano affatto i suoi anni di studio. Non ha nostalgia della mancanza di scrupoli della vita liceale. La fatica di mantenere una buona reputazione, di cercare le alleanze giuste e di doversi agghindare per uscire.

«Durante l'anno della maturità ci fu una festa a casa di qualcuno, non so per certo cosa fosse successo lì, ma si diceva che Kasper avesse combinato qualcosa con una ragazza svenuta per l'alcol. Lei era sdraiata nella stanza del camino, al piano inferiore, e molti videro che Kasper le era andato dietro», racconta Tiia.

«Cioè, Kasper abusò di una ragazza svenuta a causa dell'alcol alla festa? È così?»

«Sì, ma questa cosa fu in qualche modo insabbiata. La ragazza stessa tenne sempre la bocca chiusa. Pensandoci a posteriori, fu una cosa molto angosciante. Tutta la scuola la prese come una cosa divertente, tutti ripetevano "si sa che Kasper è così". Era uno di quei segreti conosciuti da tutti, una cosa in cui nessuno si voleva immischiare, ma che tutti sapevano. Kasper non migliorò minimamente i suoi comportamenti dopo quella festa, ma continuò a vivere come sempre».

«E chi era quella ragazza?», chiede Saana.

«Si chiamava Suvi. Ma la cosa non è così semplice. Dopo la sera della festa, in cui successe quel che successe, Suvi, invece di essere arrabbiata o magari di andare alla polizia, si comportava come se fosse innamorata di Kasper».

«Perché pensi che Jeremias sia tornato proprio quest'anno a interessarsi della scomparsa di Kasper?», chiede Saana, mostrando sul cellulare alcune foto dei titoli dei giornali dell'anno in cui avvenne la scomparsa.

«Non lo so proprio», risponde Tiia. «Jeremias e Kasper non erano nemmeno amici. Frequentavano giri diversi. Anzi, a dire il vero, Jeremias non aveva nemmeno un giro. Però eravamo tutti alla stessa festa. Io c'ero quella sera, quando…».

Tiia cambia posizione.

«Quando Kasper è scomparso?». Saana finisce la frase.

«Già».

«Con chi aveva una storia in quel momento Kasper, proprio prima di sparire?»

«Be', in quel periodo ero proprio io ad aver fatto una valutazione errata», risponde Tiia.

Saana la guarda. Mai sottovalutare il potere degli studenti popolari, pensa tra sé e sé.

«E altre?»

«Non so precisamente cosa ci sia stato tra Kasper e Suvi, ma sicuramente qualcosa. Kasper mi mollò per lei. Mi dispiace, ma anche dopo tutti questi anni, non posso dire di provare simpatia per Suvi. Frequentavamo lo stesso ragazzo senza sapere l'una dell'altra. Mi sono sentita in qualche modo sporca».

Saana guarda Tiia, perplessa.

«Scusa, ho capito bene? Dopo tutto quello che è successo, sei più arrabbiata con Suvi che con Kasper?».

Tiia fissa Saana imbarazzata, poi alza le spalle e succhia il frullato rimasto così rumorosamente che le persone sedute al tavolo accanto si girano a guardare.

Mercoledì 18 settembre

HEIDI

Heidi scarta su Tinder altre dieci foto e poi si arrende. È già passato un bel po' di tempo e ancora non è riuscita a incontrare nessuno. Chiude l'app. Il fidanzamento di Jan con Saana rende la sua solitudine ancora più evidente. Ripensa all'espressione sofferente di Saana domenica mattina, quando Jan, senza riflettere, ha rovinato la sua stessa festa di compleanno. Vorrebbe mandare indietro il tempo e tornare al periodo in cui anche lei aveva qualcuno. Quando Julia era ancora in Finlandia.

Oggi vuole risalire indietro anche nell'indagine. Vuole ripensare all'inizio, al punto da cui sono partiti. Il cadavere trovato nel bosco, il gruppo di ragazzi con le loro riprese. La mancanza di tracce sui social o nei dati telefonici. Il territorio dei Wolves e il club Pultti. Questo caso potrebbe allora avere a che fare le lotte tra bande, a differenza di come avevano pensato all'inizio? "Dannato Ojala". Heidi impreca contro di lui per averli convinti, con sicurezza, che i lupi non si sarebbero mai sprecati ad ammazzare Johannes. Pensa a casi precedenti su cui ha indagato. Assassini si diventa, in genere, a causa di delusioni. L'identità di un assassino è sempre legata a ciò che una persona è. I peggiori sono quelli che oltrepassano il limite, pur mantenendo un piede dall'altro lato, pensa Heidi. Gli assassini perdono potere solo quando vengono smascherati. Quando un killer viene fuori dall'oscurità e compare sotto le luci della ribalta per essere giudicato, tutto il mistero si dissolve. I flash dei giornalisti lo mostrano così com'è: nudo e crudo. Quando finalmente lo si vede, così cinico e terribile, non si può fare a meno di temere la malvagità delle persone.

Ruota la testa da un lato all'altro e cerca di rilassare le spalle. Torna col pensiero ai primi avvenimenti. Hanno fatto progressi nell'indagine, tuttavia non hanno ancora finito di investigare. Heidi è infastidita dal fatto che non abbiano ottenuto niente di utile dalle ricerche sui delitti in cui il morto è stato un uomo di meno di trent'anni. Manda a Saki un'e-mail e gli chiede di inviarle una lista. "Tralasciando le riserve naturali, cos'altro abbiamo?", scrive. Basterà mezza parola per far capire a Saki cosa cercare.

Heidi va alla bacheca degli appunti e fissa la foto del cadavere pallido di Johannes Järvinen. Lo sguardo le finisce sul ciondolo. Il simbolo dell'infinito. A cosa potrebbe far riferimento? Alla vita eterna o all'amore eterno? Torna al computer e manda, subito dopo il primo, un altro messaggio: "Possiamo controllare se e quali ciondoli avevano gli scomparsi?".

Mentre aspetta la risposta di Saki, scorre le e-mail. È seduta al computer, fissa lo schermo, ma non riesce a concentrarsi. È come se dormisse con gli occhi aperti. Si risveglia solo quando sente tossire alle sue spalle. Saki è comparso dietro di lei. Heidi sobbalza.

«Scusa, devo essermi quasi addormentata». Mentre parla, sente la lingua piuttosto secca. Si pulisce gli angoli della bocca per togliere eventuale saliva visibile.

«Non ti converrebbe andare un po' a casa per riposare qualche ora?», le consiglia Saki. «Ma aspetta ad andartene, ho qui la lista di nomi, e c'è una cosa interessante».

Heidi l'afferra la legge lentamente ad alta voce.

Mikael, 19, Pori.
Janne, 28, Helsinki
Mikko, 25, Oulu
Theo, 37, Hyvinkää
Pekka, 19, Rovaniemi
Peter, 25, Turku
Martin, 26, Heinola
Kasper, 18, Helsinki

«Sono tutti gli individui di sesso maschile denunciati come scomparsi negli ultimi dieci anni», le spiega Saki.

Heidi prende dal tavolo un bicchiere e beve l'acqua versata in poche sorsate.

«Ok, e qual era la cosa che volevi mettere in evidenza?», chiede alzando gli occhi dall'elenco.

«Questo, ecco», Saki indica con il pennarello l'ultimo nome. *Kasper, 18, Helsinki.* «Anno 2015. Un incidente, a causa del quale il ragazzo è scomparso. Probabilmente ubriaco e annegato. Le indagini per omicidio si sono concluse poco dopo. Non ci sono sospettati e, nonostante le ricerche, il ragazzo non è stato trovato fino a oggi. Hanno attirato la mia attenzione alcune foto scattate proprio la sera della scomparsa. Kasper aveva al collo un piccolo ciondolo d'argento con il famoso simbolo».

«Davvero?»

«Davvero. I maturandi del liceo Ressu avevano prenotato uno spazio al casinò di Katajanokka per una festa, e Kasper Hakala scomparve quella sera. Sono stati interrogati alcuni dei partecipanti alla festa. Questo è l'elenco degli interrogati. Alla fine, non ci sono stati indagati. Si scoprì che Kasper era molto ubriaco fin dall'inizio della serata. Alla fine, si è ritenuto che si fosse trattato di un incidente. Dal casinò all'acqua il percorso non è lungo. Però non è venuto fuori niente, neanche dopo anni», afferma Saki con aria coinvolta. «Coincidenza o no, nel gruppo dei maturandi c'era anche Jeremias Silvasto».

«Veramente?», chiede Heidi.

«Veramente», conferma Saki.

«Mmh. Grazie. Si sa da dove Kasper avesse preso il ciondolo?», continua Heidi.

«Qui non ci sono informazioni al riguardo, nel rapporto della polizia non è riportata, per esempio, l'esistenza di una possibile ragazza».

Heidi osserva il ciondolo al collo di Kasper e lo confronta con quello nella foto di Johannes. Il simbolo è lo stesso, ma il ciondolo è leggermente diverso.

«Coincidenza?», pensa Heidi ad alta voce.

«Non credo alle coincidenze», commenta un'altra voce. È arrivato Jan.

JAN

«Mi avete chiesto questi».

Un poliziotto entra nella stanza e lascia sul tavolo un plico di fogli. Jan annuisce e saluta il collega che avevano contattato per ottenere altre informazioni su un'indagine di quattro anni prima. Heidi si allunga per prendere una ciambella dal tavolo e offrirgliela.

«Questo è tutto quello che abbiamo. Il caso di scomparsa di Kasper Hakala non ha prodotto molte piste, ma dall'inizio alla fine è sembrato si trattasse di un caso di morte accidentale, con una parte rilevante giocata dall'alcol».

Heidi annuisce e tira i fogli verso di sé.

«Dici che sia morto, nonostante il corpo non sia stato trovato?», chiede Heidi.

«Siccome non avevamo niente di concreto in mano, ci siamo attenuti alle statistiche. Sapete anche voi qual è lo scenario più plausibile, se un ragazzo si è avviato verso casa ubriaco e poi non viene più trovato. Abbiamo ripercorso i movimenti della vittima, cioè dello scomparso, prima della sparizione. Allenamenti di hockey la mattina e poi preparativi per la festa dei maturandi. Probabilmente Hakala aveva iniziato a bere già prima della serata».

Jan e Heidi guardano il collega con interesse e aspettano il seguito.

«Il ragazzo era di buon umore, non aveva litigato con nessuno, a scuola andava tutto bene eccetera».

«E questa?». Heidi indica una foto, in cui Kasper sorride. La camicia bianca è abbastanza aperta e si vede il ciondolo.

«L'ultima sera di Kasper. La foto è stata scattata alla festa a Katajanokka. Qui è registrato anche il nome del ciondolo, aspetta un attimo», dice il poliziotto e sfoglia il rapporto per ricordare meglio. «Infinity, eccolo, infatti è il simbolo dell'infinito».

«Potrebbe essere stato un regalo? Era fidanzato?», chiede Jan.

«Per quanto ne sappiamo, no. I partecipanti alla festa sono stati interrogati a più riprese e una parte di loro ha detto che Kasper aveva avuto storie un po' con tutte, ma nessuna spiccava in particolare».

«Sono stati registrati i commenti di un ragazzo di nome Jeremias Silvasto?», si informa Heidi, e si china a vedere i fogli.

«Aspetta… no», afferma il poliziotto dopo aver controllato. «Purtroppo no».

Mentre sono in macchina, di nuovo in due, Heidi fissa Jan con sguardo malizioso.

«A proposito, che cosa ne pensi del nuovo progetto di podcast di Saana?», gli chiede, tenendo in mano il cellulare da cui pendono degli auricolari bianchi. «Oggi ho ascoltato tutte le puntate realizzate fino a ora. Saana sta indagando sul caso di Jeremias Silvasto e racconta dati di ogni tipo al pubblico. Non sono dati confermati dalle autorità, ma non fa niente».

Jan arrossisce e tace. In questo momento, non si sente capace di gestire tutte le doti di Saana: è sexy, dolce e sensibile, ma anche pazzescamente curiosa e interessata agli omicidi.

«Abbiamo deciso di non parlare delle indagini».

«Be', e sei rimasto fermo sulla tua decisione?»

«Se hai bisogno di chiedermelo, non possiamo più essere una squadra», grugnisce Jan.

Tuttavia, dopo un po' Jan non riesce più a trattenersi dal curiosare.

«Che cosa c'è, quindi, nel materiale di Saana?»

«Non lo so, ma ho visto che mi è appena arrivata una sua e-mail. La leggerò più tardi», risponde Heidi, poi preme sull'acceleratore.

Heidi guida a tutta birra e intanto rovista nel portaoggetti. Decide di superare un furgone davanti a loro, e per un piccolo istante Jan crede di stare per morire.

5 settimane prima della scomparsa

Il pavimento grigio di cemento del Post Bar si colora con le persone che ballano. Con i loro movimenti, ammorbidiscono la dura estetica techno e rendono il posto accogliente. Jeremias fissa di nascosto una ragazza che si è messa a ballare proprio accanto a lui. Non ne vede il viso. Le guarda le scarpe. Ha le Vans uguali alle sue. La ragazza indossa dei jeans e un'ampia t-shirt tagliata all'altezza dell'ombelico. Ha l'aria spensierata e rilassata. Proprio ciò da cui Jeremias si sente attratto. A giudicare dai suoi vestiti, non bada molto alla moda. Avrà il coraggio di parlarle? Di certo non si metterà a ballare. Non l'ha mai fatto né lo farà mai.

Proprio in quel momento, la ragazza si gira e gli sorride con aria maliziosa.

«Mi vuoi solo fissare oppure vuoi venire a ballare con me?»

«Posso offrirti piuttosto una birra?», chiede Jeremias, balbettando e cercando di parlare in tono tranquillo, nonostante la paralisi e il terrore. Si trascina fino al bancone per ordinare due birre.

Si appoggia poi al ripiano e si spazzola all'indietro i capelli ricci e ribelli. Sono così lunghi che a volte gli cadono sul viso, ma Jeremias non li taglia lo stesso. Alcune persone gli hanno detto che non deve assolutamente tagliarseli. Il feedback è arrivato da varie compagne di scuola, sedute in circolo a ubriacarsi prima di una festa.

Eppure, nessuna di loro è interessata a lui.

«Prego», fa Jeremias e passa una birra alla ragazza. Lei annuisce ma non lo ringrazia.

«Che succede qui?». Johannes appare dal nulla. Fissa apertamente la ragazza che tiene in mano una bottiglia di birra.

«Ho sete, non è che la qui presente signorina mi offrirebbe un sorso della sua birra?».

La domanda è così audace che la ragazza si mette a ridere. Imbarazzato, Jeremias segue con lo sguardo Johannes avvicinarsi e bere un sorso della bevanda che ha comprato lui. Johannes sa essere davvero irritante. O sta completamente zitto, oppure parla di sé e tratta le persone in modo irrispettoso. Proprio adesso ha rovinato un bel momento. Jeremias a questo punto decide di sparire. Si gira per andarsene.

«Ehi, dove vai? Aspetta», gli grida dietro Johannes e lo afferra in mezzo alla pista da ballo. Una luce rossa illumina i loro visi e le pareti.

«Mi ha detto un conoscente che mi hai visto a Sompasaari. Non hai visto solo me, hai visto anche due membri di una banda, capisci?».

Jeremias lo guarda con disgusto e inquietudine. Le pupille di Johannes sono grandi e nere.

«Non puoi andare alla polizia adesso che sanno che qualcuno li ha visti dalla finestra. Non vuoi di certo averli alle calcagna, fidati».

«Sanno cosa? Chi è che lo sa?»

«I Wolves MC. Ti conviene non dire mai a nessuno e in nessuna circostanza quello che hai visto».

Jeremias sente l'angoscia rigirargli lo stomaco. Vuole andare via, subito, via da lì e dagli sguardi della gente.

HEIDI

Heidi frigge in cucina degli straccetti di pollo e ripensa al materiale fotografico che Saana le ha mandato. Un fotogramma sfocato. Guardando attentamente la foto, si vede una figura scura all'inizio del percorso che attraversa il canneto. Qualcuno stava seguendo Jeremias?

Invece di rosolarsi, i pezzi di pollo iniziano a bollire nel loro stesso liquido. Toglie subito il principio di sughetto dal piano cottura. Forse può ancora salvare tutto con della panna.

Heidi infila la forchetta nel riso e nel sugo di pollo. Sente il corpo andare su di giri. Con il piatto accanto al computer, controlla gli altri dati raccolti da Saana. Ben presto viene colpita da un punto in cui spicca un nome conosciuto. Kasper Hakala. Heidi posa la forchetta sul bordo del piatto e telefona a Jan.

«Dando una rapida occhiata, ho visto che Saana è arrivata in parte al nostro stesso punto», lo informa, poi prende un sorso d'acqua. «È risalita al caso di Kasper Hakala, ma per motivi diversi dai miei. Secondo quanto ha scoperto, Jeremias Silvasto è tornato quest'estate proprio sul luogo in cui Kasper era scomparso. Inoltre, anche Roy Kuusisto aveva a che fare con il caso di Kasper».

Heidi pensa a Roy Kuusisto, che adesso è morto. Negli ambienti di cultura si sta organizzando una sua commemorazione. La Yleisradio ha subito messo in programma tutti i documentari di Roy.

«Va bene, occupati di questo, se vuoi», le propone Jan in tono calmo. «Ma dopo, apprezzerei davvero molto se potessi ringraziare Saana per le informazioni e pregarla, non essendo una poliziotta, di non immischiarsi più in questa faccenda».

Appena Heidi ha finito di mangiare quell'intruglio non molto riuscito, sospira, porta via i piatti e li sistema nella lavastoviglie. Riflette sulla sua vita, in cui ogni sera si ripete in modo identico la stessa formula. Troppo lavoro, faccende domestiche obbligate, sonno e di nuovo da capo. Sarà sempre così? Torna con il pensiero alla giovane, curiosa Heidi, che amava tanto i viaggi e l'avventura. La persona che credeva che tutto fosse possibile. Guarda i pantaloni grigi della tuta che indossa. Nel calzettone destro, in corrispondenza dell'alluce, ci sono dei buchetti. I capelli sono ancora bagnati dopo la doccia, il viso è stanco e arrossato. La decisione è presa. Oggi si costringe a prendersi la serata libera. "Non posso essere eternamente passiva e piangermi addosso", pensa. Qualcosa da bere, una buona conversazione, un po' di relax senza troppe aspettative. Non dovrebbe essere così difficile. Con riluttanza, ma anche curiosità, Heidi apre Tinder e comincia a cercare. Poco dopo, una delle persone con cui aveva fatto match qualche tempo prima le manda un messaggio.

Sullo schermo compare una domanda diretta. "Abbiamo già parlato un po' di tempo fa, ti va di bere una cosa insieme?". Heidi va a vedere il profilo della donna, per farsi un'idea. Già, che cosa vuole sapere? Se la persona che le ha scritto è alla sua altezza? No, in realtà non pensa affatto questo. Vuole solo capire se ha l'aria di essere abbastanza eclettica. Non è interessata all'aspetto fisico, ma alla personalità. La speranza è di incontrare qualcuno che non sia facile da inquadrare in un'unica serata.

"Ok", risponde Heidi, sorprendendo anche sé stessa. "Ci vediamo tra un'ora...", comincia a scrivere, ma non sa come continuare. Guarda il cursore lampeggiante. Tra un'ora dove? Al bar Herkku o da un'altra parte? Il repertorio di bar di Heidi è terribilmente risicato e noioso. La scelta si restringe sempre più. Nelle ultime settimane si è mossa praticamente solo tra casa, lavoro e luoghi del delitto. Anche l'Hercules deve fare a meno della sua presenza da molto tempo.

"Ci vediamo tra un'ora al Juttutupa?". La donna, Laura, propone prima di lei, e così può rispondere sollevata: "Yes".

Heidi ingrandisce le foto per farsi un'idea di che tipo di donna cercare una volta sul posto. Capelli neri lunghi fino alle spalle, figura dritta e slanciata. In nessuno degli scatti si vede il viso da vicino. Sarà nascosto di proposito, oppure non è brava a farsi le foto? Anche se non le importa dell'aspetto, spera che sia per il secondo motivo.

Quando Heidi entra nel bar, viene inondata dall'aria calda e dal chiacchiericcio allegro. Individua rapidamente la donna mora seduta a un tavolo all'angolo che alza la mano per salutarla. Heidi sorride e si avvicina con fare ostentatamente rilassato.

«Laura», si presenta la donna.

«Heidi».

Poi rimangono un po' in silenzio. Heidi guarda i begli occhi verdi da gatta della donna, e anche Laura la osserva a sua volta. Se il lavorio del cervello fosse sonoro, intorno a loro si sentirebbe un forte rumore di rotelle che girano. Heidi scende con lo sguardo sulle mani di Laura. Ha uno smalto bordò e un vestito dello stesso colore sotto la giacca di pelle. Heidi solo adesso fa mente locale su cosa indossa lei. Una t-shirt bianca dell'Acne e i suoi jeans preferiti. I capelli sono tirati su in uno chignon, ancora umidi per la doccia.

«Vado a prendere da bere», dice Laura, guardandola amichevolmente. Heidi si accorge di affondare nei suoi occhi, ma fa del suo meglio per non mostrare troppo interesse. La donna, dal punto di vista fisico, è tutto ciò che non si sarebbe mai aspettata di trovare. Si domanda cos'abbia che non va, visto che è ancora sul mercato.

Laura torna al tavolo con due bicchieri di vino rosso. A Heidi piace il fatto che non le abbia neanche chiesto cosa voleva. Ha agito direttamente. Di solito non ordina mai vino rosso, però ne prende comunque per gentilezza un sorso e guarda l'ancora sconosciuta Laura.

«Di solito al primo appuntamento si parla per otto ore e ci si raccontano tutti i traumi. Andrebbe bene se ci divertissimo e basta?», propone Heidi, e si diverte nel vedere l'aria sorpresa, quasi scioccata della donna. Poco dopo lo sconcerto iniziale, comunque, la sua espressione diventa allegramente stuzzicante. Laura crede che Heidi stia scherzando.

«Fai sempre così la dura?», ghigna e alza il bicchiere. «Alla salute, donna tosta», ride.

Heidi guarda Laura, intontita.

«Ho avuto una giornata abbastanza di merda, quindi ho solo bisogno di avere un po' di compagnia, ci beviamo un bicchiere, nessuna aspettativa, ok? È quasi sicuro che non ci vedremo mai più dopo questa serata», sbotta Laura, e Heidi resta stupita.

«È perfetto», commenta, e si sente subito più rilassata. Nessun bisogno di dimostrare niente. Nessuna pressione riguardo nuovi incontri.

«Hai bambini? O ne vorresti?», chiede poi Laura.

Ha già quasi bevuto tutto il bicchiere.

"Subito una domanda del genere?", pensa Heidi. Mentre riflette su cosa rispondere, si ricorda che può farlo sinceramente.

«Non credo che ne vorrò mai avere, e comunque, dal punto di vista dell'età, quel treno è già passato. Ma nemmeno li odio, i bambini».

«Bene, io ne ho già due», dice Laura e Heidi alza le sopracciglia.

Ha capito dove Laura vuole probabilmente andare a parare. Sta usando la tattica a sciame, che prevede di scaricare tutto in una volta sul destinatario per vedere come reagisce. Heidi è divertita. Di solito è lei a cercare tecniche per assicurarsi che nessuno voglia avvicinarsi troppo. Quando ha un appuntamento, diventa scivolosa come una saponetta.

«Tinder, comunque, fa proprio schifo», commenta Heidi.

«Sì, è vero, odio usarla, ma non c'è molto altro che si possa fare», ride Laura.

«Che età hanno i tuoi figli?»

«Me lo chiedi sicuramente per essere cortese, ma non c'è bisogno adesso di parlare di loro più di tanto», sorride. «Parliamo di qualcos'altro, oppure facciamo finta che già ci conosciamo e stiamo semplicemente qui».

Heidi prende un sorso di vino, osserva come si svolge la serata nel bar e sorride a Laura. Poi continuano a bere, guardandosi intorno con tutta tranquillità. Quando gli sguardi per caso si incontrano, le donne scoppiano in una risata spontanea. In tutta la sua stranezza, questo incontro è il più normale che ha da molto tempo. Ma è anche l'unico.

Contrariamente a tutti i pregiudizi, Heidi si accorge di sentirsi a suo agio.

JAN

Jan fa un cenno con il capo a Jone mentre passa davanti alla sua stanza. Un ramo verde fa capolino dalla finestra. Continua a camminare verso i bagni. Sta per afferrare la maniglia della porta del bagno quando squilla il telefono. È Ojala. Si allontana allora per parlare nel corridoio.

«Salve», comincia Ojala. «Ho letto il rapporto sul caso di morte di Lammassaari. Si sospetta un omicidio?»

«Sì, se ne occupa la squadra omicidi», risponde Jan.

«Avete un bel casino di cui occuparvi», tossicchia Ojala. Jan non avrebbe davvero bisogno, in questo momento, di altri che gli dicano in che situazione difficile si trova il suo reparto.

«Hai chiamato per dirmi qualcosa?»

«Non sei in vena di scherzare», ride Ojala. «Be', ho telefonato per dirti che i membri dei Wolves sono diminuiti, adesso tra loro regna il caos».

«Che vuoi dire?», chiede Jan. È da un po' che non ha avuto un attimo di tempo per leggere i bollettini interni.

«Domenica scorsa, verso mezzogiorno, a Kirkkonummi c'è stato un conflitto a fuoco, in cui è morto uno dei capi della banda. Adesso la situazione è incendiaria. Abbiamo già dei sospetti, ti informerò subito non appena riusciamo a confermare i nomi».

«Va bene».

«Ho pensato che vi interessasse saperlo», continua Ojala. «Qual è la vostra linea nei confronti dei Wolves? Ci sono punti di collegamento con i casi di Vanhankaupunginlahti?»

«Non è detto», risponde Jan. «Grazie comunque dell'informazione».

Dovrà ritornare a indagare sui Wolves.

Guarda la cartella che ha ricevuto da Ojala, che contiene informazioni relative alla banda, e inizia a controllare i documenti. Legge il bollettino interno della polizia apparso domenica. "Conflitto a fuoco a Kirkkonummi. Un morto".

Si sospetta che l'omicidio di Kirkkonummi sia legato a una resa dei conti tra bande.

La polizia sospetta di due uomini per l'omicidio avvenuto sabato a Kirkkonummi. I sospetti hanno connessioni con la criminalità organizzata. Il caso è legato alla banda di motociclisti Wolves MC. Sulla base delle indagini preliminari avviate nel fine settimana, sul luogo dell'omicidio erano presenti diverse persone. Una persona di sesso maschile ha riportato delle ferite, a seguito delle quali è deceduta subito dopo.

Jan continua a leggere le informazioni relative all'indagine preliminare. Si sono messi sulle tracce dei sospettati molto rapidamente. Erano in due, uno guidava e l'altro ha sparato. Oltre al delitto, la squadra antidroga è interessata anche a scenari più ampi. In quel momento, i capi dei Wolves erano tutti riuniti. Come facevano a saperlo, gli assassini? Jan mette giù le carte per un momento e guarda l'orologio. Decide di verificare se Kaj abbia tempo per un incontro, oggi o al massimo domani.

Lo stomaco gli brontola. Ci sono giorni in cui Jan non mangia niente e giorni in cui la fame non va via neppure abbuffandosi. Oggi sente il corpo debole e vuoto. Si dirige verso la cucina ed è felice di trovare in un piatto una ciambella avanzata. Quando la addenta, capisce come mai nessuno l'abbia toccata. È secca da morire ed è probabilmente rimasta sul piatto per diversi giorni. Jan la mangia lo stesso. Non è mai stato bravo a seguire nessun tipo di consiglio alimentare.

SAANA

Saana sistema sul tavolo delle girelle al pistacchio e delle fragole, e tira fuori una grossa tazza da tè per Inkeri. Tra poco arriverà. La zia non le ha chiesto se potrà dormire da lei, ma eventualmente nell'appartamento c'è spazio. Ha rifatto il suo letto con delle lenzuola pulite e preparato il divano letto per sé. Va ad aprire la finestra. Da fuori arriva attutito il rumore del tram sui binari e il cinguettio dei passeri su un cespuglio sotto casa. Saana guarda malinconica le cime degli alberi più vicini, sapendo che tra poche settimane le foglie cadranno.

«Bellissimo!», esclama Inkeri, sedendosi senza troppi complimenti al tavolo apparecchiato.

«Sai, non ho nessun programma, nessun orario, la cosa più importante è che non ho un uomo col fiato sul collo. Sono contenta di poter stare un po' di tempo per conto mio», ridacchia la zia Inkeri mentre si versa del tè.

«Non sei stata per conto tuo quasi tutta la vita?», osserva Saana con cautela.

«Sì, ma queste ultime settimane sono state molto intense. Harri ha ammassato varie cose sue a casa mia, e non sono abituata a una tale confusione».

Saana scoppia a ridere.

«Ti ho portato in regalo una pianta, perché ho immaginato…». Inkeri si gira intorno a guardare con aria indagatrice l'appartamento dall'arredamento minimal.

«Hai immaginato bene», ridacchia Saana. «Tutte le piante sono andate».

«Questa non ucciderla», sghignazza la zia, e va a prendere il vaso all'ingresso. «La chiamano "cattiva ragazza". L'euforbia è una tipetta decisa. Ha bisogno di luce, devi innaffiare in modo da bagnare tutta la terra, ti lascio le istruzioni».

Saana la ringrazia e, un po' impacciata, prende la pianta.

«Appena abbiamo finito di prendere il tè, avrei voglia di camminare un po'», dice Inkeri.

«Magari potremmo andare a passeggiare a Lammassaari», propone Saana mentre torna al tavolo, dopo aver posato la pianta vicino alla finestra.

«Lì dove…?»

«Lì dove è scomparso Jeremias, ma il posto è davvero molto bello. E ho prenotato la sauna di Kotiharju per stasera. Mi avevi accennato alla terapia delle coppette».

«Fantastico!», esclama Inkeri con entusiasmo. A Saana invece la faccenda della coppettazione fa venire in mente qualcosa di truce. Per sé non ha prenotato la terapia. Provocarsi volontariamente una fuoriuscita di sangue nel bel mezzo di una follia omicida le sembra davvero troppo.

Mentre camminano verso Vanhankaupunginlahti, Saana racconta a Inkeri del progetto del podcast, del nuovo lavoro e anche di Jan.

«Quando riuscirete a vedervi come si deve?», chiede Inkeri.

«Non lo so. Comunque, come puoi immaginare, sto bene anche da sola. Non mi dispiace potermene stare per conto mio», sorride lei, anche se la domanda la colpisce. Ci sarà mai un momento in cui avrà tempo di vedersi con Jan per più giorni di seguito? Saana aspetta addirittura il tempo in cui si vedranno così tanto che si stuferanno l'uno della faccia dell'altra. Con questo andazzo, non succederà per anni.

«È da tanto che non vengo a Helsinki. L'ho sempre evitata, ci sono venuta solo per prendere l'aereo verso altri paesi e città più grandi», le confida Inkeri mentre si stiracchia le braccia.

Saana si guarda le scarpe da ginnastica, che premono morbidamente contro il legno della passerella. Il sole è nascosto dalle nuvole. Sarebbe stato bello mostrarle l'isola nel periodo migliore. Se Inkeri non fosse con lei, forse avrebbe un po' di paura, ma adesso sono come due escursioniste qualsiasi. Le tracce concrete degli avvenimenti delle ultime settimane non si vedono più, sull'isola. I nastri della polizia sono stati rimossi e l'area è di nuovo accessibile. Tuttavia, nel profondo, c'è ancora sbigottimento: tutti sanno che qui, in un breve lasso di tempo, sono accadute cose molto spiacevoli.

«Se vuoi possiamo andare anche a Kuusiluoto», propone Saana, e proseguono a passo spedito. Il vento fa ondeggiare le canne lacustri, ma non si sentono passi. Saana si ferma a prendere fiato.

«Qui è davvero bello», commenta Inkeri chiudendo gli occhi per sentire bene lo starnazzare delle oche che volano in alto sopra di loro.

«Ti ricordi di una persona di nome Roy Kuusisto, un regista di documentari?»

«Quello di cui ho appena letto sui giornali? Quello che è morto?»

«Sì», risponde Saana, e si domanda se non stia già facendo un errore. Di tutti i posti possibili di Helsinki, sta portando sconsideratamente Inkeri in un possibile luogo del delitto. Sui giornali sono già stati riportati dei dubbi sul fatto che Roy si sia davvero tolto la vita da solo. La polizia finora non ha rilasciato commenti.

«Sì, ho visto tutti i lavori di Kuusisto, nel corso degli anni. Il mio preferito è il primo. È passato davvero tanto tempo. Il titolo era *Gioco di prestigio*. Sai che cosa ha fatto?», chiede Inkeri, e allontana con la mano i morbidi ciuffi di canne piegati sul sentiero.

Saana scuote la testa.

«Ha inscenato la sua morte e ha filmato il suo funerale con l'aiuto dei suoi assistenti. L'idea del lavoro ruotava intorno al fatto che gli elogi per lui venivano pronunciati solo al funerale e non durante la vita. L'obiettivo del documentario era incoraggiare le persone a dire le cose importanti mentre i loro cari sono ancora in vita. Ovviamente, alcuni si arrabbiarono e il documentario fu un po' controverso».

«*Gioco di prestigio*». Saana fissa in mente il nome del documentario.

Quando sono sulla via del ritorno da Lammassaari verso Pornaistennimi, Saana nota che, in compagnia di Inkeri, Helsinki appare più ridente e tutto sembra più luminoso. Un forte vento copre tutti gli altri suoni intorno a loro. La natura sembra dire con le sue parole che tutto è sotto controllo. Mentre cammina controvento, Saana non può fare a meno di pensare che le persone dovrebbero adattarsi alla natura, e non viceversa.

Passano accanto a un'altura da dove si vede oltre il canneto, verso i campi. Saana e Inkeri la raggiungono e si fermano a guardare gli uccelli che volano sui giunchi.

«A Helsinki c'è un certo posto che da tanto sogno di visitare», le confida Inkeri. «Ho visto che, per coincidenza, è proprio qui vicino», continua, e Saana attende con curiosità che le spieghi di più.

«L'orto botanico di Kumpula», rivela entusiasta. «Ho letto che c'è una vasta collezione di pietre. Forse non lo sai, ma lì ci sono molti meteoriti e diversi minerali stupendi».

«Va bene», sorride Saana. Coppettazione e pietre. Ecco gli ingredienti che costituiscono la giornata ideale di Inkeri.

Seduta n. 9

«Qui può essere triste e piangere», dice Kaj. «Tutti i sentimenti sono permessi».

Kaj riflette su cosa significhi "qui" in questo caso. Ha fatto un'eccezione ed è venuto a incontrare la cliente dove lei ha voluto, nell'alloggio di sicurezza arredato in modo essenziale. Kaj pensa a tutta la situazione. La figlia ventitreenne di una dirigente del ministero dell'Interno. Adulta, ma ancora bambina. Una madre indecisa e indaffarata e con una posizione di potere, che pretende massima delicatezza nel rapporto con la cliente.

Kaj fa mente locale sulle informazioni che già ha a disposizione. Del padre della ragazza non ha ancora avuto notizie. Lei non lavora, né si è iscritta all'università dopo il liceo. E adesso, senza volerlo, si è ritrovata coinvolta nella vicenda di una violenta esecuzione da parte di criminali. Kaj sente sorgere dentro di sé un senso di impotenza, nonostante in genere cerchi di trattare ogni cliente e situazione con un atteggiamento privo di pregiudizi. In questo caso, dovrà fare un lavoro immenso per aiutare la ragazza a elaborare l'accaduto e superarlo.

La ragazza si gratta con l'indice lo smalto del pollice e sembra fare di tutto per tenere a bada le sue emozioni.

«A volte sono soprattutto le persone buone a nascondere le loro emozioni più autentiche. Hanno il coraggio di mostrare solo quelle che non causano conflitti e che non le mettono in pericolo di essere rifiutate. Le altre emozioni sono tenute nascoste», comincia Kaj, e si accorge che sta cercando di impartirle un insegnamento. Vorrebbe così tanto salvarla da sé stessa, che comincerà a darle consigli.

«Che cosa stai nascondendo?», chiede, diretto.

«Non voglio che tu lo sappia», si difende lei e lo guarda timidamente.

«Le persone sono dipendenti da qualsiasi cosa: zucchero, tabacco, gioco d'azzardo, PlayStation, sesso, buone serie TV, soldi, vestiti firmati, alcol, droga, attenzione, o magari cracker di segale. Le voglie dominano la vita umana. Purtroppo, a volte la dominano così tanto che la razionalità ne risente, nascondono tutto ciò che sarebbe bene invece vedere e ascoltare. Quando si assecondano i desideri, seguendoli e realizzandoli, le persone riescono, seppure con difficoltà, a tenere celati i propri veri sentimenti. Il voler soddisfare i desideri nasconde la paura della solitudine e del fallimento, la vergogna e il senso di colpa. Questo modo di comportarsi offusca la propria stessa voce, la gioia vera, la tristezza autentica. Alle persone non resta abbastanza tempo per ascoltarsi. Sentono solo il rumore fatto dai desideri, che le circonda da tutte le parti. Un rumore che insidiosamente allontana le persone da sé stesse», continua Kaj, poi tace.

Lascia spazio alla ragazza, ma lei non dice niente.

«Si sentirebbe pronta a raccontare qualcosa? Come si sente?», prova lui.

«Mikko non c'è più», mormora la ragazza, e Kaj le porge un fazzoletto. Lei non lo prende.

«È successo tutto così rapidamente».

La sua voce è diversa da prima, un po' più morbida.

«Abbiamo passato un weekend lungo a Kirkkonummi. Lì si erano riuniti i capi della banda, c'erano anche dei bambini. Chi ha sparato sapeva dove venire. Sono arrivati nel cortile, sono stati veloci, nessuno ha avuto il tempo di reagire», racconta la ragazza, e Kaj vede che il suo viso si arrossa e gli occhi si inumidiscono.

Kaj le offre di nuovo un fazzoletto, la ragazza scuote di nuovo la testa e lui ritira la mano.

«Ha avuto un'esperienza traumatica, la morte di una persona a noi cara è sempre uno shock», osserva Kaj. Ha la bocca piuttosto secca. La lingua gli si incolla al palato. Tossisce. Ad alcuni capitano disgrazie nella vita, ma a questa ragazza sembra succedere in continuazione.

«Come ha elaborato il dolore, in passato?».

La ragazza fa spallucce.

«Ho perso Mikko troppo presto, mi sembra che…».

Inizia a piangere. Kaj le offre ancora, ostinatamente, un fazzoletto. In quel momento, lei lo guarda in modo straziante. Così fragile, così vulnerabile, così bisognosa. Kaj fa del suo meglio per rendere il proprio sguardo gentile, accogliente.

«Vuole un bicchiere d'acqua?», chiede, porgendogliene uno già pieno. La ragazza lo afferra, le loro dita si sfiorano. Kaj ha un sobbalzo, ma non lo mostra. Gli sembra che le sue dita si infuochino.

«Ha avuto molte esperienze, per la sua età», afferma lui. Dopo un po', gli occhi della ragazza sono di nuovo pieni di lacrime.

«Io ho solo questa vita. Non so dire com'è o come non è. Non posso fare paragoni. Sono soltanto abituata ad andare avanti».

Cerca di apparire forte, ma Kaj percepisce il dolore e la fragilità dietro la scorza rigida.

«Al cospetto di una perdita grossa come questa, mi sento molto piccola», afferma la ragazza. «Mi domando se questo sia il mio destino. Ovvero, se mi attacco a qualcuno e comincio ad avere fiducia in lui, prima o poi mi abbandonerà».

«So che le mie parole non la consoleranno mai abbastanza in questo momento, ma non è stato un abbandono volontario», commenta Kaj. «Si è trattato di una vendetta da parte di criminali. Può ritenersi fortunata che non ha perso la vita anche lei».

La mattina seguente, a casa, Kaj si sveglia per primo. Questo è il suo momento preferito. Potersene stare un momento in pace, bere caffè senza le richieste o le pretese che di solito riempiono la cucina di mattina. Sceglie nel portariviste due giornali vecchi che non ha ancora letto e un altro, più recente, all'ingresso. Le mattinate precedenti sono state così turbolente che non ha fatto in tempo a leggerli. Sfogliando il quotidiano di martedì scorso, si accontenta di dare solo una scorsa ai titoli.

Dopo un po', il suo sguardo cade su un articolo in cui è affrontato il tema della solitudine. "Mi sono costruita intorno un muro attraverso il quale non passa nessuno. Nessuno può ferirmi, ma non riesco nemmeno a innamorarmi in modo del tutto equilibrato". A Kaj viene in mente la ragazza. Finisce il caffè, ma sente che la bevanda non lo tira su come al solito. Lì, seduto nella cucina della sua casa, si accorge di essere infinitamente stanco.

In quel momento, sulle scale avverte il rumore entusiasta di piedini nudi. Si sente invaso dalla tenerezza, quando in cucina compaiono i due bambini in pigiama, appena svegliati, con i capelli scompigliati.

Giovedì 19 settembre

JAN

Saana l'ha avvisato che passerà la notte a casa sua e farà da guida a Helsinki a sua zia Inkeri. In questo momento, per Jan va più che bene. Naturalmente sarebbe cortese se andasse a salutare Inkeri, ma nel bel mezzo dell'indagine l'idea gli appare impossibile.

Jan pensa a Saana. Con lei, non gli è ancora venuta l'ansia. Quella che fornisce alla mente molte buone ragioni per voler restare solo, per abbandonare l'altro.

A volte, a Jan pare persino di essere lui il partner più innamorato nella coppia. Saana sembra così indipendente, e sta bene anche da sola. In passato, quando nei suoi confronti ci sono state troppe richieste, pretese o speranze, si è ingiustamente arreso. Ma per Saana, è pronto a fare tutto in modo diverso.

Jan si infila in bocca due gomme allo xilitolo e inizia a leggere il materiale investigativo sulle bande di motociclisti. C'è qualcosa che non hanno capito? Lo squillo del telefono interrompe la sua concentrazione. Con sorpresa, vede che lo sta chiamando Super-Joki. Smette di leggere e risponde.

«Potresti venire qui?», gli chiede Super-Joki con fare misterioso, e l'interesse di Jan si accende subito. Risponde che accetta l'invito volentieri.

Super-Joki telefona raramente, riflette, mentre pedala verso Pikku-Huopalahti. Che cosa avrà scoperto?

La stanza in cui Super-Joki si trova di solito è chiusa. Così bussa e rimane in attesa. Non succede niente. Il corridoio bordato di piastrelle bianche, molto illuminato, è ancora silenzioso. I morti non parlano né Super-Joki dà cenni di presenza. Jan bussa di nuovo, e solo in quel momento gli viene aperta la porta. Dalla stanza proviene un lieve odore di cadavere, a cui si unisce il profumo di tè ai frutti di bosco.

Gli viene da vomitare, ma indurisce il viso e finge che il tanfo non abbia alcun effetto su di lui.

Jan pensa agli anni di studio, ai momenti in cui cercava di imparare come procedere nelle indagini per trovare le cause di morte. I cambiamenti che avvengono sul corpo, ovvero i segni secondari di morte e l'esame di diverse ferite. Ci sono contusioni? E se ci sono, di che colore? Che aspetto hanno? Per fortuna, non è lui a dover aprire i cadaveri e cominciare le analisi.

«Che mi volevi dire?», chiede subito Jan mentre entra.

Super-Joki non è rimasto ad attenderlo sulla soglia, ma è già tornato alla sua postazione di lavoro. Il camice bianco è poggiato sullo schienale di una sedia e sul tavolo c'è una tazza di tè fumante.

«Sono in pausa. Non fumo, quindi uso il tè come rito di accompagnamento per i piccoli momenti di riposo».

Jan lo guarda. Indossa un maglione giallo chiaro e pantaloni beige, ai piedi calzettoni bianchi e sandali. Super-Joki è esperto in un settore in cui ha pochi concorrenti. Potrebbe avere anche un carattere peggiore, ma di lui si avrebbe bisogno lo stesso. Per fortuna, nella sua personalità sono comunque rimasti alcuni piccoli sprazzi di umanità.

«L'ora della morte di Aila Savolainen può essere stimata tra le otto e le nove della sera di martedì. La morte è stata causata da un sovradosaggio di insulina, come già dimostrato in precedenza», spiega Super-Joki.

«Ed è per questo che mi hai fatto venire?», si accerta Jan.

«No, affatto». Super-Joki continua con l'atteggiamento enigmatico, e Jan si incuriosisce. «È per il caso di Mikko Linder di domenica scorsa. La morte è legata a un conflitto a fuoco».

«Mmh», mugugna Jan.

«È disteso lì, vuoi vederlo?»

«Tanto me lo farai vedere lo stesso», sbuffa Jan guardando nella direzione indicatagli. Una vita spezzata, mille domande.

«Ecco qua», comincia Super-Joki, e indica il corpo bluastro di Mikko Linder. «L'anima, o la mente, o lo spirito, se n'è andato dal corpo, è rimasto solo l'involucro. Questo involucro non ricorda la vita vissuta. Ormai penso ai corpi come se fossero veicoli a cui manca il conducente».

Jan lo lascia parlare. Qualsiasi pensiero che lo motiva ad analizzare quello che vede, va bene. Nella sua agenda ci sono incontri con morti ogni giorno della settimana. Jan ha i brividi.

«Non invidio per niente il tuo lavoro», bofonchia Super-Joki.

«Grazie, altrettanto», risponde Jan.

Le luci installate sul soffitto hanno la luminosità attenuata. Jan pensa al mondo in cui vive Joki. Nel profondo dei meandri dell'edificio, opera in silenzio, da solo con i morti. Come ci si sente a incidere la pelle di una persona e conoscerne pazientemente, un po' alla volta, tutti gli strati? Il grasso e i muscoli, i vasi sanguigni e gli organi interni, il contenuto del cervello e chissà cos'altro. Super-Joki una volta ha detto che studiava "coperture e strati". Jan non ha più dimenticato quei termini.

«Dunque, ho fatto l'autopsia di Mikko Linder, per poter confermare come causa di morte i danni provocati dagli spari. Ho analizzato questo tizio a livello micro e macro, di questo puoi stare certo», dice Super-Joki, e Jan segue con attenzione.

«La salma è stata esaminata esternamente e internamente. Nessun segno esterno di violenza oltre ai fori dei proiettili. Sono stati trovati vecchi lividi e segni di colluttazioni, che non c'entrano niente con la circostanza che l'ha portato alla morte. I proiettili hanno trafitto il defunto in tre punti: spalla, fronte e stomaco. Gli hanno sparato da circa cinque metri di distanza. Sui vestiti sono stati trovati del sangue e della ghiaia. Nella polo nera ci sono due buchi. Qui sono segnati anche i punti di uscita dei proiettili», illustra Super-Joki indicando con una penna a sfera una singola pagina in un pacco di fogli.

«Il percorso del proiettile all'interno della testa, nel cervello, è stato esaminato separatamente. Le lesioni esterne sono accuratamente segnate su questo disegno, come vedi. A seguito degli spari, il defunto è caduto a terra e la testa ha battuto contro l'asfalto. I sassi del cortile gli hanno provocato una lacerazione alla testa. Sono stati anche prelevati dei campioni per vedere se ci sono sostanze nel corpo che non appartengono naturalmente all'organismo. I risultati tossicologici sono nella pagina successiva», continua Super-Joki, e Jan deduce che la lunga introduzione sia finita.

«Ufficialmente, la morte è stata causata da ferite da arma da fuoco, ma anche le analisi tossicologiche hanno evidenziato qualcosa».

«Che cosa intendi, precisamente?», chiede Jan.

«Nell'organismo del defunto si sono rilevate tracce di veleno», spiega Super-Joki fissando Jan. «Il motivo per cui ti ho fatto venire qui è questo: la vittima sarebbe morta lo stesso, durante la serata, anche se non gli avessero sparato», afferma.

Rimangono in silenzio per un po'. Nel corridoio si sentono dei rumori e Jan non può fare a meno di pensare che stiano trasportando un cadavere. Poco dopo, una porta si chiude sbattendo. Jan sa che lì accanto c'è la cella frigorifera.

«Nella sacca dello stomaco c'erano tracce di un veleno vegetale». Super-Joki ha uno sguardo enigmatico. «La prossima informazione ti interesserà particolarmente».

«Il tasso? Lo stesso veleno del morto di Vanhankaupunginlahti?», prova a indovinare Jan.

«Lo stesso».

Jan torna in ufficio e convoca subito la squadra per una riunione. Mentre li aspetta, sfoglia il rapporto riguardo al conflitto a fuoco. La persona sospettata di aver usato l'arma è stata arrestata, ma non è questo che preme a Jan. Gli interessa, invece, aver scoperto che l'omicidio è più complesso di quello che sembrava inizialmente. Si tratta di una doppia esecuzione. Mikko Linder, detto anche l'Accademico, aveva un nemico nel suo stesso gruppo. Durante la serata, qualcuno lo ha avvelenato. Com'è possibile? Jan scorre il contenuto della cartella per arrivare alle foto scattate al cadavere. Deve assolutamente verificare se quell'uomo indossava gioielli, qualcosa che, oltre all'avvelenamento, possa collegare il caso a quello di Johannes. Jan strizza gli occhi e avvicina l'immagine il più possibile. La parte superiore del corpo è nuda, le spalle larghe. Linder godeva di buona salute. Studia i tatuaggi di color nero bluastro, che ricoprono quasi l'intero busto, dall'ombelico fino al collo. Poi, qualcosa attira la sua attenzione e il suo battito cardiaco accelera. Sulla pelle del morto, vicino al pettorale sinistro, è disegnato con linea sottile un motivo simmetrico: il segno dell'infinito. Deve controllare se sta effettivamente vedendo bene. Sì. Scatta immediatamente una foto del petto e la invia a Heidi. Jan scuote la testa incredulo. Strano collegamento, o forse no. Dopo una lunga attesa, si stanno finalmente rimettendo in carreggiata. A chi un uomo potrebbe mostrare la sua fedeltà con un tatuaggio? La prima risposta che gli viene in mente è: a un capobranco.

PARTE IV

QUEEN BEE

Queen Bee guarda il cielo. Tra poco comincerà a piovere. Indossa i suoi morbidi Ugg, che usa sia d'estate che d'inverno, e poi esce per andare a fumare. Gli stivali Ugg sono come dei simpatici e fedeli animali da compagnia. Odiano l'acqua. Stanno bene al caldo e all'asciutto, meglio ancora se a trenta gradi e con il sole. Queen Bee schiaccia il mozzicone di sigaretta in un portacenere quadrato accanto alla porta principale della casa. I ragazzi l'hanno sgraffignato una volta nella terrazza di un bar, ci hanno legato un bel fiocco e l'hanno lasciato lì davanti per farglielo trovare. Come regalo non è male, però adesso comincia a essere pieno di cicche.

Davanti al grande specchio dorato dell'ingresso, Queen Bee si ferma e si guarda con il viso quasi attaccato alla superficie. Un ciuffetto di ciglia finte dell'occhio destro si è un po' spostato. Cerca di dividere le ciglia con una delle sue lunghe unghie e sistemare quelle fuori posto.

Quando finalmente ha di nuovo la visuale libera, Queen Bee va verso la cucina e si versa l'ultimo caffè rimasto nella macchinetta. Ci lascia cadere dentro un pezzo di dolcificante e si siede accanto alla grossa isola della cucina. Pensa al menu della sera: prima antipasto speciale, poi lombata di agnello e insalata verde. Come dessert Road rage, rinominato rocky road. Queen Bee esamina l'elenco con soddisfazione e ripercorre nella sua mente le diverse fasi del lavoro. Dopo i preparativi iniziali, la cottura dei cibi porterà via poche ore. Non dovrà cominciare a fare nulla ancora per un bel po' di tempo.

Sente dietro di sé dei passi che si trascinano. Suo marito.

«È tutto pronto per la serata?», le domanda.

Queen Bee annuisce soddisfatta.

«Chiedi ai ragazzi di portare gli ingredienti necessari nel pomeriggio», lo prega Queen Bee.

Nota che le sue unghie perlate hanno bisogno di essere un po' sistemate, prima della serata.

La sera, quando tutto è pronto, attendono coi loro bei vestiti eleganti gli ospiti nella sala d'ingresso. La prima auto arriva puntuale nel cortile. Il campanello suona e Queen Bee rimane indietro, per consentire a suo marito la solita accoglienza solenne. Guarda dritto negli occhi il ragazzo più grosso e gli afferra la guancia, dandogli un pizzicotto. Fa sempre lo stesso commento, "che bello vederti così bene", e poi fa con la mano un ampio gesto di benvenuto.

«Prendete pure da bere, mentre aspettiamo!».

Queen Bee sorride nel suo abito di paillettes. Sa di essere molto attraente. I capelli biondi sono tirati su in una pettinatura morbida. Questa tradizione annuale riunisce i membri più importanti della banda. L'intento è di rafforzare i legami di sangue. Invitano a casa i ragazzi, che sono parte della grande famiglia.

La porta si apre di nuovo. Entra l'Accademico, e incrocia subito lo sguardo di Queen Bee. Indossa una polo nera e pantaloni eleganti, i capelli sono tagliati perfettamente. Queen Bee squadra con sorpresa la ragazza che l'Accademico ha portato con sé. Quella giovane donna timida e insicura è come un agnello che lui ha portato tra loro come fosse una preda.

L'Accademico si occupa delle presentazioni.

«Questa è la mia ragazza», dice l'uomo. «E questa è Queen Bee».

La ragazza fa un cenno con il capo e tende timidamente la mano.

Mentre stringe quella mano sottile e fragile, le unghie finte di Queen Bee, decorate con tanti strass, brillano alla luce del sole che penetra dalla finestra. È evidente che la ragazza sia tesa. Non è simile alle donne con cui lui sta di solito. Ha un'aria più innocente. Un bel viso aggraziato, aspetto delicato, corpo slanciato. Potrebbe essere una modella, ma è di qualche decisivo centimetro troppo bassa.

«Non sapevo che saresti venuta anche tu a passare il fine settimana con noi. Ma benvenuta, aggiungeremo un piatto a tavola», le si rivolge Queen Bee, facendole un bel sorriso. «Scusatemi, devo andare un attimo in cucina».

La ragazza e l'Accademico annuiscono.

Queen Bee prende un gin tonic dal tavolo e lo porta con sé in cucina. Durante questi weekend alla villa, gli uomini hanno promesso di parlare di affari il meno possibile. Si pensa solo a stare insieme, al buon cibo e alle buone bevande. Nessun estraneo. Soltanto i nostri. Sei uomini, cinque di loro con le mogli. E adesso, questa ragazza. Gli altri hanno una moglie, l'Accademico una ragazza giovane.

Nessuno vuole mettersi in competizione con l'Accademico. Conoscono la sua reputazione. Già nei primi tempi poteva, nella stessa giornata, parlare di film classici, di diritti degli animali e poi giustiziare senza esitazione una persona che lo aveva tradito. Queen Bee scompare nella cucina sorridendo.

Il liquido cola lentamente dal palmo lungo il polso e poi verso il gomito. Queen Bee rimette il cervello nella ciotola e strappa un pezzo di scottex per asciugarsi le mani. Undici cervelli, dodici ospiti. L'Accademico potrà condividere il suo. Queen Bee toglie l'acqua dalla ciotola. I cervelli sono a mollo già da qualche ora. Li taglia a metà e li mette in una padella. Aggiunge sale e pepe e spreme un po' di limone. Ci versa sopra dell'acqua fredda e li copre con un coperchio. Mentre aspetta che bollano, prepara un composto di parmigiano e pangrattato. Quando i cervelli si sono raffreddati, li lascia un po' a riposare. Queen Bee mette poi del burro in una padella calda, passa i cervelli nella farina, nell'uovo e infine nel composto di parmigiano e pangrattato. Dopo la cottura, hanno un aspetto delizioso. Dei bei bocconi dorati e rigonfi attendono i commensali affamati.

Un antipasto speciale, nello stile tradizionale dei lupi.

La donna guarda il branco, uomini robusti che tagliano bocconi con le posate d'argento. Incrocia lo sguardo di suo marito e sorride. È tempo di riunirsi, di ringraziare per tutto, di brindare, di ubriacarsi. Un brindisi ai legami di sangue, alla posizione, ai lupi! Queen Bee osserva gli ospiti mangiare i cervelli. In sottofondo c'è musica di Chopin.

Infila il coltello nella sua porzione e divide in due un pezzo succulento, prima di portarlo alla bocca. Il condimento è ben equilibrato. Queen Bee si pulisce la bocca con il tovagliolo bianco e osserva con sguardo innamorato il marito, attendendo il suo discorso, un altro rituale di benvenuto. Si sente come Marilyn che augura buon compleanno al Mr President. Questa volta, però, si sta festeggiando tutta la gang, non un compleanno.

«Adesso un brindisi, prego», richiama l'attenzione il presidente, e Queen Bee abbassa la musica.

Tutti interrompono il prelibato pasto per alzarsi in piedi e con un bicchiere. È una stanza piena di testosterone e di belle e riservate accompagnatrici, ben consce del loro ruolo subordinato. Queen Bee è del tutto consapevole di come le donne dei membri della banda siano sottomesse.

Non sono state costrette, l'hanno scelto loro. Si sono scelte uomini, nella cui vita la banda viene prima di qualsiasi altra cosa. Se uno di loro dovesse star via per molti giorni, sarebbe inutile rimproverarlo. Devono accettare il fatto che la chiamata alla mobilitazione da parte della banda può arrivare in qualsiasi momento. Soltanto l'anno scorso Queen Bee ha cominciato a intravedere nelle donne un potenziale nascosto. Se queste sopportavano tutto dai loro uomini, che cos'altro sarebbero state pronte a sopportare? Pensa a come ogni donna si inietti del botox in faccia e si strappi i peli dalle radici. Sono donne capaci di essere altrettanto resistenti come i loro uomini. Queen Bee sorride osservando tutti i presenti nella stanza, come fossero una grande famiglia. Il tavolo dei bambini è in disparte, in cucina. Lì si servono solo hamburger. Con fastidio sente un pezzettino di carne rimasto tra i denti. Senza farsi notare, cerca di toglierlo con un'unghia, ma senza riuscirci.

«Siamo qui riuniti...», comincia il marito.

Queen Bee si chiude le orecchie. Sa bene cosa sta per dire, ha scritto lei il discorso. È sua la scelta che il marito sia il volto ufficiale della banda. Le basta che solo loro due sappiano chi è il vero capo. Invece di guardare lui, osserva uno per uno gli ospiti. Intorno al tavolo sono riuniti i Wolves MC, i vertici della gerarchia, gli ufficiali. Queen Bee scruta divertita quegli uomini tatuati, ognuno dei quali pesa più di cento chili, che tengono nelle loro mani grosse come pale dei piccoli bicchieri di cristallo e dedicano questo momento alla loro santa unione. Il branco è tutto ciò in cui credono.

Quando il discorso è finito, Queen Bee rialza la musica. Prende un sorso di vino e guarda verso l'Accademico. Lui le manda subito un bacio volante. Più beve, più le dà fastidio che abbia portato con sé quella giovane ragazza, la cui presenza spicca nella stanza. Perché Mikko ha deciso di rovinare un'atmosfera altrimenti così gioviale? Spera che dietro non ci sia qualcosa di tanto sgradevole come un vero sentimento. Tutti i presenti, comunque, sanno come di solito l'Accademico tratta le sue ragazze. Forse i due sono solo nella fase di conoscenza iniziale, pensa Queen Bee.

Piano piano, si spostano dalla sala da pranzo e si siedono più comodamente nel salone. La maggior parte di loro passerà lì la notte. Solo il segretario e il road captain con le loro donne se ne andranno a casa. Le stanze, così, basteranno per tutti.

La mattina dopo, gli ospiti scendono assonnati dalle stanze di sopra, uno alla volta. La giornata promette sole. Queen Bee gira per la casa e apre le tende, in modo che le querce del giardino, il bel prato verde e il lago scintillante in lontananza si vedano dalle finestre. Le viene da ridere, sfoggiare quel panorama è una sua ossessione. Nessuno dei ragazzi dovrà restarsene inutilmente davanti a delle tende chiuse. La donna prepara con il frullatore una grande quantità di Bloody Mary e taglia delle coste di sedano da infilarci dentro. Il drink può essere un calmante o un eccitante, a seconda di chi lo beve. Qualcuno aveva proposto di assumere un paio di scagnozzi per il fine settimana, ma le mogli hanno subito rifiutato. I loro uomini potrebbero avere la tentazione di mandarli a prendere qualcosa. Anche per i bambini è meglio che non ci siano altre persone in giro.

Queen Bee sorride. Dal soggiorno proviene il suono di cartoni animati. I bambini stanno guardando Netflix e il presidente sonnecchia vicino a loro sullo scomodo divano rococò. La giovane donna portata dall'Accademico è seduta su una poltrona e controlla il suo cellulare.

Come d'abitudine, Queen Bee prepara il dessert per il pranzo. Mentre alcune crostate di mirtilli cuociono in forno, nota che suo marito e l'Accademico sono andati fuori a parlare. Accende intanto il timer, in modo da ricordarsi di tirar fuori le crostate dal forno. Questo momento se lo ricorderà. Una leggera pressione sul pulsante in gomma del timer digitale. Un piccolo momento fugace, in cui nella vita andava ancora tutto bene.

Nel cortile arriva una Range Rover. La finestra è aperta e si sente il crepitio della ghiaia sotto le ruote. Queen Bee alza lo sguardo dal timer al cortile. Dalla macchina balza fuori un uomo vestito di nero, il cui volto è coperto da un passamontagna. In mano ha un fucile automatico. Spara, e si sente il rumore dei proiettili che fendono l'aria. Alcuni colpiscono il muro esterno della villa di legno, tre colpiscono il bersaglio. Uno strillo le esce di bocca. Il presidente, suo marito, si butta a terra, tira fuori una pistola da dietro la schiena e spara contro l'auto in fuga. La macchina sfreccia oltre la curva, gli pneumatici stridono. Solo allora si sentono altre urla e, poi, uno strano silenzio.

Gli uomini aprono la porta esterna, corrono nel cortile e allora lo vedono. Lui, che non reagisce più. L'Accademico giace a pancia in giù, in una pozza di sangue, con la faccia girata verso il terreno. Queen Bee guarda ancora la scena da dietro la finestra della cucina. I secondi del timer scorrono in silenzio, ma il suo tempo si è fermato. Dalla finestra della cucina vede la pozza di sangue che si allarga e sente ancora il suono attutito dei cartoni animati che proviene dal salone.

Seduta n. 10

Kaj beve un sorso di caffè, già quasi freddo.

«Ha qualche altro paziente che incontra altrove, invece che nel suo studio?», chiede la ragazza con aria curiosa.

Indossa vestiti più freschi. La giacca di pelle nera si è trasformata in un cardigan chiaro, le calze in jeans da ragazzina, gli anfibi in mocassini.

Il viso è struccato. Senza trucco sembra più giovane di prima. Forse l'abbigliamento potrebbe indicare che la ragazza sta finalmente, dopo tanto tempo, riappropriandosi di sé stessa? L'immagine fasulla che dava di sé era quella di una ragazza con indosso dei panni neri da motociclista. Adesso che si è liberata dal potere di quell'uomo, potrebbe avere la possibilità di evolvere.

«Vuole dire cliente», la corregge Kaj. «Mi dispiace, ma non posso raccontare niente che riguardi altri clienti».

«Può rimanere anche un altro po' di tempo, se vuole», dice la ragazza. «Ho anche preparato del caffè».

Kaj sorride ma rifiuta cortesemente.

«Non potrebbe annullare le altre sedute? Posso pagare anche per un'altra ora», gli propone la ragazza, e Kaj si sente strano. Sta mostrando gelosia e possessività? È una reazione anomala, ma purtroppo piuttosto comune. Ricorda altre volte in cui qualche paziente ha mostrato segni di un attaccamento eccessivo, che si sono manifestati sotto forma di gelosia. Quelle situazioni si sono poi risolte, ma nonostante sia un professionista, prova imbarazzo nel trovarsi in circostanze simili.

Kaj si guarda intorno. In cucina c'è una busta di carta di cibo consegnato a domicilio, non ci sono oggetti personali. La ragazza è seduta a gambe incrociate sul divano, flessuosa come un gatto.

«Vorrei andare via da qui. Può aiutarmi a far sì che mi facciano uscire presto?», chiede, e, nonostante la sua inquietudine, gli rivolge uno sguardo così malizioso che Kaj si sente come se stessero tramando qualcosa insieme.

«In questo caso, fidiamoci della polizia. Le autorità hanno la competenza giusta per valutare quanto la sua situazione sia pericolosa».

«Là sta per scoppiare una guerra tra bande e la polizia dovrebbe perdere tempo con me?». La ragazza commenta la situazione con aria quasi divertita. Poi, la sua espressione si fa più seria. «Non riesco ancora a capacitarmi di ciò che è accaduto. Stavamo trascorrendo lì un fine settimana piuttosto tranquillo. I bambini guardavano i cartoni animati e Queen Bee era intenta a preparare delle crostate ai mirtilli. Nessuno si sarebbe immaginato che una cosa del genere potesse succedere proprio in quel momento».

«Penso che lei abbia bisogno soprattutto di riposo e di rimettersi. Qui è al sicuro. Quando la situazione si calmerà, potremo incontrarci di nuovo», cerca di concludere Kaj, poi chiude la copertina del taccuino nero.

«Che vuol dire? Non mi vuole più vedere?», chiede la ragazza, e starnutisce rumorosamente nel fazzoletto.

«Non si tratta di questo», mugugna lui.

«Di cosa allora?», lo incalza la ragazza, guardandolo con aria un po' più spavalda.

Kaj la osserva. Per la prima volta, si rende conto di quanto sia logorante lavorare con quella persona. Per qualche motivo si sente a disagio nello stare insieme a lei, e deve sforzarsi parecchio per mantenere un equilibrio. In quella ragazza c'è qualcosa di enigmatico. Kaj cerca di mettersi in ascolto di sé stesso. Che ci sia dietro anche qualcos'altro? Il malessere e l'intorpidimento dei sensi che avverte di tanto in tanto, potrebbero essere in realtà sintomi di qualcosa di diverso? Forse di un esaurimento da lavoro? Kaj pensa a tutti gli studenti da dieci e lode incontrati negli anni, programmati per vincere. Relitti umani competitivi. Coloro che vivono un senso di inadeguatezza e cercano di superarlo lavorando incessantemente. Benché abbiano avuto un'infanzia tranquilla, ciò non garantisce loro, da adulti, di sentirsi di valere e di sapersi ascoltare. In tutti questi anni, Kaj ha guardato spesso l'esaurimento dritto negli occhi e non ha mai pensato di dover fare parte del gruppo. Dovrebbe esternare di più i propri sentimenti, durante la supervisione del suo lavoro. Forse potrebbe anche provare a esprimere le sue difficoltà nel lavorare con la ragazza.

Kaj pensa da dove potrebbe cominciare con il caso della ragazza, a come spiegare le difficoltà che incontra con lei al supervisore. Che cosa risponderà, quando gli verrà posta la domanda: "perché"? Perché gli è così difficile lavorare con quella cliente? È perché la ragazza flirta continuamente? È perché si insinua nella sua testa e non riesce più a mandarla via da lì?

Più ci riflette, più capisce che non potrebbe mai raccontare i suoi sentimenti al supervisore. Qualcosa gli impedisce di condividere le difficoltà che trova nel lavorare a quel caso. Vergogna? È questo? Può una persona, per orgoglio, chiudersi a riccio così facilmente e iniziare a nascondersi per non diventare lo zimbello di qualcuno, rivelando le proprie debolezze? Kaj sospira profondamente.

«Va tutto bene?», gli si rivolge la ragazza guardandolo con aria perplessa.

«Certamente», risponde subito. Ma vorrebbe andare via.

«Prima che finiamo, vorrei sapere cos'ha scritto in quel quaderno», lo prega la ragazza, indicando con il dito il taccuino chiuso sul grembo di Kaj.

«Appunti. Questa è una seduta confidenziale, scrivo degli appunti soltanto per me, in modo da poterla aiutare meglio. Lei ha ovviamente diritto a leggerli, se vuole. Lo vuole?»

«Sì», afferma lei alzandosi in piedi. Si avvicina con decisione e gli prende il quaderno dalle mani. «Lo voglio», sussurra di nuovo, e guarda Kaj, anziché il taccuino.

«Qui c'è scritto: devo provare a rafforzare la resilienza di N»., legge. «Che vuol dire?»

«Detto brevemente, con resilienza si intende una capacità mentale. Adesso è soddisfatta?», chiede Kaj. La ragazza sfoglia il taccuino e legge dei pezzi qua e là.

«Non ancora», risponde lei leggiucchiando.

Alla fine, posa lentamente il quaderno sul tavolo, sistema dietro le orecchie i capelli scivolati sul viso e fissa Kaj con uno sguardo intenso. Kaj si irrigidisce sulla sedia. Con orrore, la vede aprire lentamente i bottoni del suo cardigan. Sa che dovrebbe scattare in piedi, dire immediatamente "cosa sta facendo? La smetta". Ma si sente come paralizzato. Il suo corpo è incollato alla sedia. Resta lì, a guardare la ragazza che si spoglia, e non riesce ad alzarsi.

Venerdì 20 settembre

JAN

Jan è in anticipo e decide di provare a vedere se Kaj è già libero. Apre il pesante portone del palazzo situato nel quartiere Töölö e sale le scale due gradini alla volta fino al terzo piano. Sulla porta dello studio ci sono tre nomi, di cui uno è Johansson: suona il campanello e rimane ad aspettare. Kaj viene ad aprire.

«Come va?», gli chiede Jan, e spera di non ricevere una risposta di circostanza. Se adesso Kaj dovesse rispondere che va tutto bene, di sicuro è perché nasconde qualcosa. Rimane in attesa.

«Tutto bene», risponde l'altro con fare leggero e un po' sospetto. Dal suo volto traspare una certa malinconia. Jan lo segue fino allo studio in fondo. Si guarda intorno. È una stanza alta, con pochi mobili scelti con cura. Probabilmente provengono da aste. Un tappeto marocchino, una scrivania Merivaara e i fiori all'occhiello di Kaj: la poltrona e il divano di pelle nera. Jan non avrebbe riconosciuto le Barcelona disegnate da Mies van der Rohe se Kaj non gliele avesse menzionate con entusiasmo più volte. Per Jan, Barcelona non è un mobile, bensì soltanto una squadra di calcio. «Focalizziamoci sulla banda di motociclisti, i Wolves», comincia Jan, dopo essersi seduto sul divano. Osserva Kaj. Sembra proprio che non stia ascoltando. Fissa inespressivo il pavimento. La camicia blu scuro che indossa è sgualcita e non è infilata per bene, come al solito, nei pantaloni.

«C'è stato un nuovo caso di avvelenamento», continua Jan.

Avrebbe voglia di scuoterlo, sbatterlo al muro e urlargli "ooh". Invece siede in silenzio e guarda il suo amico, che chiaramente non è in sé.

«Un uomo di età superiore ai trent'anni. Sulla pelle aveva un tatuaggio con un simbolo che già conosciamo grazie ai ciondoli. Stesso veleno».

Ora Kaj sembra essere più attento. Il viso diventa pallido.

«Una nuova vittima con lo stesso rituale?».

Jan annuisce.

«Sei sicuro che vada tutto bene?», si preoccupa ancora, ma quando Kaj gli risponde di nuovo di sì, non può far altro che credergli. Kaj è una persona adulta, e d'altronde ha tutto il diritto di non raccontargli niente.

«Volevo parlartene. La cosa ci sta sfuggendo di mano e va in troppe direzioni».

«Avete novità per quanto riguarda l'indagine sull'omicidio?», chiede Kaj.

«Sì, ne abbiamo». Jan gli ripete tutto ciò che hanno scoperto finora. La faccenda finisce con il tentativo di avvelenamento che è appena saltato fuori.

«Che ne pensi?», chiede Jan.

«Penso di andare a prendere due birre per noi», risponde Kaj e scompare per un attimo in cucina.

Jan afferra con sentimenti contrastanti la bottiglia di birra gelata. Non ne avrebbe molta voglia, ma Kaj invece sembra averne un disperato bisogno. Apre la bottiglia, lasciando cadere il tappo sul tavolo.

«Bene, torniamo al nostro supposto serial killer», riprende Kaj. «Il colpevole che cerchiamo. È terribilmente abile, e quindi estremamente pericoloso. Ha un perfetto autocontrollo. Se il colpevole ha compiuto qualche atto criminale prima della morte di Johannes, evidentemente non è stato beccato. Tutto questo può anche aumentare il suo coraggio. È possibile si ritenga invincibile, in questo momento. Gli ultimi atti mostrano anche che è in qualche modo irrequieto».

«Vai avanti», lo esorta Jan e poggia la birra intonsa sul tavolo.

«Vicino a Roy o ad Aila c'erano dei fiori? Il colpevole ha ripetuto la stessa formula, o l'atto è stato istintivo?». Kaj pone delle domande, ma non si aspetta che Jan risponda subito. «Bisogna ricordarsi che un assassino ha sempre una storia. Cosa è successo nel suo passato? Mi interessa soprattutto sapere come tutto questo ha avuto inizio. Come ha scelto le vittime? Aila non sembra rientrare nel quadro. Secondo me, con lei il colpevole ha coraggiosamente rotto la formula iniziata in precedenza. Significa, spesso, che ha dovuto improvvisare. Probabilmente per difendersi. Ha dovuto togliere queste persone di mezzo».

Jan annuisce. Kaj prende un sorso di birra e continua.

«L'assassino uccide in contesti naturali o nelle case delle vittime. Non vuole sporcare il suo nido».

«Proprio così», concorda Jan. «Ho anche pensato che l'omicidio debba essere stato preceduto da un incontro. Le vittime non sono state trascinate da nessuna parte. Un incontro richiede fiducia, e l'assassino sa suscitarla».

Kaj è d'accordo: «È qualcuno di cui nessuno può sospettare. Scusa, ma non posso fare a meno di chiedertelo: pensi quindi che ci sia la possibilità che la banda dei Wolves MC e questi casi di omicidio siano collegati tra loro?».

SAANA

Inkeri è ripartita per Hartola. Saana avverte un senso di vuoto. Inkeri è più di una zia. Negli ultimi tempi è stata quasi la persona a lei più vicina. Poi pensa ai suoi amici, che non vede quasi mai. Manda un messaggio a Veera e le propone una sauna dopo il lavoro al Löyly, ed è sorpresa quando riceve la risposta affermativa dell'amica.

Fuori, dopo la prima immersione nei vapori della sauna, Saana sente le assi fredde del pavimento sotto ai piedi. L'imponente costruzione di legno svetta dietro le sue spalle, mentre sul davanti si stende il mare settembrino. Il tragitto dalla sauna all'acqua non è molto lungo, ma quando il vento soffia sulla pelle bagnata, l'aria sembra più fredda di quanto non sia davvero. Saana è avvolta nell'asciugamano. Dal mare arrivano forti folate. Scende le scale e si ferma sull'ultimo gradino per ammirare il panorama. A destra ci sono alcuni isolotti e acqua a perdita d'occhio, a sinistra la bella silhouette della città, le case di Eiranranta e gli scogli. Helsinki è particolarmente bella vista dal mare, pensa tra sé e sé, e poi si immerge trattenendo il respiro nell'acqua gelata. Quando lascia la ringhiera e si getta all'indietro nel mare emette un gridolino.

«Hai davvero strillato?», ride Veera, che arriva dietro di lei.

Non ha l'asciugamano. Sta dritta in piedi sulle scale deridendo Saana, e non sembra soffrire affatto il freddo.

Sulla terrazza del Löyly c'è parecchia gente e il chiacchiericcio, misto alla musica, arriva fino al lato dove sono le saune.

«E adesso nella sauna a fumo!», annuncia Saana uscendo dall'acqua, poi guarda meravigliata Veera, che nuota ancora tranquillamente nel mare freddo.

Ci vuole un po' prima che gli occhi si abituino al buio della sauna a fumo. Saana e Veera si arrampicano sulle scale e un meraviglioso calore le accoglie subito. Le altre persone fanno spazio, così possono sedersi sulle panche.

«Come va con Jan?», non può esimersi dal chiedere Veera.

L'acqua salata cola dai capelli sul viso di Saana. Il vapore caldo scioglie le membra infreddolite dall'acqua.

«Mah, come va?», ripete, e rimane a pensarci lei stessa. È al contempo molto presa e innamorata, ma deve anche ammettere che la continua assenza di Jan a causa del lavoro la sbalestra un po'. Ha cominciato a temere che il sentimento possa dissolversi.

«È venuta a trovarmi Inkeri. Lei è fantastica. Ho riflettuto sul fatto che forse le donne della mia famiglia hanno un gene del "cavarsela da sole" troppo forte. Hanno un ostinato bisogno di tenere le persone sufficientemente a distanza, di essere costantemente vigili e critiche, per proteggersi dalle delusioni», continua Saana mentre si massaggia la faccia.

«Vuoi dire che sogni di stare da sola, nonostante tu abbia incontrato Jan?», chiede Veera asciugandosi il sudore dal viso.

«Non proprio, ma noto che la mia mente prova sempre a trovare motivi per voler tenere Jan a distanza di sicurezza e mantenere i miei spazi».

«Be', nelle fasi iniziali non è una cosa così pericolosa», afferma Veera. «Anch'io vorrei una zia Inkeri nella mia vita», ride, e tacciono per un po', per godersi altro vapore rilassante.

Lo spogliatoio è stretto. Quasi ogni armadietto è occupato. Saana guarda l'amica che si asciuga con il phon i capelli in mutande e reggiseno. È truccata con cura. Saana gira lo sguardo su di sé. I capelli biondi bagnati le pendono dalla testa e il viso è arrossato.

«A te come va con Kaj?», chiede Saana infilandosi i jeans troppo stretti. La pelle si bagna di altro sudore.

«Non lo so», risponde Veera, sorprendendo l'amica.

«È da un po' che ci va, come dire… di merda», ammette Veera. Saana la osserva con sguardo curioso.

«Tu come stai?», le chiede preoccupata. Improvvisamente, la Veera energica e sicura di sé sembra piccola e indifesa.

«Tutto è cominciato alla fine delle vacanze estive. Mi è venuta la sensazione che Kaj si sia in qualche modo chiuso in sé stesso oppure si sia stufato, non lo so, ma da allora si comporta come se si sentisse prigioniero nella sua stessa casa. Si guarda in giro e dal suo viso si nota, ogni tanto, che preferirebbe trovarsi in qualsiasi altro luogo fuorché con la sua famiglia. La cosa peggiore è che Kaj crede che io non me ne accorga».

«Non avrà mica un'altra?»

«Non credo», mugugna Veera. «Ma d'altronde, che ne so?».

HEIDI

«Ci serve la lista degli invitati. I dati di tutti quelli della banda che hanno partecipato alla festa e che si trovavano a Kirkkonummi nel momento della sparatoria», comincia Heidi.

Sono seduti intorno al tavolo e stanno ragionando sulla significativa scoperta che ha appena fatto Jan. Qualcuno tra i presenti alla riunione di Kirkkonummi ha avvelenato Mikko Linder, e ha usato lo stesso veleno dell'assassino che stanno cercando.

«Nel rapporto fornitoci da Ojala c'è scritto che, come proprietaria della casa di Kirkkonummi, figura Kadi Saarinen. Madre estone e padre finlandese. Nata in Estonia. Il suo soprannome nella banda è Queen Bee», spiega Saki.

«Bene, avviciniamo Kadi per prima», ordina Jan.

«Ma Ojala ha detto…», obietta Heidi.

«Ojala può dire quello che vuole», ribatte Jan. «Se dobbiamo interrogare i ranghi più alti della gang, dobbiamo farlo e basta. Non ci serve nessun Ojala. Coinvolgiamo il minor numero di persone possibile».

Saki è seduto al tavolo, con l'aria molto stanca.

«Da quant'è che non dormi?», gli chiede Heidi, mentre lui si toglie gli occhiali e si massaggia gli occhi.

«Sono sveglio sia a lavoro che a casa», risponde Saki, ma dal suo volto traspare l'orgoglio del neopapà.

Heidi lo guarda e si rende conto che neanche una volta, in tutta l'indagine, gli ha chiesto qualcosa di personale. Come si chiama il bambino? Dove abitano? Con chi è sposato? Non sa niente. Però, continua a non fargli domande.

«Concentriamoci su Kadi. Dobbiamo sentirla. Andiamo a interrogarla», dice Heidi, e guarda Jan con sguardo significativo.

Heidi suona il campanello e Jan rimane un po' indietro. Aspettano. Jan guarda il posacenere accanto alla porta. È come quello degli hotel. Qualcuno toglie il chiavistello e poi apre la porta. Heidi alza lo sguardo sul mento rasato di un grosso uomo tatuato.

«Dobbiamo parlare con Kadi», Heidi comunica, mostrando il distintivo. Anche Jan si avvicina di un passo.

«Aspettate qui», risponde inespressivo l'uomo.

Entrano nell'ingresso. Heidi si ferma e osserva l'attaccapanni lì accanto. Controlla le giacche. Ne trova rapidamente una da cui pende un capello biondo. Con grazia, lo prende e lo ripone in una bustina che si rimette subito in tasca. Campione di capello biondo cercato, campione di capello biondo trovato.

«A cosa devo quest'onore?», chiede Queen Bee, ovvero Kadi Saarinen, nei suoi jeans, maglietta nera e scarpe rosse con il tacco alto. Jan la squadra e si chiede quale sia il suo ruolo all'interno del gruppo.

«Posso offrirvi qualcosa? Acqua, succo d'arancia, cocaina?», chiede Queen Bee con gentilezza enfatizzata.

Heidi la guarda con fare ostile.

Lei ride. La risata rivela la dentatura bianca.

«Stiamo indagando su un omicidio», comincia Heidi, e intanto osserva il salone. La stanza arredata all'americana sembra uscita da *Desperate Housewives*. Però non siamo a Beverly Hills, ma a Kirkkonummi.

«Dov'era venerdì 23 agosto?», chiede fissando Kadi.

«Ero a Kämppi. Staycation», risponde Kadi e sorride di nuovo. «Potete controllare le registrazioni della telecamera di sicurezza, così vedrete che sono rimasta in hotel tutta la sera. Mio marito era con me, avrete una conferma anche da lui. Ma perché me lo chiedete?».

Heidi non risponde.

«E giovedì 29 agosto?»

«Non ho nulla da nascondere, ero a casa. Qui. Posso darvi il numero per contattare un uomo che vi porterà il materiale ripreso dalla telecamera di sorveglianza. Vi accorgerete che sono rimasta qui tutta la sera».

«Ho bisogno dell'elenco degli invitati, il nome di ogni persona che è stata qui sabato e domenica. Anche quelli eventualmente di passaggio».

Kadi alza le sopracciglia disegnate.
«Vi procurerò l'elenco», replica Kadi. «Ma ditemi, a cosa vi serve? Non sono già state raccolte le testimonianze?», chiede. La sua sicurezza sembra vacillare per un attimo.
«Per noi è di estrema importanza avere la lista dei nomi», ripete Heidi, e si compiace dell'effetto delle sue parole.
Kadi la fissa. Sembra voler trovare una chiave per capire cosa Heidi le stia nascondendo.
«E va bene, accetto l'offerta e mi faccio una striscia», conclude Heidi. Kadi tace, esita. Poi ride di nuovo, stavolta in modo forzato.
«Per un attimo ci ho quasi creduto», sogghigna e accompagna i poliziotti verso l'ingresso con il suo tacchettio.
Jan esce. Heidi sbircia Kadi. Eccole qui. Due donne su per giù della stessa età, ma in situazioni completamente diverse. Kadi fa giochi pericolosi nel mondo delle bande di motociclisti, lei cerca di mantenere l'ordine, agendo dalla parte dei buoni. Con sorpresa, Heidi sente quasi di provare un po' di rispetto per Kadi. Solo poche persone sopravvivono alle attività delle gang.
«Stia attenta nelle sue guerre tra bande, raramente finiscono bene», commenta Heidi sulla soglia, e poi se ne va senza guardarsi indietro.

KAJ

Kaj, invece di andarsene anche lui subito a casa, quando Jan l'ha salutato, è rimasto ancora un po' da solo, a scolarsi altre tre birre e a fissare la parete. Per tutta la sera ha pensato alla catastrofe accaduta in compagnia della ragazza, e ha cercato di trovare qualcosa a cui aggrapparsi. Per lo meno, non è accaduto il peggio.
Quando Kaj apre la porta di casa, sente ancora la pelle della ragazza tra le dita. Proprio quando le cose stavano andando troppo oltre, una voce dentro la testa per fortuna ha urlato, e l'urlo l'ha scosso da quel torpore rovinoso.
È tornato in sé e ha ordinato subito alla ragazza di smetterla. Lei si è offesa, è ammutolita e si è ritirata nel suo guscio. La situazione non si è svolta come da manuale, e Kaj non sa bene cosa gli converrà fare come prossima mossa. È un professionista, dovrebbe saperlo, ma improvvisamente sta scivolando in quello che sembra un profondo e disperato burrone.

Kaj taglia i bastoncini di pesce con il solito, noioso coltello. L'impanatura arancione si stacca dal filetto di pesce. Osserva i bambini che prendono a uno a uno i piselli dai loro piatti. È tutto come prima. Però non lo è. Kaj non ha nemmeno il coraggio di guardare la moglie.

Veera sta mettendo i figli a dormire, quando Kaj sente il cellulare vibrare nella tasca dei pantaloni. È un messaggio della ragazza. Kaj lo legge rapidamente.

"Mi dispiace per quello che è successo, non volevo, dimentichiamo tutto. Ma lei è l'unica persona di cui mi posso fidare. Mia madre è fuori di sé. Non posso fidarmi di nessuno. Posso venire da lei?".

Kaj deglutisce. Non può assolutamente, né vuole, mandare a rotoli la sua famiglia per questo. In qualità di psicoterapeuta deve rimanere professionale, ma ora il limite è stato superato già molte volte. Deve rispondere qualcosa, ma in quel momento il cellulare squilla. È lei che lo sta chiamando. Kaj dà un'occhiata verso il piano di sopra e ascolta. Veera è ancora con i bambini.

«Sono sposato», Kaj sibila al telefono.

«Allora come non detto», dice la ragazza. «Sono già abituata al fatto che non ci sia nessuno ad aiutarmi». Mentre ascolta, Kaj non può fare a meno di ricordare in che guaio pesante la ragazza effettivamente si trovi.

«Ho lasciato l'alloggio di sicurezza e sono tornata a casa, ma adesso non posso uscire da qui. Mi sento piena di angoscia. Può venire lei da me? Così chiariamo la situazione», conclude la ragazza, poi attacca.

Arriva subito un altro messaggio con l'indirizzo.

Via Kuusiniementie, quartiere Kuusisaari. Kaj tende le orecchie per capire la situazione al piano di sopra. Si sentono lievi passetti di corsa e scoppi di risate, Veera non è ancora riuscita a far addormentare i piccoli. Cercando di non fare rumore, prende le chiavi della macchina e il cellulare, si infila la giacca ed esce per vedere di risolvere quella situazione spinosa.

Kaj segue con lo sguardo il cancello elettrico scorrere lentamente e aprire la vista sul cortile di una grande casa dipinta di bianco. Sulla targhetta dorata c'è scritto HEIKKINEN. La ragazza viene ad aprire indossando solo una vestaglia. Ha l'aria di aver pianto. Lui avverte odore di alcol nel suo alito. Segue la ragazza un po' barcollante nel salone. Una delle pareti della stanza è quasi completamente di vetro.

«È piuttosto buffo», bisbiglia la ragazza.

«Cosa?», chiede Kaj con un po' di irritazione nella voce.

«Che abbia ottenuto in un attimo quel che volevo».

«Cioè?»

«Che delle persone si siano innamorate di me. Anche tu».

«Io?», ripete Kaj. «Hai capito male, io…».

«Cos'era, allora?», sibila la ragazza. «Solo eccitazione?».

Rimangono in silenzio. Kaj sente una macchina che passa fuori, sulla strada. Da queste parti i lotti sono riparati e ci sono solo pochi vicini.

«Sono stata molto sfortunata in amore. Ma cosa te lo dico a fare, sei il mio terapeuta. Lo sai già».

La ragazza comincia a ridacchiare. «Si potrebbe dire che sono stata felice solo alcuni piccoli attimi. Sempre prima che…».

«Prima che cosa?»

«Che arrivi il giorno in cui il mio ragazzo mi vuole lasciare».

Kaj apre la bocca, ma la richiude subito. Come un pesce rosso. Non ha niente da dire.

Vuole solo andar via. Vuole dimenticare tutto. Più di ogni altra cosa, vuole andare a casa dalla sua famiglia.

«Ti ho già versato del vino». Porge a Kaj un grosso bicchiere. Ha gli occhi rossi e il trucco pesante si è già impiastricciato, formando due chiazze nere sotto gli occhi.

«Dov'è tua madre?», chiede Kaj.

«In viaggio di lavoro».

«Tu capisci che non posso restare qui».

«Godiamoci un po' di vino, e poi…». Si apre un po' la vestaglia di seta. Kaj distoglie lo sguardo dalla ragazza quasi nuda.

«Facciamo un brindisi a noi», continua lei e alza il bicchiere.

Kaj la guarda e si sente come di cadere in pezzi. Non gli dà il minimo ascolto. Deve assolutamente andare via. Tiene il bicchiere in mano, e il vino è così freddo che i bordi si sono appannati. Un setting del genere è vietato. Totalmente vietato. Forse addirittura malato.

«Sono venuto in macchina, non posso bere niente», le fa presente Kaj, e posa il bicchiere sul tavolo.

La ragazza piega la testa da un lato. Riflette.

«Ho un regalo per te, aspetta qui».

Poco dopo, torna con una piccola scatoletta. Kaj la prende imbarazzato.

«Non avresti dovuto. Ho già avuto il compenso».

«Prendilo come se fossi un amico», continua la ragazza, poi prende un sorso senza staccare lo sguardo da lui. Kaj prova a ridarle indietro la scatoletta, ma lei rifiuta e prende un sorso ancora più grande. Lui la guarda. Una goccia di vino bianco le cade sul seno. Si riescono a distinguere i capezzoli attraverso la vestaglia di seta. È così giovane.

«Almeno apri il regalo», gli fa la ragazza, avvicinandosi. Lui sente il suo profumo smielato.

«Ok, ma poi è meglio che vada», replica cortesemente.

Apre la scatoletta e, perplesso, vede un ciondolo. A una sottile catenina d'argento è attaccato un piccolo simbolo dell'infinito.

Kaj deglutisce. Nella sua mente non c'è più confusione, ma qualcosa di totalmente diverso. Paura, panico.

«Sono tua», dice la ragazza. La vestaglia sottile cade a terra. Lei è completamente nuda.

«Io non...».

Kaj non trova le parole, sa solo che deve fuggire dannatamente in fretta. Pensa al burrone in fondo al quale è sprofondato. I suoi pensieri non sono lucidi, le gambe rifiutano di muoversi.

«Se vai via adesso, mi assicurerò, con l'aiuto di mia madre, che tu sia accusato per abusi su una paziente», sentenzia la ragazza gelidamente, e lo afferra per un braccio.

«Vestiti, così parliamo con calma», la esorta Kaj, cercando di mettere nella sua voce tutta la calma ancora rimasta nelle rovine della sua mente.

La ragazza è completamente matta. Fino a oggi si è mostrata come una vittima, una persona usata dagli altri. E adesso... Kaj la guarda stupito. In questo momento, tutto quello che lei gli ha raccontato gli appare in una luce del tutto nuova. La ragazza nuda si precipita verso di lui con così tanta foga che sta per cadere. Kaj la afferra in modo che non batta per terra.

«Proprio così, grazie», sibila lei tra i denti, guardandolo con aria trionfante. Comincia a gridare e a divincolarsi dalla sua presa.

«Lasciami, pazzo! Come sei entrato? Lasciami in pace, pervertito!».

«Smettila!», urla Kaj.

Tutte le altre parole sono svanite dalla sua mente. Ha già capito che tipo di scena la ragazza cerchi di registrare nel pregiato sistema di sorveglianza della famiglia.

Furioso e incredulo, Kaj indietreggia. Scende rapidamente le scale e corre verso la porta esterna guardandosi alle spalle.

«Cazzo, cazzo, cazzo», impreca. Le mani gli tremano così tanto che non riesce subito a inserire la chiave nell'accensione della macchina. Guarda nello specchietto retrovisore il cancello elettrico aprirsi con una lentezza snervante, poi si precipita fuori dal cortile, in preda all'angoscia. Deve andarsene subito da qui. Soltanto dopo avrà il tempo di pensare a come uscire definitivamente da quella situazione.

Normalmente, quando arriva nel cortile di casa, Kaj si sente sollevato e in pace, ma adesso prova tutto l'opposto. Il tormento inflittogli dalla ragazza gli toglie il respiro, gli soffoca la gola. Kaj guarda l'ora, sono le 23:37. A quest'ora non si può fare niente. La vergogna è il primo sentimento che lo invade. Deve aspettare il mattino. Parcheggia nel solito posto, apre la portiera, la sbatte rapidamente dietro di sé e inserisce la chiusura di sicurezza. Entrato nell'ingresso sospira profondamente. Cammina con le scarpe verso il soggiorno e prende un sorso di whisky direttamente dalla bottiglia. Poi torna nell'ingresso e si guarda intorno. "La mia famiglia dorme, sono a casa, va tutto bene", pensa e cerca di calmarsi. Domani mattina cercherà una soluzione. Sale al piano superiore in punta di piedi, per non svegliare gli altri. Nella stanza da letto buia, Kaj vede la silhouette di sua moglie. Veera è distesa nel suo lato del letto, e sembra così dolce e tranquilla. Il cuore di Kaj è straziato al solo pensiero che tutto questo un giorno possa non essere più suo. Si spoglia silenzioso, posa il cellulare sul comodino e appoggia la testa al cuscino.

Qualche ora dopo, Kaj fissa ancora i rami degli alberi dalla finestra. Il sonno non arriva. È ancora troppo agitato. Poi, fuori si accende una luce. La luce automatica del cortile reagisce ai movimenti. Si alza dal letto e va in punta di piedi alla finestra. Per sicurezza, si allunga per guardare fuori. Nessuno. Chiude le veneziane e sta già tornando a letto, quando improvvisamente la mente gli rimanda un flash, una visione che non aveva fatto in tempo a registrare bene. Allarga le stecche della tapparella e guarda di nuovo fuori. Adesso la vede. In strada, a solo un centinaio di metri di distanza dalla porta di casa, c'è una donna con un lungo cappotto scuro. È la ragazza.

Il battito cardiaco di Kaj accelera e il cuore gli martella nel petto. Che diavolo ci fa lei, qui? Come fa a conoscere il suo indirizzo di casa? "Che cazzo", pensa tra sé e sé Kaj nel buio. Per fortuna Veera dorme profondamente. Prende il cellulare dal comodino e lo porta con sé al piano di sotto, per pensare a cosa fare.

Sabato 21 settembre

SAANA

Saana guarda Samuli tagliare le verdure e farle cadere dal tagliere nell'acqua bollente. Dopo, apre il rubinetto per sciacquare le lenticchie. Patate, carote, zucca, cavolfiore, cipolla, patate dolci. Per qualche motivo, le viene in mente Jan. Che starà facendo in questo momento? È strano come l'atmosfera possa essere diversa a seconda della compagnia. Quando è con Jan, c'è elettricità nell'aria, un'energia vivace che tiene svegli e vigili, forse anche un po' sul chi va là. In compagnia di Samuli, invece, Saana si sente a casa.

«Devo metterci poche spezie, perché a Venla non piace se è troppo piccante», spiega Samuli mentre versa le lenticchie nella pentola.

Sul pavimento del soggiorno, Venla pettina i capelli di una bambola. L'atmosfera è rilassata e tranquilla. Familiare. "Sarebbe così?", si domanda Saana. "Sarebbe così la quotidianità, se avessi una piccola famiglia?"

«Ragazze, a tavola!», le chiama Samuli invitandole a sedersi.

Samuli e Venla scherzano tra loro. Saana si sente un'intrusa. È di troppo nella routine della cena di questa famiglia. Ma allo stesso tempo si sente anche la benvenuta. È come se già li conoscesse da tanto. Saana guarda Samuli, che indossa una camicia a quadri e un berretto nero di lana anche in casa. Poi gli porge il piatto, in modo che possa riempirlo di minestra.

Quando Venla si è addormentata, Samuli la raggiunge in punta di piedi in soggiorno e le si siede accanto sul divano. Improvvisamente, lei si vergogna un po'. Perché non è già andata a casa? Perché è ancora seduta qui? È come se fosse in cerca di qualcosa, come se volesse approfittare ancora un po' di quella rilassata atmosfera casalinga.

«Ho in mente la prossima puntata del podcast», preannuncia Saana. «Ho la sensazione che troveremo Jeremias».

Samuli si gira a guardarla stupito.

Saana ha paura a pronunciare ad alta voce una previsione così straordinaria in questa fase, ma i pezzi del puzzle sembrano iniziare a combaciare. Mentre Samuli addormentava Venla, Saana ha scritto un'altra e-mail a Heidi Nurmi. Le ha raccontato le sue impressioni sull'intervista a Tiia Hagman, le ha spiegato che stava cercando Suvi e che non riusciva a trovare i suoi contatti. Le ha chiesto aiuto: forse Heidi potrebbe rintracciare Suvi e chiederle qualcosa. L'idea le è venuta per la prima volta mentre stava raccogliendo delle informazioni. E se Jeremias non fosse stato colto in flagrante, bensì avesse scoperto qualcosa di importante, avesse capito di essere in pericolo e avesse voluto appositamente sparire?

«Se dovessi immaginare, così dal nulla, un posto in tutto il mondo, quale sarebbe quello in cui Jeremias si nasconderebbe?», chiede Saana a Samuli, guardandolo negli occhi. Nota che sono allo stesso tempo dolci e tristi.

D'improvviso Samuli, invece di rispondere alla sua domanda, si allunga e la bacia. Saana sente le sue morbide labbra sulla sua bocca e si irrigidisce. È allo stesso tempo gradevole, ma del tutto sbagliato. Dopo una breve esitazione si scansa e si alza dal divano.

"Non ho ricambiato, mi sono sottratta subito", giura dentro di sé, pentita. Se Jan avesse fatto qualcosa del genere, lei sarebbe furiosa. Samuli la sbircia in silenzio e poi va a mettere dell'acqua a bollire. L'atmosfera si è fatta tesa, sospesa.

«Mi dispiace, non volevo...», si scusa alla fine lui, rompendo il silenzio.

«Non fa niente, anche a me dispiace, per non...».

«Hai qualcuno, in questo momento?», chiede lui.

«Più o meno, mi dispiace, avrei dovuto subito...».

Saana si sente ancora peggio di prima. Jan è molto più di "più o meno".

Una settimana prima della scomparsa

Jeremias avanza nel lungo corridoio della scuola. La prima settimana dopo le vacanze estive è soffocante. Non c'è più la stessa eccitazione di quando era piccolo. L'estate non è più un periodo emozionante che sembra durare un'eternità, durante il quale i compagni di classe crescono e ognuno vive una qualche forma di trasformazione. Ora tutto continua uguale a prima. In mezzo c'è stata un'estate sembrata troppo breve, con solo un paio di settimane divertenti. Pigramente, accende il computer, tira fuori dallo zaino il taccuino degli appunti e lo mette sul banco, prende una penna, si mette le cuffie alle orecchie e comincia a esaminare il materiale filmato. Nei primi minuti non succede niente, ma poi l'attenzione si focalizza su una figura in piedi in lontananza in fondo alla passerella. Si appunta il giorno e l'ora sul quaderno. È possibile che sia proprio come sembra? Se sì, perché c'è questa persona nel video? Lo spia già da molto tempo? Lo stomaco comincia a brontolare. È una reazione a questa scoperta sorprendente e inquietante, oppure ha fame? Jeremias spera che si tratti della seconda.

In fila nella mensa vede Abdi e gli si avvicina allegro.

«Non sembra nemmeno che siamo stati in vacanza, visto che abbiamo dovuto fare le riprese tutta l'estate», ride Abdi dandogli un'amichevole pacca sulla spalla.

«Ho cominciato a rivedere il nostro materiale», lo informa Jeremias, ignorando la sua battuta. «C'è di tutto dentro. Mentre guardavo pezzi sia lunghi che corti, ho iniziato a distinguere uno strano movimento. Mi è venuta la sensazione che qualcuno, qua e là, ci abbia spiato».

«Aspetta, fammi indovinare, i folletti dei boschi?», ride Abdi e Jeremias scuote la testa. Tace.

Uno dopo l'altro, prendono i vassoi e riempiono i bicchieri d'acqua sotto il rubinetto, poi si spostano verso il banco delle insalate. Sul piatto posano pomodori, rapa grattugiata e qualche foglia di insalata.

Poi il cibo caldo: spezzatino di carne con purè di patate e qualche fetta di pane. Il tutto a pochi euro.

Jeremias attraversa il corridoio della scuola e percorre mentalmente il tragitto verso l'aula giusta. Dalle finestre si vedono le rapide di Vanhankaupunginkoski. Preferirebbe passeggiare a Kuusiluoto piuttosto che stare qui seduto, passando il pomeriggio a una lezione il cui titolo è *Studi metodologici e preparazione della tesi*.

JAN

Jan appoggia la bicicletta alla ringhiera e beve un sorso d'acqua. Davanti a lui si apre il mare. La pressione bassa lo fa sentire annebbiato e sonnolento. Tira fuori il cellulare. Sa che la faccenda va sbrigata subito. Mentre pedalava, le parole hanno trovato la forma giusta. Non resta che pronunciarle. Jan fa un respiro profondo e preme un tasto. Poco dopo, suo padre risponde.

«Ciao», dice in modo poco paterno. Jan si domanda se stia con quella donna anche in questo momento.

«Ciao», comincia Jan. D'improvviso, gli risulta difficile pronunciare quello che aveva intenzione di dire.

«Anu mi ha appena chiamato gufo», ride suo padre, sorprendendolo. «Sostiene che le mie battute siano sceme e da vecchio, ha detto proprio così. Sei della stessa opinione?».

Jan ghigna tra sé e sé. Non ricorda da quanto il padre non era così allegro. Guarda verso il mare. Un gabbiano reale sorveglia la spiaggia, impettito su uno scoglio.

«Ho notato oggi che chiamare qualcuno gufo, in finlandese, ha un significato particolare. Nelle altre culture il gufo è un simbolo di saggezza, ma in Finlandia è diventato anche sinonimo di sciocco».

«Volevo solo dirti che…», comincia Jan. «Comprendo che tu voglia continuare la tua vita», riesce alla fine a formulare.

Il padre rimane in silenzio all'altro capo del telefono. Entrambi hanno subìto la stessa perdita, ma il loro dolore è intimamente diverso. Jan ha perso la madre, suo padre ha perso la compagna di molti anni.

Jan passa a fare qualche acquisto e torna a casa. Il giro in bicicletta gli ha dato l'opportunità di alleggerire un po' la mente. Casa sua gli sembra un luogo consolatorio, dove è possibile concentrarsi unicamente sul cercare di stare bene. Si butta sul letto e sente che comincia a rilassarsi. Dopo qualche ora di riposo a casa, tutto ripartirà di nuovo. Guarda con nostalgia il lato del letto in cui di solito dorme Saana, quando è da lui. Oggi non faranno in tempo a vedersi. È fantastico che Saana abbia anche una sua vita, le sue occupazioni, i suoi ambienti, pensa Jan, ma il suo pensiero si interrompe quando squilla il telefono.

È Kaj.

«Va tutto di merda, potresti… ho fatto un pessimo errore di valutazione, ho bisogno del tuo aiuto», dice.

QUEEN BEE

Queen Bee poggia i piedi per terra. I tacchi alti affondano nella ghiaia, e lei vede che sono pieni di graffi, forse causati dai sassi. Non le interessa. Raggiunge la porta del locale, tira fuori le chiavi dalla tasca e sgattaiola dentro. Nell'aria c'è l'odore rancido e stantio di una festa. Il pavimento è appiccicoso, l'addetto alle pulizie non è ancora venuto. Queen Bee attraversa la sala per dirigersi al bancone del bar e trova subito ciò che cerca. Si versa in un bicchiere un goccio di vodka Koskenkorva e trangugia il liquido bruciante in un'unica sorsata. La quantità di calorie minore possibile, l'effetto inebriante più rapido possibile. Queen Bee riempie il bicchiere e rimane a fissare la scritta luminosa rosa shocking che sfrigola sul muro. Le lettere luminose compongono la parola PULT, l'ultima sillaba è spenta. Si massaggia le tempie, prende la bottiglia e il bicchiere e li porta con sé. È ora di spostarsi nello spazio dove si riunisce la gang. Tutte le persone con le chiavi arriveranno entro mezz'ora.

Mentre Queen Bee pensa alla vendetta, le scoppia dentro una forte sensazione di piacere. Tuttavia, potrebbe anche essere la vodka. Proprio in quel momento, qualcuno bussa alla porta e chiama per sapere se c'è qualcuno. Queen Bee si scuote allora dal torpore e controlla l'orologio. I tacchi battono sul pavimento di cemento appiccicoso, mentre va verso la porta.

«Ciao», saluta la ragazza, e rimane sulla soglia ad aspettare che la si inviti a entrare, come un vampiro. I vampiri non possono entrare se qualcuno non dà loro il permesso. È la ragazza dell'Accademico, magra e piuttosto alta, vestita con un abito nero, anfibi e un cappello. Una copia del look da funerale di Jackie Kennedy.

«Che vuoi?», le si rivolge Queen Bee in modo sgarbato, anche se la fa comunque entrare. Fin dall'inizio, le è stato difficile provare simpatia per lei.

«Voglio esserci anch'io», dice la ragazza. Una volta entrata non si toglie il cappello, né alza la veletta.

«Dove?».

Non vuole tra i piedi una novellina. L'Accademico è morto. Non ha nessun dovere di occuparsi di lei. La situazione è triste e stagnante. Ci vorrà del tempo prima che decidano di allargare i ranghi. Per ora bisogna concentrarsi solo sulla vendetta. Tutto è già pronto per il primo attacco.

«Se ho capito qualcosa della banda, immagino che stia preparando una qualche vendetta», dice la ragazza dietro alla sua veletta nera. «Ho bisogno di un posto dove riposare. Non ne ho un altro».

Per la prima volta, Queen Bee intuisce cosa c'è oltre l'apparente fragilità della ragazza. La sua debolezza è, dunque, solo una messinscena? Con una certa curiosità, le fa strada verso il bancone del bar.

«Qualcosa da bere?», chiede, camminando sui suoi tacchi alti.

«Doppio, grazie», risponde la ragazza senza specificare cosa.

La donna le porge quindi un whisky con ghiaccio, in un bicchiere di cristallo spesso e largo, e la ragazza alza la veletta appena un po' per prendere un piccolo sorso di liquore.

Queen Bee osserva Suvi, che sorseggia il whisky con la sua boccuccia delicata. Si domanda se non abbia fatto un errore di valutazione. Forse ha sottovalutato questa piccola belva.

Chi è davvero questa giovane donna, che si è presentata in abito funebre alla sua porta il giorno della vendetta?

HEIDI

Jan, Heidi, Saki e Jone sono in ufficio, in piedi intorno al tavolo.

«La situazione è la seguente», comincia Jan, cercando di organizzare tutti i singoli frammenti in un intero coerente.

«La cliente di Kaj Johansson, Suvi Heikkinen, si è dimostrata una persona molto imprevedibile. Ha cercato di ricattare Kaj e di regalargli un ciondolo. Questo ciondolo collega Suvi alle vittime. Abbiamo quattro cadaveri. Prima il ragazzo e poi gli altri. Due delle vittime sono state avvelenate, due uccise con altri mezzi. Sappiamo con certezza che Suvi Heikkinen era fidanzata con Mikko Linder, della banda dei motociclisti, e che il suo nome è presente anche nella lista degli invitati alla loro riunione. Sulla pelle di Linder, soprannominato l'Accademico, era tatuato il simbolo dell'infinito. Lo stesso dei ciondoli. Miriamo a trovare il prima possibile un collegamento anche tra Suvi e Johannes. Inoltre, attende ancora di essere chiarito un caso di scomparsa di vari anni fa. Tra il ragazzo scomparso e Suvi Heikkinen c'è un nesso, perché frequentavano la stessa scuola. Heidi, puoi dirci di più in proposito?»

«Ho rintracciato, con l'aiuto di Saki, un vecchio caso, in cui il diciottenne Kasper Hakala sparì nel nulla dopo una festa di maturandi. In una foto scattata prima della scomparsa, Kasper ha un ciondolo al collo, potete immaginare quale. Anche Saana è risalita allo stesso caso», spiega Heidi, godendo chiaramente dell'espressione un po' irritata di Jan. «Secondo le informazioni che ho ricevuto, Suvi fu probabilmente violentata da Hakala, ai tempi del liceo. Se Suvi è in qualche modo implicata nella scomparsa di Kasper, questo potrebbe essere il movente».

«A partire da questo momento, faremo di tutto per trovare Suvi Heikkinen», dice Jone.

«E Jeremias?», chiede Jan. «Sappiamo anche che Jeremias Silvasto e Suvi Heikkinen frequentavano la stessa scuola. Jeremias stava indagando sulla scomparsa di Kasper, prima di scomparire a sua volta».

«Io ho una certa idea riguardo alla situazione di Jeremias», comincia Heidi e va verso il suo computer. «Qui c'è un video che ho chiesto poco fa ad Abdi».

Nello schermo, Roy Kuusisto è sulla sedia a dondolo e parla. *Il linguaggio ci conduce alla nostra stessa storia. Per capire il passato, dobbiamo ascoltare la nostra lingua. Nella lingua si celano tutte le risposte.* Heidi manda avanti e l'azione si sposta fuori della casa, in giardino.

«Cosa cerchi, Heidi?», vuole sapere Jone, impaziente.

«Non ci interessa quello che dice Roy, bensì ciò che si vede all'esterno. Per tutto il tempo delle riprese, nel giardino ci sono state due canoe, una verde e una rossa, quelle lì. Ma adesso, in questo momento, lì ce n'è una sola. Quella rossa. Da quando sono iniziate le ricerche, l'altra canoa non c'è mai stata e nessuno l'ha mai riportata. Nessuno ha mai visto la canoa verde e Roy non era di certo un canottiere. Jeremias è scappato dall'isola con la canoa. Uso la parola "scappato" perché ritengo che si tratti di questo. È possibile che Jeremias sia ancora vivo. Penso proprio che abbia fiutato il pericolo e sia scappato. Siccome non è stato ancora ritrovato, sospetto che sia sfuggito all'assassino».

«Cosa sappiamo riguardo a Suvi?», chiede Jone, rivolgendosi a Jan.

«Su di lei non abbiamo molte notizie. Ha ventitré anni e risiede nell'appartamento di sua madre», si affretta a rispondere Saki.

«Kaj mi ha confidato in che situazione si trova Suvi», rivela Jan. «Sua madre lavora per lo Stato, al ministero dell'Interno, e fin dall'inizio si preoccupava per le scelte della figlia riguardo al motociclista, ma non sappiamo quanto la madre sappia su di lei. Vi leggo, brevemente, il messaggio di Kaj: "Suvi Heikkinen è estremamente pericolosa. Ha buone capacità sociali ed è abile nel manipolare le persone per ottenere ciò che vuole. La sua vita emotiva e la sua regolazione delle emozioni sono instabili. Ha una percezione distorta delle conseguenze delle sue azioni. Bisognerebbe sottoporre Suvi a degli esami per verificare il suo stato mentale, in modo da poterne valutare la tendenza criminale"».

«Heidi, andiamo immediatamente a controllare la casa degli Heikkinen», ordina Jan, e si avvia con decisione. «Saki, metti sotto sorveglianza il prima possibile il numero di Suvi».

Mentre Heidi guida, Jan digita il numero di telefono di Rosa Heikkinen. All'inizio non risponde nessuno e sta quasi per riattaccare, quando sente all'altro capo una voce rauca.

«Jan Leino, Polizia criminale centrale», si presenta subito Jan, per avere immediatamente l'attenzione di Rosa Heikkinen. «Stiamo cercando una persona di nome Suvi Heikkinen. È sua figlia, vero?»

«Perché? A cosa è dovuto questo interessamento?», chiede Rosa Heikkinen in modo stranamente calmo. «È una donna adulta, va e viene, naturalmente non so dove si trovi tutto il tempo».

«Dove si trova invece lei, adesso?», vuole sapere Jan, ma Rosa non risponde.

«Può spiegarmi meglio il perché di tanto interesse?», continua poi la donna.

A Jan sembra che stia cercando di prendere tempo. Decide di arrendersi.

«Se sua figlia la contatta, ce lo faccia sapere immediatamente a questo numero», le ordina Jan, poi attacca.

La cosa più importante sarebbe riuscire a sorprendere il bersaglio in fretta, senza attirare l'attenzione.

Stanno giusto svoltando verso il cortile della casa, quando Saki li chiama.

«Secondo i miei dati, Rosa Heikkinen è in casa, mentre il numero registrato a nome di Suvi Heikkinen si trova ora nella zona di Roihupelto, in via Pulttitie.

Heidi mette subito retromarcia e fa un'aggressiva inversione a U.

6 giorni prima della scomparsa

Più Jeremias si avvicina, più forte sente la musica attraverso i muri. Fuori c'è un gruppetto di persone che fuma. La benna di un escavatore arrugginito che usano come portacenere è piena di mozziconi spenti, ma la maggior parte dei presenti fuma sigarette elettroniche. La veranda è arredata con qualche sedia di plastica e un divano di pelle rotto. Nella parete del grosso edificio bianco non ci sono finestre. L'unica apertura nella lunga facciata è una porticina, davanti alla quale si è formata una coda. Jeremias guarda la locandina attaccata alla parete esterna di lamiera ondulata. Stasera il DJ è Johannes, che li fa entrare con un semplice cenno del capo. Il chiacchiericcio scompare sotto la musica techno, una volta dentro al locale. Jeremias osserva le persone ondeggiare come zombi nella luce bianca della sala dipinta di nero. Sembra che la musica gli passi attraverso la pelle e gli finisca direttamente nella coscienza. Ognuno è solo nello spazio, balla per sé stesso o per il DJ. Va al bar insieme a Johannes. Lui ordina dell'acqua e Jeremias una bevanda energetica.

«Vuoi della ketamina?», chiede Johannes, ma Jeremias scuote la testa.

«In quegli edifici là dietro ci sono il garage e il covo della banda. Siamo nel territorio dei lupi», sogghigna Johannes.

«Allora ne prendo un po'», cambia idea Jeremias.

Vorrebbe liberarsi di tutto ciò che lo opprime, almeno per un momento. Evita di domandargli perché non è venuto a scuola e anche perché fa cose illegali e spaccia. Non gli chiede neppure chi frequenta. Va solo al bagno.

Poi, la porta sul retro si apre e ne esce barcollando una ragazza. Tiene una mano sulla guancia e si guarda intorno come a cercare protezione. Jeremias la vede con la coda dell'occhio, con la sua tuta nera aderente e i capelli biondi corti. Trucco pesante sugli occhi.

Quando esce dal bagno, vede che la ragazza si è fermata con Johannes. Jeremias lo osserva mentre le va più vicino con fare stranamente familiare, le porge un fazzoletto e le chiede se vuole allontanarsi un momento. Ma invece di accompagnarla altrove, le mette in mano delle pasticche. Jeremias deglutisce. Sente che le sue parole non conterebbero niente in questa situazione. Perché la tratta in quel modo? Mentre Jeremias si avvicina, la ragazza si gira e guarda incuriosita il nuovo arrivato. Ha grandi occhi nerissimi, che brillano sul viso aggraziato. Accanto a lei, Johannes socchiude gli occhi, l'afferra e la spinge per la parte bassa della schiena verso Jeremias, come per persuaderla a farsi avanti.

«Questa è Suvi», la presenta Johannes, con un orgoglio nella voce che non aveva mai percepito prima. «Vorrebbe venire a seguire le riprese. Le ho già raccontato tutto, ma a quanto pare non le basta. Vuole vedere tutto da vicino», dice Johannes e le stringe la mano.

La sua espressione trasuda orgoglio.

Jeremias guarda la ragazza negli occhi. Ci mette un attimo prima di riconoscerla, e poi la coincidenza gli sembra quasi impossibile. Suvi non dice niente, guarda semplicemente Jeremias, non si presenta. Sa già di essere stata riconosciuta.

«Non essere scortese», borbotta Johannes, visto che Jeremias non dice niente.

«In realtà già ci conosciamo», rivela poi Jeremias, e anche lei annuisce.

«Eravamo nello stesso liceo».

Proprio in quel momento, la ketamina comincia a fare effetto. Jeremias vuole lasciarsi andare. Non si controlla più, non cerca di governare la situazione. La minimal techno gli rimbomba nelle orecchie. La musica gli sale lungo la spina dorsale, e lui chiude gli occhi. L'intero posto sembra un varco tramite il quale si passa nel regno dei morti. Jeremias guarda le mani di Suvi abbarbicarsi intorno a Johannes come tentacoli soffocanti. La figura di Suvi fluttua lontana nello spazio nero, finché sparisce come una piccola scintilla di luce. Improvvisamente, Jeremias vede tutto più chiaro. Ne è sicuro.

Davanti a lui c'è la figura che la telecamera ha ripreso sull'isola. La ragazza che ha spiato ossessivamente le loro attività. Jeremias capisce subito come tutto deve essere andato.

Corre allora attraverso la porta esterna, verso la tarda notte di agosto. Deve uscire per avvertire Johannes, ma quando arriva nel cortile è tutto vuoto. Jeremias manda un messaggio a Johannes. "Fai attenzione". Poi si sdraia su una sedia da giardino rotta nel cortile. Gli anni gli scorrono a tutta velocità davanti agli occhi.

Suvi al primo anno del liceo, bionda come un angelo, e poi tutti gli stili mutati di anno in anno, come un camaleonte. Suvi nell'anno della maturità, con i capelli neri e le brutte voci che circolavano a scuola. Eppure, nessuno fece niente. Nonostante la sua mascalzonata, Kasper fu lasciato in pace. E poi il cambiamento avvenuto a mano a mano in Suvi. La sera in cui Kasper scomparve.

"Tutto quello che tocchi muore", pensa Jeremias. Dovrebbe trascinarsi a casa a dormire. Ma allo stesso tempo, la preoccupazione cresce. Potrebbe avere ragione?

Dovrà indagare più a fondo.

QUEEN BEE

Una Mercedes Benz nera si ferma al lato dell'edificio. La portiera si apre e nell'abitacolo cominciano a confluire gangster armati fino ai denti. Tutto a causa di un solo lupo. Queen Bee osserva Suvi, che sembra un corpo estraneo in quello scenario. Come una teenager ribelle di brava famiglia, ma questa volta la sua ribellione si sta manifestando in un ambiente completamente sbagliato. In un posto da cui non c'è ritorno. Una volta che Suvi sarà entrata in macchina, avrà determinato il suo destino in modo irreversibile. Essere a bordo di quell'automobile rende ognuno di loro almeno un complice.

Appena la Mercedes si mette in moto e si avvia verso il luogo dove si dovrà svolgere l'operazione, Queen Bee appoggia la testa e sente il cuore batterle forte. Avverte il profumo dolciastro di Suvi, che le siede accanto. Perché è venuta nel covo della banda? Queen Bee ripercorre nella sua mente gli eventi fatali della domenica. La poliziotta avrà detto la verità? Nel suo gruppo c'è davvero un traditore, un cannibale, che è parte del branco ma lo assale dall'interno? Ripete tra sé l'elenco dei nomi che ha consegnato alla polizia. Sospettano che il traditore sia tra quelle persone? Guarda gli uomini seduti davanti a lei. Ognuno di loro era presente a Kirkkonummi, ma tutti stanno anche mettendo a repentaglio la propria stessa vita per vendicare l'Accademico.

L'auto si ferma e gli uomini cominciano a muoversi, irrequieti. Controllano gli orologi: segnano tutti la stessa ora. Controllano le armi: hanno tutti abbastanza munizioni. Si guardano negli occhi l'uno con l'altro, per accertarsi che nessuno si tiri indietro. Il collante tra loro tiene. Poi, la portiera si apre e gli uomini corrono fuori, verso la vendetta. La divisione del lavoro è chiara. Queen Bee e Suvi rimarranno in macchina e il gruppo d'assalto, già selezionato, si occuperà dell'azione concordata. L'esecuzione di tre uomini.

Queen Bee vuole che Suvi, vedova inconsolabile, veda lo spargimento di sangue. Cuore per cuore, dente per dente. Spera che i finestrini della Mercedes siano fatti in modo da poter aprire le tendine, per mostrarle cosa succede alle persone che si mettono contro la sua banda.

Fuori si sentono degli spari. La ragazza tossisce. Queen Bee si gira verso destra per guardarla. Non sembra affatto sconvolta. Rimane seduta in silenzio al suo posto. Di colpo, Queen Bee vede tutto più chiaramente. Subito dopo l'arrivo di Suvi, in un gruppo precedentemente così unito è emersa una grande vulnerabilità. Sarà stata lei? È possibile che la ragazza abbia voluto che l'Accademico morisse? Queen Bee si morde accidentalmente la guancia mentre riflette. In bocca si diffonde il sapore ferroso del sangue. Ricorda di aver sentito dire che i gatti hanno nove vite. Se qualcuno uccidesse un gatto, dovrebbero essere prese in cambio nove vite?

I lupi sono canidi. Nove vite non bastano. Il valore di ogni lupo morto è incalcolabile. Niente riporterà in vita l'Accademico. Se fai del male a un lupo, non puoi camminare ignorando la presenza degli altri lupi. Colpisci un lupo e sarai azzannato a morte. I lupi non dimenticano mai.

JAN

Il piede di Heidi è pesante sull'acceleratore. Jan vede come stanno sfrecciando lungo le strade. Ci vorranno solo pochi minuti fino a Roihupelto. Heidi gira su via Pulttitie e ferma l'auto al lato della strada. Jan osserva l'edificio bianco. Davanti all'edificio industriale, covo dei Wolves MC, c'è una macchina nera parcheggiata che blocca la vista verso la porta.

«Sbaglio, o in quella macchina stanno salendo proprio adesso delle persone?», chiede Heidi, poi fa un po' retromarcia per vedere meglio.

Guardando con attenzione, tra gli ultimi a entrare nell'auto notano una ragazza vestita di nero, che assomiglia a Suvi Heikkinen.

«Sembra che i Wolves si stiano preparando per qualcosa. Non perdiamo di vista quella macchina».

Rimangono in attesa che l'automobile parta. Mentre aspettano, Jan avverte gli altri colleghi della situazione. Arriveranno sul posto in pochi minuti e potranno procedere all'arresto di Heikkinen. La Mercedes nera si mette in moto sgommando, Heidi inizia a seguirla lentamente. Accelera soltanto quando è già più distante.

«Dobbiamo fare in modo che non si accorgano subito di noi», afferma Jan, e si assicura che la loro posizione in condivisione con i colleghi sia sempre aggiornata. Telefona a Ojala per comunicargli la situazione.

«Se i Wolves decidessero di vendicarsi per l'uccisione dell'Accademico, da chi andrebbero?», chiede Jan, e Ojala rimane un momento in silenzio all'altro capo. Quando risponde pronunciando il nome della più famosa banda di motociclisti della Finlandia, Jan capisce che i Wolves stanno rischiando grosso.

«Perché c'è anche Suvi?», si chiede Heidi ad alta voce. «Avrà già intuito che la stiamo cercando? Starà tentando di nascondersi nella banda?».

Heidi inserisce una marcia più alta. L'auto davanti a loro si sta dirigendo verso la strada regionale Itäväylä, e lei la segue.

«Che c'è a Puotila?», chiede Jan a Ojala, che è ancora in linea.

«Ah, ecco». Sembra che Ojala abbia trovato l'indirizzo. «I gangster abitano nei dintorni di Helsinki ed Espoo, ma a Itä-Helsinki... A Itä-Helsinki c'è una villa registrata a nome di una persona sospettata di essere un prestanome. Ci abita, secondo quanto sappiamo, il capo della banda rivale con la sua famiglia. È probabilmente lì che si stanno dirigendo».

La strada si restringe e la Mercedes sfreccia rapida nonostante i limiti di velocità, finché imbocca all'improvviso un vicoletto. I riflessi di Jan impiegano una frazione di secondo per spingerlo urlare prima che vadano oltre.

«Frena!».

Heidi reagisce subito.

«Non possiamo scendere dalla macchina prima che arrivino gli altri. Il loro mezzo sarà sicuramente più equipaggiato», afferma Jan.

Non fa in tempo a finire la frase che Heidi è già uscita. Jan la segue di corsa. Spera che gli altri li raggiungano presto. Qualche centinaio di metri più avanti la macchina nera si è fermata accanto a un cespuglio e una portiera si apre. Jan e Heidi si buttano dietro un altro cespuglio per proteggersi. Dall'auto scendono tre uomini col viso coperto. Iniziano a correre lungo la siepe verso la stradina che porta alla casa.

«Stanno per attaccare, che facciamo?», sibila Heidi tra i denti. Andargli dietro sarebbe un suicidio. Ognuno di loro tiene in braccio un fucile d'assalto.

«Aspettiamo», sussurra Jan, benché sia una soluzione frustrante.

«Voglio sbirciare nella macchina», dice Heidi e si scambiano uno sguardo d'intesa. Dura solo qualche secondo, ma Jan sente che con quello sguardo si stanno rassicurando a vicenda, perché non hanno tempo di soppesare le conseguenze. Quando Jan annuisce è solo una microespressione su un volto serio, ma entrambi sanno di essere d'accordo.

Si avvicinano in punta di piedi alla macchina nera della banda. Proprio mentre sono vicini, dalla casa si cominciano a sentire degli spari. È impossibile sapere dove siano diretti i proiettili. Jan si getta a terra, trascinando giù anche Heidi. Nello stesso momento da dietro l'angolo compare la macchina della squadra Orso. I poliziotti dell'unità di primo intervento scendono silenziosamente dalla macchina e un attimo dopo la Mercedes nera è circondata. Una parte dell'unità prosegue verso la casa. Jan sente sotto la pancia l'asfalto scaldato dal sole, le mani sono punzecchiate qua e là da sassolini appuntiti. Da quella prospettiva ad altezza verme, Jan vede anfibi dalla para spessa correre lì intorno. Foglie secche sono cadute sull'asfalto, il fondo stradale è incredibilmente polveroso. Soltanto in quel momento Jan si accorge che dalla coscia destra perde sangue. Poco dopo sente una mano sulla spalla e si prepara a togliersi dalla strada.

Tre ore dopo, Jan e Heidi fissano la ragazza muta seduta davanti a loro. Suvi Heikkinen si trova nella sala degli interrogatori e fissa davanti a sé, in silenzio. Jan studia ogni suo minimo gesto. Ha l'aria molto giovane e, in qualche modo, fragile. Le sue azioni crudeli sono in forte conflitto con la sua indole. La madre di Suvi, Rosa Heikkinen, ha avvisato che arriverà presto. Verrà anche l'avvocato della famiglia.

«Vuoi un bicchiere d'acqua?», chiede Heidi rompendo il silenzio.

Jan pensa a come un piccolo bicchiere venga percepito come un gesto che dà sollievo in così tante situazioni. Anche quando sua madre venne informata che la malattia era inguaribile, il medico chiese se voleva un bicchiere d'acqua. Quando Jan la vegliava nella clinica di Terhokoti, le infermiere portavano regolarmente acqua fresca nella stanza. La incoraggiavano a bere almeno un po'. L'acqua sembra così insignificante, di fronte alle cose grandi. E adesso, nella sala degli interrogatori alla centrale di polizia, dell'acqua viene offerta a una ragazza che probabilmente ha ucciso delle persone, strappato loro la vita. Jan fissa la superficie calma dell'acqua nel bicchiere bianco di plastica. L'atmosfera è tutt'altro che calma.

Suvi, finora, non ha detto niente. Jan e Heidi escono un momento dalla stanza. Non gli mancherà il tempo.

«Di quali argomenti disponiamo contro Suvi?», chiede Heidi inespressiva, e tace per ascoltare quel che Jan ha da dire.

«Sappiamo che il capello trovato a casa di Roy non è di Suvi. Non combacia con il suo colore. Ma cominciamo dalla morte di Johannes, vediamo dove si arriva partendo da lì. Se c'è Suvi dietro all'omicidio, potrebbe essere pronta a confessare».

«Quattro morti. È possibile che quel delicato esserino li abbia uccisi tutti?», si interroga Heidi. Guardano attraverso il plexiglas, nella stanza dov'è seduta Suvi.

«Rosa Heikkinen è qui», annuncia Heidi, e Jan si alza dalla sedia per salutare la madre di Suvi.

Rosa sembra una persona decisa, e le sue prime parole confermano l'impressione di Jan.

«Mia figlia non ha niente da dire».

Jan la guarda mentre si siede e stringe sua figlia in un abbraccio. Suvi non sembra rispondere all'abbraccio. L'avvocato, entrato nella stanza al seguito di Rosa, prende una sedia da un angolo e la sposta davanti al tavolo. Nella stanza cala il silenzio.

«Ci potrebbe dire, a parole sue, quale sia il suo rapporto con Johannes Järvinen?», comincia Jan, dopo che la madre è uscita e l'avvocato si è seduto accanto a Suvi.

Jan fissa Suvi Heikkinen negli occhi. Il suo sguardo è enigmatico, difficile da leggere.

«Johannes mi ama», risponde Suvi. «Non mi lascerà mai», continua, e Jan nota che l'avvocato fa del suo meglio per nascondere la sorpresa.

Quando Jan sente quelle parole, d'improvviso capisce. Capisce che

Suvi Heikkinen non uscirà mai più dalla stazione di polizia verso la libertà.

«Mikko Linder è morto in un conflitto a fuoco a Kirkkonummi. Sappiamo che lei era sul posto e che stava insieme a quell'uomo. Cosa vuole dire in proposito?», la incalza Jan.

«Non ho molto da dire. Non avevo mai vissuto una cosa del genere. Com'è possibile allo stesso tempo odiare e amare qualcuno così tanto?»

«Conosce due persone di nome Roy Kuusisto e Aila Savolainen?», chiede poi Jan.

Suvi lo guarda con sguardo inebetito. «Non capisco di cosa stia parlando», dice rivolgendosi all'avvocato.

«Suvi Heikkinen chiede un chiarimento», interviene immediatamente l'avvocato.

«Roy Kuusisto e Aila Savolainen sono stati trovati morti. Abbiamo motivo di sospettare un coinvolgimento di Suvi Heikkinen negli eventi», precisa Jan, scandendo le parole con chiarezza ostentata.

«Continuo a non capire. Io non c'entro niente», mugugna Suvi. «Ammetto che ho portato nella casa di Kuusisto i miei stivali per ingannarvi, ma giuro che non gli ho fatto niente. Assolutamente», afferma Suvi, e sembra improvvisamente più ragionevole di quando, un attimo fa, parlava di amore eterno.

Jan si sente ribollire dentro.

«Scusate, esco un momento», dice, e si precipita in corridoio. Apre la porta della stanza dove Heidi e Jone stanno osservando la scena da dietro un vetro a specchio.

«Rosa Heikkinen», sbraita. «Dov'è?».

Corrono nel corridoio della stazione di polizia per raggiungere la madre di Suvi.

Fuori soffia un forte vento. La corrente d'aria fa sbattere la corda contro l'asta della bandiera, che emette un suono secco e metallico. Rosa Heikkinen sta fumando una sigaretta a pochi metri dall'ingresso principale, e sembra stia gelando. Si gira a guardare Jan e Heidi uscire dalla porta. L'espressione della donna è interrogativa.

«La vostra conversazione con mia figlia è già finita? Suvi nega tutto», commenta Rosa, e poi tace.

Comincia ad alzare alternativamente i piedi nei suoi tacchi alti, irrequieta. Il vento soffia sui lunghi capelli biondi. Fa un'ultima tirata dalla sigaretta e la calpesta per terra, ignorando il contenitore per la spazzatura lì accanto.

«La preghiamo cortesemente di seguirci», la sollecita Jan in tono freddo.

Mentre camminano lungo il corridoio dal soffitto basso verso la sala degli interrogatori, alcuni dettagli cominciano a trovare da soli il loro posto nel quadro complessivo. Rosa Heikkinen non è mai stata ignara delle azioni di sua figlia. Al contrario. A un certo punto è successo qualcosa che ha spinto anche Rosa a fare cose malvagie e irreversibili.

Jan, Heidi e Jone sono in piedi nel piccolo spazio, da cui c'è una visuale diretta sulla sala dove ora siede Rosa.

Rosa Heikkinen ha capito, in un dato momento, ciò che Suvi aveva fatto, ma contrariamente a quanto ci si poteva aspettare, ha deciso di proteggere sua figlia come una leonessa, anziché denunciarla alla polizia.

«E "proteggere" cosa significa, in questo caso...?»

«Coprire l'omicidio di Kasper Hajala, uccidere Roy e Aila», risponde Heidi, e sentono che i pezzi del terribile scenario si sono appena sistemati tutti al posto giusto.

«Avete un momento per salutarvi», dice a bassa voce Jan a Suvi e a Rosa.

«Quella mattina, quando seppi cosa era successo, la mia vita cambiò radicalmente. Capii che non avrei dovuto solo rinunciare a te, ma a tutto. Ai sogni e alle cose che aspettavo fin da quando sono diventata madre, a scoprire come avresti costruito la tua vita. Un giorno saresti salita felice su un palco per ricevere la tua laurea. Un giorno sarei diventata nonna. Dovetti rinunciare anche alla mia morale. Capii che avrei dovuto rinunciare, a causa tua, al mio senso della giustizia. Per tutta la vita ho lavorato per promuovere l'ordine. E quella mattina, quando mi rivelasti cosa c'era nella nostra cantina, ciò che era successo, pensai a tutti i casi di cui, nel corso della mia carriera, avevo sentito. La parola di una giovane ragazza contro quella di un giovane ragazzo. Lo stato di ubriachezza, genitori influenti, lo studente più popolare della scuola. Questi elementi raramente giocano in favore della ragazza. E allora feci il mio primo, terribile errore», dice Rosa, poi tace.

Suvi cambia posizione turbata. L'avvocato resta in silenzio.

«Non so ancora perché l'ho fatto. Forse era solo la reazione protettiva di una madre. Ho fatto tutto per amore nei tuoi confronti».

«Mamma, era amore nei *tuoi* confronti», mormora Suvi. «Volevi proteggere la tua reputazione. Volevi impedire che ci fosse una crepa, ma tutto si era già rotto da tempo», balbetta. «Volevi solo salvare le apparenze».

Rosa guarda sua figlia e tende la mano verso di lei, come se volesse accarezzarla. Ma Suvi l'allontana.

«Quando ho sentito la notizia del ragazzo morto nel bosco, ho iniziato ad avere sospetti. Mi sono chiesta se lo avessi fatto di nuovo. Vi ricordo che avevo già oltrepassato il limite quando seppellimmo Kasper. Quando si è consapevoli che non si può più tornare indietro, procedere oltre non è poi un pensiero così impossibile», commenta Rosa e, nonostante la situazione, appare coerente e dignitosa.

«Tutto si è rivelato fin troppo semplice. Con Roy bisognava solo andare sull'isola e aprire la porta. Era già sulle nostre tracce, ma troppo inconcludente per arrivare fino in fondo. Roy aveva fatto indagini a lungo sulla scomparsa di Kasper, ma non era comunque in grado di fare niente. Ho dovuto solo spararagli e sistemare il suo palmo sporco intorno alla pistola. Solo Jeremias mi è scappato. Aila non avrei voluto ucciderla, ma mi ha visto mentre andavo via da Kuusiluoto. Dovevo scegliere se rendere inutile tutto il lavoro di protezione fatto per te fino a quel momento, o compiere ancora un ultimo delitto, in modo da poter continuare la nostra vita. Ho incontrato Aila per caso a Kruununhaka, mentre tornavo dal lavoro. Mi sono ritenuta fortunata. L'ho preso come un segno: la persona che mi ha visto uscire da casa di Roy la sera del delitto era improvvisamente lì davanti a me, e abitava vicino al mio posto di lavoro. Mentre ero lì all'angolo della strada, ho preso la decisione. Avrei ucciso anche Aila per proteggerti. Dopo, avrei smesso. Ho accompagnato Aila a casa. Ho fatto tutto questo affinché tu potessi essere felice, almeno per un po'».

«Non capisci che sei malvagia quanto me?», si sfoga Suvi con voce rotta. «Ti sei chiesta da dove esca fuori tutto questo male? Sono sempre stata così sola e ho sempre odiato essere abbandonata. E adesso lo stai facendo di nuovo».

«Se non ti fossi immischiata con una banda di motociclisti, credo che avremmo potuto aggiustare tutto. Ma non ti sei più comportata in modo coerente. Non ti ho più seguita, benché io sia tua madre».

«È troppo tardi, era già troppo tardi allora», mormora Suvi, fissando il vuoto.

Dopo essersi dette tutto, madre e figlia si guardano a lungo. Jan non è sicuro se negli sguardi ci sia amore oppure odio.

Quando Jan lascia la stazione di polizia è già buio. La notte è chiara, e nel cielo si vedono alcune stelle qua e là. Il cielo stellato non è un granché in città, gli viene voglia di andare in campagna, dove in un'oscurità totale è possibile vedere il cielo così come si è sempre visto prima dell'illuminazione urbana. Si tira su la chiusura lampo del Barbour. Mentre si allontana dai colleghi e si avvia verso casa, Jan si accorge di come la stanchezza accumulata per settimane cominci a venir fuori. Una volta che ha allentato la presa e smette di spingere, gli sembra che ogni singola cellula cessi di affannarsi. Jan ha bisogno di un lungo sonno.

Arrivato a Kallio, si dirige un attimo verso il mare a Tokoinranta. Una coppia di anatre è ferma sul molo. Jan pensa a Saana. Di solito, nei rapporti, è sempre rimasto un po' distante e all'erta. Si è sempre impegnato molto nel lavoro, ma con Saana non sente la necessità di scappare e tornare subito a lavorare. Anzi. Spesso lasciare la casa di Saana gli è dispiaciuto. Jan non ricorda che sia mai stato così, prima. C'è mai stata, nella sua vita, un'altra persona insieme alla quale si sia sentito così bene? Negli ultimi tempi, a causa del lavoro, sono stati piuttosto lontani l'uno dall'altra. Adesso è tempo di riavvicinarsi, promette Jan a sé stesso.

Domenica 22 settembre

SAANA

"In certe cose, forse, sono come mia madre?", pensa Saana guardando la foto preferita della sua infanzia, attaccata al frigorifero. Nella foto, lei è una bambina dai capelli biondi seduta in braccio alla madre. Ha un vestitino rosso con dei cuoricini bianchi. La mamma indossa un tailleur con pantaloni e occhiali da sole. Sembra felice. Saana va all'ingresso, da lì esce sul pianerottolo, si chiude la porta alle spalle e corre giù per le scale.

Samuli la aspetta in macchina davanti al supermercato Alepa di via Sturenkatu.

«Allora andiamo», la esorta, e Saana si siede accanto a lui. Si aspettava che l'atmosfera fosse più imbarazzante. Il senso di colpa le pesa nel petto. Non ha ancora deciso se raccontare a Jan quello che è successo tra lei e Samuli. Sarebbe meglio non dirglielo?

«Dovresti essere tu a guidare. In tutto questo tempo io ho temuto il peggio, ma tu hai sempre tenuto il piede sull'acceleratore. Grazie per averlo fatto», dice Samuli mentre si allontanano, chilometro dopo chilometro, dalla città.

«Mi dispiace per quello che è successo», aggiunge Samuli con una smorfia imbarazzata, aspettando la reazione di Saana. Lei non può che ammirare il modo di Samuli di affrontare le cose, invece di tacere e fuggire.

«Siamo amici?», chiede lui, e le tende la mano.

«Siamo amici», risponde Saana, e gliela stringe.

«Sei un bravo ragazzo, lo sai», commenta Saana guardandolo. Potranno essere buoni amici, nient'altro. Samuli è estremamente simpatico e insieme a lui sta benissimo, ma è impegnata. Forse anche se non fosse fidanzata, non vedrebbe comunque Samuli in altro modo se non come amico. Tra loro manca una certa scintilla.

«Mi dispiace se la mia ipotesi si rivelerà sbagliata», afferma Saana.

«Finora, questa è la migliore ipotesi che abbiamo», replica Samuli. «A questo punto non abbiamo niente da perdere».

«Dov'è esattamente, questa vostra casa estiva di campagna?», chiede Saana.

«Nell'isola Kemiönsaari, ma non capisco perché Jeremias dovrebbe essere lì. I miei genitori si sono già accertati che la casa è vuota. Da quanto ho capito, la polizia locale è andata sul posto a controllare. Non c'erano tracce di visitatori».

Saana si toglie le scarpe da ginnastica e mette i piedi sul sedile, in modo rilassato. Riflette. L'intento di Jeremias era sparire, essere invisibile. Non è impossibile nascondersi, anche se arriva qualcuno. Nessuno sospetterebbe che si trovi proprio in un posto che è già stato controllato dalla polizia.

«Ci vorranno almeno un paio d'ore. Puoi anche tirare giù il sedile, se vuoi», suggerisce Samuli guardandola. Lei si è già messa comoda.

Passano accanto alle case, alle villette estive e ai moli. Superano un cartello giallo su cui c'è scritto PROPRIETÀ PRIVATA, e alla fine arrivano nel giardinetto giusto. Emozionati, escono dall'auto e guardano il bell'edificio moderno squadrato, costruito in cima a una collinetta pietrosa. Le scale arrivano direttamente sulla spiaggia.

«Qui, comunque, non c'è nessun'altra macchina», osserva Samuli, mettendo la sicura.

Si avvicinano tesi alla casa, che sembra disabitata. Saana comincia a pentirsi.

Ha valutato la situazione in modo completamente sbagliato? E se Jeremias non si fosse affatto nascosto qui? In questo caso, avrebbe di nuovo illuso Samuli, facendolo sperare inutilmente. Forse sarà meglio prepararsi al peggio.

Samuli infila la chiave nella serratura e la gira. Curiosi, entrano dentro.

«Così, alla prima impressione, non c'è nessuno», commenta Samuli e si guarda ansioso intorno.

«Jeremias?», chiama. «Sono io, Samuli».

La sua voce è insieme piena di speranza e disperazione.

«Non è qui», dice Samuli, dopo aver atteso un po' in assoluto silenzio.

Saana cammina pensierosa avanti e indietro, agita le braccia nell'aria. L'appartamento è piuttosto nuovo e spazioso.

«Senti?», nota lei. «È piuttosto caldo, qui dentro. È possibile che qualcuno ci sia stato fino a poco tempo fa».

«Se Jeremias non si sente al sicuro, può darsi che si sposti. Dove altro potrebbe essere?», chiede Saana, e gli dà il tempo di pensare.

Samuli si siede e guarda fuori, pensieroso. Il vento fa oscillare i pini che si vedono attraverso la finestra. In basso, sulla spiaggia, il mare è agitato. Qua e là si vede spuma sulle onde.

«Papà ha comprato del terreno boschivo da queste parti, qualche anno fa», comincia Samuli, e Saana sente crescerle l'entusiasmo. «Nel bosco c'era anche una casupola. Non ci sono mai stato. Immagino che sia in pessimo stato, è rimasta disabitata per decenni. Non è in uso, ma non è nemmeno stata demolita».

«Non ha un indirizzo ufficiale?»

«No, lì non c'è né acqua, né corrente elettrica», risponde Samuli, e si scambiano uno sguardo d'intesa.

Samuli cerca la localizzazione esatta su Google Maps e si dirigono in macchina, emozionati, verso il punto segnato. Arrivano a un grosso cancello arrugginito, che chiude l'accesso a una strada nel bosco non curata. Scendono dalla macchina e proseguono a piedi. Saana sceglie un sentiero, Samuli un altro. Sono divisi da fitta erba selvatica. La striscia in mezzo a loro sembra una cresta da punk, ride Saana. Il terriccio crepita sotto le scarpe da ginnastica, in lontananza si sente un cuculo. Poco dopo, appaiono le prime mosche dei cervi. Gli implacabili insetti si precipitano sui loro vestiti e poi iniziano spiacevolmente ad arrampicarsi sulla pelle nuda. Saana se ne allontana una dai capelli e si ringrazia per essersi messa dei pantaloni lunghi e una giacca spessa. Samuli si ferma a controllare il cellulare.

«La casa dovrebbe essere qui intorno», dichiara, e ingrandisce la zona indicata in verde chiaro, che diventa grigia non appena zooma troppo. «Non è nemmeno segnata sulla mappa. La strada non porta lì».

Nello stesso momento, Saana nota del fumo alzarsi sopra le cime degli alberi. Si muovono in quella direzione e ben presto, tra gli alberi, comincia a distinguersi una casetta di legno giallo chiaro. La vernice è molto rovinata, cade a pezzi, ma la casa sta in piedi. È un rifugio per la pioggia, un posto che, evidentemente, Jeremias è riuscito anche a scaldare. Il giardinetto è pieno di erbacce, qua e là tra l'erba crescono degli alberelli. Saana si guarda i piedi e li batte mentre cammina. Dal camino della casa esce del fumo. L'erba davanti all'ingresso è calpestata. Samuli guarda Saana incredulo e poi si precipita in una corsa incontrollata verso la porta.

Quando Saana entra nella casa, vede Samuli che tiene in un abbraccio stretto un ragazzo biondo. Hanno trovato Jeremias Silvasto.

5 ore prima della scomparsa

Jeremias fissa un vecchio articolo di giornale. Kasper Hakala è scomparso a Helsinki. Jeremias chiude gli occhi. Gli torna in mente la festa con i compagni di scuola al casinò di Katajanokka. Le luci da discoteca blu e rosse illuminano le palme finte. I grossi lampadari di cristallo pendono pesanti dal soffitto. I cristalli tintinnano mentre, sul parquet, tutti saltano nello stesso momento per un'ambiziosa foto di gruppo. È quel momento della serata, quando si guarda nello specchio dalla grossa cornice dorata e sorride a sé stesso. La moquette è morbida sotto le scarpe da festa dalla suola liscia. L'ebbrezza sta aumentando, al pari delle aspettative. La festa più bella di tutta la vita.

Dopo questa primavera, ognuno prenderà la propria strada. Il fumo di sigaretta galleggia sulla terrazza. Qualche folto cespuglio incornicia il bell'edificio bianco pregiato. Il cielo si sta appena scurendo, il mare è calmo. Jeremias sente il chiacchiericcio dei fumatori, qualcuno ride. E poi torna con la mente a ciò che lo tormenta già da molto tempo. Suvi nel suo vestito dorato che si avvia verso la spiaggia, e una figura somigliante a Kasper che la guarda arrivare, con un'espressione enigmatica.

Jeremias chiude gli occhi così forte che le palpebre quasi mandano scintille. Eppure, non riesce a pensare a nient'altro. Non sa che ore fossero, non sa bene cosa a suo tempo raccontò alla polizia. Erano in più di settanta a festeggiare. Le domande, poi, erano così approssimative, e il giorno seguente la sbornia ottundeva i pensieri.

Ricordi di aver visto qualcosa di particolare? No.

Ci sono state risse durante la festa? Non ne ho viste.

Durante la serata hai parlato personalmente con Kasper? No.

E quella sera Kasper Hakala sparì, e nessuno ne ha saputo più niente.

Giovedì sera, alle ore 17:00, Jeremias va a casa di Suvi a Kuusisaari. Suona il campanello e si ripete in mente ciò che dirà alla ragazza. Le vorrebbe dire che sa cosa ha fatto, ma sarebbe troppo presto. Prima bisognerebbe attirarla fuori dal guscio, riuscire a farla parlare. Jeremias accende il registratore che ha in tasca.

La porta si apre, ma sulla soglia c'è la madre di Suvi. Rosa saluta Jeremias.

«Suvi non è in casa. È...». Riflette su cosa dire prima di continuare. «Non è in casa. Ma sicuramente tornerà presto, vuoi rimanere ad aspettarla?»

«Sì, potrei aspettarla un po'», risponde Jeremias ed entra in casa.

«Come stai? Dove sei andato a studiare dopo il liceo?», chiede Rosa gentilmente.

«Studio cinema. Per questo sono venuto. Sono interessato a un evento legato al mio passato e a quello di Suvi. Successe al tempo del liceo, durante l'ultimo anno», comincia Jeremias.

Rosa si gira e va in cucina. Jeremias la sente aprire il rubinetto dell'acqua. Poco dopo, Rosa torna con un bicchiere d'acqua in mano.

«Prego, forse potremmo andare in salone».

Jeremias si siede su un grande divano Howard bianco e prende il bicchiere d'acqua che Rosa ha posato davanti a lui, sul tavolino di vetro. Il bicchiere lascia un anello sulla superficie. Jeremias lo beve tutto d'un fiato.

«Kasper è scomparso l'ultimo anno del liceo e non è stato più ritrovato. Ho dimenticato molte cose di quella sera, avrei voluto parlarne con Suvi», continua Jeremias, mentre guarda fuori. La parete è quasi completamente di vetro.

Rosa scruta Jeremias con sguardo penetrante.

«Dove vuoi arrivare?»

«Sono interessato alle storie in cui c'è qualcosa di poco chiaro. Qualcosa che è rimasto in sospeso. Quando ho filmato il documentario a Lammassaari e a Kuusiluoto e ho intervistato lì un certo individuo, questa vicenda è ritornata in superficie. Devo, o meglio, vorrei sentire come Suvi...», balbetta Jeremias.

«Vorrei ricostruire il quadro completo, sono sicuro che...», continua Jeremias nervosamente, ma poi tace. Gli converrà aspettare Suvi.

Mentre siede lì, sotto gli occhi di Rosa, sprofondando nel divano, con davanti il bicchiere d'acqua vuoto, capisce che gli manca un piano. È entrato ingenuamente sotto i riflettori, si è reso visibile con i suoi dubbi, ma non ha pensato a cosa fare dopo.

«Sai di cosa sono sicura?», chiede Rosa.

Jeremias percepisce in lei una minaccia silenziosa. Negli occhi ha uno strano bagliore. La donna lo fissa molto attentamente. Jeremias pensa al lavoro di Rosa al ministero dell'Interno. Deve avere una certa influenza, magari addirittura sulla polizia.

«Sono sicura del fatto che, a un certo punto, il passato è meglio lasciarlo stare. Una persona, rispetto al proprio passato, deve prima o poi fare una scelta: affondare con la zavorra del passato o risalire in superficie, lasciandosi tutto alle spalle. Bisogna imparare a nuotare di nuovo. Sei ancora così giovane, ti consiglio caldamente di nuotare», lo esorta Rosa, poi sorride. Il sorriso non coinvolge anche gli occhi.

«Credo di dover andare», replica Jeremias e si alza per uscire. Sarebbe un errore chiedere qualcosa a Suvi. Ha bisogno di un piano migliore.

«Te lo dico una volta sola», riprende Rosa, fissando Jeremias. «Lascia stare quella faccenda. Qualsiasi cosa ritieni di poter scoprire, è sbagliata. Nessuno vuole che tu ti metta in pericolo. Spero che tu capisca».

Jeremias apre la bocca come per dire qualcosa, ma poi la richiude in silenzio. Rosa l'ha appena minacciato? La situazione gli confonde le idee. Conferma tutto quello che aveva immaginato. E allo stesso tempo, capisce che venire qui è stato un errore. Un grosso errore, che dovrà pagare.

Si avvia allora verso l'ingresso. Rosa non lo segue, rimane seduta in silenzio nel salone. Il tailleur rosso spicca vivido nella stanza dall'arredamento sobrio, beige e bianco. Jeremias pensa a tutto quello che non si sono detti a voce. Valuta l'abilità di Suvi. Possibile che Suvi abbia mantenuto il segreto per tutti questi anni? Pensa a Rosa, la madre, che forse l'ha sempre saputo. Una persona che lavora dalla parte dei buoni, nel ministero dell'Interno, ma che è stata pronta a spingersi molto oltre. Così tanto, che da lì non c'è ritorno. C'è qualcosa che potrebbe impedire a Rosa di oltrepassare il limite di nuovo?

Riflette sulla sua posizione. Dovrà giocare sul tempo. Gli converrà sparire. Questo gli darà modo di valutare meglio come affrontare la situazione. Avrebbe bisogno di prove. Senza prove, sarebbe solo la sua parola contra un'altra, e Rosa è sicuramente in grado di fare pesare le sue parole come macigni.

Jeremias sente il calore di agosto sul viso. Il sole del pomeriggio scalda ancora. Si ferma un attimo ad ascoltare il fruscio delle canne.

Il canneto lacustre si estende a perdita d'occhio. Non si vede nessuno né dietro di lui, né davanti. Deve assicurarsi che nessuno lo segua. Ripensa a quanto tutto sia avvenuto in fretta. Johannes è morto, e lui sarà il prossimo se non agirà in fretta, se non fuggirà.

Ripete nella sua mente il piano. Andrà via il più velocemente possibile, dirà rapidamente addio a Roy. Da Kuusiluoto prenderà la canoa. Lascerà inevitabilmente delle tracce sull'isola, ma da lì si sposterà in modo molto attento. Farà intendere di essere scomparso. Remerà per portarsi in salvo e scomparirà del tutto per un po' di tempo.

EPILOGO

HEIDI

Heidi si trova a Kuusisaari e osserva il terreno sotto alcune aiuole fiorite venire scavato. Al di là svetta la sagoma squadrata della casa bianca e, in lontananza, oltre la siepe, si intravede il mare. Una cornice perfetta per una vita perfetta. Ma adesso, quel luogo è solo l'ambientazione per una perfetta distruzione. Heidi pensa a Rosa e Suvi, madre e figlia.

Durante l'interrogatorio, la ragazza non era stata in grado di descrivere l'angoscia che sicuramente aveva provato quando aveva capito che Kasper aveva battuto la testa sul tavolo ed era morto. La ragazza non era riuscita a dire il movente. Aveva solo fissato i poliziotti. Paura dell'abbandono? Di essere lasciata? Gravidanza? Heidi saprebbe immaginare molti moventi, ma la verità difficilmente è così semplice. Finire per uccidere qualcuno è di solito la somma di molti elementi. Tanti possono prendere in considerazione l'omicidio, ma soltanto quando si oltrepassa il limite, la cattiveria diventa definitiva. Niente può rivelare in anticipo chi sarà pronto a fare quel passo.

Una piccola scena violenta, in cui la ragazza spinge con forza Kasper sul tavolo di vetro. Dopo la festa, avevano continuato la serata a casa di lei. Che cosa era successo prima della spinta? Agli occhi della legge non ha importanza. Conta solo la concatenazione di eventi a partire dalla spinta. La testa che batte sul tavolo di vetro, il barcollio da ubriachezza e le decisioni di Suvi. Invece di chiamare un'ambulanza, assistere in silenzio alla sofferenza di un ragazzo. Lasciarlo morire. Trascinare il morto fuori, nel cortile recintato. Scavare una buca. Occultare il cadavere nel giardinetto dietro casa. Una risoluzione fredda e patologica. Heidi segue la lenta evoluzione degli scavi. È una faccenda molto pesante, che richiede tempo.

Heidi pensa al ragazzo, Johannes, che è diventato a sua volta parte di una perversa cerimonia messa in piedi dalla ragazza. Contrariamente a quella di Kasper, la morte di Johannes era stata premeditata. Secondo quanto raccontato da Suvi, lei e Johannes avevano concordato insieme lo svolgimento del rito. Prima avevano pedalato fino al bosco. Johannes si era accucciato in un posto che andava bene a Suvi, e lì avevano passato insieme una normale serata estiva, bevendo una busta piena di birre. Ma a un certo punto, la conversazione aveva toccato gli apici dell'amore. *Con questa coppa, dimostri che fai sul serio nel rapporto con me. Brindiamo a noi.*

Suvi aveva omesso di dire che la coppa rappresentava anche il sacrificio. Johannes avrebbe fatto a sua insaputa un sacrificio eterno. Bevendo da quella coppa, sarebbero stati insieme per l'eternità e lui non l'avrebbe mai potuta lasciare. Johannes avrebbe lasciato la vita terrena, ma sarebbe rimasto legato alla ragazza. Dopo di lei, non avrebbe avuto nessun'altra. Voleva legare qualcuno a sé per sempre. Da Kasper voleva separarsi, ma il taciturno Johannes la venerava. Suvi voleva tenerselo.

Grosse zolle di terra, da cui fuoriescono steli di fiori secchi, sono state staccate dalle aiuole di *Digitalis purpurea*. Un blocco alla volta, gli scavi procedono, finché viene raggiunto un punto in cui la terra è stata già scavata in precedenza. In silenzio, Heidi osserva come il lavoro di scavo si trasforma in un più delicato spostamento di terra e, alla fine, in una pulizia con pennello. Poco dopo, davanti ai loro occhi compare il primo pezzo di un osso bianco. Il segreto più oscuro di Suvi Heikkinen è appena stato portato alla luce.

Heidi cammina verso la macchina e preme il pulsante dell'apertura. Lei, a partire da adesso, è di nuovo libera, ma la ragazza resterà rinchiusa molto a lungo. Come ha indicato Kaj, verrà prima di tutto valutato lo stato di salute mentale della ragazza, al fine di determinarne il grado di responsabilità penale. La personalità di Suvi non è di difficile interpretazione. Heidi non sa se abbia del tutto capito le conseguenze delle sue azioni.

Mentre guida, allontanandosi dal luogo del ritrovamento di Kasper Hakala, ovvero il giardino di casa Heikkinen, Heidi si accorge che non riesce nemmeno a pensare bene, per quanto è turbata. Anno dopo anno, nei recessi della sua mente si imprimono nuovi casi, nuovi dettagli, che si immagazzinano nel suo subconscio e che, probabilmente, la perseguiteranno fino alla fine dei suoi giorni. Le trame degli omicidi sono qualcosa che sembra erodere la sua fiducia nelle persone. Nei giorni seguenti, Heidi dovrà fare del suo meglio per fare il pieno di più cose buone possibili. Verrà l'inverno, verrà la primavera. Ci saranno ancora nuovi casi. Eppure, le prime cose che adesso le vengono in mente sono quelle che l'hanno sorpresa di più. Dopo che Suvi le parlò di Kasper, sua madre, contrariamente a quanto si sarebbe potuto immaginare, non denunciò la figlia alla polizia, ma decise di rimanere in silenzio. Volle prestare aiuto a sua figlia indipendentemente da quello che aveva fatto.

Quando, anni dopo, Suvi ha ucciso di nuovo, e questa volta si trattava di Johannes, sua madre ha temuto il peggio. Jeremias, con le sue domande, stava riportando a galla una brutta vicenda nel momento sbagliato. La colpevolezza di Rosa riguardo agli omicidi di Roy e di Aila ha scosso tutta la squadra investigativa. Heidi pensa a tutti gli eventi delle ultime settimane, e spera che la conclusione delle indagini aiuterà a far dimenticare tutto definitivamente.

"Ora dipende da me riuscire a tornare nel mondo dei vivi, riuscire a guardare alle cose buone", pensa Heidi mentre esce dalla macchina. Fa un respiro profondo, soffia tutto fuori. Per sicurezza, prende la giacca dal sedile. Cerca di lasciarsi alle spalle la morte e lo stress, di dimenticare tutto e andare avanti.

Vedendo da lontano la figura di Laura, Heidi alza la mano e le fa un amichevole cenno di saluto. Laura sorride e si avvicina sempre più. Heidi pensa a quanto si sente imbarazzata, mentre aspetta qualcuno che si sta avvicinando ma è ancora troppo distante per potergli parlare. Anche Laura è evidentemente un po' imbarazzata e, mentre cammina, fa un passo di danza, tanto per fare qualcosa. Heidi ride. Con gioia nota che nello stomaco avverte un po' di pizzicore per l'emozione. Allo stesso tempo, si accorge che le sta squillando il cellulare.

Sullo schermo legge il nome di Julia.

«Qualcosa di importante?». Laura si ferma accanto a Heidi e guarda il cellulare che le squilla tra le mani. «Non abbiamo fretta. Rispondi pure».

Heidi dà un'occhiata al cellulare e poi a Laura. Berretto di lana verde e occhi verdi sfavillanti.

«Ah, no, non è niente di importante», risponde, e spegne il telefono.

SUVI

Suvi guarda fuori dalla finestra della cella. Soffia l'aria dai polmoni, cerca di svuotarli. Vorrebbe che quell'aria mefitica le uscisse da dentro. Il cielo sembra estivo, perché dalla finestra non si vede nemmeno un albero e non vede le foglie ingiallite. Tra poco cadranno giù. Si sofferma a rimirare il cielo, delimita la propria visuale come una cornice, vuole mantenere l'illusione. Chiude gli occhi. Immagina che il sole le stia scaldando la faccia. Le torna in mente un ricordo lontano di un giorno d'estate, da bambina. Com'era bello stare distesa sul letto dopo una perfetta giornata estiva. Starsene lì spensierata, sfinita dai giochi, felice. Suvi ricorda com'era sentirsi così stanca che le palpebre pesanti crollavano giù da sole. Riesce ancora a ricordare come il sole preso durante il giorno scotta sulle guance e sulle braccia. La pelle sa di sudore, bosco, terra e sabbia, le dita profumano di lillà.

A poco a poco, il benessere comincia a svanire. Si ricorda che una mattina andò in cucina. Prese dalla credenza una ciotola, ci versò dentro dei cereali e del latte. La madre e il padre conversavano fuori in giardino. Lei si sedette sullo sgabello e cominciò a considerare l'idea di andare al mare. Con la coda dell'occhio vide dalla finestra suo padre alzarsi e dirigersi con passo deciso verso la macchina. Inizialmente sembrava che sua madre si stesse dondolando sulla sedia a dondolo, ma quando Suvi guardò meglio, capì che sua madre piangeva così violentemente che aveva degli scossoni. A partire da quel giorno, non vide mai più suo padre.

«Oggi facciamo una serata tra donne», le disse la mamma quella mattina, mentre si asciugava le lacrime.

Invece, la sera la madre andò al lavoro. Mentre si trovava a casa da sola, Suvi sentì la casa fredda sospirare profondamente. Le sembrava di essere l'unica persona viva al mondo. "Tutti si sono allontanati da me", così pensava.

Uscì in giardino in pigiama. Cercava di far passare il tempo passeggiando, finché si fermò nel suo punto preferito e rimase a osservare la *Digitalis purpurea*.

"Attenta, ragazza, è velenosa", le riecheggiarono nella mente le parole dette una volta da sua nonna. Suvi guardò ancora più da vicino i fiori giallognoli. Le venne voglia di toccarli. Di sfidare il pericolo. Era molto difficile capire come qualcosa di così bello potesse essere così velenoso.

JEREMIAS

Jeremias Silvasto apre la porta, infila le scarpe sotto all'attaccapanni e si dirige verso il soggiorno. In mezzo alla stanza si ferma e fa cadere per terra lo zaino che gli pende da una spalla. Con passi pesanti va verso la finestra, afferra il gatto della fortuna e lo gira verso l'interno.

Si mette poi a scrivere l'introduzione al suo documentario.

Sull'isola si è spesso nascosti, isolati, invisibili, e in questo modo ci si sente davvero liberi. In questa baia nuotano molti corpi, persi nel corso di numerosi secoli. Le loro anime galleggiano sull'acqua e sussurrano agli uccelli acquatici. Quest'anno, dall'isola se n'è andato Roy. Voglio che le sue tracce non scompaiano mai.

Jeremias guarda nel filmato l'immagine di Roy seduto nella sua casetta. La sedia a dondolo a lui familiare oscilla avanti e indietro.

«*L'uomo non è in rapporto con la natura*», dice Roy e guarda nella telecamera. «*L'uomo non può scegliere se essere o no in rapporto con la natura. Noi facciamo parte di un'unica totalità, non siamo distinti dalla natura*».

Più Jeremias guarda quella scena, più si convince che sarà proprio questa la scena, proprio queste le parole con cui comincerà il documentario. "Buon viaggio", pensa Jeremias.

Poi scrive il testo che vuole dedicare a Roy nel documentario.

Il soffio dei venti si è fermato. Intorno suonano le acque eternamente calme.
Aaro Hellaakoski

SAANA

Saana supera il recinto dei pony della tenuta di Annala. Tra i pali di legno sono fissati nastri chiari elettrificati. Nel recinto, un pony bianco e uno nero guardano per un attimo un passante e poi si chinano di nuovo a mangiare l'erba. Saana prosegue oltre gli splendidi edifici della tenuta e continua il tragitto in direzione del bosco. Percorre la salita verso la casa di legno gialla dell'ufficio per la tutela ambientale HSY, gira a destra e raggiunge una collinetta rocciosa. La corsa sta andando benissimo, oggi. Il movimento le produce energia e piacere, che si diffondono in tutto il corpo. Quando si corre, i sensi sono più acuti. Gli odori sembrano più forti, le percezioni sono più nitide. Si ferma un momento a riprendere fiato. Il cielo è magnifico. Cerca anche di fotografarlo, ma sa che l'immagine non può catturare l'atmosfera di questo momento. Inoltre, raramente riguarda le foto che ha scattato a case e luoghi. Di solito, riguarda solo quelle in cui compaiono delle persone.

In cima alla collinetta c'è un monumento. La stele di pietra si erge solitaria al centro. Vi sono incise delle parole: *Qui, nella vecchia Helsinki, Gustavo II Adolfo tenne una riunione con i legislatori finlandesi per fissare il nostro nuovo confine orientale.* Qui c'era dunque una volta la Città Vecchia con i suoi sobborghi. Ancora prima e per molto tempo, il centro è stato altrove. Come testimonianza del passato di Helsinki, ora c'è qui questa lastra di pietra abbandonata sulla scogliera. La storia riemerge poi nei toponimi: la Città Vecchia, le Rapide della Città Vecchia e la Baia della Città Vecchia. Il centro di Helsinki è ormai da parecchio tempo lontano da queste zone.

Saana ripensa alle sue radici. A sua madre, con cui è cresciuta. Quella madre single, che non è riuscita a vivere la vita che sognava. Pensa a suo padre, che era con loro all'inizio ma se ne andò da solo verso nord. Saana pensa alla zia Inkeri, che ha sempre cercato di vivere secondo le sue regole, difendere il suo territorio e tenere lontane le relazioni troppo strette, per sentire di avere il controllo della sua vita. E poi riflette su di sé, che cerca sempre di trovare dei difetti nelle situazioni che cominciano bene, per sentirsi legittimata ad allontanarsi.

E ora c'è Jan, che è apparso e ha sparigliato tutte le carte e non ha intenzione di andarsene.

Saana lascia scorrere lo sguardo sul paesaggio, in cui si uniscono le cime degli alberi e quelle dei tetti. Sale sulle rocce e si mette accanto al monumento, in lontananza si vedono il mare e il canneto giallo chiaro che lo costeggia. Da quel punto, scorge appena la casetta rossa di Kuusiluoto. Più in là spiccano gli alti edifici di Kalasatama, un'enorme gru gialla e la villa di Annala, con i suoi bei giardini e i capanni di servizio giallo scuro. Sullo sfondo, il lieve rumore del traffico. Sui campi, gli alti girasoli appassiti stanno come vecchietti, con la testa piegata all'ingiù. È come se fossero addolorati per la fine dell'estate. Il periodo vegetativo volge al termine, il verde si tramuta in marrone.

Comincia lo sfiorire, l'avvizzire, il marcire, finché tutto non si risveglierà di nuovo. Bisogna accettare che non si è più alla fine dell'estate, bensì all'inizio dell'autunno. Si percepisce nel vento. Il vento autunnale è leggermente più deciso rispetto a quello estivo. Le foglie che fa fremere sono già più secche.

Saana guarda una foglia di betulla giallo scuro caduta nell'acqua. Tremendo segnale dell'inesorabile arrivo dell'autunno. Scende le scale di legno e si allontana dalla collinetta. La strada sabbiosa è piena di semi di betulla a quattro punte. Sembrano stelline deformi. "Avrò mai il coraggio di lasciare che qualcuno si avvicini davvero a me? Riuscirò ad aprirmi e a mostrare anche i miei lati negativi? E sperare che l'altro mi accetti comunque?". Dovrà succedere per forza, se lei e Jan continueranno a stare insieme. Come farà, lei, a gestire la situazione e assicurarsi che lui non vada via; che, pur conoscendo i suoi lati peggiori, rimanga e la tenga stretta a sé?

Giunto alla soluzione di una intricata matassa di delitti, Jan è subito andato da lei. Ha suonato il campanello, l'ha presa in braccio e l'ha avvertita che non sarebbe andato via tanto presto. Poi, le ha fatto una proposta. E se si trasferissero a vivere insieme? O almeno, avrebbe piacere ad avere la chiave di casa sua e un armadietto tutto per sé e per le sue cose, in modo che non debba ogni volta portarsele avanti e indietro? Saana pensa alla domanda e al panico che le genera. La richiesta di convivenza è arrivata troppo presto. Prova dei sentimenti contrastanti. Alcuni giorni trabocca di amore verso Jan, in altri invece prevalgono le incertezze e la paura. È la vita, sperimentare tutti questi sentimenti mutevoli. "Forse dovrei solo accettare il fatto che non sono una persona semplice, nemmeno per me stessa". È quasi divertita. Andando a vivere insieme si conosceranno meglio. Forse per la prima volta nella sua vita, decide di non stare ad analizzare tutto troppo. Davanti alla porta di casa sua, sudata, mentre la apre per entrare, sa già qual è la soluzione giusta.

La sera, in ufficio ci sono dei festeggiamenti. Saana tenta di tenere a bada il crescente senso di estraneità. L'investitore, dell'investitore, nell'investitore, gli investitori, negli investitori, ripassa tutti i casi grammaticali e intanto sorride ai colleghi e ai clienti che passano. Saluta tutti e incoraggia a prendere ancora da mangiare e da bere. Fa di tutto per nascondere la sensazione di imbarazzo e disagio. Per ingannare il tempo, va molte volte al bagno e raggiunge il buffet per prendersi un sushiburrito, sperando di non essere seguita. Seminascosta dietro un'alta kenzia beve un po' di vino, addenta il sushiburrito e si rende conto che questa è la sua prima, forse ultima, festa di rappresentanza. Spera di potersi solo concentrare sul lavoro, per un po'.

Poi vede Samuli. La saluta da lontano e si fa strada tra la gente per avvicinarsi a lei.

«Grazie», dice Samuli e, mentre si abbracciano, il vino quasi cade. «Grazie di tutto».

«Adesso sta bene, Jeremias?», si informa Saana, e si rallegra quando Samuli annuisce. Rimangono dietro alla kenzia a sorseggiare vino.

«Sapevi che oggi è l'equinozio d'autunno?», chiede Saana. «Il sole si sposta dal nostro emisfero a quello sud. Di' addio all'estate».

Samuli ride. «Per me va bene così. Sono solo felice di non aver dovuto dire addio a mio fratello».

«Me lo tieni un momento?», chiede lei dandogli il suo bicchiere di vino. «Da' questo a Venla».

Saana porge a Samuli un piccolo pony viola, tirato fuori dalla borsetta.

«L'ho trovato mentre stavo rovistando tra cose vecchie. Era mio, mi piaceva tanto all'età di Venla».

Samuli prende il pony. Saana guarda gli occhi amichevoli dell'uomo e gli augura tutto il meglio. Oltre al pony, ha trovato delle vecchie foto di quando sua madre era ancora viva. Pensa a lei e a quel passato che ha seppellito in soffitta, in attesa del momento giusto. Alle domande che non hanno fatto in tempo a ricevere una risposta da lei. Già più di dieci anni fa aspettava il momento in cui la tristezza fosse svanita e al suo posto potessero venir fuori l'affetto e la curiosità. Il momento in cui avrebbe riacquistato le forze. Forse, quel momento è adesso. Ma, prima di tutto, porterà a termine l'ultima puntata del podcast.

Cammino lungo il sentiero pieno di radici verso l'inizio della passerella. Il grembo della natura ci attende, dice un cartello. Tra gli alberi si intravede il mare. Lammassaari appare in mezzo al canneto come una fascia verde e fiera. Nei decenni, il paesaggio circostante è cambiato, ma l'isola è rimasta sempre al suo posto, paziente e dignitosa. Non si scompone quando il vento frusta i rami, soffia tra le assi di legno delle case, fa vorticare le foglie, agita i ramoscelli, fa frusciare i giunchi. Da qualche parte, un picchio bussa su un albero cavo, e il mare porta con sé i suoni provenienti da lontano, dai cantieri di Kalasatama. A sinistra ci sono delle villette, davanti degli ammassi rocciosi coperti di muschio. Una cornacchia gracchia nelle vicinanze. Le nuvole rossastre scivolano nel caldo cielo serale. È meraviglioso camminare di nuovo qui, senza preoccupazioni.

I ciuffi setosi delle canne lacustri oscillano. Guardandone una singolarmente, si vede solo un modesto ciuffetto, ma quando si sale sulla torre di osservazione degli uccelli e si guarda in basso, il canneto appare come un mare dorato che ondeggia a perdita d'occhio. E sopra a tutto, volteggiano gli uccelli, così leggeri ma così sicuri. Lasciano scorrere il vento sotto le ali e, con movimenti regolari, dirigono il proprio volo, scendono giù tra le canne oppure puntano verso l'alto. Tra poco, tutto sarà pronto per la migrazione. A uno a uno, gli uccelli trovano il loro posto nello stormo e si fondono in una grande unità. Stanno insieme più di quanto non stiano da soli, separati dal gruppo. Lo stormo scuro si prende cura dei suoi membri e, in una gigantesca formazione, il gruppo prende il volo. Dice addio ai campi, alle acque che li circondano, al cielo di questa porzione di terra, alla Finlandia, per ritornare solo in primavera, qui, di nuovo al nord, in questo paradiso per uccelli.

Da parte dell'autrice

Questo libro non esisterebbe senza le persone care che mi circondano. Grazie soprattutto a Oliver.

Qualcuno ha detto, una volta, che il lavoro dello scrittore è solitario. Per fortuna ho avuto la possibilità di lavorare con molti fantastici professionisti. Grazie a Otava, per tutto. Grazie a Reetta Sirén & Antti Kasper. Grazie a Silka Raatikainen, Jojo Uimonen, Jenni Heidi. Elina Ahlbäck ed Elina Ahlback Literary Agency, è un onore lavorare con voi.

C'è anche un gruppo speciale di persone che hanno lasciato una traccia nel mio cuore, dandomi informazioni interessanti o un prezioso incoraggiamento: Tiia Tuovinen, Elisa Konttinen, Piia Peltonen, Jenni Kanerva, Paula Niska, Karolina Huuhtanen, Jyri Malinen, Eero Haapanen, Venla Anttila, James Ennoila, Merja Olenius, Marjo Liikonen, Joel Pyykkönen, Joonas Jansson, Nirananda Lanki, Antti Rastivo, Hanna Sakara, Pasi Koste, Sami Tenkanen, Tapu Haro, Emilia Liinpää, Heidi Holmavuo, Riitta Backman, Ulla Karjala, Heini Karjala, Erja Kari, papà, mamma e molti altri. Così tanta gente che mi scoppia il cuore!

Un ringraziamento speciale anche a te, che mi hai mandato un parere sul primo libro <3 Ogni messaggio che ho ricevuto ha avuto per me un'importanza enorme.

La zona di Helsinki, con Lammassaari e i suoi dintorni, è uno dei miei posti preferiti in tutto il mondo. Sono stata a Lammassaari per la prima volta in bicicletta da piccola con mio padre. E adesso ci ho portato la mia famiglia. È impossibile descrivere Lammassaari facendo giustizia al luogo. Consiglio caldamente una gita lì, dove frusciano le canne lacustri. Portatevi delle buone provviste e avanzate con coraggio sulla passerella. Potrete godervi uno scenario naturale che è ogni volta diverso.

Elina Backman

@elinabackman_crime
elinabackman.com

Indice

ELINA BACKMAN

UN MISTERIOSO DELITTO A HELSINKI

Volume di 480 pagine, euro 9,90

Saana è appena stata licenziata. Non che amasse troppo il suo lavoro: passava le giornate a creare contenuti sensazionalistici online per acchiappare qualche clic. Ma è stato comunque un duro colpo. Così decide di prendersi una piccola pausa da tutto e di trascorrere l'estate con sua zia nella piccola città di Hartola, nel sud della Finlandia. Sembra proprio l'occasione perfetta per rilassarsi e ritrovare la serenità. Ma l'istinto della giornalista è ancora vivo, e così quando Saana viene a conoscenza di un vecchio caso locale rimasto drammaticamente irrisolto da trent'anni, non può fare a meno di indagare. Nel frattempo, a Helsinki, un cadavere marchiato a fuoco viene ritrovato nella fortezza marina di Suomenlinna, proprio accanto alla monumentale "Porta del Re". Il caso viene affidato a Jan Leino e alla sua squadra. Il problema è che stavolta gli indizi sono particolarmente confusi e tutte le piste sembrano condurre inesorabilmente verso un vicolo cieco. Solo una cosa appare certa: l'omicidio della Porta del Re potrebbe non essere un caso isolato… Le strade di Saana e Jan sono destinate a incrociarsi. Per più di una ragione.

NEWTON COMPTON EDITORI

ANGELA MARSONS

PROMESSA MORTALE

Volume di 320 pagine, euro 9,90

Per la detective Kim Stone non è raro trovarsi di fronte a brutali casi di omicidio, ma stavolta c'è qualcosa di diverso. La vittima infatti è il dottor Gordon Cordell, un uomo dal passato oscuro coinvolto in una precedente indagine, e Kim continua a domandarsi chi potesse desiderarne la morte. Uno strano senso di inquietudine la accompagna mentre muove i primi passi a ritroso nella vita della vittima. Quando il figlio di Cordell finisce in coma in seguito a un drammatico incidente e, pochi giorni dopo, viene rinvenuto il corpo di una donna morta in circostanze sospette, Kim non può fare a meno di ipotizzare un collegamento tra le vittime. Tutti gli indizi sembrano puntare verso il Russells Hall, l'ospedale dove Gordon Cordell lavorava, su cui aleggia un'oscura e impenetrabile rete di segreti e omertà. Se i sospetti della detective Stone dovessero rivelarsi fondati, ad attenderla potrebbe esserci il più spietato serial killer che abbia mai incontrato.

NEWTON COMPTON EDITORI

PATRICIA GIBNEY

UN ALIBI DI FERRO

Volume di 352 pagine, euro 9,90

Amy Whyte e Penny Brogan non sono più tornate a casa dopo un sabato sera trascorso insieme. Le loro famiglie temono il peggio: anni prima Amy ha fatto finire in carcere un uomo, Conor Dowling, che è da poco tornato a piede libero. E se si fosse consumata una spietata vendetta? Quando vengono ritrovati i due cadaveri, il caso viene affidato alla detective Lottie Parker, che nota un dettaglio agghiacciante: entrambe le ragazze stringono tra le mani una monetina d'argento. Quale oscuro significato si cela dietro quell'indizio? Mentre Lottie indaga sugli ultimi giorni di vita di Penny e Amy, i corpi di altre due ragazze vengono rinvenuti in un complesso di appartamenti di lusso. Dowling sembra avere un alibi di ferro, ma con l'aumentare delle vittime nessuna pista può essere trascurata. Quando le due figlie di Lottie, Katie e Chloe, scompaiono improvvisamente, il caso si fa molto più personale di quanto la detective avrebbe mai potuto temere. Riuscirà a mantenere la freddezza necessaria per portare a termine l'indagine e trovare l'assassino?

NEWTON COMPTON EDITORI

ROSS GREENWOOD

IL KILLER DI GHIACCIO

Volume di 352 pagine, euro 12,90

Non c'è pace per il detective John Barton. Appena uscito dal periodo di convalescenza seguito alla sua ultima indagine, si ritrova infatti a dover rimpiazzare il proprio superiore – appena andata in maternità – come ispettore capo. Questo non significa soltanto pile di scartoffie da compilare, ma anche dover controllare i detective più giovani e inesperti. Proprio quando Barton sta cominciando ad abituarsi al nuovo ruolo, la sua squadra viene chiamata sulla scena di un brutale triplice omicidio. Le vittime non sono esattamente le persone più oneste di Peterborough e la tentazione di affidare il caso a qualcun altro è forte; tuttavia, il senso del dovere spinge Barton a prendere in carico l'indagine. Questa decisione lo porterà ad affrontare il caso più difficile della sua carriera, perché quello che sembrava un "semplice" omicidio plurimo nasconde qualcosa di molto più oscuro e intricato. C'è qualcuno, là fuori, che non si fermerà davanti a nulla prima di aver ottenuto la sua truce vendetta…

NEWTON COMPTON EDITORI